The years for love

桐华

作品

TonghuaWorks

最美的
时光

湖南文艺出版社
HUNAN LITERATURE AND ART PUBLISHING HOUSE

博集天卷
CS-BOOKY

The years for love

每个人的生命中，都应该曾有一次，
为了某个人而忘记了自己。
不求有结果，不求同行，不求曾经拥有，
甚至不求他知道。
只求在最美的年华里
遇见他——

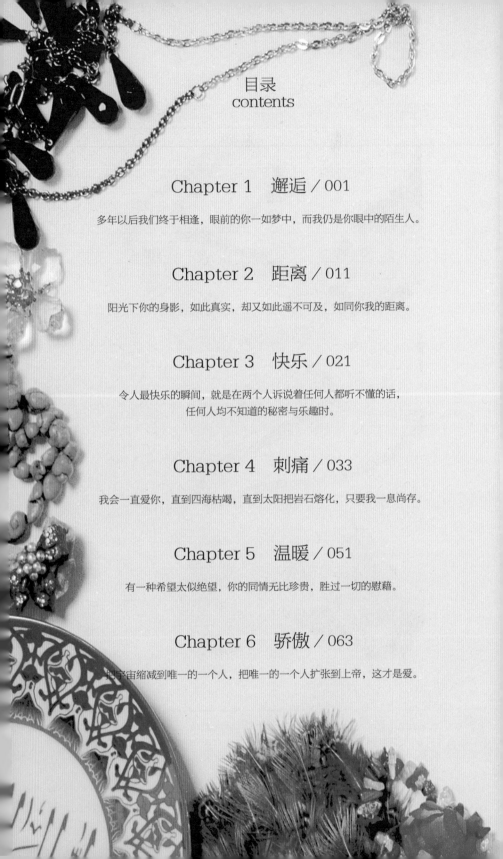

目录
contents

目录
contents

目录
contents

目录
contents

目录
CONTENTS

Chapter 1

邂逅

多年以后我们终于相逢，眼前的你一如梦中，而我仍是你眼中的陌生人。

被麻辣烫的电话吵醒时，我正在做春梦。

梦里我二八年华，还是豆蔻枝头上的一朵鲜花，那个水灵劲儿，嫩得拧一下能滴出水来。

我站在操场边看他打篮球，篮球打偏了，滴溜溜地飞到我的脚下。他大步跑着向我冲来。

白色的球衣，古铜的肤色。

头发梢上的汗珠，随着奔跑，一滴滴飞舞到空中，在金色阳光的照射下，每一滴都变成了七彩的宝石，我被那光芒炫得气都喘不过来。他向我伸出双手，没有捡篮球，却抱住了我。他的头缓缓俯下来，那样一张英俊的脸在我眼前缓缓放大，我血往上涌，心跳加速，就要窒息得晕过去，身子幸福地颤抖着……

"我爱你，爱着你，就像老鼠爱大米……"

我没听见，我没听见，就像聋子听不见！我很努力地精神催眠，可是他显然不配合，身影消失了。

就差0.1cm，0.1cm！

我闭着眼睛运了半天的气，才没好气地摸出手机。

我还没"喂"，麻辣烫已经先发制人："你丫干吗呢？这么长时间不接电话？我还以为你掉马桶里了！快点出来，陪我去逛街。"

这世上除了我爹妈，敢这么对我叫嚣而不用担心生命安全的人只有她了。

"我刚醒，等我冲个澡，四十五分钟后老地方见。"

挂了电话，摇摇摆摆地晃进卫生间，莲蓬头下冲了几分钟后，才算彻底清醒。想着梦里的情景，忍不住仰起脖子，一声长长的哀号。

"啊！"

这么多年，春梦常常做，可我的狼欲从没有得逞过，总是不是这个意外，就是那个意外。刚开始，我每次都在他刚抱住我的时候就晕过去，然后梦就醒了，后来，我不晕倒了，我在他要吻我的时候，下意识地闭眼睛，结果眼睛刚闭，梦就醒了。

下一次，我一定要在他刚抱住我的时候，就主动"献唇"。我不能主宰现实生活，难道连自己的梦都无法主宰吗？我还就不信这个邪了！

一边擦着沐浴露，一边摇头晃脑地对着莲蓬头高歌。

每一次
都在徘徊孤单中坚强
每一次
就算很受伤
也不闪泪光
我知道
我一直有双隐形的翅膀
带我飞
飞过绝望
……

浴室里唱歌，很容易凸显歌喉，总会让人的自信心极度膨胀。

我常常思考像我这样的天赋怎么还没被发掘？我若当年一个不小心

去参加"超女"，玉米、凉粉都得改名——馒头。

我叫苏蔓，我若有个粉丝，叫馒头挺合适。

刚给身上擦完沐浴露，"我爱你，我爱你，就像老鼠爱大米"又响了起来。

麻辣烫！你丫太没人性了！我没理会，继续洗澡，铃声停了一下，又响起来，当铃声响第五遍的时候，我脑子里，已经有一个交响乐团在演奏，"我恨你，我恨你，就像老鼠恨大猫"。快速冲完澡，随手裹上浴巾，就向外跑。瓷砖地上，拖鞋打滑，差点摔一跤，这要真摔下去，我只怕就要去医院报到了，恨得我接起电话，第一句话就是："你丫赶着投胎呀！洗个澡都不得安生，去你母亲的。"

麻辣烫江湖气重，爱说粗口，张口闭口"他妈的！"刚开始，我不太习惯，和她婉转建议，你也算一文艺青年，说话应该文雅书面。麻辣烫眨巴眨巴眼睛，爽快地说："行！"

我正为自己能令浪子回头而感动，她又甩了我句："你他母亲的可真矫情！"

我反应了会儿，只能学着星爷的语调来一声"果然书面"！

自此，我对麻辣烫彻底投降。近朱者赤、近墨者黑，时间久了，本着礼尚往来的原则，我也会对她爆几句粗口，就算是我和麻辣烫之间特殊的情感交流方式吧！

"你说什么？你说什么？你再说一遍，你回来当着我和你爸的面说……"

一把雄厚的女中音彻底把我吓呆滞了三秒钟，三秒钟后才反应过来，赶紧把手机往远处移了移，可耳朵已经木了。等手机里的狮吼咆哮了整整三分钟后，我才揉着发木的耳朵，小心翼翼地说好话。不过老妈压根儿不吃我的糖衣炮弹，我只能继续聆听教诲，本来以为这一顿骂肯定要到手机没电为止，轻轻地把手机放到桌上，刚偷偷摸摸地要穿衣服，不想老妈突然停住，我心里一惊，不会这么神仙吧？

"光忙着骂你，忘记正事了。"

我身上顿时一寒，老妈的正事？

"蔓蔓呀！你陈阿姨有个好朋友的儿子刚从国外回来，相貌堂堂，一表人才，事业有成……"

我小声嘀咕："这么牛掰的人还需要相亲吗？"

老妈大声问："你说什么？"

我立即说："没说什么，您继续。"

"听你陈阿姨说，因为他一直专心事业，所以一直没有女朋友，现在年纪也不小了，对方的父母愁得不行，好不容易等到他回国，立即四处拜托人帮儿子介绍对象，你陈阿姨就替你们约了个地方见面，在清华南门附近的一个咖啡馆。"

老妈越来越低声下气，语气越来越温柔，我却觉得她的声音如天蚕丝，把我裹了一个透心凉。

"妈，这相亲的事情没有一百，也有九十九了吧！上次，我不是还碰到一个无赖吗，天天半夜给家里打电话……"

"你这么多年的书都读到哪里去了？年纪轻轻，一点点挫折都承受不起，遇到失败，不能想着逃跑，而是要翻越它！从哪里跌倒的，就从哪里爬起来！"

好嘛！老妈把在国企搞宣传工作的劲头都拿出来了。

软的，硬的，不软不硬的，胡萝卜加大棒政策交替运用，最后，老妈用颤抖的声音表明，如果我今天不去相亲，我就是古往今来第一不孝女，她的白头发全是被我气出来的。

不孝女的骂名，我的小肩膀应该还能扛得住，可想到老妈烧的那一手好菜，只得投降。老妈把陈阿姨的手机号码用短信发给我，都已经挂上电话，却又打了一个过来叮嘱我千万要好好打扮一下。

我声音温柔，面部表情狰狞地说："妈，您放心，我一定会好好'打扮'自己的。"

三十分钟后，我坐上计程车奔向清华南门。司机师傅看到我的第一眼，脸刷地白了一下，我对自己的打扮很满意。

刚哼着小调坐进计程车，麻辣烫的电话立即追进来，我很有先见之明地将手机移开一段距离。那一串嘹亮的国骂让旁边开车师傅的手都颤了几下。本来，我打算等她骂累了再解释，不过为了保全自己的小命，我悍然截断了麻辣烫的骂声："我妈逼我去相亲，如果我不去，她就和我断绝母女关系。"

麻辣烫沉默了下来，作为大龄剩女一枚，她被她娘逼迫的次数只比我多、不比我少，只不过，她性格比较激烈，很少投降，所以母女俩闹得鸡飞狗跳，距离反目成仇仅差0.1cm。

一瞬后，她蔫蔫地说："那你去吧！我自己一个人去逛街。"

"不用！我就去坐一会儿，嗯……"我看了一眼车上的表，"你去洗个头，或者做个面膜，我们五十分钟后见。"

麻辣烫心领神会地笑起来："你丫今天很另类吧？"

"很哥特，很玄幻，很希区柯克。"我现在的样子，包管我妈站我面前，都认不出来我是谁。

"好，我先去做指甲，我们美容院见。你要再放我鸽子，我卸了你脑袋！"

"是，是，是！"

我的相亲活动触动了麻辣烫对她悲惨世界的怨恨，正事说完，仍不肯挂电话："你说我老妈，从中学到大学，再到我工作，一直都教育我要以学业为重，不要胡思乱想，要好好学习，天天向上！和小男生多说句话，她能盘问一个小时，裙子不能太短，衣服不能太透，不许穿小吊带，不许穿露脐装，恨不得在我脸上刻上'男人勿近'，为什么我一过二十五岁，突然之间，她就换了风格，每天不问我工作如何，光问我有没有认识有发展机会的男生，有没有人追求我，回答的NO多了，她就说我穿衣服太嬉皮，没有女孩子气。靠！她以为招蜂引蝶么容易？她前二十五年都不教我，也不准我学，我怎么会？古代妓女上岗前都还要老鸨调教个几年呢……"

司机师傅的手又开始跳，为了我的安全考虑，我只能赶紧哼哼唧唧了几句把电话挂了。

十五分钟后，我和陈阿姨在咖啡馆碰上头，陈阿姨看到我，脸色变化和莫奈的油画很像，色彩那叫一个缤纷夺目、迷离摇曳。我很淡定，很淡定地坐下来，还没要咖啡，先把烟灰缸放在自己右手边，手袋里烟、打火机都准备好，只等那位海草同学一出场，我的表演活动就开始。

五分钟后，离约定时间还有三十秒时，海草同学仍没到，我睨着表想，看起来他也不积极呀！如果他迟到，我就可以理直气壮地走人了。正想着，陈阿姨激动地说："到了，到了！"

我一面手探进包里摸烟，一面顺着陈阿姨的目光看向玻璃窗外。一个刹那，如被魔女的魔法棒点中，我的一切动作都静止了。窗内的世界变成了黑白定格默语片，而玻璃窗外，却阳光灿烂，樱花纷飞。

他的身材依旧修长挺拔，他的眉目也一如我梦中英俊。

他正徐徐穿行过阳光，穿行过七年的光阴，向我走来，在他身后纷飞的是樱花，坠落的是我的心。

我的脑袋里电闪雷鸣，面部表情却麻木不仁，如一只提线木偶般，由着陈阿姨一戳一动。

他如何介绍的自己，我如何和他握的手，他如何坐到我对面，我如何送走陈阿姨，我一概不知道，我只知道，这个我暗恋了十一年的人，这个我追着他上高中、考大学的人，这个我以为已经永远消失于我生命中的人，这个我白日里永远不会去想，晚上却无数次梦到的人，竟然再次出现在我的眼前。

我用了十分钟怀疑这件事情的真实性，严重怀疑仍然是自己的春梦，最后不惜狠狠地掐了自己大腿一把，确认我的确不是在做梦。

我又用了十分钟消化这件事情的真实性，对脑袋里的轰鸣声，不停地喊"停"，"停"，"停"！

当脑袋终于不再轰鸣时，我再用了十分钟狂喜，还不敢表露出来，只能自己在心里双手叉腰，仰天大笑，哈哈哈，他也来相亲哦！单身，单身！

来来我是一个菠萝，萝萝萝萝萝萝，来来我是一片芒果，果果果果……

我的水果草裙小舞曲还没跳完，看见了咖啡匙上反射出的自己的形象……

啊～～～～～～～～～～

惊天！动地！惨绝！人寰！

我内心充满了不可置信的怨恨，恨不能当场掐死自己。

我盯着小小的咖啡匙里的那个小小的我发呆。竟无语、泪凝噎。

"我爱你，就像老鼠爱大米。"

包里的手机开始响，我一声不吭地摁掉，继续搅拌咖啡，手机又响，我又立即摁掉，手机再响，我再摁掉，正偷偷摸摸地摸索着寻找关机按钮，他说："如果你有急事的话，可以提前离开，陈阿姨那边我来说。"

"我没有！"

我的语气太热切，姿态太急切，让他一愣，我想解释，可舌头像打了结，什么都说不出来。难道告诉他，虽然你对我没有丝毫印象，可我已经暗恋了你整整十一年，所以，我一见你就紧张，就不会说话，就四肢不听脑袋支配。

"我爱你，爱着你，就像老鼠爱大米。"这首口水歌被咖啡厅里低缓的钢琴声一对比，再配上我的装扮，让所有瞟向我的眼光都如一道微积分题目一般变幻莫测。

他倒是表情温雅依旧，淡淡地看着我，在他的目光下，我找不到任何理由再去摁掉手机，所以，我只能慢吞吞地把手机从手袋里翻出来，那短短一瞬间的心情变化让我理解了走向刑场的死囚。

"求求你，老天，让麻辣烫性情突然大变！"我心中一边默祷，一边接通了电话。电话接通的一瞬，一串清脆明亮的谩骂直接飘了出来，我简直就能看见一个个具体的五线谱音符在我们的咖啡桌上幸灾乐祸地跳草裙舞，每一个的表情都和撒旦一模一样。

他是个很有修养的人，这么多年过去，修养下更多了几分历经世事的气度，为了照顾我的感受，他的神色一直很平和，端着咖啡杯，遥望着窗外，好像在欣赏景色。

玻璃窗上映照着一个衣着得体的男子和一个五颜六色垃圾场一般的女子，所有的客人都禁不住地打量我们，而侍者也一直在好奇地窥伺我们。突然间，我心灰意冷，一边手足无措地跳了起来，一边说："抱歉，我还要去赴一个朋友的约会。"

他礼貌地站起来，很客套，也很陌生地说："再见。"

我在麻辣烫的骂声中逃出了咖啡馆，拉开计程车门的一瞬，我对着她咆哮："你如果再不闭嘴，我就把你的肠子掏出来，绕着你的脖子缠两圈，勒死你！"

司机师傅那一瞬间，肯定有拒载的想法，但是我已经坐进车里，怒气冲冲拍出一张百元大钞，"去……"我愣了愣神，对着手机咆哮，"去哪里？"

刚把手机往司机的方向移了移，麻辣烫立即很乖巧地报上她所在美容院的地址。计程车"嗖"的一声飞出去，麻辣烫小心翼翼地问："怎么了？又碰上瘪三了吗？你别动怒，咱回头慢慢整治他，保证让他从此再不敢在京城露面。"

我嬉皮笑脸地说："没！我碰见一大帅哥，丫身板那叫一个正。"

"你动春心了吧？"

"是啊！看得我口水飞流三千尺。"

"你想扑倒人家？他从了没？"

"想是想，可人家瞧不上俺，宁死不肯从！"

麻辣烫大笑："晚上去夜店，环肥燕瘦任你选，我埋单。"

"我要一个冯绍峰的脸蛋，吴彦祖的身材，钟汉良的眼神，贾乃亮的温柔……"

我们两个在手机里发出狼外婆的笑声，司机师傅的车开得一跳一跳的，可我再懒得去担心什么自己的小命。

我没心没肺地笑着，我是什么人？新一代的白骨精，早被这残酷的社会锻炼成了蒸不熟、煮不透、砸不碎、嚼不烂的响当当一粒铜豌豆。可是，为什么我的心里一遍又一遍地想着他陌生疏离的语气？为什么我的笑声这么响亮，我的心却这么空？

从见面起，他就没怎么说过话，只是我一个人呆坐在那里，外表沉默、内心狂野地上演着浮生六记。这一次的见面何其像我这么多年的感情，我已经跋涉了千山万水、风尘满面，可他仍微笑地立于玉兰树下，尘埃不染。

我和麻辣烫血拼一天后，去吃了麻辣烫，喝了点小酒。酒足饭饱后，两人挥手作别。

一进家门，刚打开电脑，就看见麻辣烫的QQ头像在跳。

"到家了没？"

我和麻辣烫的认识很有些意思，当我们两个还是青春美少女时，在网上相遇，聊天时间长了后，越来越无话不谈。她的本名很文艺，叫许怜霜，可她的网名很彪悍——"我要做泼妇"，我当时正是自卑自怜期，看到这么彪悍的网名，立即加了她。她说话很尖锐，常常一针见血，让人又麻又辣，我就叫她麻辣烫，她也默认了这个称呼。聊了一年多后，在一个月不黑风不高的晚上，我们约定地点见面。那个一袭红色风衣的美貌女子和我一起在寒风中哆嗦了十几分钟，我都没敢把她和麻辣烫之间做任何假定与联想，后来，还是她看我不停地拨打手机，犹豫着走过来问我可是"最美时光"，和我解释她就是麻辣烫，手机刚在公车上丢了，我们才算胜利会师。

我喝了几口果汁，定了定心神，才慢悠悠地敲键盘。

"嗯，刚进门。"

"发生了什么事情？"

我就知道我的笑声遮不住麻辣烫的激光眼，我盯着屏幕发呆，不知道该从何说起。

"相亲的时候，究竟发生了什么？"她逼问了一句。

"一个人相亲时遇见曾经暗恋的对象，概率有多大？"

"暗恋？初恋？唯一恋？"

"都算吧！"

麻辣烫发送给我一个惊叹的表情："曾经？不曾经吧？"

我被她的话刺得心脏痉挛了一下，手蜷成一团。

她发送给我一个抱抱的表情，又送给我一杯冒着热气的茶。

我的感动只持续了0.1秒，丫恶毒皇后的本色就又暴露了。

"他去相亲，有两种可能，一是他自己想找女朋友，二是如同你，被父母所逼。不管哪种原因，都证明他如今单身。男未娶，女未嫁，你趁早把你那林妹妹的海棠泣血样收起来。他母亲的！如果老娘能有这等好事，笑都笑死了，你还在那儿惆怅？我想掐死你！"说完她就发了一幅把我抢起来狂扁，鲜血四溅的图片，临了，还把我挂在树上，吊死了我。

我回敬了她一个我骑着马，把她挑在刀尖的暴力图片。

"对方有可能是座冰山。"

"你有焚身欲火，再冷的冰山都能融化！"

"我有可能需要趟过火海。"

"你都欲火焚身了，还怕什么火海？"

"我用了很多年的时间去忘记他，死灰一旦复燃，我怕自己……"

屏幕上没有回应，我找出手机，给老妈打电话："妈，是我。"

正当我拐弯抹角地指示老妈向陈阿姨套取他的联系方式时，一串鲜红的粗体大字跳到对话框上："你不是早有主意了吗？还和老娘装娇嫩？你丫去死！"

我虽然是只小狐狸，可我老妈那是一只已经成了精的老狐狸，我这儿还遮遮掩掩，犹抱琵琶半遮面呢！老妈已经完全地、彻底地领悟了我的中心思想。相亲那么多次，我头一次表现出兴趣，老妈乐得一个劲地笑："好好好！蔓蔓，我和你爸全力在后方支持，你就放心往前冲，我们一定会胜利的！"

这都哪儿和哪儿？我又不是去占碉堡，不敢再和老妈胡扯，赶紧挂了电话。

Chapter 2

距离

阳光下你的身影，如此真实，却又如此遥不可及，如同你我的距离。

　　介绍人婉转含蓄地向老妈转述了对方不想高攀我的想法，老妈虽然被拒绝，竟然没生气，反倒一遍遍地安慰鼓励我："蔓蔓，虽说咱年龄大了一点，可咱也不能自暴自弃，那个宋什么……"

　　"宋翊！"

　　"那个宋翊可真不行！婚姻不是儿戏，一辈子的事情，不能太将就，再说，你现在就是年龄困难一点，别的都不困难，你心理压力不要太大，不要着急，咱慢慢找。"

　　我一脸痴呆地看着老妈，宋翊究竟和介绍人说了些啥？要如何自我贬低、自我践踏，才能让老妈生出我要贱价出售的想法？

　　老妈以为我在为自己嫁不出去心里难受，铆足力气逗我开心，晚饭时红烧鱼、糖醋小排骨、桂花酒酿，老爸和我聊茶经、聊足球、聊象棋。两年来第一次，我家的饭桌会议远离了我的终身大事，这本来是我做梦都想的事情，可现在我不知道自己该笑该哭。

父母靠不着，只能靠朋友，我把手头的天地线全部发动起来，绕了十八道弯，撒了二十四个弥天大谎，答应了无数"丧权辱国"的口头条约，终于，星期一中午十点多，宋翊的背景资料被传真过来。

　　姓名：宋翊
　　性别：男
　　年龄：30或31
　　教育背景：
　　美国　伯克利　金融工程
　　中国　清华　经管学院
　　……

　　我正憋着股气，盯着传真纸逐字研究，桌上的电话猛地响起来，吓得我差点从椅子上掉下去，定了定神，才敢接电话。
　　"您好，我是……"
　　大姐的声音掐断了我例行公事的客套，"苏蔓！你在干什么？我刚进办公室就接了三个电话，说我们公司会有人事变动，猎头公司都已经开始行动。我倒奇怪了，有这么大的变动，我怎么什么都不知道？"
　　大姐姓林、名清，既是我的顶头上司，也是我的学姐，高我六届，从我进公司起，就受她的照拂，我能坐到今天的位置，军功章里绝对有她的一大半。
　　难怪大姐要打电话质问我，一个大公司的高层变动不仅对本公司会产生深远影响，对整个业界而言也有可能是一场地震。我没想到自己的个人行为竟然带来这样的后果，或者更应该说宋翊在业内太受关注，只是打听一下他都会掀起轩然大波。
　　"对不起！我想找一个人的资料，纯粹是私人原因，没想到会被外界传成这个样子。"看来我的谎言早已经被人一眼看穿，只不过他们推测的真相比谎言更荒谬。
　　五年多的关系毕竟不同一般，大姐对我这个真实却单薄的解释全盘接受，果断地下令："我不管你如何处理私人恩怨，但是不要让它们影响你的事业，尤其不要影响到公司。"
　　我还没说话，电话里又传来电话铃声，大姐立即挂断电话。

我坐在桌前，盯着传真纸发呆，半个小时后，发觉自己仍盯着那页薄薄的传真纸发呆。

今年年初，传闻MG大中华区的总裁会退休，MG内部有小道消息说会是中国大陆背景的陆励成接任，可业内传闻美国总部倾向于有西方背景的中西方文化混血，会派一个人回来，却一直未见实施，直到两个月前，宋翊突然被派驻到北京，听说此人精明冷静，在华尔街时，被人称为来自东方的鳄鱼。

小道消息！传闻！听说！在一贯要求信息精确度的金融圈，这都是什么词语？如果不是知道这个人的背景，肯定要怀疑这页传真纸出自香港狗仔队的手。

我重重叹了口气，MG的人事变动非同小可，想必在业内早被传得沸沸扬扬，我竟然什么都没听说过，难怪麻辣烫老骂我没胸也没脑。

我这个状态，坐在办公室里也做不了事情，索性出门，拿起手袋，编了个借口溜出了办公室。

我沿着马路慢慢走着，星期一的早晨，人人都在为生计奔波，身旁经过的每个人似乎都清楚自己想要的是什么，每跨出一步都充满了力量和希望，只有我在焦灼不安地迷茫着。我知道他在那里，可是我不知道该如何走到他面前，让他看见我。

四十五分钟后，我站在街道一侧，隔着川流不息的马路，遥望着MG的大楼。

大学刚毕业时，这个公司是我职业的梦想，可它当年才刚开始在中国大陆拓展业务，整个大陆区只招三个人，我的简历投出去，连面试机会都没有得到。

电梯门打开，熙攘的人群向外涌来，我这才惊觉，已是午饭时间。

左右一看，躲进了一个二楼的咖啡店。虽是午饭时间，人却很少，大概因为只卖咖啡、蛋糕和三明治，价格又昂贵得离谱。

我用视线搜寻着一个可以直接从玻璃窗看到对面大楼的最佳位置，可是最佳位置上已经有人。

我站着发了一小会儿呆，终是厚着脸皮走上前："先生，我能坐这里吗？"

埋首于一份报纸前的男子抬头，眉目间颇有不悦，目光扫向空着的桌椅，暗示意味很明白。

我用最可怜兮兮的声音说："我就坐一小会儿。"

他不为所动，一边低头，一边翻报纸："不行。"

"我不会说话，不会发出任何声音，我只是想借用一下这扇窗户，我保证，绝对不会打扰您！"

"不行。"他头都不抬，浑身上下散发着拒人千里的冷漠。

"拜托！拜托！您一看就是个好人，请答应我这个小小的请求吧！"

我瞪大眼睛，双手握拳合起，放在下巴下，不停地鞠躬。这招是我从日本动画片里学来的，是我对老妈和麻辣烫的终极武器，几乎百试百灵，用麻辣烫讽刺我的话说："学什么不好？学人肉麻！幼稚！"肉麻是肉麻，幼稚是幼稚，但无往而不利。

那个男子终于把头从报纸间抬起，虽然看我的眼光还很冷静，但嘴角在隐隐抽动。估计他从来没见过穿着严肃的职业套装、盘着纹丝不乱的发髻的人做这么幼稚可笑的举动。我赶紧再眨巴了一下眼睛，努力让它们雾气蒙蒙，他恐怕是被我雷住了，撇过了头，也不知道是在忍笑还是在忍呕吐，用手指了指对面示意我坐。

我立即化哭脸为笑脸："谢谢！谢谢！您真是一个大好人！一定会有一份世界上最好的工作，找到一个世界上最可爱的女朋友，生一个世界上最漂亮的宝宝！"

他转过头，面无表情到近乎呆滞地看着我，也许是想研究清楚我这样的精神病怎么逃出了疯人院。我没有时间研究他的表情，视线紧紧地锁住对面的大楼。

半个小时后，楼里的员工几乎已经走光时，我看到宋翊从大厦出来，烟灰色的西服，剪裁简单，可他穿得分外熨贴舒服，看上去既有少年人的清爽干净，又有成熟男子的冷静内敛，两种极端不协调的气质在他身上融为一体，散发着很独特的感觉。

他身旁随行的两个人一直在和他说话，他微笑着，时不时点一下头。相亲那日的他，和我记忆中的少年似乎没有什么不同，可今日的他，却是陌生的。

他消失在街角，我凝望着川流不息的车与人群，有一种很不真实的感觉。七年了！我和他之间已经隔开了七年？为什么这么多年过去，我和他的距离仍然只能是遥远地凝视？

我回神时，发现面前有一杯冒着热气的咖啡。

我不记得我有要过咖啡呀！视线狐疑地扫向对面的男子，他眉毛轻扬，干脆利落地说："我不会支付你的咖啡钱。"

我这才留意到，他有一双很英挺的剑眉，很冷漠的眼睛。我盯着他，凝神想了三十秒钟。大概、似乎、好像、也许，刚才有一个女子的声音在问："小姐，要喝什么？"声音重复了很多遍，然后一个男子的声音很不耐烦地回答："随便。"

我的脸有些烫，我刚才盯着窗外的表情到底有多花痴？希望他只是以为我在发呆。

我"呵呵"干笑两声，准备起身逃走："谢谢您了，再见。"心里呐喊的声音却是，永远不要再见了，没有人会喜欢与知道自己不为人知一面的人再见。

手伸到手袋里摸钱时，却一摸摸了个空。钱包？赶紧打开手袋翻找，里面乱七八糟的东西一堆，就是没有钱包。不可能，我今天进办公室的时候还用过电子卡开门，电子卡装在钱包里，我一定是带了钱包的。我把手袋放在桌上，开始仔细地一样样清查，手机、花仙子钥匙、仿羊皮纸的复古记事簿、毛茸茸的假鹅毛笔、KITTY猫、巧克力、果冻，还有一个我中午用来消食减肥的鸡毛毽子……

十五秒钟内，手袋里的东西已经全部都摊在桌子上，占据了桌子的半壁江山，颜色煞是五彩斑斓得好看。

我、侍者、他，三个人一同望着桌上的东西发呆，不过发呆的原因各自不同。我脸上是问号，侍者脸上是惊叹号，他脸上……也许是省略号吧！

仔细回想早上的事情，上班的时候，我左肩膀是手袋，右肩膀是电脑包，我当时从手袋里摸出钱包，掏出电子卡开门，然后也许、大概、非常可能一边进门，一边随手把钱包放进了右手边的电脑包里。

侍者的目光已经渐渐从惊叹号变为问号，我越来越尴尬，脑袋里转过无数方案，打电话叫麻辣烫来？开玩笑！等她打着车，从北京的经济开发区赶到二环以内，我已经风干成咖啡馆的标本，用来警示后人进门前一定要检查经济基础。老妈？同学？朋友……每一个方案都不具备可实施性，最后，万般无奈下，看向对面的男子。

这次是货真价实的泫然欲涕、可怜兮兮："先生，我……我的钱包忘带了，我……我一定会还的，那个我在W工作……我保证……"

一切的证件都在钱包里，没有任何书面文件可以保证我话语的真实性，我看着桌上的东西，用力敲了自己脑袋一下，喃喃自语："为什么我不用公司发的记事簿和笔？"

也许他怕我再想不通下去，会以头撞桌自问，不过，更有可能的原因是他怕我这个精神病会有更出格的举动，为了自己的心脏安全，终于很无奈地打破了自己刚才的宣言："我来埋单！"

呜呜呜！这是我听过的最美妙的话语，我谄媚地笑着，立即打开记事簿，把鹅毛笔和记事簿递给他，用十二分诚恳的声音说："那个，先生，您的联系方式？我一定会尽快还给您，明天中午如何？我到这边来，您在这附近工作吗？"

他视线轻飘飘地扫了一眼毛茸茸的鹅毛笔，眉头微微一皱，身子向后仰去，我立即干笑着把记事簿和鹅毛笔收回。

我握着笔，打算记录："您的电话？"

"不用……"他顿了一顿，凝视着我，简单地报出了一串数字。

我赶忙记下他的手机号，等了半响，他仍然没有报名字，我无所谓地耸耸肩，撕下一页纸，写下自己的英文名和手机号，递给他："我叫Freya，这是我的联系方式，谢谢！"

他接过后，随手放在报纸边上。我的视线顺着那页小纸片，发现他刚才看的是招聘栏目，几行大大的字一下子就跳进了我的眼睛，MG的招聘启事！我的心跳有点快。

我向他再次保证明天一定会还钱后，提着手袋离去，没走几步，突然意识到一个很严重的问题，没有钱，我怎么回去？犹豫、站住、转身，同时小声给自己打气："无耻两次和无耻一次没区别的，反正也不认识他，和陌生人无耻等于没发生。"

没想到他也准备离开，正在大步向外走，我的突然转身，让两人差点脸对脸撞到一起，我没说话，先干笑，立即让到一侧，肃手弯腰，态度谦卑，亦步亦趋地跟着他，他不理会我。

一直到电梯口，他似有几分无奈地问："你是怎么从W的大楼过来的？"

这人倒是挺奸诈的，我啥都没说，他就知道我想要什么。我心内腹诽着，声音却如蚊子："我走来的……嗯……散步过来的。"

"现在不能散步回去吗？"

"四五十分钟呢！"

斜眼瞄他，没有任何反应，我只能继续支吾："现在太阳很大，我走累了，我还没吃中饭，没力气走了，有工作等着我，我……来的时候就随便走，走着走着就过来了，也没觉得累，现在归心似箭。"

到路边时，他终于站住，掏出钱夹，抽了一张一百给我。

我只能重复第一百遍的"我一定会还的"。

他不置可否地扬长而去。

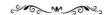

打车回到办公室，第一件事情就是上网查询MG的招聘消息。大公司的管理职位空缺一般都有自己的内部渠道解决，或者有专门的猎头公司服务，面向社会公开招聘的职位都是些普通职位。

我一边啃着面包，一边浏览网页，面包还没啃完，一个疯狂的念头已经彻底盘踞我的整个大脑。半个小时后，我走进了大姐的办公室。

"你今天很不在状态。"大姐扫了我一眼，继续埋首文件。

"我……我……我想辞职。"

我小心翼翼地说出这句话后，双腿蓄力，双手微扬，准备随时抱着脑袋逃出办公室。

"你知道后果吗？"大姐没有抬头，似乎仍然在看文件，握着笔的手却已经停了。

我知道，我很明白我破坏了游戏规则，也许我的职业生涯到此就完结了，可是，这是我目前想到的唯一的方法，唯一能站在他视线范围内的方法。

"Freya Su。"大姐抬起头，目光如炬地盯向我。

虽然公司的氛围是人人都叫英文名字，可大姐和我单独对话时，从来不称呼彼此的英文名。这是五年来，她第一次叫我的英文名字。她的语速很慢："对方给你什么条件？给你什么职位？"

我愣了一愣，反应过来："大姐，我虽然做事认真，很敢拼，专业知识也过得去，可我在人情世故上不够聪慧，这个圈子做到一定程度，对情商的依靠远远大于智商，我并不出色，没有猎头公司来找我，没有任何人来挖我。"

大姐神色缓和下来，微笑着说："你太小看自己了，你只是少了一点雄心，不够……"大姐似乎找不到合适的中文表达，用了英文，"你不够ambitious，所以缺少动力。"

我看着大姐的微笑，犹豫了一瞬，决定为了她五年来的栽培和照顾，告诉她实情。否则，我的离开固然折损了她在公司的势力，可更大的伤害也许是我的背叛。

"我打算去MG应聘普通员工的职位，我……我……"大姐的目光狐疑不解，我咬着唇，半晌后，终于红着脸，挤出一句完整的话，"我要去追一个男生。"

大姐似乎没听懂我说什么，呆呆地看着我，突然间开始大笑，笑得整个人花枝乱颤，眼泪都要笑出来。我恼羞成怒，一贯的莽劲又冒了出来，不满地嚷："有什么好笑的？现在都二十一世纪了，女生追男生有什么大不了的？"

大姐还在笑，"女追男不稀奇，不过像你这样抛弃自己的事业，一股脑扎下去的很稀奇，正因为是二十一世纪了，所以一份体面的事业远比一个男人更可靠！你都多大了？又不是大学里十八九的小姑娘，还玩这为爱痴狂的游戏？现在的竞争有多激烈？大把大学生等着上岗，等你后悔回头时，早已经是百年身了。我放你一周的假，你去外面玩一圈，费用我来出，回来后，收拾好心情努力工作。"

我很认真地说："大姐，谢谢你。可我已经决定了，也许最后的结果是我一无所有，没有爱情，也没有事业，可是不试一下，我会一辈子不停地遗憾。"

"你认真的？"

我用力点头，大姐的表情有一瞬间的怅惘，她很温和地说："苏蔓，为什么非要去MG？应该还有其他方法。"

我悲伤地摇头："我已经暗恋他很久，如果我不走到他的面前，他永远不会看到我，还有比同事更近的接触方式吗？"

现在的社会，人们真正朝夕相处的对象是同事，而不是父母朋友，所以办公室恋情才大行其道。

大姐沉默地盯了会儿我，面无表情地低下了头，很冷淡地说："好，我同意你走，但是我不会给你写推荐信，你也不要指望我会为你说话，你的位置很快就会有人坐。"

一手培养出的左膀右臂说离职就离职，大姐此时没说封杀我，已经是开恩，我低低地说了声"谢谢"，退出了她的办公室。

回到自己的办公室，凝视着桌子上的盆栽，不禁有些伤感。去年刚拥有自己的独立办公室时，我兴奋得买了无数小东西装饰它，没想到，这么快就要重回格子间。

一边收拾东西，一边给麻辣烫打电话。

"我辞职了。"

电话里沉默了一小会儿，没有问我原因，只笑嘻嘻地说："那感情好呀！以后咱俩吃饭，你丫可以用无产阶级的身份要求我埋单，不过先说好，不许点鱼翅、燕窝、鲍鱼，否则我把你当鲍鱼给炖了！"

自从我升职后，麻辣烫就以我加入了资本家的队伍为由，对我进行敲诈勒索，两人吃饭消遣，她总有理由不付钱。现在，听到她的声音依旧，我感觉世界和我辞职之前没什么两样，那点伤感立即去了九霄云外。

"你早点偷溜，来帮我拿东西！"

晚上，麻辣烫带着我去吃麻辣小龙虾，两个人被辣的猛灌冰啤酒，半醉时，我开始诉苦，告诉她我想去MG，可是简历上我不敢写W公司，因为如果人力资源部的人打电话去做背景调查，会发现我资历远超普通职员的要求，大姐会拒绝配合对方，我会被MG拒绝，我会没有工作。

麻辣烫毫无同情心地嘲笑我，这就是毕业后没换过工作的下场，说我已经失去在这个野蛮丛林世界生存的技巧和能力。

"可是我想去MG，想去MG，想去MG，想去MG……"

我祥林嫂一般地絮叨着，麻辣烫听得想拿小龙虾噎死我，可是小龙虾都被我一边絮叨，一边恨恨地塞进嘴里了，所以她只能承诺一定会帮我搞定一份简历，让我能去MG。

真实的人生中，没有人愿意证明我的工作能力，虚假的人生中，却至少有三个人可以证明我敬业努力。我的人生就在我和麻辣烫的三言两语中面目全非。

Chapter 3

快乐

令人最快乐的瞬间，就是在两个人诉说着任何人都听不懂的话，
任何人均不知道的秘密与乐趣时。

第二天，我捧着宿醉的脑袋给那个人打电话，想约个地点去还钱，
对方手机却一直不在服务区，之后又联系了很多次，仍然没有办法打
通，还钱的事情只能先搁置。

给MG发了简历，毕竟在金融圈子已经混了五年多，虽然公司的性
质完全不同，可对方需要什么样的人，我能根据招聘启事，猜个八九
不离十。打造了一份不会个人能力超过职位要求，也不会职位要求超过
个人能力的完美简历，顺利拿到面试。只是一个普通得不能再普通的职
位，仍旧需要过五关斩六将，竞争令人吃惊的激烈，大半个月后，我才
得到职位。

第一天去上班时，我在晚上几乎通宵失眠的情况下，早晨六点就
醒了。洗澡、弄头发、挑衣服，在镜子前一照再照，唯恐哪个细节出差
错。等进了办公室才想起嘲笑自己，这么大一个公司，还真把自己当根
葱了，以为我想见他就能见到吗？果然，一周过去，我算着各种时间下

班，愣是没有撞见过他。如果不是办公室的窃窃私语中还有他的身影，我都怀疑自己究竟有没有和他在一个公司，看来只是一个公司还不行，还得想办法在同一个部门。一面在MG度日如年，一面安慰自己，不急、不急，冬天过后就是春天，都一个公司了，一个部门的时间还会远吗？

虽然近距离接触无望，不过，在我上碧落下黄泉的搜索精神下，发动无数人肉搜索引擎，终于"百度"出了他出国后用的一个MSN账号，立即加上，几乎二十四小时刷屏，他的头像却永远是灰色的，我开始怀疑这个账号还能用吗？

工作空闲的时候，我假想了无数种我们相遇的方式：

比如，某天，某个午饭时间。

餐厅很挤，只有我身旁有空位，他和我坐到一起，我们至少可以有半个小时面对面的交谈，交谈中，他发现我是个很有内在美的人，留意到了我。多幸福的相遇！

或者，某天，某个下班时间。

下着大雨，他若带伞了，我就没带伞，他若没带伞，我就带伞了，总而言之，言而总之，我要和他共用一把伞。下雨天等计程车总是很困难，所以我们就在"哗啦啦"的雨声中，共撑小伞聊天。多浪漫的相遇！

今天加班，离开的时候，等电梯的人只有我一个。我身体很疲惫，思想却很狂野。幻想着也许他仍在加班，我们可以电梯偶遇，虽然没有下雨，不过电梯可以出故障的，最好困在里面一整夜，什么该发生的不该发生的都可以发生。我满脑袋的美梦，眼睛幸福地闪耀着哇咔咔的桃心。

电梯门打开了，我和电梯里的人视线相碰的一瞬，都愣住了，我吃惊下忘记了我需要进电梯，只呆呆地看着对方，幸亏他反应快，挡了一下门，已经要合上的电梯门才又打开。

"你怎么在这里？"我立即发问，又觉得太不礼貌，赶紧加了一句，"我打电话给你还钱了的，你的手机一直不通，说是不在服务区。"

他不答，反问："你怎么在这里？"

我得意扬扬地说："我现在在这里上班。"话出口才反应过来有问题，立即很心虚地问："你怎么在这里？找朋友？经常来？偶尔来？一般不来？”内心期盼的答案是："永远不来"。

"我也在这里工作。"

他很简单的回答，我却觉得整个电梯在旋转，发了会儿呆，才突然想起我还欠他钱，一边掏钱给他，一边脑子里左右盘算。

"那个，那个，其实那天我告诉你我在W工作是在骗你，我没有在那里工作，我也不叫Freya，我叫Armanda，你就当做那天什么都没听见过如何？我请你吃饭……"

电梯停住，好像有一个人走了进来。我没有心思理会，只满脑门子想着如何封住此人的口，否则让公司听到风声，我肯定立即被炒鱿鱼，并且从此被烙下"骗子"的印记，北京的金融圈子恐怕就不用再混了。这个时候，我才意识到篡改简历并不是一件简单的事情，尤其是对大公司捏造虚假履历，后果更加恐怖。

我手里捏着两张百元大钞递给他，慌乱无措地说着话："我请你吃饭，你想吃什么都行，鱼翅、燕窝、鲍鱼，就是把我炖了都行，只要你当做什么都不知道。"

他的手向我的两百元钞票伸来，我正要松手，却看见他的手直直越过我的手，和另一只手握在了一起。

一个熟悉到梦回萦绕的声音响起："刚回来？"

"下午的飞机。"

"辛苦了！"

"哪里，哪里。"

我的脑袋一瞬间空白了，我刚才说了什么？说了什么？我呆呆地捏着两百元，盯着自己的手指尖，觉得自己的手在发颤，也许下一个动作，就是直接掐死自己。

他在收回手的同时，终于顺道从我手里拿过了钱，而我仍盯着自己的手指发呆。

电梯里很诡异地沉默着。我心心念念的人就在我身侧站着，而我竟然连抬头看他一眼的勇气都没有。所有浪漫不浪漫的搭讪，我全忘记了，我只知道我刚才又在说蠢话，而他正好听到了。

这世上除了小学课堂，哪里来的心灵美的人才是最美的人？即使最狗血的童话故事灰姑娘中，仙蒂瑞拉也要南瓜车、公主裙、水晶鞋，道具齐全了，才能让王子注意到她，你试一试让灰姑娘穿着她的灰衣服、提着脏扫帚去见王子，看王子会不会留意到她。可见，即使童话世界，都知道外在的虚华是多么重要，可为什么我从小到大，向他展示的总是我狼狈不堪的一面？

无数次，我期盼着他能留意到我，能记住我，可这一刻，我又开始祈祷他没有看见我，压根儿无视我，最好彻底失忆。神啊！请给我一个恰当得体的初遇吧！

"叮"！

电梯到底了，宋翊第一个走出电梯，我下意识地跨出电梯，跟着他的脚步紧追着，走出玻璃门，被街灯一映，人又立即清醒，停住脚步。

大楼外，夜色深沉，华灯已上，好一派灯红酒绿、纸醉金迷，而我只能目送着他的身影在五彩霓虹中远去。

回头处，某个人也已经快要消失，我立即踩着高跟鞋狂追："喂，喂！站住，站住！"

他的心情似乎很不好，眉头攒在一起，在过往车灯忽明忽暗的映照下，显得几分凌厉。我有些呆，张了张嘴，鼓了鼓勇气才敢说："你可不可以不要……"

他不耐烦地说："我不认识你！你也不认识我！OK？"

我赶紧点头："OK！OK！"

他盯着我不吭声，我反应过来，立即沉默地远离他，迅速向地铁站的方向飘去，身后传来若有若无的声音："加班过九点，的士费用报销。"

我醍醐灌顶，立即回头，笑说："谢……"看他瞪着我，又立即转过头，板着脸孔，专心找计程车，不认识，不认识！我们不认识！

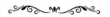

回到家里，麻辣烫的头像亮着，我立即诉苦。

"我惨了！被公司里的一个人抓到小辫子了。"

"什么事情？"

我支支吾吾说不出来，毕竟改简历的主意是她出的，所有伪证也是她找的，她的目的只是为了实现我的愿望，我不想用一个也许根本不可能发生的后果去让她产生内疚感。

"也不是什么大事，不外乎办公室里那点破事呗！"

"切！活该！谁叫你去那破公司。"

MG是破公司？麻辣烫的选择性盲视果然彪悍无敌。

"你在干什么？"

"听摇滚。"

"你和你妈又吵架了？"

"……"

"又是为了男人？"

"……"

"实在不行，你就答应她一次，相亲又不会死人，你对朋友很忍让的，为什么对自己的亲娘却总是寸步不让？"

"我家的事情，你少发话！我有没有问过你究竟为什么去那家破公司做虾兵蟹将？我有没有问过你暗恋的人叫什么名字，做什么工作，长什么样子，身高有没有180cm……"

在麻辣烫的机关炮下，我彻底投降："好了，好了，我错了！"

我的事情不是不肯告诉她，而是不敢告诉她，她的脾气难以琢磨，万一哪天她小宇宙突然爆发，冲到宋翊面前，一拍桌子，揪住对方衣领，怒吼道："我家小妹看中你了，你到底从是不从？撂个话！"那我直接买块豆腐撞死算了。

唉！想到宋翊，心情又开始低落，为什么我美丽动人知性美婉约美的一面总是落不到他眼里？

"我去洗澡睡觉了。"

麻辣烫心情不好，也不想多说，只发了一个祝我好梦的图片。

洗完澡，躺在床上，心里还是不踏实，翻来翻去半晌，又打开了电脑，没有登录QQ，登录了MSN。宋翊的头像竟然是亮的，我盯着看了好一会儿，才敢相信这个事实。真的是亮的，不是我的幻觉！

心跳加速，头发晕，手发抖，颤颤巍巍打了个"你好"，觉得很怪，删除，想了想，又打了个"你好"，再删除，最后发了一个笑脸过去。

屏住呼吸等待，没想到对方立即给了回复："你好，很久没有登录，很多人光看账号已经记不起真名，请问，你是……"

"啊！"

我从椅子上跳起，举着双手，一边大叫，一边绕着屋子狂奔一圈：

"我是一个菠萝，萝萝萝萝……"

"萝"声还没完，突然反应过来，现在不是激动的时刻，又立即坐回桌前，深吸了口气，颤抖着手打字，好半天才终于敲出一句完整的话："我也是清华经管的，比你低两届，我和袁大头的女朋友，他现在的老婆很熟。"实际上，我和她只是住在一层楼里，彼此知道对方而已。

"☺"

我盯着这个笑脸的符号，研究了好一会儿，看不出这个符号背后的含义，不过，他应该不排斥和我说话吧？

我脑袋里搜索着信息库，他会对什么话题有兴趣？想过无数话题，却怕万一说错了的后果，前后犹豫着，不知不觉就半个小时没说话了。沉默时间越长，越说不出来话，我痛苦地用头去撞显示器，为什么？为什么我这么蠢？

突然，"滴滴"几声响，一句问话跳上屏幕。

"你对北京熟悉吗？知道什么地方的餐馆味道比较好？"

吃喝玩乐可是我和麻辣烫的特长，我立即一口气介绍了一串味道好的饭馆，具体哪道菜做得好，什么时间去最好，都详细地告诉了他。

"谢谢！北京这几年变化很大，一切还在适应中。"

"不客气，很乐于为师兄效劳。"我赶紧趁机拉近关系。

他又回应了我一个"☺"。

不知道为什么，这个笑脸符号让我想起了他的笑容，灿烂阳光，温暖积极。他在篮球场上投进了球时，会这样笑；和朋友打招呼时，会这样笑；走进课堂时，会这样笑；上台领奖时，也总会这样笑。我的心里说不清楚是什么感觉，好一会儿后，才字斟句酌地问："我能找你聊天吗？"发出去后，又赶紧补上一句话，"我有很多金融方面的问题想请教。"还是不妥，再补充，"我知道你很忙，不会占用你太多的时间。"

只觉得自己的心紧张得"扑通扑通"直跳，正觉得喘不过气来时，他的回复到了："当然可以，不过请教不敢当，彼此讨论吧。其实，我并不忙，除了工作，其余时间都空闲。"

"怎么会？北京应该还有不少同学和老朋友吧？"

"是的，不过留在北京的同学朋友大部分都已成家立业，就刚回来时聚了一下，平时见面机会并不多，有个哥们儿的女儿都已经四岁了。"

是啊！他比我大两届，如今我在同学中都已渐成孤家寡人，何况他？平时的工作本就忙碌，成了家的人有限的空余时间都要贡献给家庭。大学时代，一呼百应，勾肩搭背，胡吃海喝的日子已永不会再现。

虽然一句话没说，可两个人竟似心灵相通，隔着屏幕，相对欷歔，我发了个太阳过去，他回了个笑脸。

本来正在拼命想话题，没想到他主动写了很长的一段话。

"去那哥们儿家，他女儿不肯吃饭，被他老婆说了两句，躺在地上打滚，他一把把女儿拎起来，板着脸和女儿讲道理，一板一眼，人模人样的。我记得大学时，和那家伙去康西草原，他狂背周星驰《大话西游》的台词，我们一帮同学就做势把他踹倒在地，学着片子里的斧头帮兄弟，替他扑火，我们在上面踹，他在地上很配合地惨叫。可惜当年都是穷学生，没有数码摄像机，否则录下来现在就可以给他女儿看一看。"

电脑前的我"扑哧"一声笑了出来："《大话西游》可是我们的入校必看片，被定为新生教育片，不管男女，台词都是张嘴就来。不过我一直没搞明白，这片究竟是清华的教育片，还是北大的教育片，北大一直说是他们先定为必看片。"

"当然是清华的！就是从我们开始的，北大那帮人跟着我们学。"

我在电脑前乐，我听到的版本是清华跟着北大学的，这段历史公案，我们晚辈就不发表意见了。

电脑上时钟的时间已经接近十二点，我试探地问："你平时都睡得比较晚吗？华尔街真的像传闻中那样，一天要工作至少十四个小时？"

"差不多，累是真累，不过还好，有的时候，劳累会令你忘记思考，而忘记思考不失为一种幸福。"

"国内的工作还像以前一样忙？"

"现在的工作，大脑的劳动强度降低了，但心的劳动强度提高了。"

我盯着他的回话研究了半天，想看透每个字背后的意思，却越想越乱，我很想问："你的女朋友呢？她不是也在美国吗？为什么你现在是单身？"可是我不敢问。

多年前，那个传说中金童玉女的搭配让我每夜哭醒，虽然之前也没有多少希望，可从那一刻起，我才真正意识到自己多年的追逐全成了绝望，在整整一年的时间内，我自怜自伤，自厌自鄙。天鹅就是天鹅，丑小鸭就是丑小鸭，如果一只丑小鸭变成了天鹅，那么只有一个可能——在童话世界中。错了，即使在童话世界也不可能！因为那只丑小鸭只是一只站错了队伍的天鹅，更多时候，我们都是真正的丑小鸭。

失恋的痛苦加上父亲重病住院，我整整消沉了两年多，后来遇见麻辣烫，她在我生命中最灰暗的日子，陪着我疯、陪着我闹、陪着我掉眼泪，随着时间流逝，我逐渐正常，一切都好像未留痕迹，似乎他随着我年少轻狂的时代一起逝去了，可是每天晚上的梦告诉着我相反的事实。

很久后，我问："很晚了，你还不睡吗？"

他应该在做事情，好一会儿后才注意到我的信息，回复道："我已经习惯晚睡，反正早上床也睡不着。"

"在干什么？"

"随便看看华尔街日报，你怎么也还没休息？"

"我也习惯晚睡。"打字的同时却是打了个哈欠，"对了，这个周末，清华的自行车协会骑车去香山植物园，有在校的学生，也有很多已经工作的校友，你有时间吗？"

"我目前没有自行车。"

"我手头有多余的自行车。"

他考虑了一会儿，回复道："我现在不能确定，不过，很心动。"

"耶！"我用力握了一下拳头，对着电脑大叫，睡意早去了九霄云外。看来他喜欢骑自行车的爱好仍然没变。他在大三的暑假，曾一个人骑自行车从北京到敦煌，为此我也曾在自己大三的那年，一个人去了趟敦煌。

"没关系，我几乎每天都会上一会儿网，你周五前告诉我就可以了。"

"谢谢，我要下线了，晚安。"

"晚安。"

等着他的头像变成灰色，我才关了电脑，又叫又跳地冲上床，卷着被子，滚来滚去地乐，我真的很多年没有这么快乐过了，谁说爱情虚幻？这样的快乐可是实实在在的，即使千金也难以买到吧！

实在兴奋得睡不着，只好去骚扰麻辣烫，麻辣烫的声音睡意蒙眬中满是紧张："怎么了？蔓蔓？"

"我好高兴，好高兴，好高兴！"

麻辣烫呆了一会儿，惊骇地叫："神经病！你个大神经病！这都几点了？你明天上不上班？是不是那座冰山给你甜头了？"

我咕咕地甜蜜笑着，不说话，麻辣烫叹气："疯子！女疯子！一个大女疯子！"

话语像骂人，实际的语气却半是心疼我，半是替我高兴。

她陪我傻乐了会儿，突然语气变得严肃："蔓蔓，你这么喜欢他，到时候真和他在一起了，万一他不喜欢我，你是不是就不理我了？"

　　"他住我左心房，你住我右心房，我要和你们都在一起，才会有一颗完整快乐的心。"

　　"呸！我要赶紧找个扫帚来，扫扫地上的鸡皮疙瘩。"

　　"明天晚上陪我去买自行车，我周末要骑车去香山那边。"

　　"你不是有一辆吗？"

　　"他没有。"

　　麻辣烫的声音立即高了八度："你个傻……"声音顿了一顿，又低了下去，"得！这些我都先记在账上，等秋后，再一笔笔算。"

　　我傻笑着和她道别："睡觉了，明天继续给资本家卖命。"

　　她温柔地说："傻妞，做个好梦。"

　　"亲爱的，我会爱你一万年，即使你变成了黑山老妖。"赶在她骂我之前，挂断电话，钻进被窝，快乐地闭上了眼睛。

　　自行车，我买了；活动，他却未能参加。

　　周五的晚上，我一直在电脑前等到深夜十二点，他才上线，看到我仍在线，他有些吃惊，和我道歉，说工作上有些急事，周末去不了。我说没关系。

　　之前一直盛传的中国的能源垄断××大国企要在海外上市的消息有渐渐确实的倾向，这周公司的高层在不停地开会，显然，公司打算拿下中国的这个超级大客户。

　　他问我在做什么，我不敢说自己一直在等他，随口说自己在看小说。

　　"什么小说？"

　　"言情小说。

　　他笑："还相信白马王子的故事？"

　　我也笑，避重就轻地回答："有梦总是好的。"

　　他似仍有歉意，非常主动地和我聊着天："什么样的故事？"

　　我有些傻，显示屏上是天涯的八卦帖，上海房价居高不下，八零后的房奴生活，地中海的蜜月之旅。

嗯……什么样的言情故事？

"就是一个女孩子暗恋一个男孩子的故事。"

"她为什么不告诉他？"

"她不敢。"

"为什么不敢？她告诉男子，不外乎两个结局，男子接受她，他俩在一起，男子不接受她，他俩不在一起。她不告诉男子，结局就是他俩不在一起，结论显然是她告诉他的做法更对。"

我怔怔地看着他的话语，我从没有从这个角度想过问题，原来从经济学的角度出发，这个问题可以如此简单，但是真的可以像选投资计划一样简单吗？

我的长久沉默，让他想到了别处，他客气地说："不打扰你看小说了。"

我立即回复："我这会儿没在看，我刚在思索你的话，觉得挺有意思的，我看小说的时候没这么想，就是觉得挺同情女主的。你要休息了吗？"

"今天思考了太多东西，早上一起来就在不停灌咖啡，身体已经非常疲惫，大脑却无法休息，我不想再看到任何和工作有关的事情，想看会儿电视，却发现看不下去，不是穿着麻袋布片的武侠剧，就是秃着半个脑袋的辫子戏。"

我对着电脑乐："我给你讲一个睡前故事吧！"

"好！是happy ending吗？"

"不知道，作者还在连载。现在很多人在网络上贴故事，有点像以前的报纸连载，好处是不用经过编辑审核，作者可以忠实地表达自己想表达的，缺点是没编辑把关，很多都是坑，没有结局的。"

"☺那你也只能连载？"

"☺讲得太多，你也没时间听呢！"

"很长的故事？"

"一千零一夜。"

他大笑："不要紧张，即使你讲得不好，我也不会砍你脑袋。"

我对着电脑幸福地微笑，如果你是我的国王，我宁愿冒着被砍脑袋的风险，也愿意做那个阿拉伯女子。

我和他在调侃中，你一句我一句地聊着。我无比感激发明网络的人，因为一些看不见的线，在这个深夜，孤单的我们能相互陪伴。

我知道他什么都不知道，不知道踢足球时，足球正中过我的太阳穴；不知道他每一次的篮球赛，我都没有缺席；也不知道因为他的一句"我在清华等你"，我追逐着他的步伐，奇迹般地考进了清华……

　　但是，没有关系，我感谢上天，给我这个机会，让他和我一起静静地从故事的最开头再开始一遍。一千零一夜的故事很长，希望等我的故事讲完时，我和他也能如国王与阿拉伯少女一般"从此后，幸福地生活在一起"。

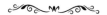

　　自从那天起，我每天都会上网守着MSN，不管宋翊任何时候上线，总能看见我。

　　毕竟是一个高中、一个大学出来的人，我们在少年时期的成长环境可以说几乎一模一样。我们之间有无数可以说的话题，而且更重要的是，这个世界上，除了他的父母，我相信再没有人比我关注他的时间更长，我知道他喜欢读的书，喜欢的体育活动、喜欢的食物，更知道他讨厌的书、讨厌的体育活动、讨厌的食物。我去过他去过的地方，看过他看过的书，听过他听过的歌，做过他做过的事情，很多时候他刚开头，我就能把他想说的话全部接完。

　　我们聊童年的事情，聊少年的事情，聊大学的事情，也会聊现在的事情，谈一本书，谈一部电影，谈喜欢的音乐，连他自己都惊讶，曾和我说："我怎么觉得我和你好像已经认识很多年，如果不是发生在自己身上，我都不能相信。"

　　我对着电脑屏幕微笑，我们的确已经认识很多年了。

　　一个周末的晚上，我们从李白、杜甫谈到古龙、金庸，从浪漫主义谈到写实情怀，纵横中国文化几千年，痛快淋漓处，我告诉他，真想听关东大汉高喝一声"大江东去"，他大笑。

　　我们聊得忘记了时间，等惊觉时，已经凌晨四点多，他非常惊骇，笑说："要赶紧睡了，除了大学时和哥们儿拼酒，从来没和人聊天聊这么久，聊得竟然忘了时间。"

　　我却突然发了疯，问他："马上就要日出，可不可以一起看日出？

我的阳台正好向东。"

他爽快地答应了，也站在面向东面的玻璃窗前，我们两个在不同的地点，却同时目睹了太阳照亮这个城市的一刻，眺望着一栋栋大楼被朝霞染成橙色，俯瞰着一条条长街被朝阳唤醒，我的心充满了希望。那一刻，我觉得我离他很近，我觉得这座城市很美丽。

渐渐地，我们有了一种默契，虽然没有口头约定，可每天晚上临睡前都会闲聊几句。忙的话就互道个晚安，不忙的时候，我会讲一段一千零一夜的睡前小故事，我也不知道他是否会觉得故事无聊，其实很多候，都不能算是真正的故事，因为完全没有男主角的互动，只是我的举动和心情，暗恋中的追逐和痛苦，实在没有跌宕起伏。不过，反正他没有罢听，我就死皮赖脸地继续讲。

Chapter 4

刺痛

我会一直爱你，直到四海枯竭，
直到太阳把岩石熔化，只要我一息尚存。

　　网络上进展良好，我开始期盼我和宋翊的见面，觉得我们会有一个
和以前绝对不一样的"初遇"。

　　办公室里调走了几个人，虽然不知道发生了什么，可是明显感觉到
氛围越来越紧张，不少同事在窃窃私语。我是新来的，无党、无派、无
人管理，我也不答理人，埋头做自己的事情就好。我并不担心宋翊，对
他，我有莫名强大的信心，没有原因、没有理由，只是多年的相信已经
成习惯。

　　我小小的快乐在白日偶尔看见他的身影里，在偶尔看见的他的一个
签名里，大大的快乐在晚上，在漫无边际的胡扯闲聊里。

　　本以为，这样平静安乐的生活会一直持续下去，直到我计划好和他
的美丽相遇。

　　"Armanda！"

"Armanda！"

……

Young连叫了好几声，我才反应过来是叫我，对新的英文名字一直没有适应，给同事的解释是以前在国企，不习惯用英文名字，同事们都很接受我的解释，只是某些眼神需要忽略。

"对不起！没反应过来是在叫我，你们不是在开会吗？"

Young很温和地一笑，表示理解："我回来拿点东西，Helen本来要来通知你去参加会议，我正好回来，所以带个话。"

"啊？哦！好！"

我只负责员工费用报销的初次审核，属于非核心业务，他们却都是公司的精英，我似乎和他们的会搭不上边吧？虽然心中不解，但还是乖乖拿起笔和记事簿，跟着Young走。

我看着她玲珑的背影想，同一个办公室的时间也不算短了，可我连她姓什么都不知道，估计她也不知道我的，如果她离开公司，更换了英文名字，我和她会立即变成陌生人。外企通过英文名字好像将大家都平等化、朋友化了，实际上却是疏离化、陌生化了。

路上碰到Linda，她刚从洗手间吐完出来，两个月的身孕，正是妊娠反应最厉害的时候，她的反应又尤其强烈，我和Young向她打招呼，她只微点了下头，就昂着下巴，大步赶到我们前面去。Linda是我们的一个主管，听说业务知识一流，只是不太好相处，不过，上司都不好伺候，大姐在很多人眼中也是不近人情的老处女。

我一边胡思乱想，一边走进会议室。刚推开门，就瞄到一个最不想瞄到的人，下意识地想夺路而逃，镇定了半天，才战战兢兢地走进去。天哪！这人为什么在会议室？坐的位置还挺特殊。虽然他已经承诺过彼此是陌生人，他看着也不像会食言的小人，不但不像小人，还神冷气清，威严内敛的样子，可我就是害怕呀！大概这就是做了亏心事的人的通病。

我缩到最角落里的位置，希望他没有看到我。

没有看到，没有看到！我对着记事簿喃喃自语，都不知道我究竟是在祈祷，还是在催眠自己。催眠了半天，仍然没有办法让自己忽略他，忍不住斜着眼睛偷偷去打量他，他头微微一侧，面无表情地直直看向我，两人的视线竟撞个正着，我的心"咚"的一跳，做贼心虚，立即低下脑袋，完了！看来祈祷没起作用。

主管讲完话后，那个"陌生人"开始讲话，我终于按捺不住好奇心。在记事簿上写了句"讲话的是谁？"把记事簿悄悄推到Young面前，她看到记事簿上的话，侧头看我，目光中有震惊和不能置信，我只能傻笑。

"陌生人"前面好像是在总结一个已经做过的东西做得如何如何，反正我没参加，和我没关系，他后面好像在说一个即将要做的东西如何如何，反正我不会参加，和我也没关系。

没关系呀，没关系！我开始走神，神游了一圈后，偷偷瞄Young，看她究竟什么时候肯回答我的问题，她却听得全神贯注，完全不理会我。

会议室里突地一静。

不是说之前不安静，之前也很安静，之前的安静是没有人说话，专心倾听的安静，现在的安静，类似于没有人呼吸的安静，连我都感受到空气的异样，只有那个讲话的人好像感受不到任何异样，仍旧在表扬着Linda之前的优异表现。大家的视线都在我脸上巡查，Linda更是好像要直接从我脸上盯出两个血洞的样子，我却傻笑着，满面不解地看大家。天哪，谁能给我解一下惑？

"陌生人"好像看穿我的心思，不紧不慢地重复了一遍刚说过的话："这个项目本来是Linda负责，但是为了照顾Linda目前的身体状态，项目又要限期完成，时间紧迫，所以这个项目将由Armanda负责。"

Armanda？那好像是我？Armanda！那就是我！

"我不行！"我未及深思，就站起来大声反对。

会议室这下真的安静了，连"陌生人"都不再说话，只是盯着我。Linda嘴边抿着丝冷笑，双手抱在胸前，一副看好戏的神情，Young的眼睛里有同情，更有不赞同，在所有人的视线下，我开始紧张，磕巴地说着理由："我刚来，不熟悉，我经验不足，我，我不会，反正我不行。"

陌生人看了一眼表，简单地下令："先吃中饭，一个小时后回来。"

同事们立即拿起自己的东西向外拥，Young悄悄把我的记事簿推回我面前，随着人流走出了会议室。不一会儿，会议室里只有我和他隔着椭圆形的大桌，一站一坐，彼此虎视眈眈。

看会议室的门关上了，我咆哮起来："喂！你这人做人太没道义，为什么要陷害我？你知不知道，全公司的人都会讨厌我，我一个新人，有什么资格负责项目？我哪里得罪你了？当时，是你亲口承诺过我们是陌生人的，你为什么要出尔反尔，太小人了吧！"

他没理会我的嚣张，轻跛着步子走到我面前，拿走了我的记事簿，看到上面我问Young的话，他的表情也很有些吃惊，随手拿起我的笔，在下面写出自己的中文和英文名字：陆励成，Elliott Lu。

"Freya Su，不要告诉我，这个名字你没听说过。"他的眉目间有隐藏的自信和霸气。

我的嚣张气焰瞬间全无，软坐到椅子上。天哪！怎么会这样？我怎么碰到这个魔头？我以为是好运气时，原来撒旦正在头顶对我招手微笑，说Hello。

沉默了很久，我尽量谦恭地说："Elliott，公司里能人很多，我的能力有限。"

"Linda的状态，你应该能看到，一天的时间不是在卫生间吐，就是在去卫生间吐的路上，Susan和Peter被Alex Song调走，我现在手头没可用的人，可项目必须完成，而且必须成功地完成，我对Manager Su的能力很有信心，这个项目涉及企业财务状况的评估和建议，恰好是你的专长。"

他的语气半解释，半警告，我哽着声音说："如果我完不成呢？"

他微笑："你完不成，我的日子会有一点点不太好过，而你恐怕要考虑转行了，最好连中文名字都改一下。"

我掩着脸，不知道该怎么办。答应他，就变成了他的盟友，等于和宋翊站在对立面，不答应他，我绝对相信"苏蔓"这两个字就会等同于大骗子，将来不要说北京，就是整个中国的金融圈都不用混了。

究竟是做宋翊的敌人，还是做被宋翊唾弃的骗子？

陆励成虽然眼中很不解，但对我的挣扎无动于衷，只是静等着答案。

金融圈子里因为诱惑太多，所以营私舞弊盛行，可就是这个盛行营私舞弊的泥潭却最恨营私舞弊，一旦曝光，都是严惩不贷，如果我真被揪出来，再加上陆励成的手段，我这辈子的职业生涯肯定完全葬送，也许最后我连做被宋翊唾弃的骗子的资格都没有。我犹豫再犹豫，挣扎再挣扎，终于妥协："就这一次！"

他很狡猾地没有回答，只问我："你答应了？"

"陆励成，我不管你是一个多厉害的人物，也不管你的手段多么卑劣狡猾，你给我记住，就这一次。"我的表情肯定有些狰狞。

他毫不在意地笑了笑："苏蔓，我会给你最好的人，不管你用什么方法，我只要一个最完美的计划书。"

我收拾了东西就走，他在身后问："会议？"

我回身瞪着他，冷冰冰地说："你不是赶时间吗？在距离公司最近的酒店给我开两间大套房，把所有资料送过去，我要你的助理Helen，还要Young，别的人，你看着给，但是请保证Linda远离我的视线，我时间有限，没精力应付她的怨气。"

他对我的态度没有生气，反倒颇满意地点了点头："我会派Linda去天津出两周差。我的私人手机会一直开机，你在任何时间都可以打，号码你知道。"

我恨恨地瞪了他一眼，走出了会议室。第一件事是给老妈打电话，告诉她需要做项目，两周内都不回家，再给麻辣烫电话，请两周的假，把要逛的街先给我留着。麻辣烫听我语气不对，问我怎么了，我一腔怨气立即爆发，对着她狂骂我的老板，麻辣烫完全不知道发生了什么事情，更不知我口中的无耻卑鄙小人究竟是谁，就立即无条件地站到我的一边，陪着我一块儿骂，我歹毒，她比我更歹毒，如果话语能杀人，陆励成如今肯定头顶长疮，脚底流脓地奄奄一息了。

两周时间，我们七个人封闭于酒店内，醒着时在做项目，睡着时似乎也在做项目。Young他们五个刚开始对我颇有想法，幸亏我有先见之明，要了Helen，Helen对金融一窍不通，但某种程度上，Helen代表着陆励成，每次我发布号令，他们表情质疑时，我只需看向Helen。Helen的一句话比我磨破嘴皮解释更有用。不过，随着计划的进行，他们逐渐信任我的能力，大家渐渐融洽，不再需要Helen旁听，她变成了保姆，替我们变着花样弄好吃的，连咖啡都是不带重样的味道。

也许几个月后，我们仍会为了升迁斗得你死我活，可现在我们暂时忘记办公室里的职位升迁、奖金高低，我们彼此通力协作，为着同一个目标努力迈进，项目的每一个进展大家一起高兴，每一个失败大家一起痛苦，我们的笑在一起，我们的泪也在一起，颇有痛着你的痛，喜着你的喜的感觉，这种齐心合力、众志成城的感觉，没尝试过的人永难明白它会有多么美妙，很多人热爱工作也许就是这个原因。

我本来刚开始计划着有保留地付出，可是他们的投入和热情感染了我，我忘记了我的初衷，只想努力做好一切，让所有人的努力都有最好的结果。

很多时候累极了，大家横七竖八地睡在地毯上，男子胡楂满面，女人妆容半残，可揉揉眼睛，一杯咖啡下肚，个个就都又是一条好汉，又能大战三百回合。

最后一天的凌晨十二点多，终于把演示图也全部做好，太过疲惫，连喜悦欢呼的力气都已经没有，大家长舒一口气，连衣服都顾不上脱，躺倒就睡。

我一面想着应该撑着最后一口气检查所有东西是否已经齐备，一面又不能抑制地惦记着另外一个人，也许对他而言，我的出现和消失只如路边的野花，开落随便，并不值得给予什么注意。

悄悄检查了同屋的人，确认他们都在熟睡后，一边期盼，一边害怕地登录MSN，看到弹出了对话框。

"在吗？"

"我的一千零一夜的故事呢？"

"最近还好吗？"

"上来后，请给我留言。"

虽然最后一句留言已是一个多星期前，可我所有的疲惫烟消云散，我的开与落，他留意到了！虽然这个留意只会持续四天。

"不好意思，有点突发的事情，出差去了，不方便上网聊天。"

"听说东西都做完了？"

一个声音悄无声息地在我身后突然响起，吓得我立即合拢笔记本，"你，你怎么进来的？"

陆励成晃了晃手中的门卡，房是Helen开的，他当然可以从Helen那里拿到钥匙。

我没好气地说："做完了，不过我还没最后复核细节。"

陆励成坐在桌子的另一侧："我来负责复核，你去睡觉，明天早上还要做报告。"

我尽量放低姿态，放软声音："能不能不要让我做？"

"这是你的心血。"

"也是他们的心血。"

他盯着我，眼中有不能明白，最后做了退步："那你想让谁做？"

"Young，她英文很流利，语态姿势都很优雅，即使美国来的老板在下面听，也绝对不会让你丢面子。"

"我要的不是'不丢面子'。"

我抱着头叹气："明白，明白，你要的是赢。放心吧！讲得好，你固然赢了，她也赢了，机会难得，她不会辜负你，更不会辜负自己。"

他不再吭声，打开随身携带的电脑，我把U盘递给他，自己抱着电脑躲到角落里，没有桌子索性坐到地上，靠着墙壁。

打开电脑，重新登录MSN，竟然看到回复。

"没关系，只是有些担心你有什么事情。"

"又没消息了？又去出差了？"

一瞬间，我只觉得窝心的温暖，鼻子发酸，眼眶里突然就有了泪花。

"没看到你在线，发完消息，没指望有回复，所以没留意，抱歉。"

"我这几天刚发现这东西可以假装不在线。☺很人性，即使网络上，我们也需要面具。"

他竟然连这都不知道？我对着电脑摇头笑："你以前都在网上干什么？"

"看新闻，看股票，查资料，开会，沟通。我不是石器时代的人，虽然不太会用MSN的小花招，但不是古董。"

我抱着电脑乐，"你都学会隐身了，当然不是古董了。"

他发了一个大笑的表情，"你今天还讲故事吗？"

"宋学长，你明天还上不上班？请去睡觉！"

"不要给自己的懒惰寻找借口。"

"不要拿自己的身体不当身体。我可是要去睡觉了，晚安！"

"晚安！"

很久后，我以为他已经走了时，却又跳出一句话："如果下次你要断网，请通知我一声，这是我的邮箱：songyi@xxxx.com。"

"一定。"

等了很久，再没有回应，我幸福地抱着笔记本，对着虚空傻笑，如果不是因为我已经连续两周没休息好，实在没有力气，我肯定跳到阳台上去对着全北京市民狂叫："宋翊给我他的邮箱了！"

回神时，看到陆励成双臂抱于胸前，靠在电脑椅上，静静地看着我。我有些做贼心虚，顿时满面通红："你不是在做最后的检查吗？"

他站了起来，提着电脑包离去："已经检查完，做得不错。不过还需要再改一下开头，这个开头太严肃，Young明天做报告的时候，也要注意调动气氛，我会让Helen明天早上五点叫醒Young，让她准备演讲，加上开头。"

我心里暗骂神经病，即使做上司，也可以仁慈一点吧？

"不用再深夜打扰Helen了，我明天早上会叫Young的，开头我现在就做。"

他开门的瞬间，回头盯了我一眼，随意点了下头就关门而去，我却又继续奋斗了一个多小时。

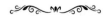

我作好了输的心理准备，也作好了赢的心理准备，可是当看到赢得精彩漂亮的陆励成接受宋翊恭贺，两人握手合影，微笑着看向镜头时，虽然两人的笑意看上去一模一样，我的心仍是刺痛了一下。

照例是要庆祝的，我想溜走，可老板Mike发话，订了最好的K歌厅，两组的人一块儿去喝酒唱歌，估计Mike是想让美国过来的老板感受一下中国式的庆祝方式。

到了包厢，赢的固然兴致高昂，输的也不敢在老板面前流露出没有气量，所以气氛很热烈。唯一值得庆幸的事情就是包厢里灯光昏暗，我可以躲在角落里，不为人觉。

美国过来的老板是个犹太小老头，头发梳得纹丝不乱，个子不高，可很威严，很是夸赞了一通Young，Young应对得体，不怎么笑的陆励成嘴角也透出了笑意。

当场面上的客套完了，大家开始喝酒的喝酒，唱歌的唱歌的时候，犹太老头却端着酒杯坐到了宋翊旁边，两人一边吸着酒，一边聊天，不知道宋翊说了什么，犹太老头子笑意满面，拍着宋翊的肩膀，俨然一副慈祥的邻家小老头的样子。也许是我的错觉，我觉得陆励成的笑意淡了几分，心里只能对他报以同情，很多时候文化上的差异是根深蒂固的，不要说中美之间的差异，即使同是中国人，北京人还听不懂陕西人的笑话，浙江人还不知道贵州人的日常习俗呢！所以，陆励成的英语说得再流利，可和在美国读书生活工作了七年多的宋翊比，那只是工作上的游刃有余。

陆励成放下酒杯，拿起麦克风，大家都自觉地安静下来，他用英文感谢了全组人的辛勤付出，表扬了他们平时的工作表现。

顶头上司当着大中华区的老板，美国大老板的面给自己加分，所有人都激动起来，借着酒意频频欢呼，嚷着："Elliott，不要光嘴上感谢我们，献歌，献歌！"

另一组的人估计也想听听陆励成的歌声，所以跟着一块儿鼓掌，打口哨。年轻人特有的活力感染了犹太老头，他颇有兴趣地注视着陆励成。陆励成未再推辞，一边微笑着说："恭敬不如从命。"一边微不可觉地看了Helen一眼，Helen立即会意地按下手中的遥控器。

周杰伦的《东风破》。

真是好选择！这是一首不管男生、女生都会唱的歌曲，大家跟着陆励成的节奏拍着掌，犹太老头虽然听不懂，但是也礼貌地跟着大家一块儿拍掌，陆励成唱到一小半的时候，把另一个话筒递到了Young手中，很优雅地弯下腰，做了个邀请的姿势，Young有些吃惊，脸红起来。男女之事的玩笑，历来最调动气氛，大家"哗"地笑叫出来，拼命地鼓掌，拼命地尖叫，气氛一下到达了沸点，连犹太老头都笑着鼓掌。

毕竟不是刚出社会的小姑娘，Young很快就坦然了，站到陆励成身边，和陆励成合唱。

……
谁在用琵琶弹奏一曲东风破
枫叶将故事染色结局我看透
篱笆外的古道我牵着你走过
荒烟蔓草的年头就连分手都很沉默……

一曲完毕，大家都热烈地鼓掌欢呼："唱得好！Elliott，再来一首，再来一首！"

陆励成的确唱得很不错，我也跟着大家拍掌，陆励成笑着推辞了一下，在大家的欢呼声中，未再坚持，又拿起了话筒："给大家唱一首英文老歌吧！"

Helen关掉了所有的伴奏音响，只有陆励成清唱：

On a wagon bound for market

There's a calf with a mournful eye

High above him there's a swallow

Winging swiftly through the sky

How the winds are laughing

They laugh with all their might

Laugh and laugh the whole day through

And half the summer's night

Dona dona dona dona

Dona dona dona don

Dona dona dona dona

Dona dona dona don

……

我听过的英文歌不算少，同事们也都英文不错，可这首英文歌，显然大家都没听过，大家的表情都很茫然，只能跟着节奏鼓掌。

虽然调子舒缓悠扬，旋律甚触动我心，但共鸣有限。不过很显然，犹太老头和我们的感觉截然不同，他的表情甚是动容，停止了礼貌的拍掌，而是专注地听着，大家也都安静下来，静静地听着歌曲。昏暗的包厅里回荡着低沉的男声，犹太老头的嘴唇微微动着，也低声哼唱着："Dona dona dona don……"

舒缓中流动着淡淡的忧伤，虽然听着有无数的laugh，却让人一点laugh的感觉都没有。我心中一动，用手机上网，打开Google，搜索Dona Dona。

该歌起源于一首广为流传的犹太童谣，二次世界大战期间，被改写成歌曲，在整个欧洲流传开来，对犹太人而言，这首歌意味着很多东西，给了他们爱和希望，坚持的勇气。二次世界大战后，这首歌随着犹太人流传向世界，有无数歌星用无数种语言翻唱过这首歌曲。

难怪这首曲子在缓慢悠扬的曲调中凝聚着沉重的哀伤，可哀伤之中却洋溢着希望。

一曲完毕，空气中似乎仍隐隐流动着犹太人的历史，大家都有些呆，不知道该如何反应，犹太老头将双手高举过头顶，一边微笑，一边一下又一下，缓慢却用力地鼓掌，大家这才跟着热烈地鼓掌。

我盯着陆励成，将先前的同情换成了敬畏，毫无疑问，他早已经在私底下做好功课，我相信，这个犹太老头即使回到了纽约，仍然不会忘记远在中国北京的这个下属。陆励成不愧是陆励成，能在这个年纪做到这个位置的人，压根儿不需要任何人的同情。

陆励成笑放下话筒，对着大家说："大家想不想听Alex来一曲？"

"想！"大家激动的声音好似要震塌包厢。

话筒立即被人递到宋翊手中，歌本也放到了他面前，有个女同事还拿着遥控器，调出点歌栏，殷勤地问："想唱谁的歌？周杰伦？方文山的歌词填得超好！"

宋翊微笑地凝视着显示器，一页页画面翻过，他却一直没有说话。对一个离开中国七年多的人，估计也绝对不会有时间关注中国流行歌坛的人，只怕连方文山是谁都不知道，此时此地，有陆励成的珠玉在前，想立即选择出一首恰如其分的歌曲绝对不是那么简单。可是，如果拒绝，又会显得不近人情，让老板质疑和同事的相处能力。

我心里对陆励成"敬畏"中的"敬"字消失了。何必呢？如此步步为营、咄咄逼人！

我装做要添酒，站了起来，斟满酒后，却没坐回原位，好似随意地坐到拿着遥控器的同事身旁，凑在她身边，笑说："让我玩一下。"嘴里客气着，手上却没客气，从她的手里拿过了遥控器，随手翻到周华健的栏目，半屏着呼吸问宋翊："《朋友》怎么样？虽然是老掉牙的歌，可绝对是好歌，也算应景，可惜没有《同事》！"

Young对我分外友善，笑着说："等着你创作给大家唱呢！"

大家都哄笑起来，我却紧张得手指打战，眼前的那个人侧头看向我。第一次，他真真正正地把我看进了他的眼中。

他笑着拿起话筒："好！就这首。"

因为歌曲耳熟能详，所以大家都情不自禁地跟着宋翊合唱。在犹太老头看来，气氛虽然没有陆励成和Young合唱的时候热烈，却更有一股众志成城的感觉。

这些年，一个人，风也过雨也走
有过泪有过错，还记得坚持什么
……
朋友一生一起走，那些日子不再有
一句话一辈子一生情一杯酒

宋翊端起酒杯，一边唱着一边向大家举杯，我也立即端着酒杯站起来，大家见状，纷纷拿起自己的酒杯，站起来。

音乐已停，宋翊的歌声却未停。

"一句话、一辈子、一生情、一杯酒……"大家在宋翊拖长的"一生情、一杯酒"声音中，聚拢成圈，热情地碰着酒杯，高呼"Cheers!"

香槟酒飞溅出来，在女生的惊叫声、男生的嘲笑声中，大家的欢笑也飞溅出来。

陆励成也和大家笑碰着酒杯，眼光却是几分阴冷地盯着我，他那句沉重的威胁压到了我的心上。

当歌声再次响起时，我悄悄退出了包厢。人说宁得罪君子，不得罪小人，我却觉得宁得罪小人，不得罪陆励成这样的人，小人即使恨我，不见得有能力搞我，陆励成却绝对有能力玩死我，我该怎么办？

心中有事，脚步匆匆，不知道谁在地上洒了一摊饮料，高跟鞋一滑，人就结结实实摔到地上，鞋子竟也飞了出去。行走在楼道里的人都看向我。我又是疼，又是羞，疼倒还罢了，那种丢人的羞窘感更让人难受。我一边手忙脚乱地拽裙子，防止走光，一边想要赶紧站起来，正努力挣扎，一双手稳稳地扶住我，有了助力，我很快就站稳了。

"谢谢，谢谢！"真的是谢谢，虽然只是一扶而已，可此时此刻就是拯救我于水火。

他转身去帮我捡起飞出去的高跟鞋，走回来，弯下身子，将鞋子放在我脚边："先穿上鞋，再活动一下手脚，看看有没有伤着。"

我正低着头整理西裙，听到声音，身体一下子就僵住。

他关切地打量着我："受伤了吗？哪里动不了？"

突然间，我就泪盈于睫，也许是这么多年不为人知的酸楚，也许是尴尬丢人，也许是他关切的温言软语，也许只是此时此刻他的近在咫尺。

他却以为我是痛得要落泪，忙蹲了下去："你叫……Armanda，对吗？抱歉！"他一手轻握着我的脚腕，一手拿着高跟鞋，替我穿鞋，"忍一忍，我们立即去医院，需要给谁打电话吗？"

这一切如同我的一场美梦，隔着薄薄的丝袜，他掌心的温度让我有眩晕的感觉，我痴痴呆呆地站着，一句话都说不出来。

他帮我穿好高跟鞋后，扶着我，向前行去。有一瞬间我的手几乎完全在他的手掌中，那一瞬间，我真想握住他的手，告诉他，我是苏蔓呀！我已经喜欢了你很久很久很久。可是理智知道那样只会让他以为我神经错乱，我深吸了几口气，定了定心神，拽住了他："宋翊，我没受伤，刚才就是……就是大概觉得太丢人了，所以一时情绪失控，不好意思。"

他停住了脚步，侧头看向我，眼中有几分意外的惊讶。估计如今已经很少听到人连名带姓地直接叫他了。

我立即结结巴巴地改口，"对不起，对不起！Alex，Mr. Song，Director Song……"

他笑起来："我叫宋翊，你可以叫我Alex。"

他向我伸出了手，我也力持镇定大方地向他伸出了手，两人的手握在了一起，我微笑着说："我叫苏蔓，苏东坡的苏，草字头的蔓，因为算命先生说我命中缺木，所以取的这个名字。"

他又愣了一下，大概因为我很反常地没有说英文名，却报了中文名，而且如此详尽地介绍，似乎唯恐他记不住。其实就是怕他记不住，同校期间，因为我一直追随着他的身影，出现在每一个他出现的地方，这已不是他第一次听到我的名字，可显然，站在光环中央的他从没有真正记住藏身于阴影中的我，他不会记得我们曾选修过同一门《西方音乐史》，不会记得我们一起上过新东方的GMAT班，不会记得我也是自行车协会的小会员，不会知道他的每一次篮球赛我都在场外，更不会知道黑暗的大礼堂里，我就坐在他身旁，他欣赏着大屏幕上的影片《罗马假日》，我只顾着紧张欣喜，酝酿着如何自然地打个招呼，完全不知道电影放了什么……但是这一次，我一定要他记住。刚才叫他，全属未经思考、自然而然，毕竟他的名字在我心中已徘徊了不下千万遍，而报我自己的名字，却是故意，我不是Armanda，也不是Freya，不是他的任何一个优美英文名字下却面目模糊的女同事，我要他记住我叫苏蔓。

两人握了下手后，他笑着说："虽然一个公司，但这才算是正式认识了。"

我正想说话，身后一个声音含笑说："Alex，你可不要小看她，让Albert赞不绝口的计划书，她才是真正的灵魂。"

宋翊深看了我一眼，他眼神中的变化，我没有看懂，我只看到他的微笑没有丝毫变化。他很客气地对陆励成说："强将手下无弱兵，当然不敢小看任何一位你的手下。"说话间，宋翊已经不留痕迹地远离了我。

我觉得我的脚有些颤，好似这才真正摔伤了，一口气堵在胸口，竟是上不来，也下不去。陆励成在一瞬间就摧毁了我多年的梦想，可此时此刻竟然恨不起来，只有浓重的悲哀，压得我摇摇欲坠。

陆励成看到我的表情时，笑容微微一滞，眼中冰冷的黑色中有了别样的情绪。他欠了欠身子，彬彬有礼地说了声"Excuse me"，向洗手间走去，宋翊向我笑点了下头，向包厢走去。很快，人来人往的楼道里，就只有我一个人呆呆地站着。

陆励成从洗手间出来，看到我仍呆站在原地，他停住脚步，远远地凝视着我，冷漠的脸上没有任何表情，只一双黑色的眼眸暗藏着锋利。我如梦初醒，挺直了腰板，迎着他的视线，微笑着向外走去，可心里却一片茫然。错了！全错了！我和宋翊的相识不该是这样，我要宋翊记住的苏蔓不是这样的。

拒绝了门童叫来的计程车，一个人走在晚风中。

夏日的晚风阵阵清凉，吹散了白天的燥热，也吹醒了我几分，自怨自艾绝不是解决问题的方法。思索了一会儿，拨通了一个以前关系还算不错的同事的电话，若无其事的闲聊中旁敲侧击地打听着大姐的消息，没想到大姐已经几天没去上班，究竟什么原因，同事也不清楚。

我犹豫了半晌，决定硬着头皮去大姐家，去夜市上买了一盆花，提了些水果就直奔大姐位于三十六层的豪宅。门铃声响了好一会儿，大姐才来开门，见到突然冒出的我，表情没有任何异样地请我进屋，把我准备了一肚子的客套说辞硬是全憋死在了肚子里。

我心内暗自咂舌，这帮人是不是做到一定程度，都要修炼出这么一副泰山崩于眼前而不动声色的样子？

大姐身上裹着羊绒披肩，头发蓬乱，脸色发白，宽大的客厅里到处都是吃剩的饭盒，喝剩的果汁盒。她歪到沙发上，一边擤鼻涕，一边问："什么事情？"

看到她这个样子，我哪里好意思诉苦求助，把花放到茶几上，开始收拾散落在各处的饭盒："你这几天不是就吃这些吧？"一个个塑料袋上印着的饭店名头还都不弱，亏得大姐能召唤动他们送外卖，可毕竟不是病人该吃的东西。

打开冰箱，空空荡荡，角落里躺着两包榨菜，翻了翻橱柜，倒是还有些米，找出一个新得如同刚买的锅，煮上粥，又将买来的水果一块块切好。

一边看着炉子的火，一边打扫卫生，等把屋子内内外外的垃圾全部清理干净，粥也差不多了，端给大姐："拜托！病的时候吃清淡点！"

大姐脸埋在碗前，深吸了两口气："真香！好久没闻到真正的米香了，没想到你居然挺会熬粥。"熬粥这活，看似简单，可如果火候和水没掌握好，很难熬出有米香的好粥。

我笑了笑，什么都没说。大学时，宋翊和王帅玩股票玩得身无分文，整天吃白开水和馒头，我隔壁的隔壁的宿舍的一个女生喜欢王帅，想借钱给王帅，被王帅断然拒绝了。我怀着私心，给那女生出主意，让她用小电磁锅熬菜肉粥，等熬好后，用饭盒一装，赶着饭点送到宋翊他们宿舍，就说是她吃不完的，他们想拒绝也舍不得拒绝。

她觉得我的主意倒是好，可实在没耐心做这事，我说反正我最近胃不好，医生让多喝粥，我顺便帮你多熬一点吧，那一个多月，我的宿舍里总是弥漫着粥香。偶尔，我也会和女同学一块儿去给王帅送粥，亲眼看到王帅分给宋翊一半后，我才放心地离开。

配着榨菜，大姐很快就一碗粥下肚，抬起头，看着我，还想要的样子。我摇了摇头，把水果盘推给她："六七分饱就可以了，吃些新鲜水果，补充维生素和纤维素，你喝十瓶果汁都不如吃一个新鲜水果，这么精明个人怎么能被商家的营销概念给忽悠了呢？"

大姐扬眉看我："你可真长进了，三日不见，竟然敢对着上司指手画脚了。"

我对着她做鬼脸："前！少了个最关键的词'前'！前上司。"

大姐瞪了我一眼，埋头开始吃水果。

我在厨房里洗碗，她坐在地毯上吃着水果，从开放式的厨房里看过去，在这个宽大明亮、可以俯瞰北京城的大厅里，她的精干强悍一丝不存，竟透着几分孤单可怜。想着老妈和老爸那个温暖的小客厅，两个人并肩坐在沙发上看电视的画面，我突然能理解几分老妈和老爸一直逼着我相亲的心思了。洗完碗，坐到大姐对面，她的气色看着比刚才有点人气了。

她嘴里含着片苹果，含含糊糊地问我："你到底有什么事？一脸的晦气。"

我刚叉起片香蕉，听到她的问话，立即没了胃口，又放下去："你认识陆励成吗？"

"见过几面，说过几句话。"

"他这个人究竟如何？"

"最好不要把他发展成敌人或竞争对手，所以，别看宋翊背景很强，是MG总部派来的人，但我对最后的结果仍然是五五分的态度，至于想发展他做爱人嘛，我就不知道了。"大姐的眼睛斜睨着我，满是戏谑的打趣，透着难得的女人味。

我被大姐气得笑起来："你联想力可真强大，我是得罪了这家伙，现在很为我的将来发愁。"

大姐放下手中吃了一半的橙子，皱着眉头问："怎么回事？你可不像是会得罪人的人。"

我只能从头老实交代，大姐听到我竟然篡改了履历时，有当场甩我一巴掌的表情，我跳着跳着将事情讲完："反正就是这样了，他知道我的简历是虚假的，抓着我的把柄，只要他愿意，随时可以让我永世不得翻身，再找不到工作。"

大姐长叹口气："你这个人呀……"迟迟再没了下文。

"我知道你想骂人，想骂就骂吧！"

"事情已经发生了，我骂你有什么用？你可以考虑辞职，以陆励成的身份地位，只要你不在他眼皮底下晃荡，他不应该会为难你，你的那什么破爱情就先扔一扔吧！"

我咬着叉子左思右想，难道只有这个方法了吗？我好不容易让宋翊看见了我，但让他唯一记住的却是，我和陆励成合伙在美国老板面前让他输了个颜面扫地，这不是我想要的！可是，难道继续当他的敌人？这更不是我想要的！

大姐皱了会儿眉头，又笑起来："得！我被'得罪了陆励成'几个字给唬住了，一时忘记了个人，我看你也不用太紧张，你说朋友帮你捏造的假简历，你口中的朋友应该就是许怜霜吧？"

我咬着叉子，傻傻点头。大姐不愧是大姐呀！竟然连我的朋友叫什么都清楚。

大姐笑着说："既然她敢帮你捏造简历，她也应该有胆子帮你摆平可能的麻烦。"

我满脸黑线地看着大姐。胆子？麻辣烫当然有了，她啥都缺，就是不缺胆子，大不了就是把陆励成约出来单挑呗！who怕who呀！

大姐看着我摇头："你个傻丫头，滚回去睡觉，别在我这里发呆，我们两个女人可没什么相看两不厌的。"

我跳了起来，一边拎包往外走，一边嘟囔："还丫头呢！社会上管我这样的叫'剩女'，剩下的女人！"

大姐骇笑："你若都是剩下的女人了，那我该是什么了，老妖婆？"

我嘻嘻笑着不说话，心里嘀咕着，可算是被您老猜中了！办公室里某些毒舌男叫得比这更难听。

Chapter 5

温暖

有一种希望太似绝望，你的同情无比珍贵，胜过一切的慰藉。

一夜辗转，仍然没有想出个好主意，只是让脑门顶子上冒了两个痘痘，对着镜子，一面挤痘痘，一面诅咒陆励成。

进了办公室，发现已经调走的Susan又坐在原来的位置上，我百思不得其解，只能偷偷拽住Young问："Susan不是调到Alex手下了吗？"我的问题有点白痴，不过Young的耐心很好："我们虽然分的是两个部门，但是实际上做的东西差不多，属于一个共同的大部门，所以Alex和Elliott常互相调用彼此的人，某些特殊时候，碰到个别超大客户，两个部门要一起工作。"

我一听，更是舍不得辞职，皇帝都能轮流坐，何况我呢？指不准下一次我就能跑去宋翊手下做事。

"调用人的标准是什么？为什么上一次Elliott那么着急用人，却都没能留下Susan，Peter，Jack他们？他那个嚣张样子，Mike又帮他，谁敢和他抢人？"

Young欲说不说，吞吞吐吐了好一会儿，才小声说："Elliott不像表面那么风光的，他在公司里不是想怎么样就能怎么样。外企的人事也许没有国企那么复杂，能把姑姑姨妈小舅子都牵扯进来，可真斗起来时，却绝对比国企激烈，毕竟这里面的人哪一个不是凭真本事做上来的？上一次的事情，相当于上了前线，才临时调换将军，如果没有你，Elliott真的会吃大亏，反正你心里有数就行了。"

"哦！"

其实心里还是没数，可是Young已经一副说得很明白、很透彻的样子，无心再在这个话题上继续，所以我只能装做明白了。

"其实，你可以向上面写申请，主动请调到别的职位。"

"真的吗？"我激动地问。

Young微笑着鼓励我："你的能力，当然可以申请别的职位了。而且Elliott看着冷漠，实际对下属最好，你若申请自己想做的职位，他肯定会帮你。"

我嘴巴张成O字形，她说的是陆励成吗？

Young偷偷瞟了一眼四周，压着声音说："你以为Elliott为什么这么得Mike器重？为什么公司里支持他的人和反对他的人派别明显？"

我很小的时候就看过《射雕英雄传》，所以很领悟老顽童的精神，立即问："为什么？"

"听说Elliott以前的一个得力手下闯过一次大祸，给公司造成上千万的损失，本来和Elliott没太大关系，可他为了保朋友，不惜自己连坐，对Mike说，如果要处理，请连着他一块儿开除、送监狱。"

我轻轻叹了口气："那后来呢？"如果是真的，的确难得。金融圈子，风光的时候是真风光，财、权、势都可以尽在一手掌握，可风云也最变幻莫测，从我毕业到现在，不过五年多，可已经多少银行的行长银铛入狱，多少公司的财务总监平地落马？其中还包括我的两个师兄。中国的金融体制和法律制度都不健全，不管是外企还是国企，很多经营都在黑白之间的灰色地带游走，某些时候，说你有事就是有事，说你没事也就没事，所以，一旦出事，不要说朋友，就是至亲都避之唯恐不及。

"后来，Elliott的下属虽然离开了MG，但MG对外说的是主动离职，声名保住了。Elliott因为这件事情，得罪了不少人，公司里不少人恨不得他立即倒台，却也让很多人对他从此死忠。听说Mike就是由此事开始真正对他另眼相看，传闻有一次和东亚区的老总们在泰国聚会，他用中文告诉新加坡的大头说陆励成有侠义精神，是个重情重义的人。"

我"扑哧"一声笑了出来："Mike的中文这么好？连我们的武侠小说也看？"

Young白我一眼："何止！人家连八大山人、竹林七贤都知道。听说Elliott以前对人不是这个样子的，是个很热忱的人，是慢慢变得现在这么冷漠的，说起来，他一个全无背景的人，能一路走到这个位置，真是不容易，不知道受了多少暗算背叛，能不心冷吗？"

我撇了撇嘴，笑着说："嗨！你可别花痴！指不准是官位越做越大，自然架子越来越大。"

Young不好意思地瞋我一眼："你说的也很对！彼一时，此一时，他现在当然不用和我们一样，见到所有人都赔笑脸了。我若做到他的位置，就也让我这笑累了的脸好好休息一下。"

"砰"的一声，一叠发票扔在了我的面前。

"上班时间，不是聊天时间。"在Linda冷冰冰的视线下，Young却没有任何不愉快的样子，只是垂着视线微笑，安静地坐回自己的位置，低着头开始干活。

我看到她的样子，想到她刚说的"让我这笑累了的脸也好好休息一下"，莫名地就想笑，忍不住嘴角翘了起来。

不过我的笑和Young的笑表达的意思显然完全不同，Linda嫌恶地皱了皱眉头。

"下个月，审计师会来查账，你把去年所有的发票都重新核对一遍。"

一年的发票，一个月时间核对一遍，她开玩笑吗？

"这有必要吗？根据审计原则……"

Linda冷笑："你在公司时间长，还是我时间长？你是主管，还是我是主管？你了解制度，还是我了解制度？"

她和我比谁了解审计制度？我盯着Linda的肚子，默念了三遍"她是孕妇"，然后毕恭毕敬地说："好的，我立即开始做。"

Linda拖着步子，走回自己的座位，可我总觉得有一双眼睛，一直盯在我背后，刺得我如坐针毡。

忙碌中，时间过得分外快，感觉中，几个瞬间就已经到中午。

午饭点了一份牛腩饭，味道很不错，吃的有些撑，看着时间还早，索性拐到附近的一家书店去逛逛，看看有没有好看的书，顺便消食。

一排排架子间，随意地走着，看到幾米的老漫画《向左走·向右走》，随手拿起来翻着。听到书架另一面，一个妇女一边翻书，一边说："这本书很不错的，我怀孕的时候就买了一本，看一看很好。"

"是吗？那我也拿一本。"

竟然是Linda的声音。我不想和Linda碰面，所以蹲下来，躲在书架底下，静等着她们离开。没想到她们一边挑书，一边聊天，从Linda怀孕，讲到公司哪个男的新换了女朋友，最后八卦到Elliott身上。

"Linda，听说你手下新来了个小姑娘，很得Elliott器重，长得怎么样呀？"

"小什么小呀！和我年龄差不了多少。"

"Elliott真的很器重她吗？"

Linda "咯咯" 地笑起来，压着声音说："真的很器重！" 异样的长腔。

那个女的也笑："她们都说很出格，刚来几天，什么都不会，就做了项目负责人，可担着项目负责人的名头，却连项目演示都做不了，还是Young帮她做的，现在的女孩子真是越来越了不得，比我们这一代可是有办法多了！Elliott也是昏头了，放着你这么能干的人不用，竟然用这么个花瓶女，他该不会是觉得自己没有希望了，想着有权力不用，过期作废吧？"

真没想到我苏蔓有一天也能靠色相吃饭！我咬着唇，手越来越用力地搜着幾米的漫画，书页上，两个本来向左走、向右走，逐渐远离的男女，被我渐渐揉到一起。

有人一边浏览书，一边走了过来，本来，我应该主动给他让路的，可我缩在书架下面，一动都不想动，他似乎也没打算过去，停在了我的身侧。

隔壁的对话声，仍然时不时地传来，Linda冷笑："谁知道呢？他们之间乱搞什么和我没关系，可是最好不要影响到我的正常工作，否则，光脚的不怕穿鞋的，大家谁都别想好过！"

女的笑："对了，那个女的到底长什么样？我下午找个借口去你办公室，你给我指一下是谁。"

Linda不屑地说："有什么好看的？长得顶多就算清秀，咱们公司比她好看的多的是。"

"啊？Elliott可是出了名的冷漠，那女的怎么降住他的？不会是床上功夫过人吧……"

我身侧的人隔着书架轻轻咳嗽了两声，Linda和那个妇女大概也觉得在公众场合不适合谈论这些，声音低了下去，拿着书去结账。

旁边的人蹲下来："不要太往心里去，谣言止于智者。"

竟然是宋翊的声音！

我猛地抬起头，碰到他的视线，却又立即低下头，又臊又愧又怕，好一会儿后，才能吐出一句完整的话："她们说的……不是真的。"

"我相信！"

我捏着书，只想落泪。人是很奇怪的动物，如果一个人的时候，不管受了再大的委屈，常常咬一咬牙就挺过去了，可是当身边有一个人关心时，却会忍不住呼疼、掉眼泪。

宋翊看了一眼表，也不管身上穿的是名牌，直接就挨在我身边，坐到地上："我要从伯克利毕业的时候，以我的知识背景应该申请的位置是投行的quant[①]，可我不想做quant，我想进IBD[②]部门，但是他们一般只招MBA毕业生，以我的知识背景想进去，非常难。所以我就想个不是办法的办法，找到MG这个部门的负责人的姓名地址，给他写信，介绍我自己，希望他能给我一个在他的部门的实习机会，他一直不给我回信，我那个时候估计也是《肖申克的救赎》看多了，坚持每天给他邮寄一封手写的信。"

我被他的故事吸引，愤怒的情绪渐渐抽离："他给你回信了吗？"

"一年后，我毕业的时候，已经打算去另外一个投行做quant时，他写信告诉我，'我不打算给你实习的机会，不过，我打算直接给你一份工作，希望你的能力一如你的恒心。'我如愿进了自己想进的行业，但是因为我这样做违反常规，引起了很多人的猜测，谣言在一些有心人的推波助澜下，散播得非常快。"

我苦笑："你的上司是个女的？他们说你和上司有暧昧关系？"

宋翊用大拇指揉了揉鼻头，我的心温柔地牵动，他的这个小动作，依旧没有变，他苦笑着说："我倒是希望！实际情形更糟糕。我的上司是

① quant：quant的工作是设计并实现金融的数学模型，包括衍生物定价、风险估价或预测市场行为等。
② IBD：Investment Banking Division，即投行中的投资银行部。

个德裔男子，据传闻是同性恋，恰好就偏好黑头发、黑眼睛、高个子的男子，可是我有女朋友，她也在华尔街上班，办公室的人都知道，所以我就很不幸地变成了双性恋，当时，我不管走到哪里，都感觉有人在看我。"他向我摊了摊手，苦着脸说："你看！你现在的情形不算最坏的！"

我很想同情他一把，但是，这也实在太匪夷所思地搞笑了，这样的谣言也只能在美国这个光怪陆离的社会产生，所以我抱着膝盖，压着声音狂笑，一面笑，一面对他抱歉："对不起！我不是有意的，我就是觉得……觉得……"

宋翊笑着说："这就对了，反正再坏的事情，我们都要面对，与其哭着面对，不如笑着面对。"他站起来，向我伸出手，"上班时间到了。"

我犹豫了一下，才屏住呼吸，把手轻轻放在了他手里，他把我从地上拽起，我低着头轻轻说："谢谢"，他的手一如我想象，温暖、干爽、有力。

手里的书已经被我踩躏得不堪入目，所以只能买下。去付账的时候，售货员想帮我把揉皱的书页抚平，我刚说完"好"，瞥眼看到画面上两个背对背靠着的男女，忙又说："不要了！"售货员虽然不解，但是我付钱，我说话，所以只能照我的吩咐办。

出了店门，我和宋翊并肩走着，他垂目看着我手中的漫画书，问："为什么让页面折着？"

我不好意思回答，只说："你猜，猜中了就告诉你。"

他没计较我的文字游戏，笑了笑说："因为不忍心拆散他们？"

我吃惊地看向他，他却凝视着远处，唇边似有笑意，神情却模糊而哀伤。

前一刻，他还在我身侧，可后一刻，我就觉得他距离我十分遥远。

我几次想开口问："你的女朋友呢？是什么让你们一左、一右远离了彼此？"可是，一直到我们走到电梯前，我都没有勇气开口。

我们走向电梯时，陆励成端着杯咖啡，从另一个门进来，看到我和宋翊并肩而行，他只朝宋翊微笑着，打了个招呼。虽然他看都没看我一眼，可我总觉得头顶被一把利剑指着，慢下步子，拉开我和宋翊的距离，再想到宋翊刚才听到的流言，我更是头都不敢抬，尽量缩到角落，和他们两个人都保持距离。

他们两个倒是有说有笑，到了十七层，电梯门开后，一块儿走了出去。等电梯门合上，将他俩的背影都关在门外时，我立即长长地呼出一口气，只不过短短一会儿，我却觉得紧张得全身肌肉都酸痛了。

下午给麻辣烫打电话，约她晚上一起吃饭。下班后，一直等到Linda走了，我才敢离开。先去看大姐，给她买了些时鲜蔬菜，一边和大姐闲聊着，一边把粥熬上，又炒了两碟青菜，看时间麻辣烫快到了，想要告辞，可大姐谈兴甚浓，一直坐在吧台上，一边看我做饭，一边和我聊天，甚至开玩笑地说要和我学做菜。

大姐的父母亲人都远在千里之外，健康时有工作的光环笼罩，让人不敢低视，可病中的她显得分外孤单和寂寞，我心里合计了下，索性打电话把麻辣烫召唤到大姐家里，又做了两个菜，三个女人，四道菜，一起喝清粥。

麻辣烫进门后，踢掉了高跟鞋，领导审查一般地巡视着房子，边走边发出啧啧声："资本家的堕落腐朽的生活！"

大姐佯怒："我一个月每天只睡三四个小时的时候，你在干什么？我所有的全是靠我的双手劳动得来。"

麻辣烫朝我做了个怕怕的表情，眨着眼睛问："为什么现在的人都争先恐后想当无产阶级？唯恐别人说她有钱。"

"因为社会仇富，而你我恰好是其中两员，大姐害怕我们敲诈她、勒索她、利用完她之后，还诽谤她。"我一本正经地回答。

大姐"呸"的一声，笑看着麻辣烫说："谁是无产阶级，谁是资产阶级，谁该仇谁，还说不准。"

麻辣烫哈哈笑起来，揽着大姐的肩头说："我只仇视她人的美丽姿容，大姐，你的皮肤保养得可真好，哪家美容院给你做的护理？"

只要是女人，就禁不得他人的夸赞，何况是来自一个美女的夸赞，大姐颇是高兴，笑眯眯地和我们谈起她的美容师。

我心中感动，麻辣烫这人向来嚣张，如果不是因为我，她绝不会主动讨好一个陌生人，朝她做了个"谢谢"的手势，她呆了一呆，微笑着低下头。

嬉笑怒骂声中，屋子的温度立即升高，落地大窗下的城市灯光衬出的也不再是孤单。大姐看着好似一直没什么反应，可晚上送我们离开时，道了"再见"后，又轻轻对我说了声"谢谢"。

等我们走出大姐的大厦，麻辣烫抬着头，看向高耸入云的大楼。间隔亮暗的窗户，如盛开在暗夜中的星星。这个城市，已经看不到真正的星光，却平添了无数这样的星光。

"蔓蔓，你说奇怪不？如果一个男人在北京，在这样的地段有这样的一套房子，不要说他三十多岁，就是四十多都会被人叫做钻石男人，可为什么同样的女人就成了一场灾难？"

麻辣烫的表情迷离困惑，甚至透着隐隐的悲伤。这冒牌文艺女青年又借她人的戏码宣泄自己的郁闷了。我挽住她的胳膊，拖着她往前走："你若见到大姐在办公室里骂人的样子，就知道灾难是灾难，不过，绝对不是大姐的灾难。其实，相亲不见得那么糟糕，顶多你就把它做见客户，谈生意呗！小时候，父母哄着我们、逗我们开心，大了，也该轮到我们哄他们、逗他们开心了。再说了，就是不哄他们，也要哄自己开心呀！去一次，只需受两个小时的罪，就可以封住他们的口，不去的话，光他们的唠叨声就要蹂躏我们至少二十个小时。"

麻辣烫俯在我肩头笑："不愧是会计师，数字的账算得倍儿清。"话语仍没松劲，可口气已不如先前绝对。

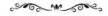

这几天过得风平浪静，我唯一的苦恼就是打发票，一沓沓没完没了的发票，山一样高，海一样多。因为不停地搓纸翻动，我左手的三个指头全肿了，只要和硬一点的纸张接触，就会条件反射地刺疼。

Young和我一块儿吃饭时，暗中劝我："偶尔可以消极怠工一下，你也明知道是Linda……所以没有必要那么认真的。"

我夹了一筷子豆芽菜，送进嘴里，笑呵呵地说："趁机练习一下数发票，不是什么坏事，我现在数钱的时候，一次可以过三张钞票。"

Young看我不开窍的样子，只能作罢，可麻辣烫却不干了，恨不得立即冲进MG，把Linda揪出来游街示众，最好最后再浸猪笼。我只能求她："姑奶奶，在公司里做事，这些事情总是避免不了的，如果一件件都要打上门去，敌人没死，我们先累死了。是谁说过这是一个残酷的野蛮丛林世界？我看如果这点事都受不了，趁早找饭票去做家庭主妇。"

大姐在一旁，端着杯酒，闲闲地说："错！这年头，你以为家庭主妇就不需要斗勇斗智？一纸婚书什么都保证不了，你稍微蠢一点，小三、小四、小五很快就让你下岗，弄不好，连遣散费都没有。"

我捂着嘴笑，麻辣烫看看我，看看大姐，不能释然，却没了脾气，对大姐说："说你们两个不是师徒，却一个德行！说你们两个是师徒，徒弟被人欺负成这样，师傅却一点没反应。"

大姐诧异："谁说我没反应？我不是请她吃泡椒凤爪了吗？以形养形！"

以前和大姐一个公司的时候，从没发现她这么幽默。我差点笑到椅子下面去，结果手一扶吧台，立即一声哀鸣。麻辣烫赶忙扶住我，憋了半天，没憋住，也笑起来："明天我请你去吃黄豆煲猪手。"

从酒吧里出来，麻辣烫打的先走。大姐看她离开了，敛了笑意，一本正经地对我说："我林清的招牌在北京的金融圈子也有几分分量，你却连一个小喽啰都降不住，别在外面说曾是我的手下。"

我连连点头，保证我绝对不会让人知道我和她的关系，大姐本是句反话，没想到我竟这么从善如流，恨铁不成钢地瞪了我一眼，再不想和我废话，直接跳上计程车走人。

考虑了很久，决定写申请信，请求陆励成给我换个职位，不敢直接申请去宋翊的部门，只能曲线救国，表达了恳切的愿望，希望他能让我做些别的，否则，以我现在所做的工作，再怎么调用也没人会需要我。

下班后，等Linda走了，我把发票推到一边，开始对着电脑写文章，凝思苦想，措辞尽量婉转、婉转再婉转，唯恐一个不小心，哪个词语就触怒陆励成。

想把英文写成杨柳岸晓风残月还真他母亲的不容易，折腾到晚上九点多，才写了两小段。去楼下的西餐厅点了一份牛排，据案大嚼，边吃边琢磨下面怎么措辞。

正用右手和左手的两根指头和牛肉搏斗，眼前的光线一暗。

"我能坐这里吗？"

我的心刹那间就漏跳了好几拍，"砰"的一下就站起来，想说话，嘴里还有嚼了一半的牛肉，忙往下咽，没咽下去，反倒被呛住，咳得惊天动地，鼻涕眼泪差点都要下来，宋翊赶忙拿水给我，我侧着身子，用餐巾捂着嘴，低着头不肯让他看到我的狼狈样子，半晌后，才算恢复正常。

他坐在我对面，微笑地凝视着我，桌上的烛光轻盈跳动，轻柔的钢琴声响在耳畔，如同我幻想了无数次的浪漫场景，可我脑袋一片空白，所有准备过的话语全都被懊恼淹没。我只想仰天大叫，为什么又是这样？几乎我一辈子的狼狈都要被宋翊看齐全了。

"你现在主要负责什么？"

我呆了一下，才反应过来是问我话呢！

"Linda让我做员工出差费用报销的审核。"

"喜欢MG的公司氛围吗？"

"还不错。"

一问一答中，我的心渐渐平稳，却仍是不敢抬头，只是低着头，切牛肉，一刀又一刀，切得牛肉细如丝。

"喜欢你的工作吗？"

"你是在问我喜欢数发票、打计算器、做加减法吗？"

他笑起来，一边吃东西，一边随意地说："希望你有兴趣做公司重组并购上市。"

我的心忽悠一下悬了起来，盯着盘子里的牛肉丝，脑子里快速地旋转着，却还是没转明白。

"看来你还没去查收过邮件，我和Elliott商量了一下，与Mike通过电话后，决定把你调到我的部门，电子邮件应该已经发送到所有员工的邮箱，正式的通知恐怕要明天下午了，希望你能喜欢新的工作。"

我仍然在发怔，不敢相信自己耳朵听到的话，他开玩笑地说："你看上去很紧张，我是那么可怕的上司吗？不会刚到我手下就决定辞职吧？那我可要去面壁思过了。"

我立即摇头，如一个拨浪鼓："不会，不会。"跋涉了千山万水，好不容易才走到你身边，杀了我，我也不会走。

他笑，极温和地说："不要担心，我相信我们会合作愉快的。"

我又立即点头，如吃了磕头丸："嗯，嗯。"怎么可能不愉快？我只要能每天看着你，就已经很愉快了。

一顿晚饭，食不知味，等不及回家看，直接返回办公室去查邮件，果然不是做梦，乐得嘴都合不拢，可笑着笑着，心头弥漫起了疑云，陆励成为什么会让我到宋翊手下？难道是他听说了谣言，想要避嫌？想了想又开始发笑，我还真把自己当根葱了。当时为了救急，陆励成只得倚重我，现在有了时间，想要什么样的人才没有？的确如大姐所说，以他的身份地位，何必和我这样的小卒子过不去？

满天乌云尽散，把电脑里写了一半的信删除，给麻辣烫打电话，请她晚上吃夜宵。麻辣烫嘲笑："我可真要谢谢那座冰山了，如今某人肯不肯赏脸请我吃饭都要依靠他的温度，什么时候，冰山才能被带出来溜溜？也让我判断一下究竟是骡子，是马。"

姑娘我今天心情好，才懒得和你这个八婆计较！我笑眯眯地说再见，挂了电话。

拎着包下楼，站在路口打车，等了好一会儿，都没有拦到计程车，正跺着脚着急，一辆黑色的牧马人停在路旁，车窗滑下，车内的人竟然是陆励成。

他侧头看着我："我送你一程。"

我虚伪地笑："不用麻烦了。"

他盯着我，不说话。后面的车猛按喇叭，他像没听见一样，根本不理会。我却被喇叭叫得心惊肉跳，赶紧跳上车，报了个大排档的地址，他一声未吭地启动了车。

我低着头玩对手指，他突然问："收到邮件了吗？"

我一边继续对着手指，一边小心翼翼地说："收到了。"

"抱歉！"

我的两个手指停在半空，过了一会儿，才缓缓对到一块儿："你也听到谣言了？没什么的！"

他的眼中闪过困惑，却不动声色地问："你的消息怎么这么灵通？什么时候知道的。"

"我是凑巧，Linda和一个女的在外面聊天，没看到我，我就恰好听到了。"

"她们说了什么？"

"不就是你是好色的上司，我是出卖美色的花瓶女……"我突然反应过来，陆励成可不是这么多话的人。我指着他，叫了出来："你压根儿不知道什么谣言！"

他忽然笑了，原本冷硬的轮廓在夜色中显得几分柔和，眼中隐有戏谑："你倒不算太笨。"

我的指责在他的毫无愧疚前没有任何作用，索性不再浪费感情，只是盯着车窗外闪过的路灯，自己和自己生气。

他叫了我几声，我都没理他，他笑着说："你这个花瓶女做得太不称职，本来长得就不美，还不温柔，倒是让我白白担了个虚名。"

"你……"恼怒地瞪向他，没想到他也正侧头看我，薄唇轻抿，似笑非笑，我忽觉几分讪讪，忙扭回了头，"你倒挺冷静。"

他淡淡地说："反正不是这个谣言就是那个谣言，这种谣言又没什么实质性伤害。"

我冷笑："是啊，没什么伤害。你是男人，我是女人，你不过是添几句风流账，我却是声名受损，幸亏……"最后关头，把已经到舌尖的"宋"字吞了回去，却惊出一身冷汗。

"幸亏什么？"

"幸亏我的男朋友没有听到这些风言风语，否则我该怎么向他解释？"我振振有词地质问。

没想到，他唇边抿着抹讥笑，冷冷地说："你有男朋友了？如果你的男朋友都不了解你的为人，还需要你解释，这样的男朋友最好趁早分手！"

我彻底无语了，决定还是少和这人说话，否则不是被吓着，就是被气着。

已经到目的地，车还没停稳，我就想推开车门往下跳："多谢，再见！"

他一把拽住我的手："小心！"

一辆车呼啸着从我们旁边驶过，我脸色苍白，一额头的冷汗，他也是脸色发白，冲着我吼："你活腻了吗？我车子还没靠边，你就往下跳？"

我怒瞪着他，咬牙切齿地说："放手！"

他看我神色不对，反应过来，捏着我的手腕，抬高我的手，借着外面的灯光仔细看着，几个红肿的胖指头立即被彰显出来，我用力甩脱他的手，钻出了车子。

"苏蔓！"

他叫我，似乎想说什么，我却迫不及待地想逃离这个瘟神，全当没听见。等我走出老远，转弯时，眼角的余光瞥到他的牧马人竟还停在那里，忽想起他的那句"抱歉"，既然不是因为谣言，那是因为什么？不过，我是绝对不会去问他的了。

Chapter 6

骄傲

把宇宙缩减到唯一的一个人，
把唯一的一个人扩张到上帝，这才是爱。

这世界上有多少形容幸福的词语？

开心，快乐，高兴，心花怒放，手舞足蹈……

所有这些词语加在一起，只足以表达我现在万分之一的感觉。宋翊绝对是我见过的最好的上司，不管工作的压力有多大，他从不训斥任何下属的工作错误，他对每个人说话都温文有礼，但是你绝对不会因为他的客气礼貌，而忽视了他的威严，你会很容易从他温和的语调中感受到他对你的工作是否满意。他也会给每个人绝对的信任，同时把这种信任成功地转化成压力，让每个人既觉得自己对工作有话语权，又觉得自己要拼命工作，对自己的话语权负责。

刚开始，我跟着另一个同事做，他算是我的直接上司，业务上手后，我开始对宋翊直接汇报工作，如果说别人是为了职业目标而工作，我却是为了我的爱情在工作，所以我和我的同事在乎的东西不一样，我不在乎哪个项目能得到更多奖金，也不在乎哪个项目能帮我更快升职，我愿意不怕累、不怕苦地做一切别人不愿意做的事情，只要他一句肯定的话，一个肯定的眼神，甚至只是一个微笑。

日子久了，我的不计较付出，让同事都对我分外友善，我和同事相处得前所未有的愉快，算是我追求宋翊的一个意外收获。

白日，我和宋翊在一层楼里进出，忙碌时，能困在一个办公室里长达十四个小时，我们讨论计划的每个细节，分析客户潜在的需求，预测市场可能出现的风险。晚上，我们在网上说一本书，聊一部电影，分享一首好歌，或者什么都不聊，各自忙各自的工作，但是都知道对方在网络的那一头，只需一声无声的问候，他就会出现。

北京城很大，大得让人常常在忙碌一天后，有找不到自己的孤独感。我曾在无数个夜里，问自己，你的将来是什么样子？难道就是这样周而复始地上班下班吗？到了时间就结婚生孩子养孩子吗？难道以后的生活就是这样了吗？

前面的道路总弥漫着雾气，而我总是不知道自己真正想要的是什么。繁忙的工作让人疲惫于思考，可偶尔安静时，总会感到更清醒的迷茫。小时候幻想的长大不是这样的，如果知道长大后自己只会变成格子间里的一台工作机器，薪水就是用来供房，估计我永不会盼望长大。

可是现在，我觉得一切都是清楚明朗的，我知道我想要什么，我知道我在追寻什么，每一天、每一个时辰、每一刻，我都能感觉到幸福，都觉得自己全身充满力量。

Young和我一起吃午饭时，频频看我，我被她看得毛骨悚然："是不是我脸上染了什么东西？"

Young摇头："我觉得你变漂亮了。"

我从鼻子里长出口气，毫不领情地说："你现在的级别比我高，不用倒过来拍我马屁。"

Young不和我一般见识："我说真的，以前在办公室里，你总是一副心不在焉的样子，现在整个人好精神，简直熠熠生辉。"

我心虚，忙掩饰地说："那是当然！不用打发票了，自然人就精神了。"

Young "哈"的一声笑出来："别提打发票了，你走之后，陆励成说一时找不到人，让Linda暂时接手你的工作，Linda现在还在打发票呢！真是搬起石头砸自己的脚，老天还是很公平的。"

"Linda应该很生气吧？"

Young不屑地说："你怕她什么？你现在又不归她管。何况她的能力做到这个位置已是极限。"

Young前几天刚升职，说话间颇踌躇满志，我只能微笑而听。

Young叹了口气："你真好命，我们暗地里都羡慕你可以跟着Alex做，听说是Alex亲自问Elliott要的人，Elliott不想放人，拒绝了Alex，最后是Mike发话，Elliott才不得不放。"

我很惊讶，想问清楚，可因为心中有鬼，我在人前从来不肯谈论宋翊，只能敷衍地说："Elliott也很好呀！你不是说他对下属很好吗？跟着他一样能学很多东西。"

Young审视地打量我，似想看明白我是真糊涂、还是假糊涂："你……你倒是真不明白，不明白也好，其实他们的事情，和我们又有什么关系呢？我看我们也是闲操心，做好自己的事情，不管将来谁是老板，总不能把干活的人开除。"

我埋头吃饭，可那菜里竟吃出了几分惆怅。即使刚开始不明白，现在也明白了，只是没想到Young也是这样，她能升职，陆励成肯定帮她不少，可是……唉！只能借用大姐的口头禅"人心不古"。利字当先，谁又真能为谁两肋插刀？

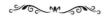

为了争取××这个垄断中国重要能源的大客户，MG算是出尽百宝，每一份计划书，都由宋翊和陆励成各做一份，优者录用。公司里弥漫着硝烟味，可也蒸腾着无限的热情和创意。其实，撇开所有的利益纠葛不说，单说工作，这样的氛围才是最激发人潜力的环境。从某个角度讲，这是一个"乱世出英雄"的时代，只要你有能力，很快就能露出头角，不需要按部就班地熬年头。

正当人人都为了追求完美而挖空心思，耗尽心血时，突然横生意外。总部召Mike回纽约开会，Mike回来后，脸色铁青，把陆励成叫进办公室，听说有人听到Mike操着一口京片子破口大骂，看来老头是气急了。

　　究竟发生了什么事情，无人得知，大家能看见的就是陆励成暂时病休，所有工作由宋翊暂时负责，Linda出任公司的内部审计总负责人，成立了内部审计小组，从纽约总部飞来了两个审计师协助Linda的工作。Linda每天传唤不同的人单独问话，公司里风声鹤唳，一副山雨欲来风满楼的气象，因为不知道发生了什么，更是人人自危，连平时多报了几十块计程车费的人都开始暗自后悔。

　　我心里模模糊糊地有个轮廓，但是不敢肯定。约大姐出来吃饭，旁敲侧击地向她咨询，这种情形，最有可能是哪里出了问题。大姐却是一听就明白我想干什么，笑笑地说："苏蔓，我一个小时的咨询费是多少，你不是不知道吧？"

　　我气结："你把我卖了，我也出不起，你到底帮是不帮我？"

　　"你做你的小兵，掺和别人的事情干什么？"

　　"我害怕呀！你又不是不知道，审计规则里背景调查是发现红色信号的重要方法之一，如果事情再恶化，相关人员的背景都要再做调查，谁知道覆盖面会有多大，我怕万一把我揪出来，发现了我造假，我会死得很惨。"

　　大姐又是想甩我一巴掌的表情，我赶忙给她倒了一杯酒："我没指望具体的结论，我只是希望你根据多年的经验，做一个大致判断。"

　　大姐抿了几口酒后说："你先说说你的判断。"

　　"西方的会计作假审核上一直鼓励打小报告，因为这才是最有效的方法，不管是引发了美国法律变更的安然丑闻，还是安达信公司的崩溃都是由小报告浮现出冰山一角。MG这样的公司最怕出乱子，所以内部匿名揭发的制度更是建设得无比全面，我怀疑有人给总部写匿名信，内容肯定对陆励成不利，至于有没有牵涉到Mike，我判断不出。现在的问题就是如何弄清楚匿名信里的内容，如果没有弄清楚具体内容，随便出手，不但解决不了问题，反倒会露出马脚。我们做审计的时候，很常用的一招就是虚张声势，其实不见得我们抓住了什么，但是可以营造声势，弄得我们好像已经察觉了什么，被审计方一旦心虚，常常会自己暴露出真正的问题所在，我觉得Linda目前用的就是这招，她也许的确掌握了些什么，但这个并不足以钉死陆励成，所以她在等有人心理防线崩溃，自露马脚。"

　　大姐摇动着酒杯，凝视着红色液体的起起伏伏，眼中很多思绪。我不敢打扰，安静地等待。安达信倒闭的时候，我还没毕业，而大姐已经是安达信的经理。世界五大会计师事务所转眼变成了四所，一个数字的简单变化，却是很多人人生轨迹的彻底变动，大姐大概就是其中之一。

大姐将剩下的红酒一口饮尽："我觉得写匿名信的人就是Linda。"

"什么？"

"陆励成很欣赏Linda吗？"

"应该不是。"

"那你觉得为什么Mike任命Linda追查此事？别告诉我是Mike欣赏Linda！"

大姐懒得等我思索出结果，直接说："坦白告诉你，坐在这个位置上，整个公司里有多少人，什么人什么性格，什么人有可能触动自己的利益，什么人会是阴谋家，什么人喜欢玩手段，我们都一清二楚，这事一出来，陆励成肯定就能猜到哪些人最有嫌疑，只需要再做一点点的细节印证，就能真正推测出是谁做的。"

我喃喃地说："怎么可能？他们明知道审计独立性原则……"

"只要Linda不承认，谁能确认是她写的？陆励成这样做也有他的深意，陆励成、Mike和你一样，肯定不知道匿名信的内容是什么，也不知道总部究竟想查什么，所以故意装做不知道，由Mike出面来任命Linda配合总部的人调查，Linda的某个不起眼手下，肯定会是陆励成的亲信，Linda只要有任何动向，他都能立即掌握，之前Linda在暗，他们在明，所以他能被Linda算计，如今颠倒个位置，才方便应对。"

我郁闷地说："水至清则无鱼，在中国的大环境下，有几个人真能一干二净？真要一个个查下去，每个人都有问题。陆励成做到这个位置，肯定会有事情处理得不妥当，如果被Linda查出来，再被总部顺水推舟一下，他肯定要惨，还应对呢？人家应对他差不多！"

大姐幸灾乐祸："就是呀！连你这个乖乖女，都会捏造简历，谁知道你的同事们一个个背后都藏着什么秘密，趁这个机会，大家都拿出来晒晒。"

我长吁短叹，大姐看得好笑："你辞职，我来帮你找位置。"

"哪有那么容易，你不是不知道，这个时刻辞职的人最容易被关注，通常都会被调查，如果我的破事真被抖出来，你即使想帮我，也没办法向上头交代，金融行业容不得骗子。"

大姐笑："我看不是微妙时刻辞职危险，而是你心里一清二楚，Linda不会轻易放过你。我现在倒是挺欣赏这丫头的，虽然小家子气，但做事有枭雄的潜力，竟然敢和陆励成叫板，她就不怕惹火陆励成，陆励成灭了她吗？真是傻乎乎的有勇气，回头她要是被MG踢出来，我去网罗了来。"

我瞠目结舌，什么话都说不出来，大姐白了我一眼："真是没见过世面！"

她笑眯眯地吃着饭，我却食难下咽，捧着脑袋思索。投行哪些业务最容易出问题？内部交易？违规操作股票？信息泄露？可恨自己熟悉的业务是商业银行，之前没有接触过投资银行的业务，一时间竟无丝毫切入点。

大姐切了一小块三文鱼，放进嘴里，笑着说："不要把事情往复杂化想，Linda若是千年的小妖，陆励成肯定是万年的老怪，越容易出问题的东西，陆励成肯定越是不会给人留下把柄，要不然他早被物竟天择、优胜劣汰掉了，还能等着Linda来闹腾？这一次肯定是陆励成完全没在意的小细节，说不定事情小的，说出来都能笑掉人的大牙。"

我脑袋里灵光一现，似乎从迷雾里看见了什么。大姐满意地笑了："你要想出手就要快！不要等着Linda利用现在的特殊位置，再翻出些什么来。你应该知道，审计这行总是查下去才知道什么叫意外的惊喜，也总会发现原来看着挺重大的导火索只是冰山一角。"

我点头，大姐感叹："陆励成真运气，莫名其妙地得到了个审计高手的相助，还是免费的！"

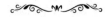

虽然明白应该要快，可是一个公司的账务想要理顺，谈何容易？幸亏我当时出于职业习惯，Linda交代我做的每件事情，我都思考过财务流程，也曾翻看过MG的财务报表，再加上我背后有两个超级大Boss，一个是大姐，一个是宋翊，会计财务的问题我打电话向大姐咨询，投行业务方面的问题，则通过MSN向宋翊咨询，所有的疑难点，总会很快得到提示，可仍是迷雾重重。

感觉每天都在和Linda赛跑，总是提心吊胆，唯恐哪一天清晨踏进办公室时，所有人看着我的目光都变了，其实，怕的是宋翊看着我的目光变了。"骗子"两个字就如两把刀，时刻悬在我的头顶，让我坐卧不安，再加上日日熬夜，每天只睡三四个小时，人很快就瘦下来。

终于，在一个深夜，电脑程序运转完后，不停地"滴滴"响，一连串红色的数字被勾勒出来，一个人名被对话框弹出来，我赶紧脸贴到显示屏上仔细看，果然是和差旅费用有关！

四年前，陆励成每个月都批了几笔差旅费用到一个人名下，总共涉账金额不到一万人民币。按道理来说，这点费用夹杂在无数庞大的差旅费用单中，签名手续都很齐全，应该没有任何问题，可问题在于，申报这笔费用的人竟然在十月份就离开了公司，也就是说公司的工资支付名单里，从十一月份就已经没有了他，可费用报销里竟然仍有他申报的差旅费用，这一下，齐全真实的发票和签名就显得很讽刺。

MG的费用审核和工资审核是不同的人在负责，账务彼此独立。公司员工众多，两个月的差额又很小，更何况，所有的单笔账目最后都要汇总向上呈报，也就是说每个月，除了经手人员，上面的人看到的只是汇总后的账目，Linda应该是碰巧发现了这个漏洞。

我对着屏幕感叹姜还是老的辣，果然如大姐所料，两个月的总金额加起来才七千多人民币，如果陆励成因为此事落马，那真是要笑掉人的大牙。

难怪美国那边要大发雷霆，中国和美国的费用核销体制不一样，美国过来的内部审计师往往完全看不懂中国那像蜘蛛网一样盘根错节的费用单据和发票，越是没底，才越是紧张，看来，这一次并非借故发难，而是积怨已久。

为了保险起见，通过电脑分别按员工号和出生日期核对了一遍，总共核对了五年的数据，确定无误后，我把数据一个个提出来，做了一份简单的陈述。

我相信陆励成知道事情的纰漏出在哪里了，肯定会有办法给出合理的解释以及证据，可等一切打印出来，我却有些茫然，这个东西该怎么办？我这样做，宋翊会怎么想？毫无疑问，这次的风波是他的绝佳机会。

第二天中午，我去问宋翊能否和我单独吃饭，他没有立即回答，抬头凝视着我，眼中的思绪变幻莫测，最后点点头，同意了我的请求。

饭桌前，我把报告拿给他，他沉默地从头开始翻看，我心里忐忑不安，他忽然自言自语地说：“难怪你最近话这么少，原来每天熬夜做这个东西。”

我摸不准他的意思，只能说：“都是工作之余的时间在做，没有耽误正常工作。”仔细反省了一下，又老实地交代，“不过，我的确利用工作制造借口，盗用同事的信任，调出了很多不该我看的东西。”

他合上报告：“你为什么不把这个直接拿给陆励成？我可以很明确地告诉你，根据我私下听说的消息，总部那边不满就是因为费用，看完你的分析，我相信应该就是这几笔差旅费用。”

我低着头，不敢看他的眼睛，心里有一阵阵的酸楚：“我是你的下属，这份东西，由你决定它的命运。”只要你想赢，不管我付出什么代价，都不会站在你的对立面。

他没说话，低下头开始吃饭，吃完了饭，他面无表情地将报告推回到我面前：“你把报告直接交给陆励成，陆励成会很感谢你，你私自查看公司内部数据的责任，我会帮你承担下来，如果需要解释，我会帮你解释。”

他的眼睛黑白分明，澄净坦然，如清泉，似乎一眼就可以看到底。我的心终于安定，他还是他，还是那个大讲堂里，面对竞争者，微笑着说出“欢迎公平竞争”的少年。

我凝视着他的眼眸，一字字认真地说：“我不是帮陆励成，我只是在保护自己，所以我不需要他的谢谢，我不想让任何人知道是我做的，我只想……只想安静地工作。”我只想在你身边安静地工作，享受我们每一天共处的点滴快乐。

听到我没有任何说服力的解释，宋翊却突然就笑了，那一笑，若日破乌云，让我所有的焦虑不安都烟消云散，心里暖意融融，可他的笑意才刚到眼中，却又突地淡了，他垂下了眼眸，拿过报告：“好，这件事情交给我吧！”

宋翊拿走报告后的两个星期，总部派来的审计师飞回了美国，Mike又开始高高兴兴地飞来飞去，陆励成休完了病假，返来上班，Linda却没有如大姐所预期的那样被陆励成踢出公司，反而听闻，陆励成请Linda吃晚饭，不知道陆励成说了什么，Linda哭得梨花带雨。第二天，Linda一反女强人的姿态，宣布提前休产假，但是临走前，她和陆励成都明确告诉大家，等宝宝出生后，她会立即返回MG工作。

我把小道消息复述给大姐听，大姐边听边感叹地点头，最后警告我："千万、千万不要得罪陆励成，这人的心太深了！"

我苦笑，我敢得罪他吗？他不要来找我的麻烦就好了！

事情来得轰轰烈烈，去得却无声无息，不知道宋翊怎么处理的，整件事情，没有任何人提到他的名字，不少人都在暗地里替宋翊惋惜，所有的风波竟然是虚惊，觉得宋翊肯定是空欢喜一场，遗憾陆励成没有倒台。

我在微笑中，饭量增加，体重开始恢复，每次听到别人议论他时，总是心里充满了隐秘的骄傲和喜悦，这个男人就是我喜欢的男人！

我在MSN上欺负他的一无所知，告诉他："我爱的人让我仰视，如果可以，我愿意爱他一生一世。"

他的回复理智清醒："每个人都有缺陷，如果你没有发现，只是因为时间未到。"

"我爱了他十一年，我知道他是什么样的人，我当然知道他有缺点，可我相信即使再有两个十一年，我仍然会认为他是值得我爱的人。"

"你所看到的永不会是你所知道的全部。"

"我曾看到过这样一句话，大意是说，每个女人都如一块等待磨砺的宝石，她所爱的男人就是那个匠人，女人是高雅还是庸俗，取决于她爱上了一个什么样的人。这句话也许说得绝对了，但是，女人的确会被所爱的人影响。我庆幸我爱上了他，因为我爱的人是他，所以我努力让自己变得更好，努力做一个善良的人，努力热爱每一天的生活，努力用积极的态度面对挫折，因为他，我从一个自卑的人变成一个自信的人，因为他，我明白了追逐梦想的感觉，因为他，我觉得自己变得更美丽。这个世上有许多种爱情，有的浪漫动人，有的缠绵悱恻，有的沉沦痛苦，有的细水长流，但我相信再没有任何一种爱情能比我所得到的更好，我的爱情让我更爱生活，更爱自己。"

MSN那边长久地沉默着，我早已经习惯他边工作边和我聊天，所以我没特意等回复，去看漫画《死神》，很久后，他的回复才到："这些东西太虚幻缥缈，我想你的爱情迷惑了你的双眼，我比较宁愿看股票涨跌。"

我对着电脑做了个鬼脸："那你继续看你的股票吧，我去继续做我的白马王子梦。"

他说："我有两只股票推荐给你。"

"我对这个没兴趣，等我失业了，再来找你。"

他回给我一个悲哀的表情，我乐，发了一个小女孩给男孩子抹眼泪的图片："你要习惯被拒绝，虽然我知道宋翊在投资方面不大会被人拒绝。"

一只自负的加菲猫跳到对话框里，举着胖胖的猫爪，不满地瞪着我，旁边打着一行大大的粗体字："不是不大会，是根本不会。"

我大笑，继续看我的动画片，吃我的爆米花，每一个幸福的微笑中都知道，他就在那里。

过了一会儿，他说："我要下网了。"

"这么早？"

"最近办公室里太干，空调吹得人有些不舒服。"

"那你早点休息吧！好梦！"

等他走了，我开始立即上网查询哪个牌子的加湿器好，打算回头找个借口往办公室里放一个。

Chapter 7

秘密

我爱你，已爱了一世之久，
而你是我唯一想吐露心事的人。

　　去香港出了一趟小差，回来的时候，行李险些超重。自己的东西
没多少，全是给姐姐妹妹们带的化妆品和香水，为了给她们采购这些东
西，累得我香港之行如走了一趟长征。

　　下飞机后，边走边郁闷几件行李。冷不丁地一抬头，看见一个熟
悉的人正迎面而来，竟然是陆励成。我第一反应是逃，发现推着这么多
行李，掉头转弯很困难，好像不能实现；第二反应是躲，身子一缩蹲到
行李后面；第三反应是左面瞄瞄，右面瞅瞅，想着他应该是接客户或朋
友，我躲一会儿，他应该就离开了。

　　眼看着他已经从我的行李旁走过，没想到一个转弯，高大的身影压
到了我头顶上，他手插在风衣袋里，面无表情、居高临下地看着我，我尴
尬得要死，立即装模作样地手胡乱动了动，站起来："鞋带突然松了。"

　　他盯着我的鞋子不说话，我顺着他的目光低头看，我穿的是一双
短靴子，压根儿没鞋带，我觉得丢人丢到了北极，只能干笑着说："好

巧！接人？”

“嗯。”

两个人相对无语，我也实在想不出客套的话，决定撤退：“那不打扰你了，我先走一步。”

他从我手里拿过推车，推着行李往外走，我呆呆地看着他的背影，反应不过来这是什么意思，赶了几步，走到他身侧：“不用麻烦你了，我自己可以的。”

他没吭声，只是大步走着。我小步慢跑着跟着他，沉默了一会儿，试探地问：“你接的人是我？”

“是。”

我心里开始打鼓，摸不透他是什么意思，他却主动提供了解释：“今天是周五，我正好有时间，路过机场。”

难道你有时间就到机场来散步？当我白痴吗？

我保持不自然的干笑表情，一直到坐到他的牧马人上，系安全带的一瞬间，我终于反应过来。

车子在高速公路上奔驰，两侧的道路遍植树木，很是茂密，估计底下藏个什么东西，别人也发现不了，我脑海里浮现出杀人弃尸案，只觉得胳膊上的鸡皮疙瘩都起来了，鼓足勇气，才敢开口：“你知道了？”

“嗯。”他眉目淡淡，看不出喜怒。

我脑袋里开始急速思索如何解释，半晌后，小声说：“我怕Linda查到我身上，发现我的简历有问题，所以私底下做了点工作。我只是为了自救，绝没有其他意思。我是不小心发现的，我绝对、绝对、绝对再不会告诉第二人，也绝对、绝对、绝对没兴趣去探究背后的来龙去脉，我向天发誓！”

他未置可否，淡淡地问：“你究竟看了多少资料？”

“没有看多少，只看了五年来的差旅费用、工资、报表、税表……”好像也没少看，我的声音越来越小，底气不足地说，“后来目标锁定到差旅费用后，别的只是随意扫了一眼。”

他瞟了我一眼，将我坐的椅子后背调低：“我现在要专心开车，你先休息一会儿，回头我有话和你说。”

我沮丧地躺到椅子上，闭上了眼睛，脑袋里什么样的荒谬想法都有。把东西交出去后，我就意识到，知道不该自己知道的事情绝对不是一件好事，可总是存着几分侥幸心理，希望陆励成发现不了。可世事就是这样，什么最坏就发生什么，偏偏我又捏造简历进的公司，说我不是别有居心，我自己都不相信，陆励成能相信我只知道这些吗？能相信我没有恶意吗？

陆励成打开音响，轻柔舒缓的古筝曲响起来，流泻出溪水潺潺、绿竹猗猗，我脑袋里还胡思乱想着，身体却因为疲惫不自觉地就放松下来，渐渐地，脑袋也变得空灵，如置身山野绿地中，皓月当空，清风拂面，纷扰俗事都不值萦怀，终于枕着月色，沉沉地睡过去。

等我突然从梦中惊醒时，迷迷糊糊中发现四周一片漆黑，只一点红光在虚空中一明一灭，一瞬间，所有看过的恐怖片、鬼故事全浮现在脑海里，我"啊"的一声，惨叫出来。

"怎么了？"陆励成立刻拉开车门，手指间吸了一半的烟被他弹出去，红光带出一道漂亮的弧线，坠向大地。

我握着他的胳膊大喘气，人被车外的冷风一吹，清醒过来，顿觉不好意思，讪讪地放开他，身上原本盖着他的西装外套，刚才的一惊一乍间，已经被我踩踏到了脚底下，忙捡起来，阿玛尼呀！想说对不起，话到了唇边，又反应过来，我哪一点需要抱歉？

他坐进车里，微笑着问："这么大的人了还能被噩梦吓着？"

我没好气地说："喂！人吓人，吓死人！一个小时前，我人还在繁华闹市，街上车来车往，我才刚打个盹，就发现自己置身荒野，四周了无人烟，还有个人假扮鬼火，换成你，你该什么反应？"

陆励成侧靠在方向盘上，一只胳膊搭在椅背上，手恰垂在我肩头，指间还有若有若无的薄荷烟草味："首先，你睡了不止一个小时；其次，若真有鬼，是个男鬼，我就把它捉住，拿到市集上去卖了，若是个女鬼，正好问问她，小倩、婴宁可好。"

他脑袋里倒不全是数字，不过，没空理会他的幽默，只是震惊于一个事实，我竟然已经睡了四个多小时。

"这是哪里？"

陆励成没有回答，打着火，牧马人在黑夜中咆哮，一个一百八十度急转弯，奔驰出去。

"你怎么不送我回家？"

"我怎么知道你家在哪里？"

"你不会叫醒我问？"

他沉默着不说话，我气鼓鼓地瞪着他，他看了我一眼，突然说："你睡着的时候比较可爱。"

我"哼"了一声。

车突然停住，我撑着脖子探望，前不着村，后不着店，只有一个木屋伫立于荒野。陆励成，你究竟想干什么？我一无姿色，二无钱财，年纪又老大，即使有个人贩子，只怕都不肯接收我。难道他打算对我进行严刑拷打？

"下来吧！"陆励成下车后，替我拉开车门。

下来就下来，已经到这步田地，谁怕谁？我抱着江姐进渣滓洞的想法，随他走进小木屋。倒是海水不可斗量，屋不可貌相，外面看着旧，里面是麻雀虽小，五脏俱全。

陆励成给我倒了一杯水，听到我嘴里哼哼唧唧："红岩上红梅开，千里冰霜脚下踩，三九严寒何所惧。"他把水杯重重放在我面前："我不是国军，你更不是红岩上的红梅。"他顿了一顿，嘲笑着说："不是人人都能把自己比梅花，小心东施效颦。"

我气得甩袖就走，出了屋子，举目远望，青山隐隐，寒星点点，真是好一派田园风光呀！已近深秋，白天还好，晚上却着实很凉，迎着寒风，绕车慢行九圈后，胃中饥饿，身上寒冷，又踱着步子，回到了小屋，他在桌子前坐着吃饭，头都没抬地说："关好门。"

我看到桌子上面还有一碗米饭，一声没吭地坐过去，即使这是鸿门宴，我也要做个饱死鬼。

本着我多吃一口，敌人就少吃一口的原则，我是秋风扫落叶般的无情，恨不得连盘底子都给清个干净。

陆励成保持了他一贯的风度，毫不客气地和我抢着，两人一通埋头苦吃，等盘子见底时，我撑得连路都要走不动。两个人看看空盘子，再抬头看看彼此。我冲着他龇牙咧嘴地笑，我很撑，但是我很快乐！我知道他没吃饱。哈哈哈！

看到他想站起来，我又立即以笨拙而迅速的动作占据屋子中唯一的一把躺椅，摇着摇椅向他示威。他没理会我，把方便碗碟装进塑料袋封好，收拾好桌子，将躺椅旁的壁炉点燃，又给自己斟了一杯酒，慢慢喝着。

估计烧的是松木，所以屋子里弥漫起松香。不知道是因为松香，还是因为胃里丰足、身子暖和，我的心情慢慢好转，四肢懒洋洋地舒展着，一边晃着摇椅，一边打量陆励成。

因为没有了椅子，他就侧坐在桌子上，身子后恰是一面玻璃窗，漆黑的夜色成了最凝重的底色，壁炉里的火光到他身边时，已经微弱，只有几抹跃动的光影，让他的身影飘忽不定，窗外的莹莹星光映着他的五官，竟让他显得很是温和。

他起身又给自己斟了一杯酒，我这才看清楚他喝的酒，色泽金黄，酒液浑浊，我立即觉得馋虫涌动，厚着脸皮说："你哪里来的家酿高粱酒？给我也倒一点吧。"

他挑了挑眉毛，有点诧异，随手拿过一个玻璃杯，给我斟了小半杯。

我先把鼻子埋在酒杯旁，深吸了口气，再大大地喝了一口："好滋味。"

他得意地笑着，是我从未见过的神情："我妈亲手酿的，高粱也是自己家地里种的，难得你识货。"

我心里有点惊讶，他的衣着打扮和谈吐已经完全看不出他的出身，我嗅着酒香说："我老爸有个老战友，有一年来北京出差，特意从陕西的农村弄了一坛子高粱酒给我爸，我爸抠得什么似的，总共才赏了我一杯子。"

我的摇椅一晃一晃，壁炉里的木头毕剥作响，精神放松，才体会出这个屋子的好，城市里从没觉得这么安静过，静得连风从屋顶吹过的声音都能听到："我们现在在哪里？"

"昌平的郊区，不堵车，一个多小时就能进北京城。"

我拍拍胸口，这下是彻底放松了："这是你的小别墅吗？"

"你说是就是了。这是我第一次做企业重组上市后，用拿到的奖金买的。"

我不无艳羡地说："人和人怎么就那么不一样呢？我现在的奖金估计也就刚够买一个卫生间。"

他笑："那个时候北京市市内的房子都算不上贵，荒郊野外的这些破屋子更不值什么钱。其实，当时我只是想找一个地方能一个人静静地待一待，后来莫名其妙地被人夸赞有投资眼光。"他指着窗外，"那边是一片果林，春夏的时候，桃李芳菲，景致很好，最近几年发展农家乐旅游，一到春夏，园子里赏花的人比花多，摘果子的人比树上的果子多。"

我"扑哧"一声笑了出来，他有点惆怅地说："所以，我现在只冬天到这里住。"

我又给自己倒了半杯酒，陆励成淡淡说："这酒后劲大。"

我朝他做了个鬼脸："你不舍得让我喝，我就偏要喝！"说着，又给自己杯子里添了点，一狠心，索性倒了一满杯，然后示威地向他举了举杯子，大喝一口。

陆励成笑着摇头。我捧着酒杯，摇着摇椅说："好了，你想审就审吧！我保证坦白，只希望你能从宽。"

陆励成微笑地凝视着我，眼中有星光在跳动，那是促狭的笑意吗？

"你已经很坦白了，事情是宋翊一手处理，从他那里，我没有得到任何信息，我并未肯定是你。"

我眼前一黑，差点被气得背过气去，苏蔓，你是猪头，你绝对是猪头！他啜着酒，面带微笑，欣赏着我的七情上面。我连喝了好几口酒，才渐渐缓过劲来，自我安慰地说："反正你对我有怀疑，我不承认，你也迟早能查出来。"

他敛了笑意，认真地说："谢谢！"

这个人变脸太快，我摸不着头绪，傻傻地看着他，指着自己的鼻尖问："你是对我说？"

他凝视着我没有说话，看样子完全不打算回答我的废话。我被他看得不好意思起来，放下了手指，讪讪地说："我说了我是自保，不是帮你，你应该谢的是宋翊。"

他眉头微皱，身上渐渐凝聚出了一股冷凝的气势。我向后缩了缩，不甘心地小声嘟囔："本来就是嘛！我的简历上又没写自己做过审计，那份东西哪里敢拿出去招摇？幸亏他仗义伸手，还不肯居功，否则大可借此收买人心……"

他不耐烦地打断了我的话："宋翊需要的是纽约总部的人心，他根本不看重无关紧要的人如何想。本来这件事情就伤害不到我，我只是不清楚总部究竟在查什么，所以不敢自乱阵脚，被宋翊一搞，反倒让总部的一帮老头子称赞他光明磊落、处事公正，他能得到的好处，已经全部得到，如果他真不想居功，完全可以把东西直接交给我，而不是交给Mike，请Mike解释，逼得Mike只能暗中通知我后，再向总部汇报事情经过……"

他看到我的表情，突然停住："信不信随你！宋翊能在异国他乡做到这个位置，绝不是你们看到的无害样子。你以为我当时为什么要逼着你帮我做事？如果不是他，我手底下会突然间连个可用之人都没有吗？"他喝了口酒，看向窗外。

我不知道是松香，还是星光，或者是我有点醉了，我觉得眼前的陆励成不是我认识的那个陆励成，他的侧脸竟透着萧索的悲伤，这种表情无论如何不该出现在他的脸上。

他一边喝酒，一边淡淡地陈述，好似在对着夜色说话："那几笔差旅费用的确不是差旅费用，是一笔业务回扣，所有的单据早在年初就已经做好，钱也早就转账，只需要下面的人每月走个形式，年终的事情太多，忙中出错，忘记这个人在十月份就离职了。"

我不知道该如何置评，只能保持沉默，他看向我，神色坦然："这笔费用和带给公司的利润相比，不足一提，Mike也同意这样的操作手法，虽然这样的手法不被总部认可。当然，现在总部也意识到一个国家有一个国家做生意的方式，所以我们每个人都有一张商务卡，里面有一笔特殊的款子，用于客户往来，这两年，这个数额上限越来越大，我已经不需要通过差旅费用来消解这些特殊支出。"

我喃喃地说："你没必要解释给我听，我说了我不会告诉别人的。"

他凝视着我，漆黑的眼中有点点火光在跳跃。他坐到摇椅前的地毯上，半仰头看着我："你可不可以老老实实回答我一个问题？"

我点头，没有人可以拒绝他此时的眼神。

"是不是公司里的每个人都认定宋翊会赢？"

早知道是这个问题，我无论如何也要拒绝。我期期艾艾地说："我不知道，应该不是吧！公平竞争而已，何况Mike一直很赏识你，也一直在全力帮你……我……其实……"在他的眼神下，我的头渐渐低下去，哼哼唧唧了半晌，一横心，索性竹筒倒豆子，一口气全倒了出来，"宋翊毕业于美国的名校，华尔街上的很多人和他都是校友，你也应该知道，美国人很重视校友群的。他又在总部工作了六年，同事们私下说他和MG的几个大头关系很不错，有去纽约出差的同事看到他和他们打高尔夫球的照片，他们说，其实上头早认定是他了，只不过一不好拂了Mike的面子，二不好伤害员工的积极性，毕竟你是MG中国大陆区的开国功臣，所以这个过场是一定要走的。"

屋子里静得让人发寒，我搜肠刮肚地想找几句话安慰一下他，可是脑袋昏昏沉沉地，想了半天，只想出句："你的能力，中国的金融圈子人人都知道，此处不留人，自有留人处！"

话出口，看到他的脸色，立即反应过来，我说错话了，说了一句大大的错话："不，不，我不是那个意思，MG当然不会让你离开，你也当然不会离开MG……"

"好了，不要再说了。"

他面无表情地截断了我的越抹越黑，我满心懊恼，只能端起酒杯，痛饮一杯，幸亏天底下有酒这东西，不管千愁、还是万绪，总可以让你暂时忘却。

陆励成也端起酒杯，两人沉默地喝着闷酒，半坛子高粱酒喝下去，陆励成的话渐渐多起来。他无意识地替我摇着摇椅，我蜷在上面，眯着眼睛，不停地笑。

"苏蔓，我一直很拼，今日我所拥有的一切，都是我赤手空拳打下来的，十四年前，我进北京城时，我的行囊只是一床棉被，加三套衣服。"

我用力点头。

"我是农村考生，我爹娘刚刚会写自己的名字，一切都要靠我自己，我们省的高考分数线又高，不像你们北京生源，北京人上清华北大的分数在我们省刚刚超过重点大学的录取分数线。"

"嗯，嗯，轻点摇，我脑袋有点晕。"

他很听话地轻轻摇着："我是名不见经传的北京小大学毕业，宋翊是清华毕业，我在人大读了个在职MBA，他是伯克利的金融硕士，我在国内从替Mike打电话、泡咖啡、记录会议摘要做起，他一出来就是华尔街上的精英，我花费十年的时间，才到今天的位置，他只用了六年，但论真才实学，我不觉得自己比他差，他能做到的，我都能做到，而我在中国市场能做到的，他却不见得能做到。"

听到宋翊的名字，我脑袋很疼，心很乱，去端酒，却发现酒杯已空："我要喝酒。"

他一边说着话，一边随手把自己的酒杯递给我，我扶着他的手，连喝了两口。"可是……"陆励成摇着头笑起来，"中国的现状就是那么奇怪，只要是国外回来的海龟，就带着一圈无形的光环，似乎只要是土鳖，就注定了先天弱小。"

他的话怎么这么熟悉呢？努力地想了半天，才想起来，一个大学时的老师，远赴英伦时，留给我的感叹就类似于此，院里天天嚷着要创世界一流院校，搞人才引进，结果就是引进了一堆海龟，逼走了一堆土鳖，这个我最喜欢的老师就是被逼走的老师之一。大姐好像也说过类似的话，公司里高管层的空位，即使国内明明有合适的人才，总部也视而不见，就是喜欢从海外不辞辛苦地弄一个过来。

想着那个老师，年纪已老大，却被生活逼得要到国外闯荡，一切都要重新开始，想着大姐的事业瓶颈，我长吁短叹。

陆励成听到我的叹气，给我加了一点酒，与我一碰杯子："我自己都不叹气，你叹什么气？我相信事在人为！"

我稀里糊涂地陪着他喝干了酒，等放下酒杯时，我已经想不起来，我刚才为什么叹气，只是看着他眉目间的坚毅和自信，感受到他一往无前的决心，无端端地替他开心着。

他看到我的笑容，也笑起来："苏蔓，我……"他凝视着我，欲言又止。我伸手去摸酒杯，他握住了我的手，神情异样的温柔："先别喝酒了，我今天晚上带你出来，不是为了什么差旅费用，而是想告诉你句话，我……我……你想不想听个秘密？"他的眼神竟然透着紧张。

我点头，再点头，嘻嘻笑着，食指放在唇边做了个吁的姿势，弯下身子，俯在他耳边，小小声地说："我，我告诉你个秘……秘密，你要保密。我……我好……好喜欢宋翊。"

头一歪，栽到他肩膀上，彻底昏醉了过去。

早上醒来时，头疼欲裂，看着完全陌生的小屋，不知身在何处，发了半晌呆，才想起陆励成，这个屋子是陆励成的！我腾地一下从床上跳起来，扯着嗓门大叫："陆励成！陆励成……"

屋内鸦雀无声，只窗口桌子上的一个旧闹钟发着"滴答""滴答"的声音，我走过去，拿起压在底下的纸条。

下面的电话可以送你回市区。

没有解释，没有道歉，什么都没有，只有一个手机号码。昨天晚上的事情一半清楚，一半模糊，刚开始我很害怕，后来我很生气，再后来，我好像不生气了，我们就在喝酒，再然后……我就醒来了。我皱着眉头思索，陆励成究竟什么意思，难不成就是因为周五的晚上太无聊，所以需要抓一个人陪他喝酒？

　　嘴里喃喃咒骂着他，按照他的指点，拨通电话号码，对方说十五分钟后来接我。我匆匆擦了把脸，打开冰箱，从冰箱里顺了根香蕉，坐上了一辆破旧的面包车，下车付账时，男子说着一口北京土话拒绝了我的钱："陆先生会付的。"说完，就开着车飙出了我的视线。

　　我拖着一堆行李，百感交集地走进自己的大厦，我回个家容易吗？给老妈打电话，告诉她明天我回家，今天实在折腾不动了，决定先泡个澡，然后让麻辣烫给我接风洗尘压惊。

Chapter 8

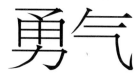

真正的爱，是不顾一切，是无言不听，
把整个心、肝、灵都交由你主宰。

　　星期一，去上班的时候，在会议室看到陆励成，他面无表情，似乎
什么事情都没有发生过，我也自然眼观鼻、鼻观心，暗中庆幸看来逃过
一劫了。

　　下午，宋翊把我叫进办公室，第一句话就是："陆励成知道了？"

　　我点头，心里又开始忐忑："你怎么知道的？"

　　"IT部正在给系统升级，以后所有的系统都会有更严格的权限分
级，任何人如果把自己的密码给他人使用，一旦发现都会严惩不贷。还
有份内部文件，要求档案室的文件非财务人员不得翻阅。"

　　"陆励成的提议？"

　　"是的，所以我想应该是你的事情被他发现了。"

　　我沉默着不说话，我不在乎陆励成做什么，所以谈不上难受，但的
确有些不舒服，陆励成把我当成了什么人？

　　宋翊温和地说："他并不是针对你，他只是在做他的工作，在保护

公司整体的利益，如果……如果他私下找你，你有什么不方便处理的，可以告诉我。"

因为他的维护，我心里的那点不舒服立即消失，笑着说："他应该不会再找我的麻烦了。"因为已经找过了。

宋翊点点头，让我出去，我到了门口，却又转回身："谢谢你！"

他盯着电脑，似乎没有听见，我等了一瞬，看他一动未动，失望中轻轻拉开门，走出屋子。

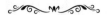

系统的升级没有引起任何过多的评论，反正公司里每隔一段时间，总会有一次系统的完善和更新。大家现在关注的焦点是要不要参加篮球赛。

人力资源部打算组织篮球赛，给所有人的邮箱里发了动员邮件，把这两年新招的女大学生，组织成美女拉拉队，动员邮件的附件就是这一群美女穿着超短裙的玉照。

收到邮件时，整个办公室里男士们都如嗑了药，围在电脑前看得眉开眼笑。

宋翊的私人助理Karen告诉我这次篮球赛的最终目的只是为了一个潜在客户，所谓潜在客户就是我们很有机会发展成客户，我们也很想发展成客户，但是人家还抱着绣球、左挑右选。据说对方的几个头目喜欢打篮球，所以陆励成就告诉人力资源部组织人手，去和人家打友谊赛。

人力资源部作为非利益核心部门，平常捡着个鸡毛都要挖空心思去义正词严地闹腾一番，好表现出自己部门的存在价值，何况这次真有了个令箭？所以美其名曰为了更好地执行陆励成的命令，挑选出公司里最优秀的篮球手，人力资源部决定先在公司内部打一圈。

我附在Karen耳边说："我看是人力资源部的几位姑娘愁嫁了，人力资源部阴盛阳衰，IT部几乎清一色的男士，平时各个部门老死不相往来，多少肥水流了外人田？"

Karen眼睛骤亮，我看到她的表情，刚喝进嘴里的一口水险些喷出来，这下这场篮球赛不愁没人贡献出业余时间，做志愿服务了。

Karen白了我一眼，大大方方地说："这样的认识方式很好呀！大家至少有共同语言，即使不会往下发展，也算多认识几个朋友，总比相亲好。"

看来又是一个深受相亲摧残的难友，我拍拍她的肩膀，一切尽在不言中。

篮球赛在男士踊跃报名，女士积极参与的气氛中拉开。人力资源部出手豪阔，直接租下整个体育馆，一共四个篮球场地，小组循环赛，从星期五打到星期日，一个周末比完。

星期六晚上，我们部门和陆励成的部门打，Peter他们一上场就被打了个灰头土脸，在一众美女面前颜面尽失，中场休息时，Karen和另一个女同事Sandy索性跑到另外一个场地，给别的部门的队伍递水、递毛巾，Peter他们哇哇大叫，我笑眯眯地和他们说："要想享受美女的服务，也要自己有实力呀！"

Peter立即说："我们打电话请外援，我的一个同学是CS……"

大家齐声嘘他，MG和CS是老对手了，前几年为了抢一个国有商业银行的客户，两家出尽招数，最后这个国有银行也很绝门，让我们两家共同帮它做上市，两家胜负未分，梁子却没少结。

我对着Peter没好气地说："自己家门口有尊神，还需要去人家庙里请？"

众位男士都看着我，散发出求知若渴的目光，我小声说："Alex。"

"你哪里得到的消息？"

"消息可靠？"

……

众人七嘴八舌，我笑看着那边的美女拉拉队："信不信由你们了！"

宋翊来得晚，此时才到，穿了一身休闲服，抬着一箱运动饮料，看Karen不在，就递给我，让我给每个人递一瓶。

他已经知道我们输了，安慰大家说："没关系，还有下半场。"众人都眼神古怪地盯着他，他上下看了看自己："我没有穿错衣服吧？"

众人齐齐摇头，Peter一脸悲愤："Alex，你篮球打得好，为什么不帮我们，看着你的部下被人欺负，你忍心吗？你都没看到刚才我们如何被人痛打。"

Peter真是唱作俱全，我的目的已经达到，所以忍着笑，躲到一边。

Alex愕然："谁说我的篮球打得好？"众人侧过身子，手指齐齐指向我，"她！"

我的心跳一滞，只觉得血都停止了流动，只怕脸色也好看不到哪里去。看他的表情，竟好像公司里没有任何人知道他会打篮球，我勉强地笑着："我猜的，你身高这么高，大学里肯定不会被篮球队放过。"

Peter他们可不管我这边如何心惊胆战，看宋翊没有否认，已经明白我所说属实，一群人立即拥上去，围住宋翊，七嘴八舌地求他，宋翊终于点了头，大家欢呼大笑，宋翊却是遥遥地看向我。

Peter对我大声叫："Armanda，待在那里做什么？去把Karen和Sandy叫回来，这两个叛徒，回头我们赢了，再好好教育她们。"

我点了点头，向看台下跑去，经过他们身旁时，和宋翊的视线一错而过，忙低下了头，心头忐忑，却不后悔。站在他的身后，看他打篮球，光明正大地为他助威呐喊，是我多年的心愿。

Karen本来不愿意回来，我告诉她宋翊要打球，她才和Sandy郁郁地跟我回来。不过，等看到宋翊换了衣服出来，一身白色球衣，阳刚挺拔，两人眼睛都是一亮，再看到宋翊一边熟悉场地，一边一个随意的单手三分球，她们俩全都尖叫了一声，Peter他们也是立即士气大振。

我抱着膝盖，坐在看台上，目不转睛地追随着宋翊的身影。耳畔的呼声多么熟悉！我们中间的时光仿佛不曾流逝，大学的头两年，我在篮球场的时间，比在自习室的时间长。我在阳光下看他打球，人却永远躲在黑暗中，那以后的无数个日子，我后悔，没有跨出最后一步，走到阳光下，告诉他"我喜欢你"。他是否接受并不重要，重要的是我竟然从来没有让他知道一个女孩子曾这样爱过他。这世上，暗恋并不痛苦，痛苦的是，当你发现原来自己有过机会告诉对方，可自己并没有抓住，而当你觉悟时，却已再没有机会。

比赛开始，过去和现在的画面交错。

宋翊奔跑起来，如风般迅疾，轻易地带着球连过三人，谁也不能阻挡他向前的身姿，当他潇洒地一个转身反扣，将球轻松地投进篮里，他的身后是一地人仰马翻，他却只是一如多年前，回身看向众人，翘着嘴角微笑，眼中洒满阳光。

这一次，我却没有如多年前那样藏在众人的身影里，羞涩地压抑着自己想高声尖叫的欲望，我"嗷嗷"叫着，跳起来，挥舞着拳头欢呼，这是我一直想做，而没有做的，我将那个少女压抑了多年的羞涩欢呼声，和我今日的欢呼声一并奉献给他。

他看到我的样子，微笑有一瞬间的凝滞，对方的一个撞身，他的身子下意识地侧让。转身、奔跑，俯身做了个抢球的假动作，成功掩护了队友带球，而他的视线却一直没有移开，一直看着我，我也定定地凝视着他，这是我欠那个躲在被子里哭泣的少女的。

人生有几个十一年？十一年之后，我爱你依旧！而你竟仍在这里！

就在我们隔着球场彼此凝视的时间，对方进了球，满场的掌声，Peter气急败坏地高声叫嚷着，我看了一眼比分牌，38：61，向他笑着，做了一个握拳的动作，他也恰好看完比分牌回头，看到我的姿势，他弯着嘴角，毫不在意地笑着，眼中有骄傲自信，还有一点点顽皮。

他一边奔跑，一边向队友做着手势，Peter他们充满热情和力量，只是缺少一个灵魂的牵引。这一次，他不会走神，也不会留情，所以这将是他统治的国土，他将带着他们任意驰骋。而我会在这里，等待着与他共赴下一次的冲锋。

心有所感，侧眸间，对上了一双墨黑的眼眸。不知道陆励成何时到的，一身休闲装，抱臂站于看台上，他的周围不知道是巧合，还是大家有意回避，所有的座位都空着。

他的眼眸中有点点锋芒，看似随意抱着的双臂，流露着浓烈的疏离与冷漠。可我今天很幸福，我只愿意将我的开心与所有人共享，所以，我甜甜地朝他一笑，扭回了头，专心看宋翊打球。

40：61，43：61，45：61，48：63，50：63，53：63……

也许因为宋翊的加入，也许因为比赛的戏剧化扭转，其他场地的观众都看得心不在焉，频频向我们的场地张望，几个拉拉队美女，更是直接站到我们这边，挥舞着花球，为我们助威："加油！加油……"

Peter他们有美女助威，更是跑得全场虎虎生风，对方却士气已泄，比分更加迅速地拉近，55：63，58：63，60：63，63：63！

我"耶、耶"的几声大叫，手舞足蹈地跳了起来，Karen本来也在欢呼，可看到我的疯魔样，只顾着目瞪口呆地看我。宋翊的目光从看台上一转，似在看我，又似没在看我，没等我捕捉到他的目光，就移开了。

对方叫暂停，陆励成穿着一身黑色球衣，替换下他们部门的一个队员，显然他要上场，陆励成和宋翊对决！全看台的人都突地一静，连旁边场地打球的人都不能专心再打球，频频向这边看。

Sandy吸了口冷气说："今天晚上没白来，真是太精彩了！"

我赶忙问："陆励成技术如何？"

Karen茫然地摇头："不知道呀！只看到他和客户打网球，打得不错，篮球不清楚，不过是他想带队和那家客户玩篮球拉拢对方，应该过得去吧！"

哨声响起，比赛继续进行。全场的人，不管在哪里，都盯着我们的篮球场看。人力资源部的女经理看大家都无心再比赛，索性和裁判商量后，叫了一个长时间的暂停，让其他三个场地的队员都休息。

大家呼啦啦地都围过来，开始看球。

陆励成打球的风格和宋翊完全不同。宋翊飘逸灵动、陆励成沉稳猛健，宋翊靠着敏捷的身法、绝佳的弹跳力和球感，带球冲击对方的防线如同闲庭信步；而陆励成则善于组织疏而不漏的防守和随机应变的群体进攻，如果宋翊像锋利的匕首，陆励成则像厚重的大刀，如果把宋翊比做无往不胜的将军，陆励成则像运筹帷幄的元帅。

陆励成没有上场前，宋翊带领着球队，一往直前，比分节节升高，但比赛没有了对抗性，可看性很差。陆励成上场后，他成功组织了两次防守，士气立即振奋，宋翊的冲锋节节受阻，可正因为节节受阻，他真实的水平渐渐展现出来。

将遇良才，棋逢对手，观者在宋翊和陆励成的一来一往中，欣赏到一场体力和智力的双重较量。赛场内时而鸦雀无声、时而欢声雷动，宋翊和陆励成的精彩对抗，让大家酣畅淋漓、如痴如醉。

宋翊的进攻多次受阻，陆励成的前锋趁机连进了两球，他们再次领先。拉拉队的美女们起了"内讧"，有人支持陆励成，有人支持宋翊，壁垒分明，各自助威。除了我们这些本部门的人不敢随意选择，看台上的观众早根据个人喜好，阵营分明了，有人压陆励成赢，有人压宋翊赢，也不知道他们怎么组织的，竟然连口号都很快制定出来了，各自给各自的队伍加油。

我跑到了最前排，抢了一把哨子，宋翊一组织进攻，我就玩了命地吹。Young看到我的样子，也去抢了一把哨子，每次陆励成中场突破，她就也拼命地吹。我们两组的人一个瞪着一个，谁都看对方不顺眼，都努力让自己的声音更响，更大。

哨子的尖叫声中，宋翊终于成功突围，高高跃起，将球轻松地送入了篮框，我立即吐了哨子，手圈在嘴边，大叫："宋翊！宋翊！宋翊……"

我的叫声夹在大家的欢呼声和几乎要震破耳朵的"Alex"声中，不可分辨，宋翊却在转身时，视线微微在我的方向顿了顿，我心花怒放地笑着。

陆励成叫暂停，和队员走到场地边，一边喝水，一边低声说话，他的视线瞟过我时，很是阴沉，我心里暗骂，没气量，输个球就连叫好的人都看不惯了！我偏叫！

等我们部门的三个女子拿着饮料赶到对面，宋翊他们早被一群美女包围住，递水的递水，送毛巾的送毛巾，Karen停住了脚步，朝我直摇头："现在的小姑娘们真热情呀！我们虽然知道Alex是钻石王老五，可更知道他是老板！"

我本来已经止步，可突然想起自己以前无数次的止步。

早早地买好红牛，希望能在他比赛后递给他，都根本没希望过能和他说话，只是希望他能喝到我买的饮料，可就是这样，我都从来没有勇气走上去，把饮料递给他，我只是紧握着易拉罐，从开始到结束，离开时，那个易拉罐已经被我握得变形。

我深吸了口气，拿着饮料挤进人群，宋翊正在低头系鞋带，系完鞋带，一抬头，就看见无数瓶饮料横在他眼前，等着他拿。

Peter他们都怪笑，等着看好戏，宋翊却是早已习惯，自有自己的应付之道，微微一笑，转身离开："多谢了，我自己有。"

转身间看到我，我把饮料递到他面前，手腕子都有些发抖，他愣了一愣，拿过去，打开喝了两口，随口又吩咐："再去搬一箱，放在这里。"完全老板对下属的口气。

我开心地应"是"，他为什么拿我的饮料不重要，重要的是我终于送了出去。

可就是这样，身边的一帮美女们都已经无限羡慕，围着Karen和我问："你们部门还有没有空缺呀？进你们部门需要什么条件？"

Karen赶紧拉着我逃回来，Young这边的情形倒是略好，各部门的美女都是围着其他人，陆励成三步之内，只有Helen一人。等他喝完水，走向他的队员，周围的女士们立即全都自觉散开，好让他们专心部署下一步作战计划。

Helen将陆励成用过的毛巾和水瓶收到一旁，安静地坐回自己的位置。

Karen盯着Helen看了半晌，低声叹气。我撑着脖子，一直看着对面的宋翊他们在干吗，听到Karen的叹气声，很是莫名其妙地看她："你怎么了？难不成你心里实际是支持陆励成他们的？"

Karen掐我："你今天晚上很神经病！简直和办公室的人是两个人！"

我哈哈地笑："因为今天晚上我是青春美少女，我在实现自己多年前的梦想。"

Karen懒得理我的疯语真言："Helen已经跟足Elliott七年，从一个文字录入员，做到今天Elliott的第一私人助理，不管公司里发生什么事情，Helen是Elliott的人，这点一直没有变过。"

"是吗？"我心不在焉地说。

Karen一脸若有所思："我觉得Elliott这人只怕不像外表那个样子，应该是个很长情的人，而且应该对人很好，否则Helen不会对他这么忠心。至少，我已经做了好几个老板的私人助理，但我从没觉得任何人值得我对他们效死命，甚至时间一长，我会对他们的很多脾气无法忍受，主动跳槽。"

我咕咕地笑："也许她暗恋Elliott。"刚说完，就想打自己的耳光，Helen上个月刚结婚，我以小人之心度君子之腹。

我吐了吐舌头："Alex呢？你对他什么想法？"

Karen很得体地微笑："他是我的老板，我是他的私人助理。"她停了一会儿，却没忍住，小声说，"Alex是非常好的人，是我遇到的最好伺候、最没架子的上司，可就是因为他太好、太有礼貌、太客气，所以我跟了他已经大半年，却仍和第一天认识一样。"

我明白了她的意思，陆励成是用冷漠疏离作为拒绝他人靠近的手段，宋翊却是用客气礼貌作为拒绝他人接近的手段，两个人乍看截然不同，实则殊途同归。

掌声突然响起来，陆励成再次进球，我不敢再胡思乱想，立即专心看比赛。

宋翊在对方来拦截时，右手一个虚晃，好似球要向右边传，实际却是球从背后转了一圈，向左面传去。好球！我一边鼓掌，一边猛吹了几下哨子，陆励成他们的场地靠近看台，几个听到哨音的人都朝我瞪眼，我毫不留情地瞪回去。陆励成正在后场，却是头都没回，只是背挺得笔直。他手背在后面，迅速打了几个手势，球再传回宋翊手中时，他们的队形已经变换，以陆励成和其他两个人为中心，成倒三角形的防守阵形，一面将宋翊的接应和宋翊隔断，一面阻断宋翊的继续带球深入，宋翊独自一人深陷对方的包围圈中，他借助姿势的灵活，频频避开各种拦截，想努力冲出重围，僵持三四秒后，陆励成利用宋翊和另外两个人对抗的缝隙，从一个宋翊完全没想到的角度，突然切入，成功从宋翊手中抢过了球，看台上爆发出一阵欢呼大叫，Young拿起哨子对着我吹，我嘟囔："三个对一个，不公平、不公平！"

Karen一边鼓掌赞叹精彩，一边说："篮球是团体比赛，通过个体配合取得胜利本来就是它的精神，哪里不公平了？"

我当然知道！只是人都是偏心的。不过，不得不赞叹陆励成刚才的战术精彩，所以也随着大家鼓了几下掌。

本来宋翊的个人战术突出是一件好事，之前宋翊都是依靠他超强的个人技术，带领全队如匕首般插入敌人后场，成功进球，可陆励成偏偏将它化作了坏事，利用宋翊在群队中过于突出的个人技术，队友无论奔跑速度，还是球感、方位感都无法立即跟进，配合宋翊的冲锋，所以抓住这个滞后点，将宋翊和队友切断，造成宋翊孤军深入，最终失利。

掌声中，陆励成方再次进球，比分继续领先，并且差距又在渐渐拉大。此时比赛时间只剩十一分钟。

宋翊一边慢速奔跑，一边环顾四周，看看自己的队友，又看看对方的人。

Karen看着表说："陆励成他们没有谁的技术很突出，但实力平均，陆励成的战术又运用得这么精彩，我们这边，Peter他们中有一两个偏弱，而宋翊太强，强弱差距太大，配合上反倒漏洞百出，看来我们想赢很难了！"

我盯着宋翊奔走的身影，坚定地说："不会！我们一定会赢！"

宋翊再次组织进攻，大家立即发现了变化。宋翊刻意放慢自己的速度，他将自己耀眼的个人光辉隐去，化作了一个普通的星子，和队友们共同推进着进攻的速度，球在他们之间有条不紊地传递着，同时，宋翊利用自己对球势的良好判断，随时组织队伍变换队形，对抗陆励成组织的一次次防守反攻。

宋翊之前耀眼的表现，让他越接近篮板，对方越紧张，防守重心无可避免地落在了他的身上，可当他成功地拖住对方，对方也认为成功拦截住他时，球却被他一个低首，从胯下传给了被众人忽略的Peter，Peter接球，绕过一个人就成功上篮。

进球的荣耀凝聚在Peter身上，宋翊只化作了一个传球者。Peter激动地撩起球衣狂叫，看台上所有的人都给予他最热烈的掌声。

宋翊在赛场上变得平淡无奇，众人再难从他身上欣赏到华丽的弹跳、完美的进球，可是他的队友们开始散发出光芒，虽不耀眼，却能进球。宋翊虽然不进球，陆励成却不能放弃重点防守宋翊，因为他如同匕首尖端的锋利，大家都已经领略过，稍不留神，他就会随时突围上篮进球。

虽然宋翊一个球没进，比分却逐渐拉近，最后两分钟，比分差距是两分。场上双方是白热化的争夺，两方的支持者都红了眼睛，用尽全身力气喊加油。我反倒叫不出来，只是屏息静气地站着，心里默念着"我们一定能赢"。

双方在场中僵持不下，球一会儿被白色球衣掌控，一会儿被黑色球衣掌控。看来陆励成又迅速地调整了战术，利用他们领先两分的优势，将防守线推前，这样即使Peter或其他人拿到球想上篮，他们也有足够的时间调整防守重心，将其成功拦截。

白色进攻，在黑色城墙前寻不到任何罅隙突破，时间在一秒秒飞速地流逝，已经到最后倒计时。

59，58，57，56……

球又传到了宋翊手中，在最后四十秒钟，而他的身边有三个人防守，其中包括陆励成，他已经绝对不可能突破防线投篮。

30，29，28……

宋翊突然翘着嘴角，笑起来，一边笑着，一边猛烈地带着球向右面撞去，陆励成迅速向右面移动防守，同时形成一个右倾圆锥形，将宋翊笼罩在圆锥形的防守势力圈内，宋翊的身体却不可思议地在高速运动中突然停止，而防守他的人的身体仍在惯性中向右面奔跑，他在身体停止的瞬间，右手外翻，一个弧线，球从他的背后进入了左手，他的身体原地高高跃起，身子在空中左倾，左手将球远远地送了出去，球从众人头顶飞过。

9，8，7，6，5，4……

球进篮，当球落地的瞬间，比赛结束的哨声响起。看台上静了一瞬，才爆发出尖叫声。

73：72

最后一个三分球，确定了宋翊的胜利。Karen不能置信，一边抱着我跳，一边说："赢了！我们赢了！"

Peter他们也不敢相信，愣了一会儿，才疯狂地彼此拥抱，又都冲过去抱宋翊，不顾他的反对，把他高高地抬起来，一边欢呼，一边走。他无奈地尴尬了一瞬，终于大笑出来，高举着双手，接受大家的祝贺，弯弯的嘴角边是毫不设防的笑意，眼睛里面也全是得意喜悦的光芒，这一瞬，他就像个孩子，或者说，他们都像孩子，他们用男孩子最本能的方式欢庆他们的胜利。

我低下头，偷偷印了一下眼角的泪水，我终于再次看到他这样的笑。他现在只是他，而不是各种名衔在身的一个男人。

抬头时，看见陆励成独自一人在看台的角落，静静地喝着水，满场的欢声雷动中，所有人的视线都集中在肆意欢笑、庆祝胜利的男儿身上，他所在的角落出奇的安静。他喝完水后，安静地提起行李袋，衣服都没换地就向外走去，赛场内灯光明亮，越到边缘灯光越暗，他的身影也越来越模糊，很快隐入了黑暗中。

他走后很久，才有人反应过来问："Elliott呢？"所有人都摇头，不知道他去了哪里。

"也许在更衣室。"

"大概在冲澡吧！Elliott有轻微洁癖，容不得汗臭味，每次打完网球，都要立即冲澡换衣服。"

Helen刚才被陆励成吩咐去照顾一个有点扭伤的同事，也没注意，所以此时面对大家的询问，只能摇头："应该是在冲澡吧！"

我张了张嘴，却又闭上了。

比赛结束，大家陆续离去，体育场内的人越来越少，只有我们部门以及和Peter他们私交好的一些同事还在，Peter是个夜猫子，嚷嚷着要去庆祝，Karen给他看表，他不屑地说："才十一点，夜生活才刚开始。"

宋翊一边收拾衣物，一边说："你们去放肆地玩，费用我来负担。"

大家欢呼："你呢？"

宋翊朝赛场边磨蹭着没走的几位女士看了一眼："我去了，你们怎么玩？我这个老人，还是自觉点，回家去睡觉。"

Peter他们哈哈大笑起来，也知道宋翊所说属实，他毕竟是上司，我们一个部门的人，和他混熟了，知道他不拘小节，可其他部门的人不会这样想，所以，Peter他们一群人都"抛弃"了宋翊，去开始他们才刚开始的夜生活。

Sandy的男朋友来接了她走，Karen和我商量结伴打的回家，宋翊听到，笑着说："加上我，更加确保你们的安全。"

都知道他回国后，一直没买车，此时有人主动愿意付账，Karen立即答应。

我和Karen先送谁都一样，都无可避免地要再走回头路，我和她相互谦让着说先送对方，Karen是真客气，我却是充满了私心，所以两人的动力完全不一样，眼见着我就要赢了，宋翊却替我们做了决定："先送Armanda吧！"

我的心一紧，用眼角的余光看他，他微笑如常，无丝毫异样。萦怀的失望中，我也只能释然。妾有心，郎无意，我总不能怪人家不解风情，毕竟Karen是他的私人助理，算半个自己人，他这样做，才是待客之道。

理智归理智，心情却是无法排遣的郁结，他对我也就是如待客人了！

下车后，礼貌地和他们道了再见后，第一件事情是给麻辣烫打电话："我很烦，需要喝酒。"

"姑奶奶，我现在在父母家，出不来。"麻辣烫的声音很低。

我无奈，只能挂了电话，想上楼，却总是难受，索性跑回路口，叫了的士，一个人冲到家附近的一家酒吧。

这个酒吧，不是什么名酒吧，地段也算不上好，所以虽是周末，人也不多。不过，我恰好喜欢它的清静和离家近，所以常和麻辣烫在这里喝酒聊天。

刚进门，就发现我们惯坐的位置上已经有人，而且是一个熟人。陆励成仍然穿着那身球衣，只是在外面加了一件挡风的夹克，他此时的行为显然不符合一个有轻微洁癖的人的举动。

他听着吉他手的低唱，自斟自饮。在这个没有人认识他的小酒吧里，他终于将他内心的情绪稍稍释放了一些出来，眉宇间不见凌厉，只有落寞，还有压抑着的伤楚。那么浓烈的伤楚，似乎不压制好，一个不小心，就会让他全然崩溃。

我想了想，走到吧台侧面问老板要了瓶啤酒，付账的时候，小声和老板打招呼："帮我盯着点那个人，如果他喝醉了，一定不能让他自己开车走，帮他叫辆计程车。"

老板爽快地答应了。

我悄悄离开酒吧，拿着啤酒，边走边喝，寒风配着冰啤酒，让人从头到脚的冷冽。

宋翊，他就像笼罩在一团大雾中，他的客气友善，让每个人都以为他很好接近，可他用他的客气友善和每个人都恰到好处地保持了一个不远也不近的距离。我努力着走近他，每次当我以为自己成功的时候，他又总是轻易地把我推了回去。

他已不是他。当年的他，唇角的微笑从不是用来保持距离的面具，眼底深处也不是看不清楚的灰暗。可他也仍是他，今天晚上，篮球场上的他，和多年前一模一样，眼中的明亮一如当年在阳光下灿笑的少年。

不过，我也不再是当年的我，当年的我，绝无勇气去做我今天晚上所做的一切事情。可我也仍是我，我仍爱他，只比当年多，不比当年少。

半个小时后，我打开门，把空啤酒瓶扔进垃圾桶。随手打开电脑，宋翊的留言跳了出来。

"你在家吗？"

"在吗？"

"在不在？"

"如果上线，请和我联系。"

一连四条信息，虽然每一句话都很普通，可连着一起，却让人感觉出发信息的人对于我不在线上很着急。

我忙坐了下来："不好意思，刚回家，有事吗？"

"没事。现在很晚了。"

"晚上有活动，活动结束后，我又去酒吧喝了点酒。"

"一个人？"

"一个人。"

"开心的酒，不开心的酒？"

我认真地想了想，才回复："既开心，也不开心。开心的是，不管他或者我是什么样子，我仍然爱他；不开心的是，不管他或者我是什么样子，他依然不爱我。"

一会儿后，他的信息才到："为什么不放弃他呢？天涯何处无芳草，三步之内必有兰芝。"

为什么不放弃？我撑着下巴，想起了那一天的雨和阳光……

宋翊一直是学校里的王子，因为他学习好，长得好，还打得一手好篮球，关注他的女生很多，可真正敢喜欢他的却没几个，毕竟是重点高中的学生，智商都不低，大家的心智也都早熟，一早就抛弃了琼瑶，看的是亦舒，本着爱帅哥更爱自己的原则，没有几个人愿意做言情小说中的傻飞蛾，所以对宋翊，女生们有默契地保持了远观近赏，却绝不亲近的态度。我也是这些芸芸女生中的一员，我们会在宿舍卧谈会上谈宋翊，会为了看宋翊打篮球逃课，会在宋翊经过我们的教室时，脑袋贴在玻璃窗上偷看，扮演漫画少女的花痴角色，但是，我们没有一个人会去想象宋翊做男朋友的感觉。

如果一直这样的话，我的人生轨迹也许就不是今天这样，按照我的成绩，我会上一个普通的重点本科，也许会认识一个男孩，然后我们谈一段校园恋爱。多年后，我也许会在感叹青春似水年华时，想起宋翊，但是他的具体长相肯定已经模糊。但是，一切在十七岁那年的一个雨天走上了一条截然不同的路。

当时，宋翊已经高中毕业，考上了清华上学，也许是朋友邀请，也许是他怀念故校，在一个下着小雨的夏日午后，他和几个朋友在篮球场上打球。一直以来宋翊打球，必定观者云集，可这次因为是暑假，所以学校里没有什么人，篮球场上只有他们在奔跑、在欢呼。

我已经忘记我那天究竟为什么去学校，反正就是去了，而且我听见了他们的欢叫声，所以顺着欢叫声，走向篮球场。快到近前时，我却犹豫了，站在白桦林里不敢再举步。

其时，太阳破云而出，雨半歇半收，在如织的细雨中，日光轻且薄，白桦林的叶子翠绿如滴，好似只要一点点风，就能从弥漫的湿意中吹出缕缕的草木香。

整个世界都是清新、明媚、鲜亮的，而他们这群花样年华的少年才是这副画面上，最令人心动的几笔。

一个个都衣服湿透，脸上也分不清楚是汗水，还是雨水，奔跑间，常带起一连串的水珠，被阳光一映，光影变化间，竟有七彩的光芒。再配上紧致有型的肌肉，明亮纯净的眼睛，高大矫健的身姿，充满力量的追逐和对抗，我第一次体会到"阳刚之美"四字的含义，眼前的男子们真正个个都是龙躯虎步。

怕破坏眼前的画面，所以不敢举步，只能立在树下静看。彼时，并没觉得自己的眼光会更多落在宋翊身上，在我眼中，他们每一个人都是运动的美、阳光的美，青春的美。

远处一个人一瘸一拐地跑来，操场上的人都停下来，有人骂来人："你丫看看表，现在几点了？"

还有人关心地问："你怎么了？这么打蔫？"

来人坐到操场边说："我今天打不了了，你们接着打！"

大家聚在他身边，又骂又问："大朱，你丫有屁就放！"

"大朱，你的腿究竟怎么了？脸上的伤哪里来的？"

在众人的询问下，终于弄明白了事情的来龙去脉，原来大朱的女朋友被一个小混混追求，小混混警告过他好几次，他都没理会。今天小混混终于动用暴力，四个人把他堵在学校附近的胡同里打了一顿。

大家听完，也没什么好办法，只能劝他以后小心一点，大朱抱着头不吭声。没想到性格最温和的宋翊却是猛地将手中的篮球砸到了地上，篮球弹得老高，远远地飞出去。

"欺人太甚！我们走！这个场子今天非找回来不可！"

大朱抱着头，木然地说："他们手里有刀。"

宋翊一挑眉毛，不屑地冷哼："大不了刀口舔血！"

大家呆呆地看着他，宋翊冷着脸，一个个看过去："有什么好怕的，我们人多还是他们人多？平常喝酒的时候，说的什么为哥们儿两肋插刀都不算数了？还有你，大朱，连自己的女人都护不了，你还混个什么？有抱着脑袋哭的力气，还不敢豁出去干一架？"

都是热血少年，被宋翊的话一激，大家都急了，七嘴八舌地嚷："谁怕了？"

大朱跳起来："我们走！"

大朱带头领路，一群人如冲向前线的战士，慷慨激昂地向学校外拥去。

白桦林里的我，弯身捡起了滚到我脚边的篮球，却失落了一颗少女的心。也许每个女孩子都向往着一个英雄，都渴望着有一双保护自己的臂弯，都希冀着有一个男子能冲冠一怒、拔剑为红颜。宋翊那一刻的样子，让我感受到了大丈夫的情怀，他在我眼中，不再只是一个品学兼优的男孩子，而是一个有担当、有所为有所不为的大丈夫。

我捧着篮球，伫立在白桦林中，天地之间如此安静，如停止了转动，只有我的心，跳得那么急，我已经隐隐明白，从今日起，我的世界不会再和以前一样，有隐秘的欣喜和酸楚。

他们返回时，不少人挂了彩，可个个都神情兴奋，搭着彼此的肩膀，高唱着嘹亮的军歌，歌声响彻操场。他们就如一群得胜归来的战士，宋翊被他们簇拥在最中间，他的一个眼睛乌青，半边脸红肿，嘴唇边有血痕，形象实在不算好，但是却成了我记忆中他最英俊的一瞬间。

他们一边四处乱寻着球，一边高声笑嚷，讨论着刚才谁比较英雄，谁比较狗熊，谁平时最耍酷，刚才却最孬种，最后一致同意宋翊是"不会叫的狗才最会咬人"。

我走到宋翊身边，对弯着身子在草丛里找球的他说："这是你们的篮球吗？"

他抬起头："是呀！多谢，多谢！"

他抬头的瞬间，太阳恰从乌云中彻底挣脱，光线蓦地明亮，他的笑容却比阳光更灿烂。

我把球默默地递给他，他拿着球问："你在这里读书？"

我点头："九月份开学就高二了，"

"小学妹，多谢你！"他微笑着转身离去。

我心里胀鼓鼓的，也说不清楚是甜，还是苦，带着少女特有的敏感和自卑，貌似很理智平和地说："我的成绩不好，进不了清华，担不起小学妹的称呼。"

他停住脚步，回身看我，眉目间有不以为然："你还有两年的时间，现在就给自己定下输局，未免太早！只要你想，就一定可以！好好学习，我在清华等你。"

他对着我笑，飞扬自信的笑如同星星点点的阳光，洒落在我的身上。

他朝我挥挥手，大步跑向球场："篮球找到了！"大家看见他手中的篮球，扯着嗓子嗷嗷地欢呼，从四面八方迅速汇集向篮球场。

他们又开始打篮球，在他们肆意地跳跃奔跑中，青春在阳光下轰轰烈烈地飞扬燃烧，第一次，我觉得自己也是可以这样自信的、飞扬的，那才是青春的本色啊！

我的手紧紧地握着拳头，凝视着他的身影，耳边一遍遍轰鸣着他的声音："我在清华等你。"

多少个夜晚，宿舍的人都已经熟睡时，我在卫生间门口的灯光下温书；多少个清晨，大家还在梦中时，我捧着英文课本，一个个单词记诵。也曾努力一个学期后，数学成绩仍然不好，也曾做了无数套化学习题后，化学不进反退。不是没有疲惫懈怠、沮丧想放弃的时刻，可是每次觉得自己就是比别人笨，想认命放弃的时刻，总是会想起他眉目间的不以为然，想起他的笑容，想起那些星星点点、洒落到心中的阳光，所以，总是在抱着考试试卷，躲在被窝里大哭一场后，握一握拳头，又再次出发。

我可以放弃他吗？我在键盘上敲字："放弃他，如同放弃我所有的梦想和勇气，永不！"

屏幕上很快就出现了一行字："沧海可以变桑田，天底下，没有任何东西可以永远，包括你的爱情。"

不喜欢这么凝重的谈话气氛，和他开玩笑地说："三步之内必有兰芝，如果你愿意充当这个兰芝，我就考虑放弃他，怎么样？"话发出去后，开始后悔自己鲁莽，但是后悔也晚了。

"☺，我是个内里已经腐烂的木头，不过，我知道很多兰芝，可以随时介绍给你。"

我轻嘘了口气："多谢，多谢！把你的兰芝替我留着点儿，等我老妈拿着刀逼我嫁的时候，我来找你。"

和以前的日子一样，两个人漫无边际，却快乐淋漓地聊着，然后互道晚安、睡觉。

在梦里，我梦到了清华的校园，他在打篮球，十九岁的我，紧张羞涩地站在篮球场边，当众人高呼"宋翊、宋翊"时，我胆怯地咬着唇，终于，我也喊了出来："宋翊、宋翊……"

他粲然回头，那一眼中，有我！

Chapter 9

飘雪

她走在美的光彩中，温和，平静，又脉脉含情，
她的心充溢着真纯的爱情。

已经夜深，万籁俱静，我仍在电脑前赶写一份小组报告，明天要交给宋翊过目，说不紧张，那是假的。

突然，MSN滴滴地响起来，我立即打开。

"关掉灯，去窗口。"

我对宋翊这句没头没尾的话很是不解，不过，只要是他说的话，我都愿意照做，所以，我立即关了台灯，合上笔记本电脑，走到窗口。

拉开窗帘，漫天飘飘洒洒的白一下子就跃进眼中。北京的第一场雪竟然在无声无息中降临。

纷纷片片的雪花，连绵不绝，舞姿轻盈。虚空中的它们，如一场黑白默片时代的爱情舞剧，情意绵绵，却又总是欲诉还休，而路灯光芒笼罩下的它们，则如一群晶莹的自然精灵在纵舞，虽无人观赏，却独自美丽，从黑暗的墟茫深处透出奢华的绚烂。

北京城竟是这么安静、这么空旷、这么干净!

我的心被大自然的神奇震慑，总觉得那安宁的雪花中洋溢着不羁，白色的纯洁中透着诱惑，如拉丁舞者翻飞的红裙角，舞动下流淌着邀请。如果可以，我多么希望此时此地，我们是并肩而立，而不是网络的两端，我想看到他的眉眼，感受到他的温度，听到他的声音。

我冲到桌前，打开电脑，试探地问:"你愿意把网络延伸到现实中吗?"

那边长时间地沉默着，我却很肯定他看到了，双掌合起，放在额头前，默默地祈求着，很久很久之后，久得我已经觉得他似乎又一次消失在我生命中时，一句话跳到了屏幕上:"网络有网络的美丽，因为距离，所以一切完美。"

"我相信现实中的你和网络上一样，你怕我和现实中不一样?"

我似乎感受到他在那头无奈的叹气，和无法拒绝:"你什么时间有空见面?"

我几乎喜极而泣，对着电脑，喃喃说了声"谢谢你!"然后才开始敲字:"这个周末好吗?"

"周六晚上，清华南门的雕塑时光。"

"好的。"

"我们怎么认出彼此?"

"只要你去了，我肯定就能找到你。"

他没有质疑我的话，只发了个"晚安"就下线了，留下我对着电脑长久地发呆。以他的性格，既然肯答应和我这个网友见面，那么他应该对我有好感的，可他的表现为什么那么迟疑，似乎我再走近一步，他就会转身逃掉，这和他的性格不符。

走到窗户前，脸贴着玻璃，感受着那沁骨的冰凉，这一刻他是否也站在窗前，任心灵在暗夜中沉醉?

雪无声地落着，飘扬的舞蹈中没有给我任何暗示，我只能向它们发出我的祈祷，希望它们能成全我的心愿。

第二天，起得有些晚了，顶着两个大熊猫眼去上班，电梯里碰

到Young，也是两个熊猫眼，两人相对苦笑，她上下打量着我说："Armanda，你和刚进公司时，判若两人。"

"啊？有吗？"我紧张地看向电梯里的镜子，我有苍老得这么快吗？

Young笑："我不是那个意思了……"

电梯门一开一合间，陆励成端着杯咖啡走进来。虽然做我们这行，上班时间并不严格，可是迟到被老板撞个正着，毕竟不是什么好事，Young说了声"早"，就低着头不再吭声，我仰着头看电梯门上的数字变动：5、6、7……电梯停住，Young用眼神跟我打了个招呼后，就匆匆溜出电梯。

电梯变得分外缓慢，我偷瞄了一下按钮，只有27层的键亮着，看来我和陆励成的目的地一样。我只能继续屏息静气，恨不得彻底消失在空气中。电梯门开的瞬间，他伸手挡住门，示意女士先行，我低着脑袋含糊不清地说了声"谢谢"后，就以最快的速度奔向自己的办公桌。

宋翊正好从自己的办公室出来，看到我踩着高跟鞋、跑得跌跌撞撞，他笑着说："Easy, easy! There is no big bad wolf."

我看到他，心情一下子就好了许多："Sure, because I am not Little Red Riding Hood."

Peter高竖着食指，一边摆手，一边大声说："No! No! We are all wolves hunting for the food in this cement woods."

大家都笑起来。

随在我身后的陆励成出现在门口，大家看到他，一个个立即收敛了嬉皮笑脸的样子，都正襟坐好。

"Alex，Mike提前到了，要我们准备一下，提前半个小时开会，所以我想我们先碰个头。"

"好，给我一分钟。"宋翊回身对自己的私人助理Karen吩咐了几句话后，和陆励成一起走出办公室。

Peter站起来，双手抱肩，半压着声音，装着很害怕的样子说："Did you see? The most dangerous wolf just passed by."

刚安静下来的办公室又哄然大笑起来，大家的嘴张得最大时，宋翊突然出现在门口，轻敲了敲门，我们一个个嘴仍张着，声音却都死在喉咙里，宋翊含着笑扫了我们一眼："楼道的扩音效果比你们想象的好。"说完，就消失在了门口。

大家彼此交换个眼色，忙低下头工作，Peter瘫坐到椅子上："I am

dead! I am so dead！"

大家毫无同情心地偷笑着。

快吃中饭的时候，Karen接了个电话后，让我和Peter去开会。

会议室里人不多，我们一进去，Mike的助理立即将一叠厚厚的资料放在我们面前，没时间看内容，我只能挑着大标题快速浏览。

陆励成向Mike介绍我们："Peter在纽约培训过半年，对当地的商业圈和华人圈都很熟悉，哪个餐馆的哪道菜适合华人口味，他都一清二楚。Armanda是这一行里，难得的拿CPA①和ACCA②资格的人，由他们两个陪客户去纽约，应该是最佳选择。"

宋翊听到陆励成的话，看了我一眼，我的心立即狠狠跳了一下。

Mike点点头，对着陆励成说："因为是客户突然提出的要求，他们的护照签证……"

Peter立即说："没问题，我四个月前刚去过美国，签证还在有效期内。"

陆励成的目光炯炯地盯着我，我只能老老实实地说："我的问题也不大。"被大姐知道她为我办的签证替他人做了嫁衣裳，肯定想砍我。

Mike满意地笑起来，扫视了一圈会议室里所有的人说："那就按照Elliott说的办，让HR给他们订机票酒店，星期五出发，Alex，你觉得呢？如果你手头缺人手，可以从Elliott那边借人。"

宋翊笑了笑说："我没问题。"

星期五？星期五！我心里一声惨呼，盯着陆励成的眼睛里除了熊熊怒火，还是熊熊怒火！陆励成微不可见地皱了皱眉。

Mike走出会议室后，所有人都陆陆续续地离开了。Peter兴高采烈地收拾东西，"让我们去见证纽约的繁华吧！"

我没精打采地说："你又不是没去过？"

"陪这帮大国企的领导去考察市场，不一样的！完全不一样的！"Peter的腔调很是意味深长，暧昧朦胧。

"对了，你怎么不考CFA③？反而考了CPA？"

①　CPA：Certified Public Accountant，注册会计师的简称。
②　ACCA：The Association of Chartered Certified Accountants，特许公认会计师公会，是目前世界上最大及最有影响力的专业会计师组织之一。
③　CFA：Chartered Financial Analyst，特许金融分析师的简称。

"我……"我不知道该怎么回答，难道告诉他我本来就一审计师？Peter见我没回答，自说自话地接了下去，"很英明！很英明！如今一群人都是CFA，只有你是CPA，一旦涉及这块领域，你就独占鳌头了。嗯，很好的职业规划，很好！我怎么从没想到过？我是不是也该再去进修个什么稍微偏一点的专业领域？"

我无语地看着Peter，什么是强人？这就是强人！我当年可是考得要死要活地才算全过了，人家一副把考试当娱乐的样子。

"一块儿去吃中饭？"

"不了，没胃口。"

Peter无所谓地耸耸肩膀，先行离去："你们女生为了减肥对自己真够残忍的。"

我现在情绪沮丧，懒得和他多说，磨磨蹭蹭地最后一个出了会议室。午饭时间，电梯分外忙碌，等了半晌，都一直没下来，好不容易下来一个，里面已经挤满人，只能继续等待，正犹豫着要不要走楼梯先上几层，Helen提着两个大塑料袋从楼梯口出来，我忙帮她接过一个。

"谢谢，谢谢。"

我帮她把东西提到小会议室，看到里面的人，开始后悔自己的好心。Helen手脚麻利地将塑料袋打开，把一个个菜在陆励成面前摆放好，我刚想退出去，陆励成把面前的文件推到一旁，淡淡说："饭菜有多余的，一块儿吃。"

这个句子好像是命令式的口气，而非征询意见式，我的手握在门把手上，不知道是拉，还是放。Helen已经拿了一盒米饭和筷子，笑眯眯地说："还有很好味的汤哦！"

我想了想，也好，趁着这个机会索性和他谈一谈。坐到陆励成旁边，侧头看Helen在会议室的角落里泡咖啡，我压着声音问："你究竟想怎么样？"

陆励成椅子一转，和我变成了面对面，双手抱在胸前问："我想怎么样？我还正想问你想怎么样？"

嗯？啊？什么？我一头雾水。

"我作为公司的管理人员，自认为一直对你不错，给你创造机会，让你施展你的才华，可你作为公司的员工，回报我的是什么？想杀死人的目光？如同回避猛虎的行动？"

"我……我……有吗？"我底气不足地反驳。

"你以为这次陪客户的机会很容易吗？现在中国市场是全世界最有活力和最有潜力的市场，这次的大客户，美国那边是高度重视，你过去之后见到的都是高层管理人员，你以为这样的机会很多吗？很多员工在MG工作一辈子都不见得有一次，我哪一点苛待了你？"

"我……我……"我张口结舌，这事怎么最后全变成了我的错？

"苏蔓，我把话放在这里，MG付你薪水，是让你来做事的，你若好好做，就好好做，你若不乐意做，我随时可以请你离开MG。"陆励成顿了顿，又冷冷地补充了句，"不管谁是你的直接上司。"

说完，他转回椅子开始吃饭，而我顺着他的思路一想，好像的确都是我小人心肠，是我风声鹤唳，是我有被害妄想症，那个……那个我之前的思路是什么来着？想了半晌，都想不出个所以然了。只能老老实实地向他道歉："对不起，我想我有点误会您了，以后，我会努力工作的。"

他未置可否，扬声说："Helen，咖啡。"

刚才还泡咖啡泡得像打世界大战一样慢的Helen立即端着三杯咖啡走过来，陆励成爱喝的摩卡，我爱喝的拿铁，她自己爱喝的卡布其诺，一杯不乱。Helen微笑着坐下，开始吃饭，好似一点未觉察我和陆励成之间的异样，我那种说不清道不明的不安感觉又弥漫上了心头。

正埋着头，一小口一小口扒拉着饭，"我爱你，我爱你，就像老鼠爱大米"刺耳的声音轰鸣在会议室内。向来含蓄的Helen都抬头看了我一眼，看来我这个没品的口水歌的确和这些人格格不入。

我手忙脚乱地掏手机，匆匆接听："喂？"

"是我。"

"我知道，怎么了？"

"你干吗压着声音说话？现在是午饭时间，是你的合法休息时间，合法休息时间是啥意思？就是你有合法的权利陪朋友聊天和……"

我用手掩着嘴，小声说："我在和上司吃饭。"

"靠！老娘我一粒米都吃不下，你竟然和上司花天酒地、卿卿我我。"

我的手机总是有些声音外泄，再不敢在会议室待，招呼都没打，就逃窜出会议室，也不能骂麻辣烫，那家伙平时还是很长眼色的，如果她犯浑的时候，肯定别有隐情。

"你究竟怎么了？"

"我星期六晚上去相亲，刚去网上看了一圈那帮人写的相亲日记，以壮声色，没想到越看心越凉，我当时以为你相亲碰到的那些人已经是极品，不曾想这个世界果然是只有更变态，没有最变态。"麻辣烫的声音如一条濒死的鱼。

我却毫不留情地大笑出来："姐姐，恭喜你，总于也走上了这条革命的道路。"

麻辣烫哼哼唧唧地问："你说我穿什么衣服？我琢磨了琢磨，还是装又清又蠢的'清蠢淑女'比较好，要是有啥话题，咱不感兴趣，只需带着蒙娜丽莎的朦胧微笑，扮亦真亦幻状就可以了，这样既不失礼又不为难自己，你觉得呢？"

"你怎么这么上心？"我开始觉得有些诧异。

"唉！我老爹介绍的人，我不敢乱来，不管对方怎么样，我不能丢了老爹的面子，否则会被扫地出门。你星期五下班后到我这里睡吧，你经验丰富，传授我几招，咱不能回避极品，不过要学会克制极品。"

庐山瀑布汗！相亲原来也有"经验"一说，那回头我是不是可以去开一个相亲咨询公司？如何让极品知难而退的三十六计，如何让你看不上的人觉得其实是他看不上你的七十二招。

"这次的革命重担，恐怕只能你一个人承担了。姐姐我星期五的飞机飞美国，要一个月后才能回来。"

"靠！……%￥￥#@×（×……"

我把手机拿远了点，一面在空荡荡的楼道里踱着方步，一面静等着她骂完。幸亏是午饭时间，否则我该躲到垃圾房去和她通电话了。

刚踱步到电梯门口，电梯门就开了。宋翊从里面出来，看到我，愣了一下："没下去吃饭？"

"你丫忘恩负义，每到关键时刻就……"关键时刻，我毫不留情地摁掉手机，麻辣烫的声音消失了。这个时候，我和麻辣烫的想法肯定都是掐死对方为快。

"我……我……你也没去吃饭？"

"我和Elliott还有些事情要说，所以一起在会议室解决。"宋翊一面说着，一面推开会议室的门，对边看文件边吃饭的Elliott说："不好意思，接了个电话，晚了。"

Helen看到他，立即起身去拿饭盒、泡咖啡，Elliott抬头向他点了下头，视线却是越过他的肩膀，落到我身上，"你再不吃，饭菜就全凉了。"

宋翊看向陆励成旁边吃了一半的碗筷，里面的饭菜都是Helen从陆励成的菜里匀出来的菜，所以自然也就和陆励成的菜一模一样。

我没有勇气去猜度宋翊会做何联想，只能硬着头皮坐到陆励成身旁，低着头，狂拨饭，只觉得一粒粒米饭都哽在胸口，堵得整个人无比憋闷，拨完了饭，站起来就向外冲："我吃好了，你们慢用。"

苏蔓，你个白痴！你个傻瓜！明明看到Helen拎着那么两个大袋子，就该想到还有别人呀！白痴！白痴！拨通了麻辣烫的电话："骂我吧！"

麻辣烫也没客气："对于这样奇怪的要求，我从来不会拒绝。"

下班后，把所有工作交接好，收拾完东西，办公室里剩的人已经不多，背着电脑包走出办公室，未走多远，听到有人从后面赶上来，我笑着回头，见是宋翊，反倒笑容有些僵，原本想打的招呼也说不出来。

两人并肩站着等电梯，宋翊突然问："有时间晚上一起吃饭吗？"

我的脑袋有些懵，宋翊请我吃晚饭？

电梯门开了，我仍然呆站着，眼见着电梯门又要合上，他不得不拽了我一把，将我拽进电梯。我的大衣是卡腰大摆，穿上后婀娜是婀娜，多姿是多姿，却会偶尔有碍行动，现在没出大厦的门，还没扣上扣子，大摆更是挥挥洒洒，所以他一拽，我的身子倒是进了电梯，可是摇曳多姿的大衣摆却被电梯门夹住，再加上高跟鞋的副作用，身子直直向前扑去。宋翊一手还拎着电脑包，电光火石间，只能用身体替我刹车。结果就是，这一次，我是真真正正地在他怀里了，他的一只手强有力地搂在我腰上。

电梯一层层下降着，两个人的身体却都有些僵，理智上，我知道我该赶紧站直了，可情感上，我只觉得我如一个跋涉了千山万水的人，好不容易到达休憩的港湾，只想就这样静静依靠。行动随着心，我竟然不受控制地闭上眼睛，头轻轻靠在他的肩膀上。

像是一个世纪，实际只是短短一瞬，他很绅士地扶着我，远离了我。我茫然若失。刚才的细微举动，旁人也许看不出来，可是身处其间，他一定能感受到我的反常，我羞愧到无地自容，人贵为万物之灵，就是因为人类有理智，用灵魂掌控肉体，可我竟然在那一瞬任由本能掌控自己。

他按了最近的一层电梯，电梯停住，门打开，他替我拿出被卡住的大衣。门又关上，电梯继续下降，他一直沉默着，与我的距离却刻意站远了。我低着头，缩到角落里，心里空落落的茫然。

又进来了人，公司很大，认识我的人不多，可个个都认识他，又因为篮球赛，很多人还和他混得很熟，起起伏伏的打招呼声、说话声，他一直笑和同事说着话。我与他被人群隔在电梯的两个角落，我甚至看不到他的身影，我觉得心一点点地沉着，他又在渐渐离我远去，也许下一秒，就会消失在人海，原因就是我的愚蠢冲动。

电梯到了底，他随着大家走出电梯，头都未曾回。

他的身影汇入了夜晚的霓虹，如我所料般地消失在了人海。我昏昏沉沉地走到门口，雪后的风冷冽如刀，我却连大衣都懒得扣，任由它被风吹得肆意张扬着。一直沿着街道走着，也不知道自己究竟是想去坐地铁，还是招计程车，茫茫然中，甚至根本不知道自己究竟想做什么，只知道自己的心很痛。宋翊会如何看我？他又能如何看我？一个投怀送抱、企图勾搭上司的下属？

一辆计程车停在街道旁，我直直地从它身旁走过，车门打开，一个人的手拽住了我的胳膊："苏蔓。"

我惊喜地回头："你没有消失，你没有消失！"刚才没有掉眼泪，这一刻却雾气氤氲。

他当然听不懂我的话，自然不会回应我的话，只说："先进来，这里不能停车。"

计程车滑入了车流，他似乎已经打算当电梯里的事情没有发生，表情如常地笑着说："不是问你晚上一起吃饭吗？我刚找了计程车，回头来接你，已经找不到你了。"

我隐约觉得他所说的并不是实话，他刚才是真的打算离开的，只不过坐上计程车后又改变了主意，可关键是他回来了，究竟什么原因并不重要，我将千滋百味的心情全收起来，努力扮演他的同事："我以为你是开玩笑。"

"这个客户很重要，你后天就要去纽约，所以有些细节我想再和你谈一下。"

"嗯，好。"

"你喜欢什么口味的菜？"

"随便。"

计程车停在了熟悉的饭店前，我随口笑着说："这里的蟹黄豆腐烧得一流，外脆内嫩，鲜香扑鼻，还有干炒白果，吃完饭，用手一粒粒剥着吃，简直是聊天的最佳配菜。"

他怔了一下，盯着我说："你的这句话和推荐我来这里的朋友说得一模一样。"

我只能干笑两声："看来大家眼光相同。"能不一模一样吗？压根儿就是一个人。

两人坐下来，要了一壶铁观音，他边帮我斟茶，边说："我觉得你和我那个朋友很像。"

我本来想把话题岔开，可突然间，我改变了主意，想知道他究竟怎么想我。

"你的朋友也像我一样老是笨手笨脚、出状况吗？"

他微笑："你和她身上都有一种难得的天真。"

我咬着唇想，这句话究竟是赞美还是贬抑，想了半天，未果，只能直来直去："你究竟是在夸我，还是在贬我？"

他眼中满是打趣的笑意，唇角是一个漂亮的弧线。我盯着他，不能移目。他的笑容渐渐淡了，与我对视了一瞬，竟装做要倒茶，匆匆移开视线，实际两人的茶杯都是满的，他只能刚拿起茶壶，又尽量若无其事地放回去。

办公室里，即使面对陆励成，他的笑容也无懈可击，可正因为无懈可击，所以显得不真实，现在的他，才是真实的他。

他没有再看我，一边吃菜，一边介绍着纽约那边的人事关系，和我需要注意的事项，我的心思却早乱了，本来约好和他周末见，告诉他我是谁，现在这么一来，计划只能取消。

蟹黄豆腐上来，他给我舀了一大勺："也许将来，我可以约我的好朋友出来一块儿吃饭，你们肯定能谈得来。"

他谈笑间，眉目磊落、行止光明，我突然后知后觉地生出一种恐慌感，在我看来，我有我不得已的原因，我从没预料到我能和他在网络上认识，更不会想到他能把网络上的我视为好朋友，如果有一天他知道了一切，会不会觉得被欺骗了？

那个外脆内嫩的蟹黄豆腐，我是一点鲜美的味道都没尝出来，反倒吃得一嘴苦涩。这世上有一个词叫作茧自缚，我算是真正尝到了。只知道他不停地在叮嘱我事情，而我却什么都没听进去，只是一直敷衍地嗯嗯啊啊，到后来，他也看出我的心不在焉，提早结束了晚饭，送我回家。

我做梦都想不到，我和他的第一次晚餐竟然就这么草草收场。

回到家里，我就如同一只困兽，在屋子里来回走着。MSN上，他的头像亮了，却一直没有和我说话，我发了很长时间的呆后，和他打招呼，解释周末的见面要取消。

"我突然有点事情，周末恐怕不能见面了，对不起。"

"没事。"

两人开始聊起别的，他向我推荐他最近刚看过的一本书，评论书中的内容，毫无戒备地将自己的喜好暴露在我面前，我的心头越来越沉重，如果他知道我是他的下属，他还能在我面前如此谈笑无忌吗？

这个曾经让我幸福的网络对话，开始让我觉得充满了愧疚感，都不知道究竟怎么回答他，只能杂七杂八地东拉西扯着，将话题越扯越远。

"又下雪了。"

我抬头看向窗户外面，随手关掉了台灯："是啊！"

细细碎碎的白，若有情若无意地飘舞着，我走过去打开窗户，窗帘呼啦一下被吹得老高，桌子上的纸也全被吹到了地上，我没有理会，任由它们在地上翻腾。

我迎着冷风站着，与昨夜一模一样的风景，我却感受不到丝毫美丽，原来，景色美丽与否只取决于人心。

突然间，我下定了决心，这世上，不论以什么为名义，都不能是欺骗的理由。之前，没有意识到，浑浑噩噩地贪恋着他毫不设防的温柔，现在，已经明白自己犯下的错误，就决不能一错再错。

我抓起大衣，跑出屋子，计程车师傅一路狂飙，二十多分钟后，我就站在了他的楼下，拿出手机的一瞬，我有犹豫，甚至想转身逃走，可终是咬着牙，趁着自己的勇气还没有消失，从手机给他的MSN发了一条短信："能到窗户前一下吗？我在楼下的路灯下，如果你生气了，我完全理解，我会安静地离开。"

我站在路灯的明亮处，静静地等候宣判。

出来的匆忙，没有戴帽子，站得时间久了，感觉发梢和睫毛上都是雪。平时出入有空调，这个风度重于温度的大衣，不觉得它单薄，此时却觉得薄如纸，雪的寒意一股又一股地往骨头里渗。

我缩着身子，抱着双臂打哆嗦，已经半个小时，而从他家到楼下不会超过两分钟。其实，他的答案已经很明显，他如果肯见我，肯定早下来了。可是，我不想离开，我一点都不想安静地离开，原来，刚才那么漂亮的话语只是一种骄傲，当面临失去他的恐惧时，我的骄傲荡然无存。

一个多小时后，我仍直挺挺地站立着，眼睛一眨不眨地盯着九楼的窗口，脚早已经冻麻木，头上、脸上、身上都是雪，可我竟然不觉得有多冷，似乎我能就这么一直站到世界的尽头，只要世界的尽头有他。

一个人影从楼里飞奔而出，站在了我面前："你……你真是个傻子！"他的语气中有压抑的怒气。

他匆匆脱下身上的大衣，裹到我身上，替我拍头上的雪，触手冰冷，立即半抱半扶着我向大厦里走。

我身子僵硬，一动不能动，他脱去我的湿大衣，用毯子裹住我，把暖气调大，又倒了一杯伏特加，让我就着他的手一小口一小口地慢慢喝完。

酒精下肚，我的身体渐渐回过劲来，手脚不受控制地打着战，却终于可以自己行动了，他把一杯伏特加放在我面前，然后给自己也倒了一杯，坐在一旁慢慢地啜着，背光的阴影里，看不清楚他的神情，只有一个透着冷淡疏离的身影。

我的身体在渐渐暖和，心却越发寒冷，我这样做有什么意义呢？亦舒说，姿态难看，赢了也是输了。他刚才肯定在楼上看着我，等着我的主动离去，可我却一副宁可冻死都不离开的样子，我这样逼得他不得不来见我，和古时候那些一哭二闹三上吊的妇人又有什么区别？

我站了起来，双腿还在打冷战，不知道到底是身冷还是心冷，走路仍走不稳，我哆嗦着手去拿大衣，打算离开："我回去了，不好意思，打扰你了，我……我回头请你吃饭……赔罪……"

他淡淡地看着我，没有吭声，我从他身边走过，就在我要离开时，他却又一把拽住我的手，我的身子软软地向后栽去，倒在他的怀中，我挣扎着想坐起来，他却抱住了我，头埋在我的颈边，一言不发，只是胳膊越圈越紧。

我的挣扎松了，在他怀里轻打着战，他闷着声音问："还冷吗？"
我用力地摇头。

这就是我朝思暮想过的怀抱，可是此时此地，在一阵阵不真实的幸福中，我竟然还感受到了丝丝绝望。

很久后，他放开了我，替我寻衣服，让我换，又到处找药给我吃，预防我感冒。

几分钟后，我穿着他的睡衣，裹着他的毯子，占据着他的沙发，直怀疑我已不在人间。这是真的吗？

我咬着指甲，一直盯着他，他走到哪里，我盯到哪里，他无奈地回身："你打算在我身上盯两个洞出来吗？"

我傻笑，最好能再挂个商标，写上"苏蔓所有"。

他将冲好的板蓝根给我，我皱了皱眉，自小到大，最讨厌中药的味道，宁可打针输液，都不喝中药，他板着脸说："喝了！"

我立即乖乖喝下，他凝视着我，有一瞬间的失神。

两个人坐在沙发上，对面就是一个落地大窗，外面的雪花看得一清二楚，沙发一旁摆着个小小的活动桌子，上面放着笔记本电脑，宽大的茶几则充当办公桌，堆满了文件和各种资料。

我轻声问："你晚上都在这里上网？"

他凝视着窗外，轻轻"嗯"了一声。

我想象着无数个夜晚，他就坐在我现在坐的位置上，与网络那端的我聊天。

"你……你还怪我欺骗了你吗？我不是有意的，我只是想要一个完美的初遇，我从来没敢奢望，你能把我当做知己，我真的没想到事情会变成这样……"我急切地想解释清楚一切，却那么苍白无力。

他侧头看向我，眼中有三分温柔，三分戏谑，三分纵容："你个小傻子！你真觉得我一无所觉？白天我和你一层楼办公，晚上和你在网上聊天，你又根本没有周密地去考虑如何做一个称职的'骗子'，你把我的智商看得到底有多低？"

我的嘴变成了"O"形，呆呆地看着他。

他好笑地看着我，半晌后，我才问："你什么时候开始怀疑我的？"

"动疑心很早，但一直没太多想，直到陆励成出事的那段时间，你白天神思不属，晚上也不怎么和我在网上聊天，一旦找我说话就全是投行的事情，几天后，你拿着报告来找我，交了报告后，网上的你又立即恢复正常，我主动和你聊金融业务的事情，你还抱怨说像是仍在办公室，不愿意和我聊。这样的事情，一次、两次是巧合，九次、十次总有个原因。"

我心有不甘，居然是因为陆励成才暴露的，闷闷地咬着嘴唇。

他含着笑，郑重建议，"哦，对了，还有那个加湿器，记得下一次给人送淘汰不用的'旧货'时，商标不仅仅包装盒上有，还要检查一下商品底座上有没有商标。"

我脸涨得通红，他竟然那么早就已经知道我是谁，我还天天在网上欺负他一无所知，肆无忌惮地倾诉自己对他的感情，叙述自己的喜怒，羞过了之后，恼涌上了头："你……你晚上吃饭的时候故意戏弄我！"

他大笑出来，凝视着我，眼神很是无辜："我也不知道你这么好戏弄，我就是一时起意，随口开了句玩笑，你就在那里苦大仇深地盯着桌布发呆，看着你的表情，蟹黄豆腐分外下饭。"

我把脑袋俯在膝盖上，不管他说什么，都不肯理他。他一切尽在掌握，我却在那里痛苦自己说不出口的感情，愧疚自己欺骗了他。

他突然起身去关了台灯，坐到我身侧，低下头叫："蔓蔓，想不想一起赏雪？"

网络与现实在他自然而然的呼唤声中，完美地重合在一起。

再多的羞恼刹那间都烟消云散，脸仍想努力地板着，唇边却带出了一重又一重的笑意，一直甜到心底深处。

那个晚上，我和他坐在沙发上，室内漆黑宁静，窗外雪花纷飞，我们有一搭、没一搭地说着话，如同已经认识了一生一世，似乎我们从来就是这样在一起，之前如此，之后也会一直如此。

Chapter 10

牵手

与你牵手，如同饮下最甘甜的美酒，直到时光尽头，也不愿放手。

第二天早上，我醒来时，在宋翊的床上。

床头柜上压着一张小纸条。

我上班去了，粥在电饭锅里热着，微波炉里有一个煎鸡蛋，不用赶来上班，给你一天假，准备明天的行囊。

我把大拇指放到嘴里狠狠咬了下，很疼！又拿起手机拨给麻辣烫："麻辣烫，我在做梦吗？"

麻辣烫没好气地说："做你母亲的春梦！"

很好，我不是做梦。我挂了电话，从左到右，从下到上地把屋子仔细打量了一遍，终于明明白白确认自己身在何方。身子团成一个球，在床上滚来滚去地笑。

昨天，一切发生得太突然，快乐都带着不真实，今天才真正确定一切，巨大的幸福，让人觉得连脚指头都想欢笑。

等在床上扑腾够了，赤着脚跑到厨房，这里摸摸，那里碰碰，好像一切都新鲜得不得了，一切都宝贝得不得了，想着这所有的一切都带着宋翊的印记，咧着嘴只知道傻笑。

盛了一碗粥，乐滋滋地喝着，如果有人问我，这一生中，什么最好吃？我一定会告诉他，电饭锅里的白粥。

吃完早饭，冲完澡，把被我折腾得乱七八糟的床整理好，顺手把宋翊睡过的沙发也整理了，脸贴着他用过的枕头，只觉得还有他的余温，半边脸不自禁地就烫起来，心内盈满幸福。

在宋翊家里消磨了一个早上，左右看看，已经一切都物归原样，虽然不舍，可终究不好意思赖着不走，只得打的回家。下了的士，经过天桥时，碰到常在天桥上摆摊的水果小贩，他正一面看摊子，一面用几根竹篾编东西，寒风中的手冻得通红。

"要两斤苹果。"

他忙放下手中的东西，赶着给我称苹果。

"你在编花篮吗？手可真巧！"

男子忠厚老实的脸上满是不好意思："婆姨的生日，我学着你们城里人给弄个生日礼物。"

我心里冒着无数个幸福的泡泡，快乐得好像要飞起来，恨不得全天下每一个人都能如我一般快乐，我笑眯眯地说："你筐子里剩下的水果我都要了，你算一算钱。"

男子愣住："姑娘，你吃得完吗？"

我笑："我有很多朋友。"

他一下子眉眼都笑起来，帮我把水果送到家门口，我给他两百块钱，他不停地说"谢谢"，他的高兴那么直接而简单，我也不停地说"不用谢"。他紧捏着钱，拿着编了一半的花篮，兴高采烈地跑下楼。

我洗了个大苹果，一口咬下去，说不出的香甜，让人一直甜到了心里。我一边吃苹果，一边哼着歌，一边在屋子里来回跳着舞步。边跳边笑，太多太多的幸福快乐，想忍都忍不住，只能任由它如喷泉般，汹涌喷薄。

晚上，宋翊过来时，看到的一幕就是我总共才三十多平米的房间里堆了足够我吃三个月的苹果，我坐在苹果间见缝插针地在整理箱子。

我递给他一个大苹果："不要客气，晚上走的时候，拿几斤。"

他拿着苹果问："你开了个水果店吗？"

"我下午刚买的。"

屋子里实在无容身之处，床上、地上不是衣服就是箱子，他索性坐到我的书桌上，提醒我："你明天早上就要上飞机。"

我笑："今天是那个商贩老婆的生日，我就把他的苹果全买下来了。"

他咬了口苹果："我没听出因果联系，你和商贩的老婆是朋友？"

"他苹果卖完了，就可以早回家，早回家就可以陪老婆过生日，陪老婆过生日，他们就会如我一般开心。"

他沉默着没说话，我把行李箱的拉链拉好，拍拍手站起来："可以去吃饭了。"

"行李都收拾好了吗？"

"差不多了。"

他把一叠资料递给我："这是需要你特别留意的一些事情和人，放在随身携带的行李里，飞机上可以看一下，一上飞机就把时间调成纽约时间，按照纽约时间去休息，这样倒时差的时候不会太辛苦。"

我接过来，随手翻看了一下。一条条罗列清楚，荧光笔勾出了需要我特别注意的细节，我把资料默默地放到手提包里。

大学毕业后一路走来，我的职业路没比别人更艰难，当然也没比别人更顺，即使这样，所有的磕磕碰碰加起来，也足够写一部女子职业路上的心酸史。犯错的时候，被大姐当众呵斥，从刚开始强忍着眼泪，到后来处变不惊，我早习惯自己独立承担一切，我的脑袋只得我的肩膀去扛，可是，原来被人照顾的感觉是如此……如此令人窝心和温暖。

出门的时候，老妈的电话来了。

"妈，嗯，明天早上的飞机，行李已经收拾完了。"

"不用给我拿吃的，食物不准带入美国境内的。"

把手机夹在肩膀上，一边说话，一边去套衣服，歪歪扭扭地努力想把胳膊塞进大衣，宋翊把大衣拿过去，站到我面前，帮我穿衣服。

我乖乖地一面专心打电话，一面穿衣服，他指挥我抬手就抬手，换胳膊就换胳膊。

"嗯，有男同事一块儿。"

"我管他单身不单身！他单身不单身和我有什么关系？"

"什么呀？妈，你说什么呀？我吃饭去了，不和你说了！"

老妈听到有男同事同行，立即问我人家结婚没有，鼓励我要善于抓住机会，异国他乡、飞机上，都是恋情高发地点。

宋翊距离这么近，肯定听了个一清二楚，我的脸涨得通红，他低着头替我扣好最后一颗扣子，没什么表情地说："好了，走吧！"

他在前面沉默地大步走着，我得小步跑着才能赶上他。寒冷的夜晚，人人都急着赶回家，行人车辆互不相让，街上乱成一团，他忽然停住，回身牵起我的手，带着我在车流里穿行，我心头刚腾起的不安又消失了，笑眯眯地跟着他大步走着。

过了马路，他想松手，我却紧紧地握着不肯放。他停住脚步，看向我，我半仰着头，盯着他，手仍是握着他的手。

霓虹灯下，他的神情明灭不清，只有一双晦涩难懂的眼睛，深沉如海，我怎么努力都看不到底，我们就如同站在海两边的人，似乎隔着天堑的距离，我只能紧握着他的手，靠着他掌心的一点温度，告诉自己我们很近。

他抽了几次手，都被我用更大的力量拽住，不放手！绝对不放手！如果一旦放手，我怕他就此站在天堑那头。

身边的人潮川流不息，经过我们时，看到我们的姿势，都仔细地盯我几眼。我不知道自己的固执倔犟还能坚持多久，紧紧地咬着唇，努力让自己的眼睛不被雾气弥漫。

似乎听到一声很长的叹息，他的五指慢慢收拢，终于反握住了我的手。我低下头，装做揉眼睛，印去眼角的泪水。他牵着我的手，走进饭店，服务员自作主张地给了我们一个情侣座，我偷眼瞄他，他没有任何不悦的表情，我的心平稳下来，嘻嘻哈哈地让他给我推荐纽约什么东西好吃，他笑着说："那个不着急，你屋子里的苹果怎么处理才是你现在该操心的。"

我掰着手指头给他算："我早想好了，我妈拿几斤，你拿几斤，麻辣烫拿几斤，给大姐几斤，给我家楼下的保安几斤……"

他把果汁塞到我手里："好了，好了，我知道了。"

我喝了口果汁，撑着下巴，笑眯眯地看着他，这一次，他没有回避我的目光，而是凝视着我，里面盛满了和我眼睛里一样的东西，我的心终于安定，他是喜欢我的，我不会看错。

我皱了皱鼻子，凑到他身边，神神秘秘地示意他靠近点："我有件事情请教。"

他看我说得如此文绉绉，肯定以为和工作有关，立即低下头，侧耳倾听。

"我要在纽约待一个多月，你会不会想我呀？"

他呆了一瞬后，答复是给了我额头一记"爆栗子"。

"我会想念这个。"

我揉着额头，低声嘀咕："想的是敲我的额头，我的额头只有我有，那就是想我。"

他瞠目结舌，扶着额头叹气："是我真的老了吗？现在的女孩子都和你一样'自信心'充沛？"

"一颗真心加九十九朵玫瑰，等于满分的恋爱心动感觉……"

我的手机铃声不合时宜地响起，幸亏今天刚换了一个铃声，张韶涵的《喜欢你没道理》，虽然也很二百五，不过至少很少女，很青春，尤其是非常非常适合我现在的心情。所以，我找到手机后，竟然没舍得立即按下接听键，而是拿在手里，由着歌声响了一会儿，宋翊大概明白了我的心思，一句话没说，只是温柔地凝视着我，眼中有感动的宠溺。

一颗真心加九十九朵玫瑰，等于满分的恋爱心动感觉，感动像综合巧克力般多变，但怎么选择，都是快乐滋味。爱情添加了梦想，秘密花园就会浮现，等我们一起去探险，原来爱的甜美，就制造在每一个瞬间，保存期限是永远。恋爱Ninety-nine，久久延续的浪漫，喜欢你没有道理，好心情用不完；恋爱Ninety-nine，久久甜蜜在心坎，品尝你温柔宠爱，超完美的口感……

等铃声完整地放完一遍后，我红着脸，按下了接听键："喂？"

因为心情好，一个"喂"字也说得柔情缠绕。手机那头却好像有点不能适应，沉默了一瞬，才有声音："是我，陆励成。"

我如临大敌，立即坐直身子，客气地说："您好！"

手机里又沉默一瞬："你今天晚上有时间吗？"

我瞟了一眼宋翊："抱歉，没有。"

"你吃过晚饭了吗？"

"正在吃。"

"一个人？"

"不，和朋友一起。"

手机里长时间地沉默着，我还以为断线了："喂？喂？"

"在。"

"请问是什么事？"

"一些工作上的事情，本来想着你若有时间，就来办公室一趟，既然如此，那就算了，到了纽约，我们开电话会议时再说。"

我心里暗骂神经病，我明天要上飞机，他竟然今天晚上还打算让我工作，别说我有事，我就是没事也肯定会给自己找个事，嘴里倒仍是客气着："好的，好的，多谢您了，到了纽约再联系。"

刚想挂电话，不想他又追问了一句："你吃过饭后会有时间吗？"

我差点气死，他是工作狂，不代表我也是工作狂，怎么会有这么不知道体恤下属的上司？

"抱歉，没有！晚上，我爸爸妈妈要来看我，我明天要离开北京。"后面一句话我刻意加重了语气。

他沉默着不说话，我连叫了两声："喂？喂？"

他说："那我不打扰你用餐了，再见！"

"再见！"

被大姐培养出的良好习惯，为了表示对上司的尊敬，我一般都等上司先挂电话，不想等了好一会儿，他仍然没挂，听仔细了，似乎能听到他的呼吸声，却又不说话，我只能又说了一遍"再见"，先挂断电话。

我朝宋翊做鬼脸："我看我不像是有大出息的人了，不像有的同事，手机一天二十四小时开机，老板随传随到，就说Peter吧，别看他平时大大咧咧，可是我听说，他之前在陆励成手下时，陆励成凌晨三点打电话问他拿数据，他竟然立即就汇报得一清二楚。"

宋翊微笑地凝视着我，没有说话。

吃完饭，两个人手拉着手散步回我家，经过一家衣帽店时，他拖着我走进去，我以为他要买什么东西，不想竟然给我买了一顶帽子、一条围巾、一副手套。

"纽约靠海，风比北京大，湿气重，冬天常下雪，记得穿厚一点。"

出店门的时候，我全副武装，只两个眼睛露在外面。不过，经过的人，即使只看到我两个眼睛，也知道这姑娘肯定快乐得不行。

把我送到家，又帮我把行李由大到小，在门口放好，他提上自己的电脑包和一袋子苹果，准备告辞："你早点休息，明天我还要上班，就不送你了，我会让Peter来接你一块儿去机场，你的行李让他拿就行了。"

"你有假公济私的嫌疑哦！"

他微笑："不是'嫌疑'，而是'就是'。"

我乐滋滋地傻笑，为了他话里承认了我是他的"私"。

两人在门口道别，我关上门，刚走进屋子，又立即冲出门。等我心急火燎地跑出电梯，他已经马上就要进计程车。

"宋翊，宋翊……"

他回身看向我，我飞快地跑着，扑到他的怀里，紧紧地抱住他，他的身体僵硬，似乎是拒绝，又似乎是不知所措。

我闭上眼睛，踮着脚，在他耳边说："你知道吗？我很喜欢，很喜欢，很喜欢你！"

在我十七岁的时候，我就希望能亲口告诉他，我很喜欢他，终于，在我二十八岁的时候，这个心愿达成，我心满意足地叹口气，放开他，转身跑向家里。

"苏蔓。"

他在身后叫，我站住，微笑地看向他，他凝视着我，一动没动，突然间，他大步走向我，一把就把我揽进了怀里，胳膊紧紧地圈着我，越收越紧，像是要把我揉进他的胸膛中去。我闭着眼睛，也紧紧地抱着他。

计程车司机在一旁按喇叭，我刚才不管不顾，这个时候却不好意思起来，抬起头，轻轻推他，眼角的余光似扫到什么，不禁转头查看。刚才似乎看到陆励成的牧马人。再仔细瞅去，大街上车来车往，没什么异样，看来只是一辆同款型的车经过。

他问："怎么了？"

"好像有人在看我们。"

他在我耳边笑："好像一直都有人在看。"

他没有理会计程车司机，抱着我，把我一直送到大厦里面。值班室里的保安对着我挤眉弄眼地笑，我虽然皮糙肉厚，脸也禁不住火辣辣地烫起来。

他终于放开了我："赶紧上楼，下次不许不穿外套就下楼。"

我重重地点头，他揉了揉我的头发，转身要离去，我爸妈却恰好走进来，看到我身边有一个男子，再一看相貌英俊，人才出挑，立即两眼放光，我爸爸还含蓄一点，我妈妈都没跟我打招呼，一个箭步先冲到了宋翊面前："你是……"

我一个头变成了两个大，不好意思地对宋翊说："这是我妈妈，这是我爸爸。"

宋翊也很尴尬，不过他掩饰得好，所以不大看得出来，笑着叫："叔叔、阿姨"。

"妈，你们怎么这么快就到了？"

老妈瞪我一眼："你很希望我们晚点儿到吗？"一转头，对着宋翊就笑得如朵花，"你是蔓蔓的同事？朋友？多大了？和蔓蔓认识多久了？"

我满脸通红，恨不得立即找个地洞钻，宋翊微笑着回答："我叫宋翊，和苏蔓在一个公司工作。"

"有两个羽毛的翊？"

宋翊略微诧异地回答："是。"

"宋翊？你不是和我家蔓蔓相过亲吗？"妈妈指着他，惊叫。

宋翊彻底晕了，不解地看着我，我干笑，小小声说："陈阿姨。"看他毫无反应，我又提醒，"清华南门外。"

宋翊终于似乎好像仿佛地想起了这么件事情，可见当时他是多么漫不经心。我赶紧说："不是故意瞒你，一千零一夜的故事还没讲到那里。"

不想，他完全没在意，凝视着我问："你是相亲之后，知道我回北京了，才特意辞职进入MG的吗？"

我不吭声，等于默认。老妈却大叫起来，"什么？你换工作是为了……"

我立即满面通红地说："妈，宋翊还有事，要先回去。"

妈妈看看宋翊，看看我，决定放我一马。

爸爸上下打量着宋翊，一副准岳父看女婿的表情，看得宋翊也有些招架不住，忙和我们道别，我向他挥挥手，目送他离去。

他刚坐进计程车，老妈立即问："究竟是不是你陈阿姨介绍的那个？可那个人不是很差吗？"

我拖着他们进电梯："是那个。"

妈妈反应过来："原来是他看不上我家蔓蔓，就说自己很差？"

爸爸说："看来是这个样子，算是有礼貌的人的拒绝方式。"

妈妈不满地"哼"了一声，转而又乐呵呵起来，对爸爸说："我看他今天的样子可不像看不上蔓蔓哦！"

爸爸笑着点头。

妈妈凑到爸爸耳边，和爸爸说悄悄话："我家蔓蔓不傻嘛！我以前一直觉得她傻乎乎的，原来一直是看不上人家，你看这一看对眼，行动多麻利，作风也挺大胆，竟然辞掉工作，跑去追……"

"妈，我听得见的。"我又羞又臊地大叫。

妈妈毫不在意地点头："我知道。"

彻底被他们打败，索性做聋子，做哑巴，由着他们议论。进了屋子，妈妈一边帮我检查行李，看我有没有漏带东西，一边和爸爸议论宋翊，旁敲侧击地问我进展到什么程度了，我一概装没听见，爸爸看我脸色越来越难看，终于制止了妈妈："好了，好了！蔓蔓有自己的主意，我们不要乱插手。"

妈妈笑眯眯地说："也是，没主意的人怎么会要不到电话，就跑去和人家一个公司上班？我算是彻底放心了。"

送走老爸老妈后，立即给麻辣烫打电话，我有满腹的话急需向她诉说。

"您好，请问哪位？"

我把手机凑到眼前，看有没有拨错号码，的确是麻辣烫。

"是我，你……你没事吧？"

"请问您有急事吗？我正在和父母共进晚餐，如果没有急事，我可以晚一点再打回给您吗？"

"没有，没有！您吃饭吧！"我看一眼表，"我明天的飞机，今天晚上要早点睡，就不等您电话了，您回头去QQ上看我留言。"

挂了电话，我连着重复了好几遍"你""你"，才把那股子端着说话的劲儿给去掉。麻辣烫她老妈究竟是什么样子的人，竟然能把麻辣烫调教成这样！

给麻辣烫留言告诉她到保安那里拿苹果，顺便再帮我给大姐送一些，然后就上床睡觉了。

Chapter 11

幸福

美丽开在你脸上，爱情开在你心中，爱情所在，一切俱足。

　　纽约和北京是十三个小时的时差，我的白天是宋翊的黑夜，他的白天是我的黑夜，他清醒的时候，正是他最忙的时候，没有时间给我打电话，我清醒的时候，又是我最忙的时候，没有时间给他打电话，所以，我们直接通电话的次数很少，也很难在网上碰到，主要靠电子邮件联系。

　　周一到周五，我要陪着客户参观证交所、华尔街，和MG总部的大头会晤，周末的白天陪客户参观"9·11"中被炸掉的世贸大厦遗址，看凡·高的*Starring Night*，晚上陪客户去百老汇听*Phantom of the Opera*，幸亏还有些活动，他们不要我去，只肯让Peter陪同，否则我怀疑我连晚上回酒店写信的时间都没有。

　　我给宋翊写信：

　　　　去看了*Phantom of the Opera*，本来因为是陪客户去，我心里很抗拒，可没想到戏剧一开场，就把我给震慑住了。当歌剧院里的幽灵牵着Christine的手穿行在桥上。大雾笼罩中，点点星光闪烁在水中，他的黑色风衣飘荡在白色的迷茫中。在熟悉的乐声中，我不知道是歌者的歌声太有感染力，还是我早已经知道这是一场无望的绝恋，竟然泪流满面。他以为他牵着Christine，远离了纷扰红尘，就可以到达幸福，可不想他倾尽全力的付出，在Christine眼中，全成了难以承受的重担，让她只想逃离他。

宋翊给我的回信，简单之极，却让我在一清早，飞旋着舞步去上班。

Don't cry, baby. Next time, I will take you to watch *Phantom of the Opera*. Remember, for Christine, it's a happy-ending.

因为他，纽约的日子过得分外煎熬，我日日数着时间，算归程；因为他，纽约的时间过得分外绚烂，每天早上，就着香浓的咖啡读完他的邮件，再戴着他给我买的帽子和手套，冲进纽约冷冽的寒风中，趾高气扬、昂首阔步地走在曼哈顿的街头，对每一个擦肩而过的人微笑。纽约再寒冷的天气、客户再古怪的要求都不能令我的笑容减少。

因为爱，所以绚烂绽放；因为被人宠爱，所以自觉无比矜贵；因为满是希望，所以走路的脚步充满力量；因为心内温柔，所以善待每一个人；因为是他爱的女人，所以绝不做任何让他有失颜面的事；因为爱他，所以更爱这个世界。

这世上，没有任何美丽可以所向披靡，即使埃及艳后的绝代姿容，可以倾倒罗马军队，却不能让屋大维动容，但真诚的笑容和发自内心的快乐却具有所向披靡的魔法，同来的客户中最难相处的一位女局长渐渐地和我有说有笑。到后来，MG的几个大老板都知道从中国北京来了一个特爱笑的黑头发女孩。

因为时差，我和麻辣烫很少能在QQ上碰头，而且她似乎现在压根儿不怎么上QQ，我每天给她留言，她一周才回复一次，字里行间有遮遮掩掩的快乐，在我的追问下，她才含蓄地承认，她正在和相亲对象约会，两个人彼此都觉得对方挺合适的，具体细节等我从纽约回去，她再和我长聊，反正她觉得这次去相亲是一个很好的决定，她的父母现在也很开心。

我激动地当场给酒店客服部打电话，定了一瓶香槟，开瓶庆祝，一边喝着酒，一边给宋翊写信。

我今天，第一次利用职权，谋取了一份私利，我给自己要了一瓶很贵的香槟，因为我实在太开心了，不得不庆祝。（不是我一定要买贵的，这个酒店就没便宜的，幸亏这个钱是客户埋单。）我最要好的朋友麻辣烫找到男朋友了，我现在有双份的喜悦，不，四份，我有我自己的，有你的，有麻辣烫的，还有她男朋友的，所以，你看，我今天不得不喝酒，否则快乐会压得我爆炸的。我期盼着回北京后，我们四个人能一起开香槟庆祝。

我端起酒杯，对着屏幕说"Cheers"，喝了一口香槟酒，又掐了一下自己。

人说如果一件事情太美好，就不是真实的，不过我刚掐了一下自己，我很确定一切都很真实。晚安。

再给麻辣烫留言："我非常开心，正在独自喝香槟酒庆祝，我很想你，很想北京！"正要关掉QQ，突然想起一事，"记得去拿苹果，虽然已经不新鲜了，不过正好你多了一个人帮忙消灭。"

第二天收到宋翊的回信，一贯的简单，一贯的让我快乐。

北京的香槟酒，我会预备好。

而麻辣烫这个重色轻友的家伙，没有任何回复，看来是每天都去甜蜜了。

不知不觉中，已经快一个月，临近圣诞节，MG总部的人开始陆续休假。因为所有的商务会谈都已经差不多，客户的重点放在了游玩上，Peter很精乖，早早预订好了去拉斯维加斯的机票，同行的女局长心里很明白男士们想做什么，所以主动提出不去，于是我就留在纽约陪她，陪着她一块儿去了趟美国的首都华盛顿，回到纽约后，她在耶鲁读书的侄子接她去过圣诞节。

突然之间，我就变得空闲下来，可这种空闲的滋味并不好过，整个纽约都沉浸在浓郁的节日气氛中，人人都忙着和家人朋友团聚，街道上随处可听到"Merry Christmas，Merry Christmas"的歌声，电视里的肥皂剧全部和圣诞节有关，喧嚣而欢乐，很想给宋翊打电话，却知道中国此时仍是工作时间，并且因为是年底，所以比平时更忙。

不愿意待在酒店，所以只能孤身一人，走在异国他乡的街头。

一个个商场逛过去，在人潮人海中，用拥挤来忽略孤单。可是平安夜的商店关门很早，很快，街上的店都关了门，只有它们的橱窗仍然用亮闪闪的圣诞树告诉你，这一天不该一个人过。

街道上的行人越来越少，大家应该都回到家中，围着壁炉和圣诞树吃晚餐了。偶有几个行人，也都是步履匆匆，只有我，一步又一步地慢慢走着。

天空飘起雪花，我在雪中，手插在大衣袋子里，慢慢地走向自己的酒店。突然，手机响了，我有些奇怪，这个手机是到美国后，总部为了我们工作方便，办的手机，主要是商务用途，可今天显然不会有人工作。看来电显示，是一个陌生的电话号码，难道Peter他们有什么事？

"Hello？"

"平安夜快乐！"

是宋翊！我惊喜地叫："你也快乐！"看了眼表，才下午四点多，北京时间可是凌晨五点多，"你怎么这么早就起来了？"

他笑着没回答，问我："想要什么圣诞礼物？"

我说："你的电话就够了。"

"太没挑战性！我很有诚意地在问，你能不能也给点诚意？"

我笑："那你做不到，可不要怪我。"

"我只想听你内心深处最想要的东西。"

"我想见你。我想你拿着九十九朵玫瑰花加酒心巧克力出现在我面前。"我边说边幸福地比画，经过的行人朝我微笑。

他大笑。

我不乐意："俗气是俗气，可我就喜欢！别看这种东西老土，可实践证明，如果有男人愿意做，女孩子永远会被感动。"

他笑着说："好！九十九朵火红的玫瑰加酒心巧克力。"

我也笑："我回北京后，情人节的时候，你送给我吧！"

他轻声说："抬起头，看向你住的酒店。"

我抬头，看到一个穿着黑色大衣的男子，站在酒店前，怀里捧着一大束玫瑰花，距离还远，天色已昏暗，又下着雪，看不清脸，可那火红的玫瑰，如在雪里燃烧。

我呆呆地站着，如置身梦境，手机里传来声音："蔓蔓？"

我发出梦游般的声音："是你吗？"

他温柔地说："是我！"

我"啊"的一声尖叫，扔掉手机，就向酒店跑去。掉在雪地里的手机还传出声音"慢点"，我已经冲出去，幸亏大街上的车很少。

我如林间的小鹿，连奔带跳，飞跃过一切障碍，奔向我的幸福，他也向我急步走来。

我投向了他的怀抱，他扔掉玫瑰花，接住了我，我不能相信这是真的，只能用更用力的拥抱证明他不会消失。

良久后，我仍紧抱着他，贪婪地嗅着他身上的味道，不肯放开。他贴着我的耳朵问："你还要不要玫瑰花？"

我笑，不好意思地放开他，他从地上捡起玫瑰花，递给我，我抱在怀里，心花怒放的幸福。他又从大衣袋里掏出一小盒巧克力，我撒娇地说："我没手了，吃不到。"

他打开盒子，拿起一颗，放到我嘴里，我眯着眼睛，"唔"的一声，香甜得我几乎要化掉。

他看到我猫一样的表情，笑起来："我们先把东西放到你房间，然后去吃美国的年夜饭，我在Top of the Tower定了位置，那里可以俯瞰曼哈顿最繁华的夜景。"

我只知道点头。

不管是进酒店，还是上计程车，我一直牵着他的手，坐到计程车里后，我问他："你怎么知道我想要的是玫瑰花和巧克力？"

他笑着说："不是你告诉我的吗？"

"我？什么时候？"

"你的手机铃声。"

啊！张韶涵的《喜欢你没道理》：一颗真心加九十九朵玫瑰，等于满分的恋爱心动感觉。感动像综合巧克力般多变，但怎么选择，都是快乐滋味。

我出国前和他一起吃饭时，放过手机铃声给他听。

宋翊微笑着说："我刚才在电话里笑，不是笑你俗气，而是笑你真的比较简单。"

我假装生气地皱眉头，刻意刁难地问："如果我要的不是玫瑰花和巧克力呢？"

他说："那你要晚一点才能见到我，我得再去准备。"

我靠在他肩头，幸福地笑。

到了饭店，侍者居然还记得他，熟络地带着他到靠窗的座位，我们的座位可以俯瞰曼哈顿的中街，脚下是红尘灯火，身旁是我所爱的人，此处真是人间天堂。

我问："你经常来这里吃饭？"

"嗯，这里很安静，曼哈顿是个很喧嚣拥挤的城市，唯有坐到高处，才会觉得自己暂时脱离在外。"

侍者安静地走到我们身边，给我们斟好酒，他向我举杯："平安夜快乐！"

我凝视着他说："我非常快乐！"

在他的推荐下，我尝试了鳕鱼排，就着来自加拿大的冰酒，据说滋味曼妙，但是我没尝出来，我只觉得我吃什么都是甜的，我一直笑，一直不停地笑。

宋翊被我逗得也笑，温柔地说："你肯定是今天晚上整个餐厅笑得最多的人。"

吃完饭，我们携手离去，出门时，一对男女正要进来，我忙让到一边，男子却停住了脚步，看着宋翊："Alex？"

宋翊微笑地看向他，似乎没想起来他是谁，一瞬间后，他的笑容突然僵在脸上。

男子看向我："这是你的新女朋友？不给老朋友介绍一下吗？"

他有漂亮如日本漫画中男子的年轻五官，两鬓却已微白，让人难辨他的真实年龄。

他的衣着打扮含蓄低调，他的微笑也非常优雅和善，可我不知道为什么，嗅到了危险，觉得不喜欢他。

宋翊神色恢复正常，淡淡地说："Armanda。"

男子向我伸手，我以为他要握手，也向他伸出手，没想到他握住我的手，弯下腰，放到唇边轻吻了一下："我的名字是King Takahashi，很荣幸认识你。"

我立即抽回手，背在后面，在衣服上使劲蹭着，他应该是一个很善于洞察人心的人，我只是一个小动作，他却立即就发现了，倒也没介意，只是吃惊了一下，自嘲地笑起来。

根据他的姓氏，他应该是个日裔，不过中文说得一点口音没有。他和宋翊又聊了几句后，揽着金发女伴的腰，走进餐厅。

我和宋翊走向电梯，宋翊一直沉默着，和刚才判若两人，我不想去问为什么，只是紧握着他的手，他却没有如之前那样反握着我，我甚至能感觉到他有缩手的欲望。

出了饭店，宋翊想说什么，神色有异样的哀伤，我赶在他开口之前说："今天是平安夜，你祝福过我要快乐。"

我握着他的手在轻微颤抖，他沉默了一会儿，微笑着说："是的，今天是平安夜。你还想做什么？"

看到他的笑容，我的紧张稍微淡了一点，侧着头想了一会儿说："我想去中央公园滑冰。很早前，我看过一部电影，我都忘记叫什么名字了，只记得男子和女子在平安夜的商场一见钟情，然后他们去中央公园滑冰，雪花飘着，他们在冰面上起舞，我觉得好浪漫。后来，我经常去清华的荷塘看你滑冰，可是我一直没有勇气和你说话。工作后，冬天的周末，我有时候会一个人去清华，坐在荷塘边上，看男孩牵着女孩的手滑冰，经常一坐就是一天。"

宋翊把我拉进了怀里，紧紧地抱着："我们现在就去。"

在中央公园的冰面上，他牵着我的手，一圈又一圈地滑着，雪花纷飞中，我觉得一切都像一场梦，美丽得太不真实。

滑累了时，他扶着我站在人群中央，我和他说："我真希望我穿着红舞鞋，可以一直滑一直滑，永远不要停下来。"

他让我双手扶着他的腰，带着我又滑了出去，我几乎不用使任何力气，只需随着他滑动的步伐飞翔。

他的速度渐渐加快，我感觉我好似要随着雪花飞起来。如果可以，我多么希望他永远带着我飞翔。

第二天一早，宋翊飞回了北京。

我在酒店里，抱着笔记本在床上写信，桌子被九十九朵红玫瑰占据。

谢谢你，这是我过得最快乐的一个圣诞节。是第一个，但希望不是最后一个。

二十多个小时后，他的回信到了。

你回北京后，我们去清华荷塘滑冰。

看着他的信，我在酒店里又开了一瓶香槟。还有一个星期就要回北京了，我的心充盈着幸福和期盼。

一个星期后，轰隆隆的飞机，飞跃过太平洋，将我带回了朝思暮想的北京。

虽然之前就听闻公司会安排人来接机，可没想到来接机的竟是陆励成。Peter和我傻了眼，陆励成倒是泰然自若，接过我手中的行李推车，就向外走。

我和Peter跟着他上了他的牧马人，一件件往上摞行李时，我才有几分庆幸是他来接我们，他的车又恰好不是什么宝马奥迪，而是几分另类的牧马人，否则我和Peter要各打一辆计程车了。

北京飞机场到市区的路，两边遍植树木，道路又宽敞又新，和纽约基础设施的陈旧不可同日而语，我凝视着窗外亲切的风景，低声说："还是北京好。"

Peter"嗤"一声表示了不屑："先把沙尘暴治理好，污染控制好，再发展个二十年吧！"

我刚想反唇相讥，陆励成说："你们两个倒是很精神，还有半天时间才下班，要不要回去上班？"

我立即闭嘴，Peter也换了一副嘴脸，像小兔子一样乖："如果公司需要，我们可以立即回公司做工作汇报。"

我怒目看向Peter，Peter理都不理我，只是征询地看着陆励成。

"Mike人在台湾，Alex去新加坡出差了，你现在向我大概说一下就行了，周末把工作报告写好，星期一早晨给我。"

"宋翊去新加坡出差？什么时候的事情？"消息太过意外，我忍不住失声惊问。

我的异常反应，终于让Peter将目光从陆励成身上转到了我身上，陆励成却没有任何反应。

"我……我是说Alex，我……我本来有些工作想和他说的。"

"他离开期间，我暂时负责，有什么问题和我说一样。"

我满心的期待欢喜烟消云散，好像被扎了个洞的气球，很快就萎谢下来，坐了二十多个小时飞机的疲惫全涌上来，靠着后背，闭上了眼睛。耳边Peter喋喋不休地说着那帮客户对每件事情的反应和想法，我心里想着，难怪宋翊好几天没有给我写信了，原来是太忙了。

已经迷迷糊糊地睡着，突然想起一事，立即惊醒，坐起来，对着陆励成说："你不要又把我带到荒郊野外去。"

Peter瞪大眼睛，看看我，再看看陆励成，我清醒过来，尴尬得不得了，脸滚烫，陆励成倒是非常平静，淡淡地问："你做噩梦了吗？"

我立即就坡滚驴，"啊！是！梦见一个人在我睡着的时候，把我带到荒郊野外，还扮鬼吓我。"

Peter哈哈大笑起来："你梦到神经病了？"

我忍不住抿着嘴笑："是呀！梦到一个神经病。"偷眼瞥陆励成，他没有生气，反倒也抿着嘴在笑，目光正从后视镜里看着我，我反而不好意思再笑，闭上了眼睛。

打过盹后，人清醒了不少，Peter又实在能说，一路上一直没停过，所以我只能闭目养神。Peter家先到，等他下了车，我暗暗舒口气，我的耳朵终于可以免受摧残了，这只聒噪的青蛙，将来他找老婆，可要找个**不爱说话的**。

陆励成从后视镜里看着我，眼中有笑意，似猜到我在腹诽Peter。我敛了笑意，正襟端坐，这人变脸比翻书快，我得提防着些。

车到了我家楼下，陆励成帮我搬行李，保安和我打招呼："苏小姐回来了？男朋友没去接你吗？"

走在我前面的陆励成脚步猛地一顿，我正心慌意乱又甜蜜蜜，差点撞到他身上去，可没等我问他怎么回事，他又大步开走，我也只能赶紧拖着行李跟上，一边和保安说话："回来了，我朋友来拿苹果了吗？"

"来了，不过是前几天刚来拿走，幸亏天气冷，倒是都没坏。"

这里的保安都对我很友好，特意送我们到电梯口，用手挡着电梯，方便我们把行李一件件拿进去。

"谢谢！"

"不用，不用！"

等电梯门关上，我瞄着陆励成有点心虚，不过一转念，我心虚什么？我有男朋友又不触犯公司利益，他又不知道我男朋友是宋翊，腰板立即挺得笔直。

等到了家门口，我很客气，也很虚伪地说："太谢谢你了，要不要进来坐一下，喝杯茶？"

在我的记忆里，这绝对是一句我们中国人的常用客套语，往往并不含邀请意思，尤其当表述第一遍的时候。没想到陆励成竟然真把它当成了邀请，随着我走进屋子，我只能去寻茶壶煮水泡茶。

我的房子很小，总共使用面积不到四十平米，除去卫生间、开放式厨房，就一个房间，一张大床，一个连着书架的大电脑桌，一把电脑椅，没有沙发，也没有椅子。床前有一块羊绒地毯，我买了几个软垫子，随意扔在上面，既可当坐垫，也可以当靠垫。

陆励成站在屋子中央，看来看去，不知道该坐哪里，我把垫子拿给他，指指地毯，不好意思地说："只能请你学古人，盘膝席地而坐了。"

等水煮开后，我用一个樱桃木的托桌捧出茶具上茶。茶具是全套手工拉胚、手工绘花的青口瓷。他看到我的茶具，颇是诧异，我得意地笑，挽回了几分刚才请他坐地上的尴尬。

我一边给他斟茶，一边说："我爸好酒、好茶、好烟，不过前几年大病了一场，被我妈喝令着把烟给戒了，酒现在也不许他放开喝，如今只剩下个茶还能随意，我这茶具，是他淘汰下来不要的，本该用来喝红茶，不过我这里只有花茶。"

陆励成连着茶托将茶杯端起，轻抿两口后放下，赞道："很香。"

我笑："你这个架势，似乎也被人教育过怎么喝茶。"

他也笑："以前做过一个客户，他很好茶，我经常周末陪他在茶馆消磨工夫，一来二去，略知皮毛。"

我好奇地问："你网球也是为了陪客户学的？"

"是！"

"篮球？"

"那倒不是，大学里，经常会去玩一下。"

我好奇地问："你还有什么是为了陪客户学的？"

"你有足够长的时间吗？"

我惊叹地说："一个人的时间花在什么地方是看得出来的，我以后绝对再不羡慕人家的成功。"

他苦笑："做我们这行，整天干的事情不是拉着这个客户游说他卖掉他的某个产业，就是拉着那个客户游说他最好买某个产业，我们私底下戏称自己是皮条客，可不得十八般武艺都会一点，才能伺候得客户高兴。"

投行里做企业重组并购上市的人在外人眼中可是掘金机器，没想到竟然还有这种外号，我听得差点笑翻。

他看我前仰后合地笑，眼中似有隐隐的怜悯，等看仔细了，却又不是，只是淡淡的微笑。我纳闷地说："你是不是刚做成功一个大客户？或者你有其他阴谋？我觉得你今天格外仁慈，我怪不自在的。"

他正在喝茶，一口茶险些要喷出来，咳嗽了几声，没好气地说："你有受虐倾向？你如果真有这癖好，我可以满足。"

我忙摇手："别！别！这样挺好。"我踌躇了一会儿，假装若无其事地问出心底最想问的问题，"Alex大概要在新加坡待几天？"

他低着头喝了两口茶，将杯子缓缓放好："就这两三天回来。"

我一下子开心起来，还得压抑着自己，不能太得意，免得露出狐狸尾巴，赶忙给他加茶："你喝茶，你喝茶！这是玫瑰花茶，宁心安眠，对皮肤也好。"

他喝完杯中的茶，起身告辞："你休息吧！我回去了。"

我也站起来，欢欢喜喜地送客，他到了门口，看到我的笑意，有些怔，我忙暗自念叨，做人不能太得意！

他站在门口，欲言又止，我眨巴着大眼睛，不解地望着他，终是笑了笑："你好好休息。"转身离开了。

我一边关门，一边挠脑袋，有问题呀！有问题！陆励成有问题！我要小心点儿！

决定先洗个澡，然后下楼去买点儿东西，尽量不白天睡觉，否则时差就更难倒了。

泡在浴缸里，总觉得事情不得劲，左思右想，右想左思，终于恍然大悟，麻辣烫！这家伙明知道我今天回北京，竟然到现在都没有一声问候，而我在机场给老妈报完平安后，还没来得及联系她，陆励成就出现了。

湿着身子，踮着脚，跑出去找到手机，又一溜烟地缩回浴缸。

手机铃声响了很久，才听到一把睡意惺忪的声音："喂？"

"是我！"

麻辣烫迷迷糊糊地问："蔓蔓？你在哪里？你不是在美国吗？"

我大怒，连同对她这一个多月的不满，一块儿爆发，劈头盖脸地就骂："我才离开一个多月，你是不是就不认识我是谁了？我就是被人谋了财、害了命、弃尸荒野了、只怕尸体都发臭了，都不会有人惦记起我，给我打个电话。"

"姑奶奶，姑奶奶，你别生气，我这……唉！说来话长，我的生活现在真的是一团乱麻，连今天是星期几都搞不清楚，忘记你今天回北京了，的确是我的不是，我错了，我错了，下次领导走到哪里，小的电话一定跟随到哪里，晚上请你吃饭。"麻辣烫难得的软声软气。

我却毫不领情："你最好给我说出个一二三四来，否则，你把自己炖了，我也没兴趣。"

电话里一阵窸窸窣窣的声音，估计她是找枕头，弄一个舒服的姿势，打算长聊了。我也把头下的毛巾整理一下，又打开了热水龙头，舒服地躺好，闭着眼睛，假寐。

"蔓蔓，我碰到两个男人。一个是我喜欢的，一个是喜欢我的。"

果然是说来话长！我的眼睛立即睁开，动作麻利地关上水龙头："继续下文。"

"能有什么下文？这就是目前的结果，你以为一个多月能纠结出什么结果？"

"你喜欢的人不喜欢你？"

"不是，他对我非常、非常、非常好。"

麻辣烫一连用了三个非常，差点把我肉麻倒，我顾不上嘲笑她，不解地问："既然郎有情妾有意，天作之合，那有什么好纠结的？凭你的本事，打发一个喜欢你、你不喜欢的人还不是小菜一碟！"

麻辣烫支支吾吾地说："也不是说彻底地不喜欢，应该是说现在不喜欢。"

果然复杂！我试探地问："你是怎么认识他们的？"

麻辣烫轻声地笑："一个是相亲认识的，就是我和你说的那个我爸介绍来的人，本来我没抱任何希望，男人不比女人，他们又没年龄压力，正常的男人哪里需要相亲？没想到这个人很正常，他的话不多，但也不会让气氛冷场，衣服很整洁，但不会整洁到让你觉得他是gay，没有留长指甲，也不抠门，不会变着法子让我埋单，更没有约我去公园散步……"

我额头的一滴冷汗掉进了浴缸："姐姐，我知道了，您没遇见极品，您相亲的时候遇见了一个千古稀罕的正常品种。"

麻辣烫笑："是！我们彼此感觉都还不错，相亲结束的第二天，他约我出去看电影，看电影前，我们还一起吃的晚餐，感觉也挺好。本来我对我爸妈介绍来的人有很大排斥感的，可这个人真的很不错，我抱着排斥感都挑不出他的错，反倒对他处变不惊的风度很欣赏，所以就开始真正约会，如果没有后来的事情，我想我们应该会在一起。"

"嗯，然后呢？"

"然后？唉！要感谢你的苹果。"

"我的苹果？"

"我……这件事情就真的说来话长了，蔓蔓，我其实一直暗恋一个人。虽然不敢和你那貌似惊天地泣鬼神的暗恋相比，但也很八点档剧情。"

"什么？！"我从浴缸站起来，感到身上一冷，又立即缩回去，"这是什么时候的事情？"

"很久，很久，在我认识你之前。"

"这不像你的性格呀！你的性格应该是喜欢他，就要大声说出来！看上他，就要扑倒他！"

"问题是我压根儿不知道他是谁，我只听到过他的声音，你让我给谁说？扑倒谁？"

"你的意思是说，你暗恋上一个人的声音，一个你从来没见过他的样貌的人。"

"错！我的意思是说，我暗恋上一个人，虽然我只听过他的声音。"

我的心就像被一万只小猴子挠着，麻辣烫果然是麻辣烫，连暗恋都这么华丽，让我不得不从四十五度角去一半忧伤一半明媚地仰望。

"那他的声音和我的苹果有什么关系？"

"你当时让我来拿苹果，不过因为有些事情，我一直没能来拿。"

"哼！什么一些事情？不就是和那个相亲男卿卿我我嘛！如果不是我留言提醒你，你只怕压根儿忘记这件事情了。"

麻辣烫几声干笑，没有否认："我当时几乎天天晚上和他见面，所以一直没机会，琢磨着再不拿，你就回来了，等你回来，还不得揭了我一层皮？正好有一天，他要见一个重要客户，没时间见我，我就打的直奔你家，那是一个有月亮的晚上……本来以为你的苹果也就一塑料袋，没想到竟然是半箱子，哎！对了，你哪里来的那么多苹果？"

我正听得出神，她竟然敢扭转话题："别废话，继续！"

"那是一个有月亮的晚上，月亮很大，很亮，连城市的霓虹都不能让它失色。我打的士到你家楼下时，远远的，就看到一个穿黑色大衣的男子站在你家大厦的广场前，身侧是一根黑色的仿古路灯，纯黑的灯柱，四角雕花的玻璃灯罩。路灯的光很柔和地洒在他身上，而他正半抬头看着墨黑天空上高高悬挂的一轮月亮，脸上的表情很温柔、很温柔，像是想起了远在千里之外的恋人，连我这个看者都觉得心里一阵阵温柔的牵动。"

麻辣烫的语气也很温柔、很温柔，我不敢催她继续，任她很温柔、很温柔地讲述。

"一个长辫子的卖花小女孩从他身边过，问他：'先生买花吗？'他低头看向小女孩，神色也是那么温柔，像水一样，然后他竟把小女孩手中的红玫瑰花全部买了下来。你没看到他拿花的神情，哀伤从温柔中一丝一缕地漫出来，最后淹没了他。"麻辣烫长长地叹气，"那么沉默的哀伤，配着火红的玫瑰，让见者都会心碎。"

看来麻辣烫当时真的深为眼前的一幕触动，她的声音低沉，带着几分迷茫不解："当时，地上还有残雪未化，黑色的雕花灯柱，迷离柔和的灯光，他一身黑衣，捧着一束火红的玫瑰，独立于寒风中，脸上的哀伤直欲摧人断肠，那一幕像是文艺复兴时期的油画，我都看傻了，花痴精神立即发作，直接甩给计程车司机一张五十的，都没空让他找钱。"

麻辣烫说得荡气回肠，我听得哀恻缠绵，我没想到油画，我想到了吸血鬼，一个英俊的吸血鬼，爱上了人类女孩子，一段绝望的恋爱，一束永不能送出的玫瑰花。

"然后呢？"

"然后，我也不能老是盯着人家看呀！所以，我虽然一步一挪，还是走进了大厦，去拿你的苹果。你的苹果可真多，我都提不动，只能抱在怀里。我出来时，看见那个男子正要坐计程车，本来我还在心里骂你给我弄了这么一堆苹果，没想到他看见我一个女生怀里抱着一个箱子，就非常绅士地让到一边，示意我可以先用车，那一刻我就想，谁要是这个人的女朋友，连我都不得不羡慕一把，要貌有貌，要德有德。"

我嘲笑她："你都要滴答口水了，怎么没勾搭一把？"

麻辣烫笑："我还真动了色心，想勾搭一把来着，不过一想我现在约会的人也不差，咱也不能吃着碗里的，望着锅里的，所以只能作罢。"

我正频频点头，一想，不对呀！她没勾搭人家，她费这么大劲给我讲个陌生人干吗："别口是心非！你怎么搭上人家的？"

麻辣烫呵呵干笑两声："我连连和他说'谢谢'，他一直沉默地微笑着，后来，他帮我关门时，说'不用客气'，我当时脑袋一下子就炸了，都不知道自己究竟置身何地，计程车已经开出去了，我却突然大叫起来：'回去，回去！'计程车司机也急了，大嚷：'这里不能掉头。'我觉得我当时肯定疯了，我把钱包里所有的钱倒给他，求他，'师傅，您一定要回去，求您，求求您！'我从后车窗看到一辆计程车正向他驶去，我一下子就哭了出来，边哭边叫，'师傅，我再给你一千，求您掉个头。'计程车师傅估计被我吓着了，一咬牙，'成，您坐稳了。'师傅硬生生地打了大转弯，一路按着喇叭，返回大厦前。当时他已经坐进计程车，计程车已经启动，我扑到车前，双手张开，拦住了车，计程车司机急刹车，幸亏车速还没上去，我却仍是被撞到地上，司机气得破口大骂，他却立即从车里下来，几步赶过来扶我，'有没有伤着？'"

麻辣烫停住，似乎在等我的评价，我却一句话都说不出来，呆了一会儿，才喃喃说："这个搭讪方式也太他母亲的彪悍了！"

麻辣烫的语速沉重缓慢："蔓蔓，他就是那个我暗恋了多年的人呀！妈妈一直不肯告诉我他是谁，但是，我一直都知道，不管过去多少年，即使我不知道他的相貌，不知道他的名字，只要让我听见他的声音，我就能认出他，所以，我才哭着求司机师傅把车开回去，我真怕，这一错过，人海中再无可寻觅。如果让我一直不遇见他倒罢了，我可以一直当他是一场梦，他就是我梦中幻想出来的人，可是如今我真真切切地看到了他，他竟比我想象中的还好，我怎么可能再若无其事地走下面的人生？"

我傻傻地坐在浴缸中，水早就凉了，我却没任何感觉。估计麻辣烫也预见到了我的反应，所以，一直没有说话，任由我慢慢消化。过了很久后，我都不知道此情此景下该说什么，这实在、实在……原谅我，我的词汇太贫乏。

长久的沉默后，我终于冒出了句话："你最后给司机一千块钱了吗？"

麻辣烫沉默了一瞬，爆发出一声怒吼："苏蔓！你丫好样的！"

我拍拍胸口，安心了！还是我的麻辣烫，那个流着眼泪失神无措慌乱大叫的人让我觉得陌生和不安。

回神了，开始觉得冷了，"呀"的一声惨叫，从浴缸里站起来。

"怎么了？怎么了？"

"没事，就是听你讲故事听得太入迷，洗澡水已经快结成冰都没发觉。"

麻辣烫满意地笑着，我打着哆嗦说："我得先冲澡，咱们晚上见。"

莲蓬头下，我闭着眼睛任由水柱打在脸上。麻辣烫的故事半遮半掩，有太多不能明白，比如说，她究竟怎么第一次遇见这个男子的？怎么可能只听到声音，却没看到人？还有，她母亲不是一直逼她相亲吗？那么为什么明知道女儿有喜欢的人，却偏偏不肯告诉女儿这个人是谁？如果说这个人是个坏人倒也可以理解，但是只根据麻辣烫的简单描述，就已经可以知道这个人不但不是个坏人，还是很不错的好人。所以，实在不能理解！但是，我们谁都不是刚出生的婴儿，我们已经不再年轻的眼睛背后都有故事，这个年纪的人，谁没有一点半点不想说的秘密呢？我还不想告诉麻辣烫我爸爸得过癌症呢！四年多前，就在我刚和麻辣烫网上聊天的时候，爸爸被查出有胃癌，切除了一半的胃，从那之后，我才知道，我不可以太任性，我们以为最理所当然的拥有其实很容易失去，这才是我真正不敢拒绝家里给我安排相亲的原因。

我一直都觉得那段日子只是一场噩梦，所以我从来不在任何人面前说爸爸有病，也不想任何人用同情安慰的目光看我。

冲完澡出来，还没擦头发，就先给麻辣烫打电话："是我！亲爱的，我真高兴，如你所说，不是每个人都能有机会和暗恋对象再次相逢。今天晚上，我请你吃饭，为你的桃花开庆祝。"

麻辣烫咯咯地笑着："可我也犯难呢！这桃花要么不开，一开就开两朵，我喜欢的人，我爸妈不喜欢，我爸妈喜欢的人，我又不算喜欢。唉！真麻烦！"麻辣烫连叹气都透着无边的幸福，显然没把这困难真当一回事情，也许只是她和她的油画王子爱情道路上增加情趣的小点缀。

"什么时候，能见着这位油画中走出来的人？"

麻辣烫笑着问："你的冰山王子如何了？要不要姐姐帮你一把？"

"你是往上帮，还是往下帮？"

麻辣烫冷哼一声："既然不领情，那就自己赶紧搞定，回头我们四个一起吃饭。"

我凝视着镜子中被水气模糊的自己，慢慢地说："好的，到时候我会让他预备好香槟酒。"

麻辣烫笑说："那你动作可要快一点。"

"再快也赶不上你了。对了，你还没给我讲你的下文呢！他把你撞倒之后呢？"我一边擦头发，一边说。

麻辣烫笑了好一阵子，才柔柔地说："我们可以算是二见钟情。他把我扶起来后，发现我一只手动不了，就送我去医院，我当时激动得什么都说不出来，只知道另一只手紧紧地抓着他的胳膊，唯恐一个眨眼他就不见了。他一再说'别害怕'，把我的手掰了下来，后来到了医院，办检查手续，我把钱包递给他，说'身份证和银行卡都在里面'。麻烦他帮我填表格、交钱，他盯着我的身份证看了一会儿后，对我很温柔地说：'你有一个很好听的名字。'"

这句话，麻辣烫肯定是模仿着那个人的语气说的，所以很是意蕴深长。我等了半天，电话里都没有声音，"然后呢？"

"然后？"麻辣烫有些迷糊，好像还沉醉在那天的相逢中，"然后他就送我回家，我告诉他我很喜欢他，他很震惊，但没立即拒绝，反倒第二天仍来看我，我们就开始甜蜜地交往。"麻辣烫甜蜜蜜地说："我从小到大都不喜欢我的名字，可现在，我觉得自己的名字真的很好听。'怜霜'、'怜霜'，每天他都这么叫我。"

我打了个哆嗦，肉麻呀！

"你的胳膊怎么样了？要紧吗？"

"没事，就是脱臼！当时疼得厉害，接上去就好了。不过，很对不起你，当时一切都乱糟糟的，那个计程车司机看我被撞倒了，估计怕惹麻烦，直接开车跑掉了，所以你的苹果就忘在计程车里了。"

我笑："没事，没事！冥冥中它的使命已经完成。"

两个人又嘀咕了一些我在美国的所见所闻，约好晚上一起吃饭时再详细聊。

晚上，我却没和麻辣烫共进晚餐，老妈传召我回家，我给麻辣烫打电话取消约会，麻辣烫向来知道我对父母"有求必应"，早已经习惯，骂都懒得骂我，只让我记住要请她吃两次饭。

老妈看到我时，表情很哀怨："回到北京，一个电话后就没影了，你爸和我两个人守着屋子大眼对小眼，养个女儿有什么用？我们真要有个什么事情，连个关心的人都没有。"

虽然口气听着有些熟悉，但不影响我的愧疚感，帮着老妈又是洗菜，又是切菜，本来还打算晚饭后陪他们一起看电视，结果老妈碗一推，急匆匆地说："我得去跳舞了，要不是蔓蔓今天回来，我们早吃完饭了。"拿着把扇子，一段红绸子，很快就没了人影。

老爸慢吞吞地说："你妈最近迷上扭秧歌了。"

那好，我就陪爸爸吧！收拾好碗筷，擦干净灶台，从厨房出来，看老爸拿着紫砂壶，背着双手往楼下走："我和人约好去下棋，你自己玩，年轻人要多交朋友，不要老是在家里闷着。"

我坐在沙发上，对着客厅的墙壁发了会儿呆，开始一个人看电视，究竟是谁守着个空屋子？我还连个大眼对小眼的人都没有，只有一台旧电视。

四川台在重播《武林外传》，老板娘对小白说："你是最佳的演技派！"小白不答应："骂人哪！我是偶像派！"已经看过两遍，我仍是爆笑了出来，可是笑着笑着，却觉得嗓子发干，眼睛发涩。

手机一直放在触手可及的距离，却一直没有响过，邮箱里也一直没有信，他在新加坡一定很忙吧！一定！

Chapter 12

夜色

不愿成为一种阻挡，不愿让泪水沾上脸庞，
于是，在这无尽的夜色中，我将悄然隐去。

　　星期一上班时，仍然没有任何宋翊的消息，去问Karen，Karen也满脸不解，说自己一无所知，宋翊从离开北京到现在一直没有和她联系过，甚至连去新加坡都没有告诉她。

　　我终于再也克制不住自己，找了个借口去见陆励成。

　　拿着一堆不甚紧要的文件请他签字，他没有任何表情地把所有文件签完。我拐弯抹角地试探："老是麻烦你签字，真不好意思，不知道Alex究竟什么时候能回来，你上次说就这两三天，已经三天了。"

　　他抬头，面无表情地盯着我："你很关心他什么时候回来？"

　　"不，不！"我手背在背后，绞来绞去，"我就是随口一问，大家都有些工作必须等着他回来处理。"

　　陆励成沉默地盯着我，眼睛内流转着太多我完全看不懂的思绪。在他的目光下，我觉得我就如同一个透明人，似乎我心里的秘密他都一清二楚。我不安起来，匆匆抱起文件："您忙，我先出去了。"

手已经搭在门把上，听到他在我身后说："应该就这一两天回来。"
我的脚步顿了一下，赶紧走出他的办公室。

就这一两天，那究竟是今天，还是明天？给宋翊发短信，请他回到北京后，尽快和我联系，我很担心他。

希望他一下飞机，打开手机，就能收到我的短信。我的日子在焦躁不安的等待中度秒如年。

星期二下午接到麻辣烫的电话，声音甜得要滴出蜜来："蔓蔓，今天晚上出来吃饭吧！我想你见见他。"

我把自己的愁苦压下去，尽量分享着她的幸福："好！"

她细细叮嘱了我见面地点和时间，还特意告诉我是一家高级会所，要求我下班后换一套衣服，我知道这次麻辣烫是顶顶认真和紧张了，我笑着打趣她："如果他不喜欢我，怎么办？我们两个，你选谁？"

麻辣烫悍然说："不会，他肯定会喜欢你。"

"我是说万一呢？你要知道两个好人不见得就是两个投缘的人。"

麻辣烫沉默着，好一会儿，她才说："不会！你们两个一定会投缘。你是我的姐妹，我们说过是一生一世的朋友，我会爱他一生一世，也会爱你一生一世，所以，你们一定能投缘！"

她的声音紧绷，如要断的弦。

真是关心则乱！竟然聪明洒脱如麻辣烫都不能例外，我再不敢逗她，向她郑重保证："不要担心，我们会投缘的，因为我们至少有一个最大的共同点，都爱你，都要你快乐。"

穿了我最昂贵的一件衣服。这件衣服是离开美国前买的，本来打算要穿给宋翊看的，现在只能让麻辣烫先占便宜了。

紫罗兰色的真丝，贴身剪裁，腰部宽幅束起，下摆自然张开，领口开的稍低，用一圈同色的镂空紫色小花压着，香肩就变得若隐若现。再配上珍珠项链和耳环，镜中的人倒也算肌肤如雪、明眸皓齿。

想了想，又拿出一枚碧玉手镯，戴在手腕上，虽然与别的首饰不协调，但是这个玉镯有特殊的意义，我希望它能见证今天晚上这个特殊的时刻。

特意用了艳一点的唇彩，将心中的不安都深深地藏起来，只用微笑和明媚去分享麻辣烫生命中最重要的一刻。

漆木的地板，水晶的吊灯，男子衣冠楚楚，女子衣香阵阵。

迷离的灯光中，我穿行在一桌桌的客人中，如一个即将要参加姐姐婚礼的人，紧张与期待充盈在心中。

远远地看见麻辣烫他们，也许应该叫许怜霜。她一身苏绣短旗袍，夸张的水晶坠饰，典雅中不失摩登，腕子上却没戴水晶，是一枚和我一模一样的碧玉镯，我心中一暖。

她正侧着头笑，手无意地掠过发丝，碧玉镯子映出的是一张如花娇颜，还有眼睛中满载的幸福。

那个男子背对着我而坐，还完全看不清楚，但是，这一刻，我已经决定要喜欢他，只因为他给了麻辣烫这样的笑颜，任何一个能让女人如此笑的男子都值得尊重。

麻辣烫看见我，欣喜地站起来，半是含羞，半是含笑，我微笑着快步上前，那个男子也站了起来，微笑着回头，我和他的动作同时僵住。

"宋翊，这就是我的好朋友，不是姐妹胜似姐妹的苏蔓。苏蔓，这位是宋翊。"

我的眼前发黑，膝盖簌簌地抖着，人摇摇晃晃地向地上倒去，宋翊一把抱住了我，侍者赶紧拉开椅子，让我坐下，我只觉得天旋地转，整个天顶上的吊灯都在我眼前闪烁，闪得我眼前一片花白，什么都看不清楚。

"蔓蔓，蔓蔓，你别吓我！你怎么了？你怎么了……去……去叫的士，我们立即去医院……"

麻辣烫的手紧紧地抓着我，她腕子上的碧玉镯子和我腕子上的碧玉镯子时不时碰在一起，发出脆响。

"这对碧玉镯子，我们一人一个，一直戴到我们老，然后传给我们各自的女儿，让她们继续戴。"

"如果我生儿子呢？"我故意和她唱反调。

"那就定娃娃亲，两个都让女孩戴。"

"如果你也是儿子呢？"

"那就让两个媳妇结拜姐妹，敢不亲密相处，就不许进我家的门。"

我大笑："小心媳妇骂你是恶婆婆。"

……

她送我镯子时的情景仍历历在目，我是独生女，麻辣烫也是独生女，在这个偌大的北京城里，她不仅仅是我的朋友，还是如我的父母一样的亲人，我们一同欢笑，一同受伤，一同成长，一同哭泣。

在凌晨四点半，我做了噩梦时，可以给她打电话，她能在电话里一直陪我到天明；我不能在父母面前流的眼泪，都落在她面前，是她一直默默地给我递纸巾；在地铁站，我被一个太妹推到地上，我看着对方的红色头发、银色唇环、挑衅的眼神，敢怒不敢言，是她二话不说，飞起九厘米的高跟鞋，狠狠踢了对方一脚，拉着我就跑。

这世上，能为别人两肋插刀的人已经几乎绝迹，可我知道，麻辣烫能为我做的不仅仅是两肋插刀⋯⋯

四年多了，太多的点点滴滴，我不能想象没有她的北京城。

我反握住了她的手："我没事，不用去医院，大概中午没吃饭，所以有些低血糖。"

要去叫计程车的侍者听到，立即说："我去拿一杯橙汁。"

麻辣烫吁了口气："你吓死我了！一个瞬间，脸就白得和张纸一样。"

我朝她微笑，麻辣烫苦笑起来，眼睛却是看着另外一个人："这⋯⋯这你们也算认识了吧？"

我笑："我们本来就认识呀！"麻辣烫愣住，我轻快地说："宋翊没有告诉你他在MG工作吗？是我的上司呢！如今我可找着靠山了。"先发制人，永远比事后解释更有说服力。

"MG？"麻辣烫愣了一愣后，笑容似乎有点发苦，"又不是相亲，还需要把车子房子工作工资都先拿出来说一通？我不关心那些！"

我点头，心里一片空茫，嘴里胡说八道，只要不冷场："是啊！我去相亲时，还有个男的问过我，'你父母一个月多少钱，有无医疗保险？'"

麻辣烫笑着摇头："真是太巧了！宋翊，你有没有得罪过我家蔓蔓？"

宋翊没有说话，不知道做了个什么表情，麻辣烫嘴微微一翘，笑笑地睨着他说："那还差不多！"

我一直不敢去看他，我怕我一看到他，我的一切表情都会再次崩溃。我的眼睛只能一直看着麻辣烫，凝视着她的巧笑倩兮、美目盼兮，千种风情，只为君开。

我站了起来："我去趟洗手间。"

"要我陪你去吗？"

"不，不，我自己就可以了。"

我匆匆扔下麻辣烫，快步地走着，等他们看不到了，猛地跑起来。

为什么，为什么会这样？难道那些拥抱、那些话语、那些笑声都是假的吗？我只是去了美国一个月，可感觉上如同我做了一次三十年的太空旅行，我的时间表和他们都不一样，等我回来，一切都已经沧海桑田、物是人非，只有我还停留在过去。

一只手抓住我："你打算穿着这个跑到寒风里去？你的外套呢？"他的手强壮有力，我的身子被半带进了他的怀中。

我这才发觉自己泪流满面，连眼前的人都看不分明，我急急地擦着眼泪："我要去洗手间的，我只是去洗手间的……"

眼前的人渐渐分明，竟是陆励成，而我竟然站在酒店的门口，进门的客人都向我打量，被他的目光冷冷一扫，又全都回避开。

他扶着我转了个方向，带着我穿过一道走廊，进入一条长廊，已经没有客人，只有我和他。他推开一扇门，里面有沙发、桌子、镜子，一个白衣白裤的人立即恭敬地走上前，陆励成给他手里放了一张钱："这里不用你服务。"

侍者立即回避，陆励成扶着我坐到沙发上："这是私人卫生间，一切随意，如果想大哭，这里的隔音效果很好。"

我默不做声地捂住了脸，眼泪顺着手指缝，不停地往下流。六年前，我曾以为那是我这辈子最大的痛，可现在才知道，我虽然频频在梦中哭醒，却没有真正被摔痛过，我就如同一个悬崖底下的人，只是因为渴望着能够到悬崖上，因为得不到难过，而现在，我一点点艰辛地爬上悬崖，终于站在了梦寐以求的地方，可是，没想到，就在我最欢喜的时候，却在一个转身间，就被狠狠地推下悬崖，粉身碎骨的疼痛不过如此。

我哭了很久，伤心却没有一点减少，脑袋里昏乱地想着，为什么？为什么？又在一个刹那间惊醒，我不能这么一直哭下去。扑到洗手台前，看见自己妆容残乱，两个眼睛红肿。我赶紧洗脸，又拿冷水不停地激眼睛，却仍很明显。

陆励成一直坐在沙发上默默地吸烟，看我拿自己的脸不当脸地折腾，实在看不下去了："你要不想人发现，最好的办法就是赶紧回家，睡一觉，明天自然就好了。"

我没有说话，只是对着镜子练习笑容。微笑，对！就这样微笑！没什么大不了，这年头三条腿的蛤蟆难找，两条腿的男人到处都是，天涯何处无芳草，三步之内必有兰芝……宋翊……

胸口骤然一痛，眼泪又要涌出来，闭上眼睛，深深地吸气。苏蔓，将一切的一切都遗忘，唯一需要记住的就是：今天是你最重要的人的最快乐的日子！

挺直腰板，带着微笑，走出了洗手间。

大厅里，灯正红，酒正绿，人间还是姹紫嫣红，我心已万古荒凉。

刚到走廊尽头，就看麻辣烫扑过来，一把抓住我："你去了哪里？你要吓死我吗？我以为你又晕倒在哪里了。"

"就是去了洗手间。"

麻辣烫盯着我说："你撒谎，这一层共有两个洗手间，我一个个全找过了。"她的眼睛里有恐惧和慌乱，"苏蔓，你别在我面前演戏，老娘在人前演戏的时候，你还在玩泥巴呢！你告诉我，宋翊是不是他？"

麻辣烫以为自己很镇静，其实她抓着我的手一直在轻轻发颤。

我笑着："什么他？哪个他？"一颗心却在冰冷地下沉，我们两个中至少应该有一个幸福。

"你的冰山！是不是宋翊？你去MG是不是为了他？"

我仍在努力地笑着，可那个微笑僵硬地就像一个面具："你神经病！我喜欢的另有其人。"

"那你怎么解释你今天的反应，还有你为什么要躲起来哭？"

"我，我……我……"我该怎么解释？

我和麻辣烫，一个尽力微笑，一个好似冷静，身子却都在发颤。

"打扰一下。"陆励成站到我身后，一手搭在我的肩膀上，微笑着对麻辣烫说："许小姐，我想我可以替她解释一下她刚才在哪里，因为我经常在这里请客户吃饭，所以我在这里有一个私人包房，她刚才在私人洗手间中。"

"励成？"麻辣烫竟然脸一下飞红，有些无措地说："陆、陆先生，你也在这里？"

陆励成笑说："至于她为什么会哭，我想许小姐应该能猜到原因，不过，现在已经雨过天晴。"

麻辣烫连耳朵根都变红了，尴尬得看都不敢看我一眼。

陆励成微笑着，弯下身子，在我耳边说："要我送你过去吗？"

我如抓住了救命的稻草，立即点头。他微微曲起右胳膊，我挽住了他的胳膊。他笑对麻辣烫说："请！"

麻辣烫看看我，看看他，咬着嘴唇，幽幽地说："陆先生可真是让人意外。"

陆励成含笑说："人生中有很多意外。"

麻辣烫在前面领路，到了桌子边，宋翊也刚回来，一看到麻辣烫就问："找到她了吗？"

麻辣烫指指身后，宋翊这才看到我们，他的表情有一瞬间的错愕，陆励成微笑着上前和他握手："我那边还有朋友等着，先把苏蔓交给二位照顾，我晚一点再过来。"

宋翊看着我，没有说话，麻辣烫讥嘲："得了吧！让我们照顾，至少不会照顾出一个泪人！是我们不放心你！"

陆励成笑着替我拉开椅子，让我坐下，他手放在我肩膀上，弯着身子，在我耳边小声问："你一个人可以吗？"

我点点头。

他直起身，向宋翊告了一声辞，转身离去。

侍者看我们三个人终于都到齐，立即开始上菜。我们低着头，各怀心事地吃着。麻辣烫从自己的思绪中回过神来时，咬着唇问我："陆励成，是不是他？"

我呆呆地看着她，脑子里转不过来她在问什么，她气得狠瞪了我一眼："冰山呀！是不是他？"

我只能点头，还能有更合理、更天衣无缝的解释吗？

麻辣烫鼓着腮帮子，似乎又是气、又是恼、又是羞，我这时才反应过来事情哪里不对劲："你怎么认识陆励成？"

麻辣烫眼中闪过几丝尴尬和羞愧，用笑意掩饰着不安和紧张："北京城能有多大？他又不是国家主席，认识他有什么奇怪？"

我低下头，默默往嘴里塞东西，虽然胃里如塞了块硬铁，但不想说话时，掩盖不安的最好方式就是埋头大嚼。

我们开始吃甜点的时候，陆励成才返来。他的加入，令席间的气氛突然活泼起来，有了朋友聚会的感觉。他和宋翊有说有笑，如多年的老朋友。麻辣烫也加入了他们，聊音乐、聊股票、聊投资，甚至聊中国的沙漠化问题。每个话题，陆励成都会给我留几句话说。不会太多，让我难以负荷，也不会太少，让人觉得我不快乐。表面上，我们四个，竟然相处得令人难以置信的融洽快乐。

一顿饭，终于吃到尾声，四个人站在酒店门口告别，我和麻辣烫都穿得很单薄，虽然有大衣，可冷风从大衣低下直往里钻。麻辣烫十分兴奋，不停地说着话，一边发抖，一边跺着脚，却就是不肯说最后的"再见"。

陆励成笑着向她讨饶："许大小姐，你心疼一下我们家这位的身子骨。如果真要是谈兴未尽，我们索性找个酒吧，彻夜畅谈。"

麻辣烫捏捏我的脸蛋："这丫头就这样，占了脸小眼睛大的便宜，总是一副楚楚可怜的样子。好了，让你们走！"

陆励成有自己的车，宋翊和麻辣烫要打的走，所以我们先送他们上车，麻辣烫已经坐进车里，却又突然跑出来，抱住我："蔓蔓，有一天我做梦，梦见你和你那位，我和我那位，我们四个在一起爬山，没想到，美梦真的能够实现，我今天真开心，幸福得简直不像真的。"

我用力地抱了一下她，用力地说："我也很开心！"

她朝我一笑，飞速地跑回计程车，等计程车驶出视线，我的肩膀立即垮下来，陆励成一言不发地牵着我上了他的车，帮我系好安全带，我闭着眼睛由他折腾，感觉上似乎我一生的勇气和力量都在今天晚上用完了。

车子划破了城市的霓虹，向着夜色深处奔驰，车厢里只有发动机的叹息声，连绵不绝地响着，好似向夜色寻求着答案，可沉默是它唯一的表情。

我的为什么没有人可以回答，不过，我至少可以回答陆励成的为什么。可陆励成竟然没有问任何问题，他心无旁骛地驾驭着他的坐骑，让他的黑色骏马与夜色共驰。眉眼专注，令人想起远古的牧马人，坐骑并不仅仅是代步的工具，在每一次的飞跃和奔驰间，它还放纵着你的心灵，释放着你的情感。

一直到车子停下，他都没有说过话，似乎今天晚上什么异样的事情都没有发生过，我们两个只不过恰好下班时相遇，他送我一程而已。

下车后，他要送我上楼，我说不用了，他直接抓起我的胳膊，把我塞进电梯，等到我家，他却连电梯都没下，只是站在电梯门口看我进了门，朝我说了声"晚安"后，就关上了电梯门。

我忘记了开灯，就直直地走进屋子，脚不知道被什么一绊，人重重摔到地上，心灵上的疼痛早已经让全身麻木，所以一点没觉得疼。我蜷缩起身子，脸贴着冰冷的地板，眼泪无声无息地坠落。

没有光，没有人，只有黑暗，我任由自己在黑暗中沉沦，真想就这样睡过去，最好再不要醒来，那些旧日的光影却不肯放过我，一一在我面前闪过。

经过叼着烟斗的闻一多塑像，继续向前走，会看到一片小小的荷花池，据说这里才是朱自清荷塘月色的真实地点，不过这个小荷塘的荷花不多，和朱自清笔下的"荷塘月色"相去甚远，再加上，清华还有个大荷塘，所以这里人迹较少。

宋翊也许就偏爱这里的宁静，所以常常捧着书本在这里的亭子看书，我也常常拿着书到这里看，不过不是坐在亭子里，而是坐在池塘边的树丛中。荷花虽不多，可树木繁茂，池水清澈，有时候，看累了书，就抬头远远地看看他，再赏赏周围的景色，方寸之间，却也有白云悠悠、绿水迢迢之感。

那个时候，宋翊正在备考GMAT和TOEFL，每日里带个随身听，一本红宝书，常常倚着栏杆，一坐半晌，不知道的人以为他在发呆，实际不是在默背单词，就是在练习听力。左右无人的时候，他也会吟诵出声，在亭子里来回踱步，那个时候，我就会放下手中的红宝书，静静地看他。

整整半年的全心投入，考试结果出来时，他的成绩却远未达到他的期望值，那个时候GMAT还是笔考，他根本没有可能参加第二次考试。而距离申请，剩下的时间已经不多，更重要的是，明天是他决定是否接受保研的最后时间，他的辅导员劝他暂时放弃出国，接受保研，给自己一个缓冲的时间。一条是完全无风险的康庄大道，一条是已经快要看不到希望的荆棘小路，选择其实很明显。

我听到消息时，立即就向池塘跑，果然，他在那里。

正是晚饭时间，周围一个人都没有，只有闷热的风将池塘吹皱。他不是站在亭子里，而是高高地站在亭子的栏杆上，风吹得他的白衬衣如张起的风帆。乍一眼看去，只觉得古旧的红亭、繁茂的古树，都成了他的底色，只为了衬托他这一刻的轩昂挺拔。

一阵风过，将四周的树木吹得哗哗作响，他忽地双手张开，面朝着天空，朗声吟诵："槛外山光历春夏秋冬万千变幻都非凡境；窗中云影任东西南北去来澹荡洵是仙居。"

然后，他跳下了栏杆，高高兴兴地向外跑去，我凝视着他的背影，轻声吟诵出了横联："水木清华"。

那个晚上，篮球场上，他和队友打得电子系惨败，他的笑容灿烂耀眼，没有人能想到他刚刚经历了一次失败，也正面临人生中一个重要的抉择路口。

第二天，他告诉辅导员，他仍然决定放弃院里的保研名额；半年后他用其他的优异，弥补了GMAT的失利，成功拿到伯克利的入学通知书。

他就如同他当年鼓励我一样，不到最后，绝不对自己轻言放弃，即使到了最后，也仍不会放弃。

从十七岁开始，我经历了无数次的失望、失败，伤痛或小或大，每一次我都能擦干眼泪，握一握拳头，再次出发，只因为篮球场上他眼底的阳光，荷塘边上他水清木华的身影，可是这一次，谁能告诉我，我该如何再次出发？

屋子的门突然开了，保安打开灯："苏小姐，苏小姐……"

宋翊看到在地板上蜷缩成一团的我，一把推开保安，奔到我身前，低头探看我，我猛地扭开头，用手遮住眼睛。

保安站在一旁，不安地解释："宋先生说给你打电话，一直没人接，他来敲门，也没有人开门，却听到手机的铃声在屋子里响，他不放心，所以请我们开门，我……我想着宋先生是苏小姐的男朋友，保险起见，还是开门看一眼……"

我捂着脸说："他不是我男朋友，我也没吃安眠药，我就是太累了。"想坐起来，手上却一点力气没有。

宋翊把我抱起来，放到床上，用被子捂住我，又赶紧打开空调，我拉起被子蒙住头，听到他送保安离去。

感觉一个人坐在了床沿上，我疲惫地说："请你回去，我和怜霜是好姐妹，请不要陷我于不仁不义。"

长久的沉默，我感觉到他的手从我手边轻轻拂过，似乎想握住我，却在最后一瞬间，缩回了手，好几次，我都感觉到他想说什么，最后，只是一把带着疲倦的喑哑声音："对不起！"

感觉到床垫一松后，关门的声音响起。屋子里再次彻底死寂。

我的眼泪顺着眼角，漫延开来。原来，一切的男女关系，不管在开始时多复杂，不管过程是多甜蜜，在结束时，都可以只用这三个字做告别。

Chapter 13

谎言

我的爱情已经失落，我已不能再像以前一样爱你，
那便让我坚守这不爱的谎言。

　　是不是人在心情低落的时候，抵抗力分外弱？

　　我在雪地里等宋翊时，身体都冻僵了，也没感冒，可昨夜只是吹了一点冷风，睡了一会儿冷地板，却感冒了。

　　晕沉沉地起来，吃了两粒泰诺，爬回床上继续睡。说是睡，其实并没有睡着，接近一种假寐状态，外面的事情似乎都知道，楼道里邻居的关门声都能隐隐约约地听到，可是大脑却很迷糊，好像一直在下雪，在模糊不清的大雪中，漂浮着一个又一个残碎的画面。

　　宋翊在前面走着，我用力地跑呀跑，我马上就可以追上他了，可是，不知道为什么，画面一换，他就没在走路了，他坐在车里，我拼命地叫他，拼命地追他，可是车都不停。

　　突然，麻辣烫出现在路前方，她双手张开，挡在飞奔的汽车前，车猛地一个急刹车，差点将她撞飞。

　　她长发飞扬，鲜红的大衣在寒风中猎猎飞舞，宋翊下车，向她走去，我向他伸着手，想叫他，却怎么都发不出声音，他终于走到麻辣烫身边，将她揽在了怀里，我看见一黑一红的身影，依偎在寒风里。

麻辣烫在他肩头幸福地微笑，宋翊却抬头看着我，他的脸在飘舞的雪花中模糊不清，只有一双眼睛盛满悲伤。那悲伤令人窒息，好似凝聚着世间一切的黑暗，让人觉得这双眼睛的主人不管站在多明媚的阳光下，其实仍生活在地狱般的黑暗中。

不要这样！我在心里呐喊。你是属于阳光的，我可以不在乎你是否爱我，可是，请你快乐！

我的眼前，一切都消失不见，只有他眼睛中的哀伤如此分明，我忍不住伸手去抚摸他的眼睛，希冀着能将阳光放回他的眼中。

我触碰到了他的眉眼，可他眼中的悲哀只是越重，我将手指抵在他的眉心："如果我将来还可以笑一万次，我愿意将九千九百九十九次都给你，我只留一次，我要用那一次，陪你一起笑一次。"

他握住了我的手指，他手掌的力量、掌心的温度如此真实，真实得不像做梦。

"蔓蔓，我们现在去医院。"他半抱半扶着我下床，用大衣和围巾把我裹严实。我四肢发软，头重脚轻，分不清真实还是梦境。

走出大楼，细细碎碎的雪花轻轻飘着，整个天地都混沌不清。我心里想，这的确是做梦，精神松懈下来，胳膊柔柔地圈住他的脖子，整个身体也彻底依靠在他的怀里，至少，在梦里，他可以属于我。

他的动作呆滞了一下，又恢复正常，任由我往他怀里缩，用自己的大衣将我裹起来。

宋翊招手拦计程车，我靠在他肩头笑，这真是一个幸福的梦！

在漫天轻卷细舞的雪花中，我看见陆励成的牧马人，他的车上已经积了一层雪花，车窗的玻璃半开着，里面一个模糊的身影。

我模模糊糊地想起那个没有月亮的晚上，他一个人在黑暗中抽着烟，一根接一根。

宋翊扶我进计程车，车开出去时，我忍不住地回头张望，看见半截烟蒂飞进雪花中，那匹黑色骏马在雪地里猛地打了个转，咆哮着冲出去，将积雪溅得飞向半空。

宋翊摸着我的额头，眉间忧色很重："在看什么？"

我微笑："我的梦越来越奇怪了，梦到陆励成的牧马人停在我家楼下，他坐在车里抽闷烟。"

宋翊没有说话，只是目光看向车窗外。我觉得身上发冷，往他怀里又缩了缩，宋翊索性把他的大衣脱下来，裹在我身上。我靠在他肩头，感觉全身又是热又是冷，意识渐渐模糊，心里却难过地想着，醒来时，他就要消失了，紧紧地抓着他的手，泪一点点印到他的肩头。

我清醒时，眼前一片素白，我分不清自己究竟是梦里梦见自己醒了，还是真的醒了。浓重的消毒水味道，一阵阵飘进鼻子。手一动，觉得痛，才发现连着一根输液管，神智渐渐恢复，正在思索这究竟是怎么回事情。麻辣烫提着一个保温饭盒进来，看我抬着自己的手，盯着研究，几步跑过来，把我的手放回被子中："你老实点。"

"我记得我吃了两粒感冒药，怎么就吃进了医院？难道那个药是假药？"

麻辣烫的眼睛像熊猫眼："看来是没事了，已经知道要贫了。"她喝了口水，静了一静，突然声音拔高，开始大骂我，"你多大了？知道不知道什么叫发高烧？泰诺可以治高烧？我看你脑子不用高烧，已经坏了！我告诉你，我守了你一天一夜，回头，老娘的人工费一分不能少……"

我盯着天花板，那些迷乱的梦在麻辣烫的声音中时隐时现，到底哪些是梦，哪些是真实？

"谁送我来的医院？"

麻辣烫满脸的怒气一下就消失了，微笑着说："陆励成。宋翊看你一直没去上班，又没打电话请假，就给陆励成打了个电话。陆励成觉得事情不对，就去你家找你，你知道不知道医生说什么？幸亏他发现得早，否则你真的很危险……"

我茫然地想，原来真的是梦。

麻辣烫嘀咕："蔓蔓，陆励成究竟对你怎么样？"

"啊？"

我满脸的茫然麻木，让麻辣烫极度不满："我在问你，陆励成对你好不好？"

我不知道该怎么回答，却不能不回答，只能说："我想见他。"

麻辣烫把手机递给我，脸凑到我跟前说："苏蔓！你只是喜欢他，并不欠他一分一毫，在他面前有点骨气！"

我可怜兮兮地望着她，示意她给我点私人空间。

她不满地冷哼："重色轻友！"走出病房。

"喂，我是苏蔓。"

"什么事？"

"听说是你送我到医院的，谢谢你了。"

"不客气。"

"你……你能不能来医院看一下我？"

电话里沉默着，沙沙的杂音中，能听到寂寞空旷的音乐声。

野地里风吹得凶，无视于人的苦痛，仿佛把一切要全掏空。往事虽已尘封，然而那旧日烟花，恍如今夜霓虹，也许在某个时空某一个隅落的梦，几世暗暗留在了心中，等一次心念转动，等一次情潮翻涌，隔世与你相逢，谁能够无动于衷，如那世世不变的苍穹……不想只怕是没有用，情潮若是翻涌谁又能够从容，轻易放过爱的影踪，如波涛之汹涌似冰雪之消融，心只顾暗自蠢动，而前世已远来生仍未见，情若深又有谁顾得了痛……

我怔怔地听着，几欲落泪，不想只怕是没有用，情潮若是翻涌谁又能够从容？

"这是什么歌？"

"一首很老的歌，林忆莲的《野风》。"

我脑海里浮现着一幅很具体的画面，他此时，正坐在小木屋的窗前，在黑暗中吸着烟，静听着这首歌，天地寂寞，唯一的相伴就是手中的烟蒂，也许窗户还开着，任由寒风扑面，某些时候，人的身体需要自虐的刺激。

我忍不住问："你在昌平？"

"嗯。"

"那不用了，我以为你在市内，不好意思，打扰你了！"最后的两句话，我不仅仅只是客气地说说，我是真的觉得自己打扰了他。

我要挂电话，他突然说："两个小时后见。"

"不……"电话已经挂断，"用"字才刚吐到舌尖。

麻辣烫已在楼道里来来回回走了几趟，看我终于挂断电话，立即跑进来："喷，喷，说什么呢？这么长时间？"

我凝视着她问："你和陆励成究竟是怎么认识的？"

麻辣烫慌乱起来，在屋子里来回踱着步："可以不回答吗？"

"我可以去问他。"

麻辣烫站在我面前，迎着我的视线说："他就是那个我说的，相亲认识的人，喜欢我的人。我……我当时不知道他就是你喜欢的人，我只是想着很巧，竟然和你一个公司，还想着等你从美国回来后，吓你一跳。蔓蔓，对不起！"

我的确是吓了一跳，可是不是因为他："你……你和陆励成发展到什么程度了？"

"我……我们就是牵了下手而已，晚上告别的时候，偶尔会拥抱一下，就是偶尔，次数非常少。"麻辣烫说着话，低下了头，"你还想知道什么？如果这些事情，你一定要知道，我宁愿我亲口告诉你，我不想你从他口里听到。"

"没什么了。"我疲惫地闭上眼睛。

麻辣烫坐到我身边，轻声地说："我父母对陆励成很满意，尤其是我父亲，很喜欢他，所以在父母的推动下，我们的关系发展得比较快。他对我也很好，我当时在信里告诉你，每天都收到一束花，就是他送的，如果不是再次遇见宋翊，也许再过两三个月，我们就会订婚。"

"你爱他吗？"我有些艰难地吐出这句话，自己都不知道自己问这句话的动机是什么。

麻辣烫苦笑："我不知道。我只知道，我当时挺喜欢和他说话，他能令我笑，如果没有宋翊，他是一个让我不会拒绝走进婚姻的人，但是，有了宋翊，一切就不一样了，宋翊像我心中最美的梦，直到现在，我都不敢相信我竟然美梦成真。"麻辣烫再次向我道歉，"对不起！"

"你什么都没做错，为什么要一遍遍和我道歉？"

麻辣烫如释重负，小心翼翼地绕过我的输液管，抱住我："一生一世的朋友！"

我一只手抱着她的背："一生一世！"以前我们也会在争吵后，抱着彼此，说出这句话，当时说的时候，是嘻嘻哈哈的轻松和满心幸福的愉悦，今日，我却是带着几分悲壮，许出我的承诺。

麻辣烫拿起桌上的保温饭盒，一边喂我喝汤，一边小心翼翼地问："你和陆励成现在是……是什么情形？"

我在大脑里开始做这道复杂的逻辑推理题，陆励成喜欢麻辣烫，陆励成和麻辣烫交往过，麻辣烫抛弃了陆励成，我在这中间应该是个什么位置？哦！对，我喜欢陆励成。我边思索，边缓慢地回答："他是个聪明的人，应该我进公司不久，就明白了我对他的感情，但是也许我的性格并不是他喜欢的类型，所以他一直装做不知道，还特意把我调到宋翊的部门。我去美国出差也是他安排的，我想大概是对我的一种补偿吧！感情上不能回应我，就帮助我的事业。我在纽约的时候，一直给他写信，他却一直不回复。我从美国回来后，他却对我比以前好，还亲自去机场接我。你请我去见宋翊的那天早上，他突然告诉我，他喜欢上了别人，但是那个人不喜欢他，他现在正在重新考虑感情的问题。我特别难过，中饭都没吃，所以晚上见到你，会突然晕倒。后来，我在饭店里撞见他，没忍住就哭了，他把我带到私人洗手间，也许是我哭得太可怜，也许是我最终感动了他，他说愿意和我交往，然后，就是刚才，我知道了他和你交往过。"

作为专门打假的审计师，深谙以假乱真的道理，一番真假错杂的话，时间地点事件纹丝不乱，连我自己都要相信事情的真相就是这样，何况麻辣烫？麻辣烫这一次彻底相信了我爱的是陆励成。

她脸上的表情很难受，似乎就要哭出来的样子，我笑着拍拍她的手，很认真地说："他刚才在电话里告诉我，他会待我很好。这个年龄的人，谁没有个把前男朋友、前女朋友？关键是现在和未来。"

话说完，一抬头，看见宋翊就站在门口，脸色有点苍白，麻辣烫紧张地跳起来，讷讷地问："你来了？"

宋翊看着她，微微一笑，眼中尽是温柔："刚到。"

麻辣烫展颜而笑，如花般绽放，拉住他的手问："外面冷吗？"

宋翊摇摇头，凝视着麻辣烫浮肿的眼睛，眸中是心疼："累吗？"

我闭上了眼睛，锁上了心门，拒绝看、拒绝听！这样的眼神，他是真爱她！

麻辣烫在我耳边轻轻叫我，我紧闭着双眼，没有任何反应。

她压着声音对宋翊说："蔓蔓说陆励成一会儿到，我们在这里等陆励成到了再走。我怕蔓蔓醒来，万一想做什么，身边没人照顾。"

"好。"

麻辣烫低声问宋翊过一会儿去哪里吃饭，听着像是她要宋翊做选择，却偏偏是她自己拿不定主意，一会儿想吃川菜，一会儿又想吃广东菜，一会儿觉得那家太远，一会儿又觉得这家服务不够好。娇声细语中有撒娇的任性，那是女子在深爱自己的男子面前特有的任性，因为知道自己被宠溺，所以才放肆。

陆励成推开房门的一瞬间，我几乎想对他磕头谢恩。他和宋翊寒暄几句后，宋翊和麻辣烫离去。

"他们走了，你可以睁开眼睛了。"

我睁开双眼，看到陆励双臂交叉，抱于胸前，唇边的笑满是讥嘲："装睡有没有装成内伤？需要纸巾吗？"

我盯着他："咱俩同病相怜，何必再相煎太急？"

他挑了挑眉，不在意地说："许怜霜告诉你我和她约会过？"

"是。"

他笑，睨着我说："我今年三十三岁，是一个身体健康的正常男人，你不会认为我只约会过许怜霜一个女人吧？"

我淡嘲："约会过的也许不少，不过要谈婚论嫁的应该不多吧？"

他的笑容一僵，几分悻悻地说："你什么都不知道，不要在这里胡搅蛮缠。"

第一次在言语中占了他的上风，我也没觉得自己快乐一点，疲惫地说："非常感谢你能过来，现在你可以回去了，我自己能照顾自己。"

他淡淡地说："你不是说我们同病相怜吗？一个人黯然神伤，不如两个人抱头痛哭，我请你吃饭，你想去哪里？"

我想了想，伸手去拔手上的输液管，他不但没有阻止，反倒递给我一团棉花止血。

我裹上大衣，陆励成看到衣帽架上还有帽子围巾，拿给我，我下意识地缩了下身子："我不想戴。"他随手扔到病床上，我却又心疼，跑去捡起来，小心地放到包里。

两个人偷偷摸摸地溜到楼下，他让我在避风的角落里躲着，他去开车，等钻进他的车里，我才舒了口气。

"去哪里吃饭？"

我报了一家川菜馆的名字，等停车时，发现是一家淮扬菜系的饭馆。

我瞪着他，他拍拍我的头，笑眯眯地说："这里的师傅手艺一流。"把我拽进饭馆。

他问都没问我，就自作主张地点好了菜，看我一直瞪着他，他说："这个饭馆我比较熟，我点的菜全是师傅最拿手的菜。"

这个师傅所有拿手的菜味道都很清淡，凭借我仍在感冒中的味觉，我几乎吃不出每道菜的差异。我喝酒的提议被陆励成以要开车为由，坚决拒绝，点了一壶菊花茶，配上冰糖，让我一杯一杯地饮，还告诉我："以茶代酒，一样的。"

我有一种上当受骗的感觉，瞪他，他根本看不见，骂他，我没力气，更没勇气，所以，只能闷着头，拨米饭。

想起那天他来接我飞机的异样，我低着脑袋问："你是不是在我下飞机的时候就已经知道了？"

陆励成倒是很知道我问的是什么："是啊！就是因为知道你被许怜霜撬了墙角，所以才去看看你。"

我突然就觉得饱了，把碗推到一边："宋翊不是我的男朋友。我在医院里，从头到尾仔细回想了一遍，宋翊自始至终没有说过喜欢我，全都是我一相情愿，自以为是，所以麻辣烫没有一点错，她若有错，唯一的错误就是对不起你，你尽管可以拿此去说她，但是少用我的事发泄你的不满！"

我最后一句话，说得疾言厉色，陆励成却罕见的没有发作，反倒正色说："好，我以后再不这么说。"

我愣住，他这么好的态度，我一时不能适应："抱歉！我刚才有些急了，别人说我不好都成，我就是不喜欢听别人在我面前说麻辣烫不好。"

陆励成温和地说："我能理解，我有一个哥哥一个姐姐，别人要在我面前说他们不好，我肯定也急。手足之情，血浓于水，我只是没想到你和许怜霜感情能这么深厚。"

"还不是被独生子女政策害的！不过，我们和有血缘的姐妹也差不了多少。麻辣烫是个很好的人，她对感情也很认真，绝不是见异思迁的女子，这一次，真的是有特殊原因……"

陆励成皱眉头，不耐烦地说："男未婚、女未嫁，谁都有选择的自由。她做事还算磊落，刚认识宋翊，就打电话告诉我，她遇见了一个她梦想的人，请我原谅。"

我忍不住地问："这是什么时候的事情？"

他想了想："你回国前三天。"

和我的猜测一样，麻辣烫和宋翊从认识到坠入爱河，统共没几天，其间宋翊还去了新加坡，否则以麻辣烫的性格，宋翊不会到那天晚上才知道我。

我喝了口菊花茶，觉得怎么还这么苦，又往茶杯里加了两大勺冰糖，陆励成凝视着我的动作，平静地说："我不太明白一见钟情的事情，有点意外，不过更多的是好奇，所以派人去打听了一下，没想到竟然是宋翊，他的八字似乎比较克我的八字，也许我该找个风水先生给我转一下运。"陆励成淡淡的自嘲，若有若无的微笑背后看不出隐藏的真实情绪。

茶足饭饱后，他问我："送你回医院？"

我摇头："烧早退了！还住什么？"

他也点头："本来就是心病，倒是再被那两位主照顾下去，估计旧病未好，又给气出新病，真的要住院了。"

在无边无际的悲伤里，我竟然也冒了怒气，特别有扑上去掐死他的欲望，但是，人贵在有自知之明。

"我想回家。"

"好！"他去拿钥匙。

"不是市里的家，是在郊区的家，我爸妈的家。"

"好！"他拿着钥匙，站起来。

"在房山，从这里开车过去至少两个小时。"

"好！"他向外走。

我跟在他后面，提醒他："房山在北京的西南边，昌平在北京的东北边，你回头怎么回去？"

他倚着车门，等我上车，手指摇着钥匙圈，叮叮当当地响："你管我呢！"

我被他噎得差点吐血，直接闭嘴、上车。我的确是突然很想回家，不想回到自己一个人的屋子，可是这么晚了，已经没有班车，计程车也绝不愿走那么远的路，我不怕，师傅还怕呢！所以，我只是一说而已，没想到他竟当真了。既然如此，那我也无须客气。

已经晚上十点多，夜深天寒，街上显得空旷冷清，陆励成的油门踩得很足，牧马人在公路上风驰电掣。我看到商家的装饰，才意识到快要新年了，算了算自己银行里的钱，侧头问陆励成："如果我现在提出辞职，公司会要我赔多少钱？"

陆励成过了一瞬才说："合同是死的，人是活的。你如果提出辞职，宋翊肯定会替你周旋，即使最后要赔偿违约金，应该也没多少钱。"

我心烦意乱，盯着窗外发呆。

"你觉得你现在辞职是个好主意吗？你在许怜霜面前装得这么辛苦，你怎么对她解释你的离职？"

"我去MG是为了你，你都已经被我追到了，我离开也正常。"

陆励成笑起来："你怎么不问问，我愿不愿意陪你演戏？"

"你那天不都陪我演了？我和你双赢，不是挺好？我可以骗过麻辣烫，你可以掩饰你受到伤害……"

"我没有受到伤害！"

我摆了摆手，由得他嘴硬，如果没受到伤害，那天何必要在麻辣烫面前装做是我男朋友？

"好的，你压根儿就不喜欢许怜霜！那你可以证明你没有受到伤害。"

他笑着沉默了会儿，慢悠悠地说："你要辞职就辞职，我懒得掺和！不过许怜霜来问我的话，我就实话实说，苏蔓来MG的原因是想追宋翊，现在宋翊被你抢跑了，她离开也很正常！"

"陆励成！"

"我耳朵没聋，你不用这么大声。"

我盯了他一瞬，忽然觉得一切都没意思的疲倦，我的确没有资格要求他陪我演戏。打开车窗，让寒风扑面，很想大叫，可是连大叫的力气都没有。

陆励成忽地把车窗关上。

我又打开。

陆励成又把车窗关上，我还想再开，他索性把车窗锁定。

我用力摁按钮，却怎么都打不开窗户，苦苦压抑的底线终于爆炸，猛地弯下身子，大哭起来："你究竟想怎么样？你究竟想怎么样？你为什么要这么对我？为什么……"

宋翊，为什么？究竟是为什么？我究竟做错了什么？为什么要是麻辣烫？为什么？

陆励成吓了一跳，立即将车停到路边，刚开始还想安慰我，后来发现，我胡言乱语的对象根本不是他，沉默下来，索性点了根烟，静静地抽着，由着我一个人痛哭失声。

"圣诞节的时候，工作那么忙，他却特意坐十多个小时的飞机，到纽约来看我，只为了陪我过平安夜，第二天又坐十多个小时的飞机赶回北京。平安夜的晚上，我们在可以俯瞰曼哈顿的餐馆吃饭，我们一起在中央公园滑冰，他牵着我的手，带着我在冰上旋转，我们一起大笑，失衡的时候，他为了保护我，宁可自己摔倒。我不明白，我一点都不明白，难道真的是我会错了意？是我自作多情，一相情愿……"

我哽咽着说不出来话，陆励成将纸巾盒放在我手旁，我抽出纸巾又擦眼泪、又擤鼻涕："他从没有亲口说过喜欢我，可是，我以为他的行动已经告诉我他的意思，他也没有说过我是他的女朋友，可我以为他已经把我当做他的女朋友。我不明白，我真的不明白……为什么会这样？"

我一张又一张纸巾地擦着眼泪："为什么会是麻辣烫？如果是别人，我可以去哭、去喊，我可以去争取、去质问，可是，现在我什么都做不了……我连个说话的人都没有，以前我难受的时候，可以去找麻辣烫，她会听我唠叨，会陪我喝酒，会陪我难过，会帮我想主意，可现在，我只能自己问自己，究竟发生了什么？"

一盒纸巾全部被我用完，我一直压抑着的情绪也终于全部暴露，我没有风度，没有气量，其实，我很介意，我很不甘心，我很小气，我不是一个能理智平静、毫不失礼地处理事情的女人。

陆励成眉宇中有浓烈的不屑："也许我能告诉你为什么。"

我用纸巾压着自己的眼睛，让自己平静下来。

"苏蔓，你究竟对许怜霜知道多少？"

我闭着眼睛说："足够让我信任她、爱护她。"

"你知道许怜霜的父亲是谁吗？"

"就是许怜霜的爸爸。"

陆励成笑："不错！还有幽默精神，希望能继续保持。许怜霜的父亲叫许仲晋。"

许仲晋？这名字听着可真耳熟，似乎在哪里见过。

陆励成没有让我继续耗费脑细胞去思索："我们现在一直在争取的超级大客户，中国能源垄断企业××的第一把手，光员工就有167万人。"

　　"那又如何？这是北京！掉一块招牌，砸死十个人，九个都是官。"

　　陆励成鄙夷地问："你到底是不是在金融圈混的人？你究竟知道不知道能源对中国意味着什么？我这样说吧！许仲晋的履历上，上一次的职位是××省的省长，我可以清楚地告诉你，他现任的职位比上一次的职位更有权力。"

　　"什么？"我失声惊问，虽然北京到处都是官，可省长级别的，全中国却没多少。

　　陆励成唇边又浮现出熟悉的讥讽表情："你现在还确定你真的了解许怜霜吗？"

　　我和麻辣烫认识的一幕幕从脑海里急速闪过，我们在网络里认识，我们非常聊得来，然后逐渐到现实，一块儿逛街，一块儿吃饭，一块儿旅游，一块儿做一切的事情。她常常逼我请客，说我的工资比她高。她和我一块儿在淘宝上购物，只为了能节省一两百块钱。我对她衣橱的了解和对自己衣橱的了解一模一样，她好看的衣服很多，但是大牌的衣服没有，最贵的一件是三千多块钱，还是在我的怂恿下买的，因为她穿上真好看。我只知道她在经济开发区的一家德资公司的人力资源部门工作，可她也只知道我在会计师事务所工作，她连我究竟是做审计还是做税务也不清楚，因为隔行如隔山，我懒得给她说，她也懒得听，反正这些不影响我们一块儿探讨哪个牌子的口红好用，哪个饭店的菜好吃。

　　我和麻辣烫都在市内租房住，前年，我爸爸劝我买了一个小单身公寓，麻辣烫说她不想做房奴，所以仍然继续租房住，后来北京的房价大涨价，她就更不想买房了。我没有去过麻辣烫父母家，不过，麻辣烫也没有去过我父母的家，只有一次，妈妈进市里看我，恰好麻辣烫也来找我，我们三个一块儿吃了顿饭。毕竟，是我们两个交朋友，又不是和对方的父母交朋友，所以我们从来没有询问过彼此的家庭，我的态度是，对方愿意讲，我就听，不愿意讲，我也不会刻意去追问，麻辣烫的态度一样，这也正是我们可以如此投契，成为好朋友的原因。

　　从头回忆到尾，麻辣烫并没有欺骗过我，她只是没有说过她是高干子弟。当然，也是我迟钝，麻辣烫只比我大一岁，可是每次我有困难，都是她出手相助，我和她去西双版纳旅游，遇到黑导游，两人被讹诈，困在黑酒店内，我急得蹦蹦跳，她笑嘻嘻地浑没当事，后来也真啥事没有，那个酒店的人客客气气地把我们送出来，我以为是我打110起了作用；我相亲的时候，碰到无赖，被跟踪，被打骚扰电话，我痛苦地差点想逃离北京，是她帮我搞定的，我只知道这个人从我的生活中消失，却不知道他究竟如何消失的，我以为是麻辣烫江湖上的朋友揍了对方一顿；我想进MG，她帮我捏造工作经历，不但工作单位具体，连证人都齐全，我以为是因为麻辣烫做人力资源，交游广阔……

一件件、一桩桩或大或小的事情全都浮现在脑海里，我终于开始接受一个事实，麻辣烫的确不是普通人。

我不知道该怒该喜，喃喃说："我竟然也有幸和太子女交往。"

陆励成深吸了口烟，徐徐吐出烟圈："这也许能回答你为什么宋翊会作这样的选择。"

我的心闷得厉害，胃如同被人用手大力地扭着："能打开门吗？车厢里空气不好。"

他解了锁，我立即拉开车门，跳下车，俯在高速公路的栏杆前吐着，陆励成忙下车，一手替我把头发绾上去，一手帮我拉着大衣。

我们身后，一会儿一辆车急驰而过，车灯照着我们，一会儿大明一会大暗。

翻江倒海地吐完，却没觉得五脏好受，仍然像是被人从各个角度挤压着，整个大脑都在嗡嗡作响。

陆励成递给我一瓶水，我漱了一下口，他推我上车："外面太冷。"

我不肯上车，他说："我不抽烟了。"

我摇头："和你没关系，给我一根烟。"

他递给我一根，打着火机，另一只手替我护着火。我哆嗦着手去点烟，点了两次都没点着，他拿过烟，含在嘴里，头凑在火机前深吸了口，将烟点燃。

他把烟递给我，我捏着烟，一口连着一口地吸着，身子打着哆嗦。他猛地把车门打开，一把把我推到车门前，把暖气调到最大，对着我吹。他站在我身旁，也点了根烟，抽起来。

我一根烟吸完，嗡嗡作响的脑袋总算安静几分，尼古丁虽然有毒，但真是个好东西："再给我一根。"

陆励成又拿了根烟，对着自己的烟，帮我吸燃后，递给我："我觉得我像是带坏好学生的坏学生。"

我吸着烟说："不，你是拯救我的天使。"

他苦笑。

他没有穿外套就下的车，寒风中站得久了，身子不自禁地也有些瑟缩。

"走吧！"我咳嗽了几声，跳上车，他替我关上门后，将烟蒂弹出去，也上了车。

车厢里漆黑，外面的车灯映得我们忽明忽暗，他看着车上的表说："你现在应该不想回家了吧？"

我不知道为什么，精神竟出奇的好，笑着说："我们去跳舞，我知道一个地方，那里的DJ打碟打得超好。"

陆励成没回应我的提议，从车后座提出个塑料袋，扭亮车顶灯，窸窸窣窣了一会儿，把一把药递给我："先吃药。"

我接过药，拿过水，将药全部喝下："你现在不像天使，像我老妈。"

他关掉车顶灯，发动了车子。他将暖气调到最适合的温度，打开音响，轻柔的小提琴流淌出来，在如泣如诉的音乐声中，他专注地驾驭着牧马人，速度越来越快、越来越快，一直奔向夜色的尽头。

引擎声中，我觉得头越来越重，大着舌头问："你给我吃的什么药？"

"感冒药，宁神药。"

"你……你什么时候拿的？"

"离开医院的时候。"

我的眼皮如有千斤重，怎么睁都睁不开："陆……陆励成，你太……太可怕了！"

说完这句话，我就沉入了睡乡。

Chapter 14

梦醒

即便欢乐总是乍现就凋落，你曾给我的梦想，依然是最美的时光。

　　我是被饭菜的香气给诱醒的。半梦半醒间，只觉得阵阵香气扑鼻，而我饿得百爪挠心，立即一个激灵坐起来，一边耸动着鼻子，一边犯晕，谁能告诉我这是哪里？

　　拉开卧室的门，陆励成围着围裙在厨房里忙碌，挥铲舞刀，架势娴熟，看我披头散发地瞪着他发呆，他说："你起来的正好，洗漱一下就可以吃饭了，卫生间的橱柜里有新的牙刷和毛巾。"

　　我扶着墙根，摸进卫生间，满嘴泡沫的时候，终于想清楚自己为何在这里。

　　擦干净脸走出去，一边理头发，一边问："有废旧不用的筷子吗？"

　　"干什么？"

　　"有就给我一根，没有就拉倒！"

　　陆励成扔给我一根新筷子："就用这个吧！"

　　我用筷子把长发绾了个发髻，固定好，打量了一下自己，终于不再落魄得像个女鬼。

陆励成已经脱掉围裙，在布菜，看见我，笑起来："很仙风道骨。"

我想了想，可不是，身上是一件平常充当睡衣的肥大灰T恤，头上是一个道士髻。没等着他盛饭，先吃了一口酿茄子，嘴里不自禁地"唔"了一声，险些整个人都被香倒："陆励成，你何止十八般武艺，你简直二十四项全能。"

他把米饭递给我，假模假式地谦虚："哪里，哪里！"

我笑指着他的脑袋、他的眼睛，他的手："这里，这里，这里……都很能干。"

陆励成大笑起来，我端着米饭碗，一阵风卷残云。他不停地说："慢点，慢点，这次饭菜绝对足够，你不用和我抢。"

我顾不上说话，只是埋头苦吃，本来就饿，菜又实在美味，就连普通的素炒青菜，他都做得色香味俱全。我一大碗饭吃完，才终于慢下来："陆励成，你这样的人，古龙有一句话描绘得很贴切。"

陆励成颇有兴趣地问："哪句话？"

"'有人甚至认为他除了生孩子外，什么都会。'"

陆励成没好气地说："吃你的饭吧！"

我非常有兴趣地问："你的厨艺为什么这么好？难道你曾经有一个客户很喜欢美食？也不对啊！如果他喜欢美食，你搜罗好厨子就行了。难道有人喜欢做菜，所以你为了陪客户，练就一身好厨艺？如果真是这样，客户变态，你比他更变态！"

陆励成不理我，我的好奇心越发旺盛："难道你不是为了客户，而是为了爱情？你曾经的女朋友很喜欢吃你煮的饭菜？"我啧啧感叹，"真看不出来呀！你竟然出得厅堂、入得厨房！"

我一副不得到答案绝不会罢休的姿态，陆励成有点招架不住："你怎么这么八卦？"

"八卦是女人的天职和义务。"我振振有词。

陆励成淡淡地说："五年前，我爸爸得了重病，我接他到北京治病，在他治病的半年多时间，我的厨艺从零飞跃到一百。做饭并不需要天赋，只需要有心。"

我不解地问："五年前你已经算是有钱人了，为什么不请厨子？"

他放下了筷子，眼睛无意识地盯着桌上的菜："我上大学的时候，为了省钱，为了利用假期打工，四年大学我只回过一趟家，大学毕业后，我为了尽快能赚到钱，五年时间只回去过两次，其中一次还是出差顺路。我总觉得我现在拼命一些，是为了将来让父母过更好的生活，更好地孝顺他们。没想到没等到我将来的孝顺，父亲就重病了，我接他到北京治病，愿意花尽我所有的钱，可是再多的钱都留不住父亲，我用钱所能买到的东西都不是父亲需要的，所以我只能每天给他做饭，让他吃到儿子亲手做的菜，与其说我在尽孝，不如说我在弥补自己的愧疚和自责。子欲养而亲不在！这种痛没经历过的人很难体会。"

我觉得很抱歉："对不起，我不该这么八卦的。"

陆励成笑了笑，拿起筷子："没什么，吃饭吧！"

我们默默地吃着饭，电话铃突然响起，陆励成立即放下碗筷去接，显然，知道这个电话号码的人不多，一旦响起，就代表有事。

"是我，嗯，她在这里，嗯，好。"

他转身叫我："苏蔓，过来接电话。"

"我？"我指了指自己的鼻尖，不明白找我的电话怎么能打到他的座机上。

"喂？"

"是我，你要吓死我吗？你知道不知道，我和宋翊差点把整个北京城翻了一遍。"麻辣烫的声音几乎带着哭腔。

我不解："我不就是在这里嘛！"

"我和宋翊吃完晚饭，回去看你，病床是空的，去问医院，医院一问三不知，反过来质问我们。给你打手机，关机；去你家里找你，保安说你没回来过；给你父母家打电话，你妈妈说，你一早儿说过这个周末不回家，让我打你手机，我还不敢多问，怕他们担心，只能含含糊糊地挂了电话；琢磨着你应该和陆励成在一起，给他打手机，手机也是关机。后来，我们没有办法了，宋翊给MG的老头子打电话，说有急事，必须要找到陆励成，那个老头子还挺不乐意，磨蹭了半天，才给我们这个电话号码。你要过二人世界，也好歹给我留个言，你知道我有多担心吗？"

我嗓子发干，说不出来话，麻辣烫急得直叫："苏蔓，你死了？你说句话呀！"

"我没事，我昨天晚上住在陆励成这里。"

电话里沉默了一会儿，麻辣烫的声音有点紧绷："蔓蔓，你怎么了？你是不是在生我的气？"

"没有，我没有生你的气。"

"是不是陆励成给你说了什么？"

"没有，真的没有，我没有生气……"

陆励成把电话拿过去："许小姐，我是陆励成。我和苏蔓正在吃饭，有什么事情，能不能等我们吃完饭再说？"

听不到麻辣烫说什么，只听到陆励成很客气地说："好的，没问题，我会照顾好她，好的，好的，我会让她打开手机，好的，再见！"

他挂了电话："还吃吗？"

我摇头："其实早就吃饱了，只不过味道实在好，所以忍不住多吃点。"

他没说话，开始收拾碗筷，我不好意思："我来洗碗吧！"

"不用！你去吃药，药在桌子上，那个绿瓶子的不用吃。"

我倒了一把黄黄绿绿的药片，一口气吞下去，人的身体受伤了，可以吃药，人的心灵受伤了，该怎么医治呢？

我拿着陆励成的烟和火机，站到窗户边。

推开窗户，冷冽的空气让人精神一振。我点着了烟，在烟雾中打量着四周。

近处，陆励成大概故意没作任何修整，完全就是一片荒地，黑色的牧马人休憩在一片干枯的野草间；远处是成片的果林，灰黑的枝丫上还有一些未化的雪，黑白斑驳，更显得层林萧索。

我一根烟快吸完时，厨房里一直哗啦啦响着的水龙头停了。一瞬后，陆励成站在我身后问："你打算把自己培养成瘾君子吗？"

我转身，与他几乎身贴着身，我朝着他的脸吐了一口烟雾，他皱了下眉头，我仰着头，几乎贴着他的下巴，笑笑地问："你昨天晚上已经知道一切你想知道的信息，你打算怎么做？"

他退后一步，也笑："我本来希望你能做些什么。"

"那你要失望了！我不打算跑到麻辣烫面前去指控宋翊，因为我相信宋翊不是那样的人，他是真爱麻辣烫，你若看到他看她的眼神就会明白。"

"那他对你呢？我相信所有他对你的行动，由麻辣烫来判断，显示的也是一个'爱'字。"

"他对我做了什么？我怎么什么都不知道？"我忽闪着大眼睛，迷惑地问。

陆励成盯着我不说话，我吸了口烟，手指夹着烟说："制造谣言攻击竞争对手可不是陆励成这样身份的人该做的。"

陆励成摇着头笑："苏蔓，你真不错！"

"谢谢，我跟着最好的师父在学习。"我向他眨了眨眼睛。

他苦笑："谢谢夸赞。"

我靠着窗户，打量着他："你似乎也不怎么失望，能和我交流一下吗？你打算如何拆散宋翊和麻辣烫？"

"正在思索，还没一个完美的计划。本来想利用你，结果你不配合。"

我捂着肚子笑，又点了一支烟，转过身子，趴在窗户上，望着远方，吸着烟。他站到我身旁，也点燃了一支烟："宋翊究竟有什么好？你就一点不恨他？"

我想了又想："不恨！因为他绝不是因为你想的原因选择麻辣烫，他一定有他的原因，也许，他只是被我感动，真爱的却是麻辣烫"。

陆励成不屑地冷笑："看来我真的老了，我完全没办法理解他和许怜霜的一见钟情，我以为宋翊也早该过了这个年龄。除了许怜霜的出身，我看不出来任何原因能让一个而立之年的男人突然之间就爱上了一个陌生人，特别是……"我侧头看他，他也侧头看向我，凝视着我说，"特别是他还有你！"

我心里震了一下，猛地扭过了头："多谢谬赞。"

他连吐了三个烟圈："我一直不肯承认宋翊占优势，可是现在，结果似乎已经明朗，我不得不考虑，离开MG之后，该去哪里。"

我笑起来："真不像是陆励成的语气呢！"

他也笑："事情真到了这一步，失败似乎也不是想象中那么难以接受。"

我想了一会儿，郑重地说："我想事情不会像你所想的那样发展，麻辣烫的性格，显然是很讨厌别人把她和她老爸联系在一起，宋翊是个非常骄傲、也非常自信的人，我不觉得他会借重麻辣烫老爸的势力，那是对他自己能力的一种侮辱，所以，你大可不必把许仲晋这个超重筹码放在宋翊一边，因为宋翊根本不会用。"

陆励成瞟了我一眼，讥嘲地说："你对宋翊的判断？"一副你若能判断正确宋翊，人怎么会在这里的表情。

我忍着胸中翻涌的酸涩说："不信我们打赌！只要你不说，宋翊肯定不会让MG的任何人知道他与许仲晋的女儿是男女朋友关系。"

"好！赌约是什么？别说我陪不陪你做戏的事情，那个另谈。"

我想了半天，才终于想出来了一些东西，"你以后不许再吓唬我、欺负我、要挟我，还有把我的简历还给我！"

"就这个？"他很是不屑，"你的那张假简历，我早已经丢进碎纸机，人力资源部那里压根儿没有关于你过去工作经历的任何文件，等她们发现的时候，肯定以为是自己疏忽大意弄丢了你的文件，顶多让你再补交一份。"

"啊？"我难以接受这个事实。

他嘲笑："我用你为我做事，难道我还等着Linda这样的人去揭你的老底，拆我的台？你到底有没有脑子？林清怎么教出了你这么个笨徒弟？"

原来，我当时的焦急、担心都是多余。

他闲闲地说："我告诉你，是不想讹你了，你重新想赌金。"

我气鼓鼓地嚷："你输了就给我做一辈子饭！"

他怔了一下，面无表情地定定看着我，我知道他现在又在心里讥讽我是疯子，我泄气："我想不出来赌金，你说吧！"

他淡淡说："这是我第一次希望结果是我输。我输了，你可以任意提要求，我若赢了……"他想了一会儿，"我若赢了，你就陪我喝场酒吧！全当给我送行！"

他说得云淡风轻，我心里却弥漫起了伤感，连我都不知道自己现在究竟是希望宋翊赢，还是陆励成赢。为什么不能赢就要输，为什么不是胜利就要失败，为什么聚会后是告别，为什么良辰美景总不长，为什么天长地久是奢望？

当天晚上，正当我坐在我的大床上，思考我的过去、现在和未来时，有人咚咚地敲门，我跑去开门："谁？"

"我！"

打开门，麻辣烫提着个小行李冲进来："我今天晚上和你一起睡。"

浴室里，她的牙刷、毛巾、浴巾都有，所以我没有理会她，又爬回床上，不过思绪已经乱了。

麻辣烫冲洗完，跑到厨房里烧水，熟门熟路地找出我的茶具和玫瑰花，又从冰箱里拿出半个柠檬，切成片，在白瓷碟里摆好。水开后，她泡好玫瑰花，端着茶盘和柠檬坐到我床前的地毯上，用手拍了拍她身边的位置，"过来。"

我抱着我的枕头，乖乖地坐过去，她倒了两杯玫瑰水，又往里面滴了几滴柠檬，一杯端给我，一杯自己喝。

"说吧！陆励成都告诉了你些什么？"

我凝视着杯子里徐徐开放的玫瑰花："也没说什么，就是介绍了你的父亲。"

麻辣烫放下茶杯，一边取下头上的浴巾擦头发，一边说："我就猜到他说这个了。"

我把杯子放在手掌心里徐徐地转动着，既可以闻玫瑰花的香气，也可以暖和手。

麻辣烫俯下身子看我："你说实话，你生气了没？"

"刚听到的时候，有些吃惊，也有些生气，更多的是吃惊，现在没什么感觉了。"

麻辣烫抱住我，头靠在我肩头："我就知道你舍不得生我的气。"

我笑："呸！是没力气生气，不是舍不得。"

麻辣烫咕咕地笑，笑了会儿，她央求我："帮我掏耳朵吧？"

麻辣烫最喜欢我帮她掏耳朵，有时候，我给她掏耳朵的时候，她能晕乎乎地就睡着。

我"嗯"了一声，她立即去卫生间里拿棉签。

她把茶盘推开一些，躺到我腿上，我先用柠檬水把两片化妆棉浸湿，放到她的眼睛上，然后打开台灯，细心地把她的头发分开，用卡子固定好，开始给她掏耳朵。她惬意地躺着，很是享受，像是一只慵懒的猫咪。

"蔓蔓，我爸爸是我爸爸，我是我，我这辈子最恨的事情有两件，第一件是我的名字，第二件是我的姓，我常常想，如果我不姓许，我不叫怜霜，我这一生也许会幸福很多。我最庆幸的事情就是认识了你，你知道吗？我在遇见你之前，根本不知道什么叫大笑，是你教会了我享受生活中平常的快乐，我们能坐在路边，喝一瓶啤酒喝得哈哈大笑，还能吃小龙虾，辣得直笑，你带我去逛街，买一条漂亮的丝巾，你就能高兴半天。我可以告诉你，遇见你之前，我一直很纳闷老天究竟为什么让我出生到这个世界上，现在，我已经不关心这个问题。我们家的破事，我是巴不得永生永世不要想起，过去的事情，我想永远忘记，我只想向前看，我只想做麻辣烫，没心没肺、高高兴兴地生活，你明白吗？"

"我明白。我以前不关心你家的事情，以后也没兴趣，所以你现在没必要这么啰唆。"

我让她转身，继续帮她掏另一只耳朵。她取下了一只眼睛上的化妆棉，眯着眼睛看我，嘴角不怀好意地笑着："那我们讲些有意思的事情。你昨天晚上和陆励成都干了些什么？"

我笑："做了一些坏事。"

麻辣烫立即大叫"住手"，一个骨碌坐起来，眼巴巴地盯着我："疼吗？"

"不疼。"

"快乐吗？"

"挺快乐！"

"有多快乐，真的像书上说的'欲仙欲死'？"

麻辣烫一脸兴奋好奇，我笑得抱着枕头在地毯上打滚："喷云吐雾般的快乐。"

麻辣烫侧着头琢磨，满脸困惑不解，我扑过去，捏着她的鼻子叫："色女！色女！我和陆励成一起抽烟来着，你想入非非到哪里去了？"

麻辣烫脸上挂满了失望，伸手来打我："你自己有意误导我，是你色，还是我色？"

两个人拳打脚踢在地毯上扭成一团，打累了，都趴在垫子上大喘气，她喝了口茶说："我有一句话，不过是忠言逆耳。"

"你说吧！"

"陆励成这人花花肠子有点多，心思又深得可以和我爸有一比，我怕你降不住他，你对他稍微若即若离一点，别一股脑地就扎进去。"

"你给我传授如何和男人打交道？"我鄙夷不屑地看着她，"我不是老寿星吃砒霜，活腻了嘛！"

麻辣烫把一个垫子砸向我，成功地阻止了我的出言不逊。我头埋在垫子里，心里麻木，语气轻快地说："麻辣烫，答应我件事情，我和陆励成的事情你不要过问，我也不问你和宋翊的事情，我们彼此保留一点私人空间。"

她用脚踹我："我一直给你足够的私人空间，从你辞职开始，从头到尾我几时啰唆过？"她长长地吐了口气，幽幽地说，"我三岁的时候就已经知道，男女感情这种事情，只有自己知道冷暖，别人说什么都没用。"

她的语气里有远超过年龄的沧桑，房间里一时间也漫起一股荒凉。我坐起来，笑着说："我饿了，要不要吃蛋炒饭？"

麻辣烫欣喜地点头："我要里面再放点虾仁，最好还能有一点点胡萝卜。"

麻辣烫十指不沾阳春水，我能下厨，但厨技一般，除了熬粥，蛋炒饭做得很好，是麻辣烫的最爱。我边打鸡蛋边怀念陆励成的厨艺，这人要是不做投行了，去开个饭馆，肯定也能日进斗金。

吃吃喝喝、说说笑笑地闹完，麻辣烫的心事尽去，很快就睡着，而我却睁着眼睛，望着天花板发呆。躺得脊椎酸疼，只得爬起来，拿出陆励成帮我开的宁神药，吞了两颗，这才终于睡着。

早上起来仍觉得累，一点不像是刚休息过的感觉，这就是吃药入睡的副作用，不过，失眠更痛苦，两害相衡，只能取其轻。

洗脸池只有一个，所以不和麻辣烫去抢，她打仗一样洗漱完，一边抹口红，一边往楼下冲："要迟到了，先走了。你要想睡就睡，我会打电话让宋翊再给你一天假。"

等她走了，我爬起来洗漱。逃得了初一，逃不过十五，总归是要面对的。细心绾好发髻，化上淡妆，挑了套很庄重的套装，看到首饰盒里不知道什么时候买的一对藏银骷髅戒指，拿出来，一大一小，正好一个戴大拇指，一个戴食指。

Karen看到我的时候，很意外："Alex说你生病了。"

"已经快好了。"

陆励成和宋翊一前一后从办公室出来，看到我都愣了一下，不过，紧接着陆励成就上下打量着我笑起来，宋翊却是脸色有些苍白，视线越过了我，看向别处。

Karen拿着一堆文件走到宋翊身边给他看，两人低声说着话。

陆励成走到我桌子边，笑说："比我想象的有勇气，我还以为你至少要在家里再躲三天。"

我"哼"了一声没理会他，自顾自打开电脑，开始工作，他看到我手上的骷髅戒指，笑咳了一声："你的青春叛逆期看来比别人晚来。"

我抬头看他："你今天心情出奇的好？"

宋翊在办公室门口叫他："Elliott，时间快到了。"

他笑着说："是呀，我今天心情非常好。"说完，就和宋翊一起出了办公室。

办公室里鸦雀无声，我埋着头工作，总觉得不对劲，一抬头，看见所有人都盯着我："怎么了？"

Peter一声怪叫："怎么了？你说怎么了？你没看到Elliott刚才和你说话的表情吗？"

我的视线又回到显示屏上："少见多怪！你不会天真到以为Elliott对着Mike和客户也是一张扑克牌脸吧？"

大家都笑，Karen说："我作证，他和Alex说话的时候，常笑容满面。"

Peter嘴里仍嘟嘟囔囔，众人都不去理会他。

屏幕上的字涣散不清，我努力了好几次，仍然不能集中精力，索性作罢。对着电脑，手放在键盘上，摆了个认真工作的姿势，脑子里却不知所想。我并不坚强，虽然我在逼迫着自己坚强，人前还能把面具戴着，可只要没人注意了，那个面具立即就会破裂。

听到宋翊和Karen说话的声音，我猛地惊醒，一看电脑上的表，竟才过了一个小时，这度秒如年的煎熬实在难以承受。

起身走出办公室，找了个无人的角落打电话，电话刚响，陆励成就接了："怎么了？"

"我中午想见你一面，成吗？"

"好。"他想了想，说，"就在我们第一次见面的咖啡厅吧！那里清静，方便说话。"

我收了电话，低着头，拖着步子往回走，走进办公室真的需要勇气。

一个人从办公室里面快步出来，两个人撞了个结实，我人还在病中，本来就有些头重脚轻，此时又心神涣散，立即跟跟跄跄地向后倒去。来者抓住我的胳膊，想扶住我。

"对不……"一抬头，看见竟是宋翊，身子下意识地更用力地向后退去，一边用力地想挣脱他。

我的反应让他眼中闪过伤楚，身子猛地僵住，手也不自觉地松开，我本来就在后退，此时又失去拉力，重心后倾，人重重地摔坐在地上。

他想伸手扶，伸到一半，却又停住，只是看着我，黑眸中有挣扎和伤痛。我的心纠结着疼，却只能强迫自己视而不见，撇过头，站起来，一句话没说地从他身边一瘸一拐地绕进了办公室。

中午我到咖啡厅时，陆励成已经在那里，坐在我们第一次见面坐过的位置上。

看到一瘸一拐的我，他笑："你这旧伤还未去，怎么又添了新伤？"

我坐到他对面，急切地说："请你、请你答应我一件事情。请你帮我换一个部门，去哪里都行。"

他喝了口咖啡，淡淡地说："好，年底我这边正好缺人。"

我如释重负："谢谢！谢谢！"

他沉默地喝着咖啡，吃着三明治，服务生过来问我需要什么，我指了指陆励成所点的东西，心不在焉地说："和他一样。"

目光无意识地投向窗外，却恰好看见那个最熟悉的人的身影，一袭黑色大衣，正从玻璃大门走出来，一直半低着头，心事重重的样子，身影间凝着模糊不清的哀伤。

虽然看到他，就会觉得心痛，可视线却舍不得移开，从来没想到，有一天，连看他都会成为一种奢望，不过，现在，在这个无人知道的角落里，我仍然能够凝视他吧！

陆励成的声音突然响起："你上次来这里，是为了看他？"

我心猛地一惊，下意识地就想否认："听不懂你在说什么……"可又立即清醒。他已经看过我太多的丑行，知道我太多的秘密，否认在他面前只是多此一举。

服务生端来我的咖啡和三明治，我低着头开始吃东西，避免说话的尴尬。

陆励成沉默地看着我，我抬头看他，他的视线却猛地移开，竟好似躲避我。我正吃惊，这不是他的性格，他却又看向我，目中含着几分嘲笑说："我会尽快调你过来。"

我知道他在嘲笑我当年费尽心机地接近宋翊，如今却又含辛茹苦地想远离他，的确很讽刺。

"谢谢！"

我叫服务生结账："我来埋单吧！"

陆励成没有和我争，对服务生指指我只咬了几口的三明治："打包。"

我想出言反对，他没等我开口，就说："你现在不饿，不代表你过一会儿不饿。"

无数实践经验证明，我和陆励成争执的结果都是我输，所以，我决定默默接受他的决定。

陆励成的效率很高，第二天，我就接到通知，被借调到他的部门。收拾办公桌的时候，Peter他们过来帮忙，和我告别，嘻嘻哈哈地说："明年再见！"新年快到，大家的心情都格外好。

从我收拾东西到离开，宋翊一直在办公室里，没有通常的告别，没有礼貌的再见，自始至终，在这件事情上，他没有说过一句话。

等在新桌子前坐定，Young过来和我说话，想起几个月前，恍如做梦，兜了一大圈子，我竟然又回到原地。可是，当时是充满希望的憧憬，如今，却是满心绝望的逃避。

正在伤感，Helen进来通知我们去开会。

陆励成说缺人手，果然缺人手，等从会议室出来，大家都面色严肃，没有了说笑的心思。如果不全力以赴，只怕今年的春节都过不舒坦，所以大家宁可现在苦一些，也要新年好好休息。

繁重的工作压得我没有时间伤感，每日里的感觉就是忙、忙、忙！

晚上，常常加班到深夜，电脑那头却再没有一个人陪伴。MSN已经很久没有上过，我甚至已经从桌面上删除了它的快捷方式。

周末的晚上，做完手头的分析表，时间却还早，望着显示屏发了会儿呆，不知道为什么，竟然点开了MSN。也许是因为这样的夜晚太孤寂，思念如影随形，令人无处可逃，让我想看看他曾说过的话；也许是因为现在才十点多，作为有女朋友的人，他不可能出现在网络上。所以，我放心大胆地纵容了自己的思念。

没想到他的头像竟然亮着，一个对话框弹出："我以为你不会再登录了。"

我如同在现实中突然看到他，茫然无措中只想夺路而逃，立即就点叉叉，关闭了MSN。可一会儿后，我又不能控制自己，再次登录MSN，只不过这一次，我选择的是显示为离线状态。

他没有再给我发消息，可头像却一直亮着。我盯着他的头像，如同凝视着他的背影。我总是要在他身后，才可以放心大胆地看他。以后，我们无可避免地要继续打交道，难道我就永远这么逃避他吗？

我将头像又变成亮的，显示我上线："不好意思，刚才刚登录，电脑突然死机，就掉线了。"

"没关系。"

我对着电脑屏幕笑，多么有礼有节的对话！

他问我："你最近好吗？"

"很好！拜陆励成所赐，我连接电话的工夫都没有，没有太多时间想太多事情。"我知道他在婉转地问什么，所以也婉转地告诉了他希望听到的答案。

很久后，他说："对不起，我不知道你和怜霜是好朋友。"

"这和我们是不是朋友有什么关系？"

"我当时不知道该怎么面对你，所以我逃到了新加坡。"

不！我需要的不是解释！我紧咬着唇，在键盘上敲字："如果你真的觉得抱歉，我想问你一个问题。"

"你问。"

"你究竟有没有喜欢过我？"

电脑屏幕上一片死寂，我不甘心地继续问："你有没有真的喜欢过我？哪怕只一点点。"

仍然没有任何回复，我趴在桌子上苦笑着，一个字母、一个字母地键入："你不用为难了，我想你已经告诉我答案。无论如何，谢谢你，你给了我世界上最华美、最幸福的一场梦，虽然梦醒后，我一无所有，可在梦里，我曾无比快乐过！"

我点击关闭，退出MSN，关闭了电脑。

走到窗前，拉开窗帘，眼前万家灯火，我却孤单一人。拿过手机，想找个人说话，却不知道可以给谁打，我的心事不能倾吐给我唯一可以倾吐心事的朋友。只能摆弄着手机，放手机铃声给自己听。

野地里风吹得凶，无视于人的苦痛，仿佛把一切要全掏空。往事虽已尘封，然而那旧日烟花，恍如今夜霓虹。也许在某个时空，某一个陨落的梦，几世暗暗留在了心中。等一次心念转动，等一次情潮翻涌，隔世与你相逢。谁能够无动于衷，如那世世不变的苍穹……不想只怕是没有用，情潮若是翻涌，谁又能够从容，轻易放过爱的影踪。如波涛之汹涌，似冰雪之消融，心只顾暗自蠢动，而前世已远，来生仍未见，情若深又有谁顾得了痛……

今夜，城市霓虹闪烁，我站在窗前，一遍遍给自己用手机放着歌听，直到电池用完。

Chapter 15

思念

本以为消逝的一切都已死去，不曾想它们还凝聚在你的心间，
那里留存着爱，和爱的一切。

周末回家，过衣来伸手、饭来张口的米虫生活，正打算和老爸老妈商量春节怎么过，没想到老爸老妈给我一个大大的意外。

"蔓蔓，你能照顾好自己吧？"老妈的疑问句下，潜台词已经很明显。

我只能盯着他们的机票点头："能照顾好。"

老妈拿着件泳衣问我："你看我穿这个可好？'

我依旧只能点头："很好！"

老妈把自己的泳衣放进行李箱，又拿出一件同花色的泳裤给我看："这是我给你爸爸买的，挺好看的吧？"

"好看！像情侣装。"

老妈得意地笑："这叫夫妻装。"

我把机票翻来覆去研究半晌后，终于确定一切都是真实的："妈，你们要去东南亚玩，怎么也不事先告诉我一声？"

老妈给我一记白眼："人家电视上说，要追求生活的惊喜，这是我给你爸爸的惊喜，我干吗要告诉你？"

我郁闷："那我春节怎么办？"

妈妈一边叠衣服，一边不阴不阳地说："你怎么办？我怎么知道？老李的丫头，和你一样大，春节和老公一块儿去欧洲玩，人家就怕节假日不够，可不像你，还会嫌弃节假日多。前段时间刚看你有点起色，结果最近又没消息……"

这个话题，我永远说不过她，只能赶紧转移话题："那好吧！亲爱的老妈大人，我举双手，加双脚支持你们去东南亚欢度第二次蜜月还不行吗？"

妈妈笑眯眯地说："我和你爸爸第一次出国，你过来帮我看看，还需要带什么？"

我过去帮她检查装备："妈，总共多少钱？我来出吧！到了路上，想吃的、想玩的，都不要省，你女儿我虽然没大出息，去一趟东南亚的钱还有。"父母都是普通工薪阶层，一个月的退休工资总共三千多块钱，本来家里还是有些积蓄的，但是爸爸大病一场后，已经全部清空。我买房的时候，全是靠自己的积蓄，所以首付少，月供高，为这事，爸爸暗地里叹了很多次气。

妈妈还没回答，刚进屋，正在脱鞋的爸爸就发话了："你好好供你的房子！我和你妈知道怎么花钱。"

妈妈也开始唠叨："是啊！蔓蔓，爸爸妈妈虽没能力帮你置办嫁妆，照顾自己的能力还有，你就不要瞎操心了。你现在最主要的任务是找个男朋友，赶紧结婚，等你安定下来，你爸和我的一块心病也就放下了。那个宋翊……"

"小茹！"爸爸叫妈妈的名字，打断她的唠叨，"好了！好了！明年咱家蔓蔓肯定有好运气。"

我不敢再多说，只能低着头，帮他们收拾行李，每一件东西都用中英文注明爸妈的姓名和联系电话，以及我的联系方式，作为紧急联系方式。

妈妈小声给爸爸说："我听说泰国的寺庙求婚姻很灵验的，我们要不要准备些香火？要不然到了寺庙门口再买，只怕贵得很！"

老爸用胳膊肘推她，妈妈偷偷看了我一眼，不再说话。

大年二十七，请了半天假，去送老爸老妈，老妈特意做了新发型，老爸戴着一顶白色棒球帽，两个人都特意气风发。旅行团里还有不少老头老太太，但我怎么看，都觉得我爸我妈最好看。

特意找导游说话，把一张四百元的雅诗兰黛专柜礼品卡，连着我的名片一块儿递给她，小姑娘快速瞟一眼，立即收下，满脸笑容地让我放心，说一定会照顾好我爸妈，让他们有一次难忘的旅游经历。

出了机场，长嘘口气，只觉得北京又大又空，未来将近十天的假，我是真不知道怎么过。

晚上，麻辣烫叫我出去吃饭，我拒绝的借口还没想好，她已经一连串的话："我已经给陆励成打过电话，他已经同意，你老板都不打算加班了，你也少卖点命。"

我只能和陆励成"甜甜蜜蜜"地赴宴，麻辣烫看到我，二话没说，先给我一瓶啤酒："你现在是架子越来越大了，约你出来吃个饭，比登天还难！"

我打开啤酒，一口气喝了半瓶，麻辣烫才算满意。

"你最近究竟在忙什么？你爸妈都不打算在北京过春节了，也不需要你帮忙准备年货呀！"

我指指陆励成："问他！"

麻辣烫估计已经知道陆励成和宋翊的尴尬关系，所以牵涉到工作，她也不好多问，只能鼓着腮帮子说："再忙也要过年吧！"

我说："明天东西应该就能全部做完，下午同事就开始陆续撤了，回老家的回老家，出去旅游的出去旅游。"

"你呢？"麻辣烫眼巴巴地看着我。

"我？我就吃饺子，看春节晚会。"

麻辣烫从鼻子里出了口气，表示极度鄙视："和我们一起去海南玩吧！机票、酒店都没问题。"麻辣烫把酒店的图片拿给我看，细白的沙滩、碧蓝的海水，火红的花，侍者穿着飘逸的纱丽，笑容可掬地欢迎我。

麻辣烫翻到内页："看到了吗？这个酒店的游泳池连着海，到时候北京天寒地冻，我们却在海边晒太阳，喝鸡尾酒，点评美女帅哥，晚上就着月光去海里游泳。蔓蔓，我们以前可是说过，一起去海南潜水的。"

我瞟了眼宋翊，他脸上挂着千年不变的微笑，我低着头，装做专心看宣传图册，心里盘算着怎么拒绝麻辣烫。

麻辣烫见我不说话，又去做陆励成的思想工作："怎么样？四个人一起去玩，会很有意思。"

陆励成微笑："我很想去，但是我已经答应家里，今年春节回家过。农村里很注重春节传统，家里的祭祖，我已经缺席两年，今年不能再缺席。"

"啊？"麻辣烫先失望，继而不满，"那蔓蔓呢？如果我们不叫她去海南，你就打算留她一个人在北京呀？你也太过分了吧！幸亏蔓蔓还有我们……"

我心里一动，立即说："当然不是了。其实……其实……我是和他去他家里吃饺子、看春节晚会，只是……只是刚才没太好意思说。"

陆励成侧头看我，我对着他微笑，眼中全是请求。他微笑着，握住我放在桌子上的手说："是啊！她脸皮薄，而且我们的事还没想好怎么告诉她父母，所以本来想保密的。"

我安心了，低下头，把一切的麻烦都交给他处理，麻辣烫果然不开心起来，大发雷霆，说我这么大的事情居然不告诉她，可陆励成是长袖善舞的人，宋翊也不弱，两个超级人精哄她一个，最后，麻辣烫开开心心地祝福我们一路平安。

"你们什么时候走？"

陆励成顿了顿，才说："后天早上的机票。"

麻辣烫兴冲冲地对宋翊说："我们是下午六点多的机票，早上去送他们吧？"

宋翊简单地应道："好。"

我立即对麻辣烫说："不用了，不用了！"

"没事的，我明天就放假了，闲着也是闲着，就这样说定了，我和宋翊去送你们。"

我很无力、也很仇恨地瞪着麻辣烫。天哪！这是春节啊！别说我压根儿不想去陆励成家，就是我现在想去，我也变不出来一张机票呀！陆励成捏了一下我的手，示意我稍安勿躁，笑着说："那就恭敬不如从命了，正好我的行李多得吓人。"

"没事，宋翊看着文质彬彬，其实他力气可大了。"麻辣烫很是豪爽，一副"哥们儿，你千万别把我们当外人的样子"。

晚饭中，宋翊温和地沉默着，我忐忑地沉默着，陆励成和麻辣烫倒是谈笑风生。我发现一个很奇怪的现象，麻辣烫很喜欢我们四个一起活动，可但凡我们四个一起活动时，宋翊和我总是不怎么说话，她和陆励成往往有说有笑，不知道的人会以为我和宋翊是灯泡，他俩才是一对。

晚饭吃完，目送他们上了计程车，我立即对着陆励成跳脚："怎么办？怎么办？你为什么刚才不拒绝麻辣烫，为什么？"

陆励成皱着眉头说："你这会儿有力气了？刚才是谁在做哑巴？"

我抓着头发，恨不得一头去撞死："我能说什么？麻辣烫的脾气历来都是那个样子，又倔又犟又冲，我若硬不让她去，她肯定立即问我：'你什么意思？'"

陆励成拉开车门，把我推进车里，我抱着脑袋痛苦，我该怎么和麻辣烫解释，想着后天早上的场景，我就不寒而栗。麻辣烫发现我不去陆励成家了；发现我压根儿没有机票；发现我根本就是说谎；发现我竟然为了不和她去海南，不惜撒谎……天哪！

正抱着脑袋痛苦，听到陆励成一边开车一边打电话："我是陆励成，我想换一下机票，嗯，对！一个人的，明天下午的机票，我想换到后天早上，另外我要两张……我知道现在是春运，我知道机票很紧张……我一定要两张机票，我已经特意延迟时间，给你们时间去处理，如果你们仍没有两张机票，就烦请你把我的会员卡直接取消。"

陆励成挂断电话，几分钟后，电话响起来，他没理会，等它响了一会儿，他才接起，笑着说："你好，陈经理，嗯，对，就是为了机票，真不好意思，竟让你这么晚打电话过来，当然不会了，好的，没问题，春节后一起吃饭，不过是我请客，哪里，哪里，多谢。"

他挂了电话，简单地说："后天早上的机票，你准备行李吧！"

我长嘘口气，终于得救了，可是……慢着！我要去陆励成的老家！我的头又疼起来。

陆励成看我又在摧残自己的头发，温和地说："你不用把事情想得太复杂，我老家的风景很不错，你就全当是去乡下度假。"

我只能抱着脑袋，哼哼唧唧。

和麻辣烫在机场挥泪告别，麻辣烫以为我紧张担心、舍不得她，一直拉着我说悄悄话，嘱咐我以不变应万变，我一直点头，彻底贯彻了以不变应万变。

我含着眼泪上了飞机，陆励成看得无奈："你能不能换一副表情，不知道的人以为我逼良为娼。"

我的习惯是一紧张就觉得口干,就要喝水,喝了水就要去卫生间,所以我一直坐下起来、出出进进。因为是商务舱,空中小姐服务周到,特意过来问我是否感觉不舒服,陆励成的声音从报纸后面传出:"你们少给她点水,不要理她,她就好了。"

空中小姐愕然,我一把拉下他的报纸,让他的面容暴露于大家面前,想装做不认识我,门儿都没有!

我可怜兮兮地看住空中小姐:"能再给我一瓶水吗?"

空姐瞟了眼陆励成,去给我拿水。

陆励成又想用报纸挡脸,我立即抢过他的报纸:"别装模作样了!要不然你住你家,我去住旅馆,你过你的春节,我就当是旅游……"

"我家距离飞机场还有六七个小时的路程,如果你有精力,我建议你多休息休息。"

啊?这样啊,原来不是一下飞机就会见到他的家人,我立即手脚舒展,口也不渴了,空姐把水递给我,我把水拿给他:"赏你喝了。"

陆励成把水接过,放到一边:"你爸爸妈妈玩得可好?"

"好!"提起爸妈我就想笑,"昨天刚和他们通过电话,人精神得不得了。"我眉飞色舞地给他讲我爸妈之间的趣事,吹嘘我妈的厨艺是如何惊天动地、我爸是如何玉树临风,他一直含笑而听,飞机上的时间过得好似很快。

等出了机场,陆励成边走边打电话,一个二十多岁的小伙子出现在我们面前,高大魁梧、皮肤黝黑,上前重重抱了一下陆励成,眼睛却一直望着我,笑得嘴都合不拢。他一只手就把我所有的行李拿走,又去提陆励成的行李。陆励成先把水瓶递给我,然后才介绍来人:"这是我姐姐的孩子,我的外甥,刘海涛,小名涛子,你叫他涛子就可以了。"又对小伙子说:"这是苏蔓,我……我的朋友。"

刘海涛立即爽脆地叫了一声"苏阿姨",明亮的眼睛里全是笑意。

我当场脚下一个趔趄,差点儿跌到地上,幸亏陆励成眼明手快,拽住了我。我嘴里发干,难以接受这个事实,赶紧喝了几口水,看着前面昂首阔步的小伙子:"他多大?"

"二十,我姐比我大八岁,农村里女孩子结婚得早。"

"你没有说,有人来接机。"

"你也没有问。"

我小声嘟囔："你知不知道，公司里和他差不多大的实习生，我还当他们是同龄人呢！莫名其妙就被这么大个人叫阿姨，真需要一颗坚强的心脏。"

陆励成笑问："那你想让他叫你什么，苏姐姐？"

我打了个寒战，赶紧摇手。

涛子的车是一辆小型的农用客货两用车，后面已经堆了不少物品。他拿出塑料包装袋将我的行李包好后，才放到货车上，我连着说："不用了，不用了，没什么贵重东西。"他却手脚麻利，一边和陆励成说着话，一边已经把一切都弄妥当。

上车后，发觉车里干净得不像旧车，涛子笑嘻嘻地说："临来前，我妈特意洗了车，又换了一套新坐垫。"

我笑对陆励成说："你姐姐很重视你呀！"

涛子朝陆励成眨眼睛："重视的倒不是……"陆励成一个巴掌拍到他后脑勺上，"开车！"

涛子一边开车，一边说："苏阿姨，座位上有一条毯子，是干净的，待会儿你若累了，就睡一会儿。座位底下有水和饼干，还有酸话梅。怕你坐不惯这车，会晕车，吃点酸的，可以压一下。"

我咋舌："你有女朋友了吗？这么细心周到？"

陆励成也拿眼瞅着涛子，涛子满脸通红："没有！没有！我舅都没解决呢！我哪里敢……"

涛子后脑勺上又挨了一巴掌，他对陆励成敢怒不敢言，只能对我说："苏阿姨，知道我有多可怜了吧！从小到大，我都是这么被我舅欺负的，这就是我为什么宁死也不去北京上大学的原因。"

我笑："彼此，彼此！我在办公室里也被他欺负得够呛。"

涛子很活泼健谈，在农大读大三，陆励成和他之间像好朋友，多过像长辈晚辈，说说笑笑中，刚见面的局促已淡去。

进入盘山公路，道路越来越难开，盘绕回旋的公路上只能跑一辆车，有的地方几乎紧贴着悬崖边，时不时，对面还会来车，需要让车。我看得心惊胆战，陆励成安慰我："涛子十五六岁已经开始开车，是老司机了，而且这段路他常跑，不用担心。"

涛子也说："苏阿姨，你可别紧张，这样的盘山公路看着惊险，但只要天气好，很少出事，因为司机注意力高度集中呀！反倒是平坦大路上经常出事，我这话可不是胡说，有科学数据支持的。"

借着一个错车，停车让路时，陆励成坐到后面来，指着四周的山岭、徐徐而谈，从李白的"朝辞白帝彩云间"讲起，让我看山脚下的嘉陵江："这就是李白坐舟的江。"一湾碧水在山谷中奔腾，两岸的松树呈现一种近乎于黑的墨绿色，悬崖峭壁沉默地立于天地间，北方山势的苍凉雄厚尽显无遗。

"我们现在走的这条路，在古代也很有名。这里是入蜀的必经之路，山高林密，道路险阻，已经灭绝的华南虎就曾在这一带出没，还有黑熊和豹子。在古代行走这条路，绝对要冒生命危险，所以李白才有'蜀道难，难于上青天'之叹。"

群山环抱，将天都划得小小的，我们的车刚经过的一处，正好是两山之间，抬头看去，两边的山壁如伫立的巨神，天只剩下一线。

细窄的山道，在群山间连绵起伏，看不到尽头，如同延伸入白云中。陆励成指着远处白云中一个若隐若现的山峰说："终南山就在那个方向，王维晚年隐居终南山中，那首著名的《终南别业》就是写于此山。"

我看着雾霭重重的山峰，吟道："中岁颇好道，晚家南山陲。兴来每独往，胜事空自知。行到水穷处，坐看云起时。偶然值林叟，谈笑无还期。"

陆励成望着山间的悠悠白云，说："随山将万转，趣途无百里。声喧乱石中，色静深松里。"

遥想当年李白仗剑入蜀，陆游骑驴出关中，王维隔水问樵夫，不禁思绪悠悠。

陆励成似知我所想，指着山坡上的一株巨树说："那是有活化石之称的银杏树，我们这里的人喜欢叫它白果树，那一株看大小至少已经有一千多年了。"

我凝视着那棵大树："也许李白、王维、陆游他们都见到过这棵树，多么漂亮的树，我们来了又去了，它却永远都在那里。"

陆励成微笑着说："这样的大树，深山里还有很多，我家里的一个山坳里有一大片老银杏树。因为银杏夜间开花，天明就谢，所以世人常能看见银杏果，却很难见到银杏开花，不过，若恰巧能看见，却是人生中难得一见的美景。"

我听得心向往之："来得时间不对，可惜看不到。"

涛子笑："冬天有冬天的美景。我去过不少地方，论风景，我们这里比哪里都不差，山崇水秀……"

"啊！"

顺着陆励成的手指，我看到一道瀑布凝结成千百道冰柱，挂于陡峭的岩壁前，纯白的冰挂旁边不知道是什么果子，竟然还鲜红欲滴，在一片墨绿的松柏海洋中，它们就那么猝不及防地跳进了我的眼中，让我忍不住失声惊叹。

涛子得意地笑："我没说错吧？"

我赞叹："太漂亮了！"

"我们这里因为交通不便，所以没什么工业，可也正因为没什么工业，所以没什么污染，这里的山水原始而质朴。"涛子心里蕴满了对家乡的热爱，并且丝毫不吝惜言语去赞美它。

冬日天黑得早，我们又身在群山中，五点钟天已经全黑。我的疲惫感渐渐涌上来，陆励成低声说："你先睡一会儿，到了，我叫你。"

我摇头："还有多久到？"

涛子说："还有一个多小时，过一会儿，手机就应该有信号了，可以先给家里打个电话。"

正说着，我的手机响起来，林忆莲的声音回荡在车厢里。

野地里风吹得凶……等一次心念转动，等一次情潮翻涌，隔世与你相逢，谁能够无动于衷，如那世世不变的苍穹……不想只怕是没有用，情潮若是翻涌，谁又能够从容，轻易放过爱的影踪。如波涛之汹涌，似冰雪之消融，心只顾暗自蠢动……

陆励成听到歌声，看向我，我手忙脚乱地翻找手机，终于在手袋夹层找到了，赶紧接听："喂？"

"终于打通了，一直说在服务区外，我都要以为陆励成把你卖了。不过琢磨着就你这样，姿色全无，也没人要呀！"麻辣烫什么时候都不忘记损我。

"你有事说事，没事少废话！当我手机漫游不花钱呀？"

"到了吗？"

"还在路上。"

"天哪！你们可是早上七点的飞机，他家可真够偏僻的。"

"一路风景优美如画，令人目不暇接。"

"紧张吗？"

我琢磨了会儿，骂过去："你神经病！我本来已经忘记了，你眼巴巴地来提醒我，我这会儿紧张了！"

麻辣烫咯咯地笑："不就是拜见个未来公婆嘛！别紧张，陆励成家人丁兴旺，咱们也不弱，他家的人敢欺负你，我和宋翊去踹他们场子。"

我问她："你不是六点多的飞机吗？不去吃饭？闲得和我磨牙？"

麻辣烫沉默着，似乎想说什么，却又说不出来。我安静地等着，好一会儿后，她说："我就是打个电话，确认一下你的安全，没什么正经事情，挂了。"

"等等！"我想了想，说，"我的电话随时开着，你想说的时候，随时打我电话。"

麻辣烫轻轻地"嗯"了一声："蔓蔓，这么多天见不到你，我会想你的。"

我倒抽一口冷气，表示被她彻底酸倒："口说无凭，给我多买礼物才是硬道理。"

麻辣烫挂了电话，我握着手机发呆，涛子笑问："苏阿姨的好朋友？"

"嗯。"

看到涛子笑嘻嘻的表情，突然反应过来我的手机漏音，头疼地解释："我这朋友就一间歇性发作的神经病，她的话你别当真，我和你舅舅……我们就普通朋友。"

涛子笑："我知道，我知道。"

他的笑容大有意味，越描只能越黑，我索性闭嘴。

六点多时，终于到了陆励成家，车子离院子还有一段距离，已经狗吠人嚷，看到院子里黑压压的人影，我是真的开始腿软了："你家到底多少人？我记得你就一个姐姐，一个哥哥。"

陆励成也有些头疼："很多人是亲戚，农村里的人喜欢热闹，这是他们表示友善的一种方式。"

车停住，他低声说："没事的，保持见客户的微笑就可以了，其他的事情我来应付。"

我点头。

他一下车，一群人就围上来，说话的，笑的，递烟的，我完全听不懂，只知道他们很开心，陆励成和他们一一打着招呼。我面带微笑，战战兢兢地钻出车子，人还没站稳，只看一条黄色的大狗汪汪叫着，扑向我。我本来就怕狗，看到它锋利的尖牙，更是魂飞魄散，尖叫着逃向陆励成。陆励成正在和人说话，听到我的叫声，立即回头，把我护在怀里。涛子挡到狗前面，把狗斥骂开，有人赶紧拿绳子把狗拴到一边。

我仍是吓得回不过劲儿来，陆励成拍着我的背，扶着我向屋里走："没事了，没事了，已经被拴住了。"

等不怕了，心安稳一些时，抬头一看全屋子的人都笑眯眯地望着我，两个小孩躲在大人身后偷看我，小男孩还偷偷朝我比划，作出羞羞的表情。我满脸通红，恨不得找个地洞去钻。涛子挤眉弄眼地冲我笑，一副"看我舅和你的关系多普通"的表情。

一个头发花白的老妇人一直看着我笑，陆励成拉着我去给她打招呼。她说话，我完全听不懂，不过她的微笑已经把她内心的感情全部传递给我，我恭恭敬敬地叫"伯母"，把带来的礼物拿给她。她拿着一个红包要给我，我正不知道该如何是好，陆励成低声说了几句话，她把红包收起来，只是看着我笑，我松了口气，也对着她笑。

陆励成又向我介绍他姐夫、哥哥、嫂子、侄女、侄儿。侄儿就是那个偷偷看我的小男孩，小名苗苗，涛子让他叫"苏阿姨"，他自作主张地改成了"胆小鬼阿姨"。全家人想笑，又怕我生气，都忍着。让苗苗改口，苗苗噘嘴表示不肯："胆小鬼阿姨比苗苗胆小，以后她是胆小鬼，我不是。"

他姐姐晶晶好心地给我解释："苗苗胆子很小，晚上都不敢自己一个人在院子里玩，我们都叫他胆小鬼。"

屋子里的人笑，屋子外面的人也笑。涛子给大家发烟，把货车上的货卸给大家，看热闹的人陆续散去，终于只剩陆励成一家人。

陆励成的姐姐从厨房里出来，招呼大家吃晚饭，又特意过来和我打招呼。陆励成的母亲居中而坐，陆励成挨着母亲的右手边，他大哥坐在母亲的左手边。他哥哥让我坐到陆励成身边，对我说："你要用什么，想吃什么，就和成子说。"没太多客套，却是最贴心的解决方案。

他姐夫和嫂子普通话都说得不好，所以只是笑着吃饭。他姐姐的普通话倒是说得很标准，一看就是个能干人，涛子显然更像母亲。

我安静地吃着菜，他嫂子想给我夹菜，他姐姐笑说："他们城里人不兴这个，不喜欢吃别人筷子碰过的东西。"嘴里说着话眼睛却是看着涛子，涛子立即笑着点头："城里人比较讲究这些。"他年纪不大，说话却好像很有威信，陆励成的嫂子不好意思地把菜放到了自己碗里，指着菜，笑着说："你吃！"

我忙点头，立即夹了几筷子菜，放进自己碗里。陆励成站起来，把我够不着的菜都往碟子里夹了一些，放到我手边："你拣爱吃的吃，剩下的我来吃。"

真奇怪，我以为身处一群陌生人中，我会很局促，但是没想到，我很怡然自乐，甚至我享受着这么一大家子人围坐在一起吃饭的乐趣。

陆励成一直和大哥在说话，他姐夫偶尔插几句话，三个人常碰酒碗。陆励成的母亲总是笑眯眯地看我，看我碟子里的菜没了，立即就叫陆励成，次数多了，我渐渐听清楚她叫陆励成的发音。

陆励成的姐姐留神倾听着男人们在说什么，时不时会发表几句自己的意见，而陆励成和大哥显然也很敬重姐姐，每当姐姐说话的时候，两个人都会凝神静听。陆励成的嫂子则完全不关心男人们在干什么，专心照顾着苗苗。苗苗一边吃饭，一边趁他妈妈不注意的时候对我做鬼脸。晶晶已经十岁，口齿伶俐，边吃饭边和涛子斗嘴。高兴的时候，叫大哥，不高兴的时候，直接叫"刘海涛"。可是即使在叫刘海涛，碰到不爱吃的肥肉，仍然递到大哥面前，让大哥帮她咬掉肥肉，她吃瘦肉。涛子做得自然而然，显然早已习惯照顾妹妹。

吃完饭，陆励成带我去我的房间："有点不习惯吧？这么多人一块儿吃饭。"

我笑："我很羡慕。真的！我小时候的梦想就是和晶晶一样有个大哥。挺大了，还和妈妈说：'你给我生个哥哥吧！'后来明白不可能有哥哥了，又想着要个弟弟。再后来，终于明白自己不可能有疼爱自己的兄弟了，就只能盼望将来有一个疼爱自己的老公。陆励成，你是个非常幸运的人。"

陆励成点头同意："我姐和我哥从小到大都对我好，农村里兄弟没有不打架的，可我们姐弟三个人从没红过脸。"

他帮我把行李放好，我找出洗漱用具，他抱歉地说："洗澡比较麻烦一点。家里人都不习惯用空调，这间屋子是特意为我安装的，是唯一有空调的一间屋子。浴室要到楼下去，没在房子里面，是房子旁边独立的一间屋子，会比较冷。"

"没事的，我把水温开大点就可以了。"

热水器的水忽大忽小，很不稳定，可毕竟有热水澡可洗，已经远超出我的预期。浴室的设计很特别，没有照搬城里的瓷砖，而是用鹅卵石加水泥砌成的，既便宜又节省资源，还很美观。我边洗澡，边纳闷，是这边的农村都这样，还是陆励成家比较特别？

洗完澡，一打开浴室的门，就感觉一股寒风扑面。还没反应过来，陆励成已经用羽绒服把我包了个结实，拿大毛巾把我的头包住，拖着我，快速地跑进房子。

屋子里很安静，我问："大家都睡了？"

"嗯，我姐他们回去了，我哥他们歇下了。农村里睡得比较早，冬天的时候四五点就吃晚饭，一般八点多就睡，今天等我们回来，已经晚了。"

"你住哪里？"

"就你隔壁，本来是一间书房，临时让大哥帮我搭了一张床。"他走到衣柜边，推开一道推拉门："两个房间是相通的，这道门没有锁。不过，你放心，你不叫，我绝不会擅自闯入。"

我笑："我又不是美人，我有什么不放心的？"

他也笑，把一个吹风机递给我："这是我嫂子的，她刚特意拿给我，让我转告你，一定把头发吹干再睡觉。这里不比城里，没有暖气，湿着头发睡觉，很容易感冒头疼。"

我也感觉出来了，就上楼这一会儿工夫，觉得头皮都发冷，立即感激地接过，吹着头发："你嫂子真可爱。"

陆励成坐在凳子上，笑看着我："不是一家人不进一家门，我可以把这句话当做对我的赞美吗？"

我对着镜子里的他做了个鬼脸："你去冲澡吗？"

"现在就去。"

我吹完头发后，换上了自己的羽绒服。估摸他洗完了，拿着他的羽绒服到浴室外等他。他出来时，没想到我在外面等他，有些吃惊，我把羽绒服搭在他身上："你也小心点，一热一冷，最容易感冒。"

他边套羽绒服，边开心地问："冷吗？"我对着空气呵了口气，一道白雾袅袅散开："呵气成霜。"

两个人轻轻地摸进屋子，他指着一个个房间说："我妈腿脚不方便，所以住楼下。哥嫂也住楼下，苗苗还跟父母睡，晶晶住我们对面。你平常如果要什么，我不在，就让晶晶帮你去拿。"

进了空调屋子，感觉暖和起来，终于可以脱掉厚重的羽绒服。

陆励成问："睡了吗？"

我指着墙上的表："你开玩笑吗？这么早，我睡不着，你呢？"

"我平常一两点睡都很正常。"

没电视、没电脑、没网络，两个城市人面面相觑。彼此瞪了一会儿，陆励成转身去书房里找了一会儿，拿出一副象棋："你会吗？"

"我三岁就看我爸下棋了。"

两人盘腿坐到床上，准备开始厮杀，我一边放棋子，一边问："你家的浴室很特别，是你弄的吗？"

"我只是提出要求，盖房子的时候要有个浴室，具体执行的是涛子。听他说原本的设计是放在屋子里的，可不知道怎么回事，就变成了放在屋子旁边，大概是为了排水方便。"

他请我先走，我没客气，当头炮架上，他把马跃上，看住自己的卒。我开始折腾自己的车，老爸的口头禅是："三步不出车，死棋！"陆励成却没管我的动作，开始飞象，上仕。根据老爸的话，这种下棋方法的人要么很牛、要么很臭，陆励成应该是属于第一种了，我开始提高警惕，全力以赴。

二十分钟后，我不可置信地瞪着棋盘，陆励成郁闷地说："我已经被你将死了，你还在看什么？"

"你在故意让我吗？"

陆励成摇头，我点头："我想也是，你又不是什么绅士君子。"

"喂，喂！"陆励成提醒我，不要太放肆。

我终于确定自己赢了，刚想哈哈大笑，想起别人都在睡觉，只能压着声音闷笑。我赢了陆励成！我赢了陆励成耶！

陆励成闲闲地说："小人得志的现场版。"

"哼！我就当你是嫉妒。你说，你这么狡猾阴险，怎么会下不好象棋呢？"

陆励成盯着我，我立即改口："我是说你这么聪明机智。"

他似笑非笑地说："你是不是对我的印象很负面？"

我本来想嘻嘻哈哈地回答他，可突然发觉他的眼神很认真，我不敢乱开玩笑，老实地说："以前有点，现在没有了。其实，最近一直在麻烦你，我很感激你。"

他淡淡说："奔波了一天，早点休息吧！"他向小书房走去，关上了门，我一个人坐了会儿，想不通我到底哪里得罪了他，怎么说变脸就变脸。爬起来，去敲门。

"什么事情？"

"没有空调，你现在也不见得能习惯，让这扇门开着吧！反正冬天睡觉穿的也多。再说，开着门，如果睡不着，我们也可以聊聊天。"

见他没反对，我拉开了门。

关了灯，爬上床，棉被应该刚洗过，能闻到阳光的味道。那个人阳光下的身影又浮现在我眼前。海南不会这么冷，会很温暖，阳光也会很灿烂，他应该会在阳光下微笑，他会不会偶尔想起我呢？想起我们在寒风中的相依相偎？大概不会！海南是那么温暖的地方，他应该不会想起纽约的风雪……

"苏蔓！"

"嗯？"陆励成的叫声将我唤醒。

"我已经叫了你十一声。"

"抱歉，我没听到。"

他问："你在想宋翊？"

我不知道该说什么，又能说什么。我沉默着，答案却已经分明，他也没再多问。

在沉默的黑暗中，我听到自己的声音响起，那么微弱，那么悲伤，那么无助，让我不能相信说话的人是我。

"你会……偶尔、突然想起麻辣烫吗？我是说……某个时刻，比如黑暗中，比如一个人在地铁里，比如走在路上，比如听到一首歌，或者吃到一种食物……"

"如果有这么多'比如'，你应该把偶尔和突然去掉。"

"我只是想知道你会怎么办？"

"我不会想起许怜霜。"

也许这也是一种方法，拒绝承认自己的伤口，就可以认为它不存在。

我不知道心底的伤还要多久才能好，更不知道还需要多长时间，我才能云淡风轻地想起他。努力在遗忘，也以为自己能克制，可是某个瞬间，关于他的一切又都会如潮水一般涌上来，整个人会如同置身于水底，四周充溢的全是悲伤和绝望。

Chapter 16

烟花

爱情难以遮掩，它秘藏在心头，却容易从眼睛里泄露。

　　第二天早上起来时，除了我和陆励成，其他人都已经吃过早饭，手里的活都已经干了一半。

　　我非常不好意思，竟然第一天在别人家里就睡"懒觉"，涛子安慰我："没事，我舅不是现在还在睡吗？大家都知道城市里和农村作息时间不一样，外婆还特意嘱咐我们不要吵着你们。"

　　涛子和我聊了一会儿后，去忙自己的事情了。陆励成的姐姐和嫂子在厨房里忙碌，准备年夜饭。我刚走到厨房门口，他姐姐就推我出来："这里面的活你做不来的，你去看电视，若不喜欢看电视，就叫成子陪你出去转转。"

　　她看陆励成还没起来，想扬声叫他，我忙说："不用了，他平日里很忙，难得睡个懒觉，让他睡吧！"

　　他姐姐又想给我泡茶，端零食。晶晶在远处叫："阿姨，我带你去玩。"

我像找到了救星，立即逃向晶晶，姐姐和嫂子都在后面叮嘱："照顾好你阿姨。"

晶晶掩着嘴偷笑，我对着晶晶苦笑。晶晶牵着我的手，沿着一道溪流而行："我大姑和我爸都紧张得很！"

"紧张什么？"

"小叔好不容易找了个婶婶回来，他们都怕做得不好把婶婶给吓跑了。"

我闹了个大红脸："我不是，我不是……"

晶晶小大人似的说："我知道，你们还没结婚，就是没结婚，才怕你会跑呀！唉！我小叔是我奶奶的心头病，以前一过年，奶奶就不开心，还常常对着爷爷的照片哭，今年她最高兴了。奶奶说了，要是我表现好，婶婶喜欢我，就给我很多压岁钱。"

我哭笑不得，难怪小丫头这么殷勤，感情有奖金可拿呢！

"你带我去哪里？"

"快到了。"说着话，转了个弯儿，在背风向阳处，一个塑料大棚出现在眼前。

"就这里，进来！"晶晶拉着我钻进塑料大棚，我"啊"的一声惊叹。眼前是一片花的海洋，红色、紫色、黄色、粉色……大朵的月季，小朵的蝴蝶兰，在大棚里高高低低的架子上怒放。

晶晶背着双手，看着我问："喜欢吗？"

我点头，她得意地笑："女生没有不喜欢花的，你喜欢哪一株，随便挑。"

花丛里传来笑声，涛子站起来："你可真会做人情。"

晶晶有点脸红，瞪了涛子一眼："这里有我种的花，那些，那些都是我浇水的！"

涛子好脾气地说："好好好！你种的。"

我一边在架子里看花，一边问："这是你弄的？"

"嗯，今年是第二年。"

"怎么样，市场如何？鲜花的生意好像不太好做。"

"鲜花的生意是不好做，农村人不消费这玩意儿，只有城里人买。云南那边四季如春，适宜花草生长，又已经形成规模效应，成本便宜。即使加上飞机运输费，到了西安、宝鸡、汉中这一带，仍然比我们当地的鲜花有竞争优势。"

我观察着他的花说："你做的不是死花生意，卖的是活花？"

他朝我竖了一下大拇指："对！我卖的是活花，到了市场上就是盆花。云南的气候毕竟和我们这里不一样，花的品种有差别，而且活花的运输成本太高，所以我的花市场还不错，尤其是逢年过节，今年光春节前就出了一棚的花。"

我估量了一下大棚里的架子数，每排架子上的花株数，再根据我所了解的花市价格行情，很敬佩地说："应该有三五万的进账吧？"

他很惊奇："你比我舅算账还算得快！没错，扣除化肥、人工、运输，大概能净落三万多。"

"你舅的专长不是算账，我的专长是算账，所以我要给他打工。"

涛子笑，指着一株水红的扶桑花说："这株好看，过会儿我找个花盆，把它移进去，放到你房里。"

"那我不客气了。"

晶晶赶忙说："是我带阿姨来的。"

我和涛子都笑，涛子说："知道了！待会儿奶奶问起，你的功劳最大。"

陆励成在大棚门口问："什么功劳？"

晶晶得意地说："帮你找小婶……"我一把捂住她的嘴，笑着说："晶晶送了我一盆花。"

陆励成凑过来看，涛子小心翼翼地将选定的扶桑花和其他花枝分开，连着根部的土，放进一旁的塑料桶里。

陆励成问："你种的药材怎么样了？"

"还好，今年牡丹皮和杜仲的价格跌了，不过板蓝根和天麻的价格不错。"

"你还种中药材？"我惊异。

"何止！他还包了半边山坡，在种木耳和雪耳。"

涛子不好意思地说："不是我种，木耳和雪耳是我爸和我妈在弄，药材是大舅在弄。"

陆励成问："你明年就大四了，想过找工作的事情吗？你妈和我已经提过好几回，想让你留在重庆。离家不远，又是大城市，实在不行，去北京也好……"

涛子打断了陆励成的话："我不想去北京，也不想在重庆找工作。"

"你难道想回来？"

涛子不吭声，只是摆弄着手里的花枝，好一会儿后才说："也不一定，我想先回来看看，如果有机会，也许去别的地方看看土地。"

陆励成说："你考虑好了？你妈和你爸可是都希望你能留在城市里，他们不想让人在背后议论，说辛辛苦苦供了个大学生出来，以为能有多大出息，结果和人家没考上大学的一样，还不是回农村做农民。"

我叫："那当然不一样了！"陆励成看了我一眼，我立即闭嘴。

涛子眉头皱在一起，陆励成又说："你要知道，农村不比城市，农村人比城里人热情，可也比城市里的人更关心他人是非。你妈妈好强了一辈子，所有的希望都寄托在你身上，不见得受得了别人的闲言碎语。到时候，弄不好你心理压力也很大，过得不痛快。"

涛子闷闷不乐，我朝他打手势，指着陆励成，他反应过来，笑着说："我不是还有小舅嘛！我一个大男人，别人的闲话影响不了我的心情，至于我妈……我妈的思想工作就交给小舅了，她最听你的话。其实城市里的大学生毕业后，大部分人的工资也就两三千，甚至一千多。城里稍微有点钱的人，住的都是鸽子笼，一有时间就想乡下度假。我喜欢山野，我喜欢我的房子周围都是花草树木，不喜欢住鸽子笼。我妈要喜欢城市，等她有时间了，我带她去城市度假。"

好一个去城市度假！我朝涛子竖大拇指，陆励成也笑，拍了拍他的背："知道自己要什么，清楚自己要面对的是什么就行，剩下的就是努力了！"

涛子笑睨着我说："小舅也要努力呀！"

我咳嗽了两声："赶紧给我弄花！"

涛子让我自己选花盆，我挑了一个八角白瓷盆，帮着他把花种好，回头想叫陆励成来看。只看他立在扶桑花间，正凝神看着我，我一回头，恰好和他的视线撞了正着，他怔了一下，飞速地移开视线。

涛子问："时间差不多了，我们回去吃中饭吗？"

陆励成说："现在家里在准备祭品，我们回去帮不上忙，还添乱。而且这也不许吃，那也不许吃的，规矩太多！不如你回去偷一些酒菜过来，我们就在花房里吃。"

涛子说："好是好！我去年没等祖宗先吃，就偷吃了口猪耳朵，被我妈整整骂了一个春节。这次我一回去，她肯定会盯着我。"他眼珠子骨碌一转，看向了晶晶，晶晶笑眯眯地把手伸到了他面前。涛子叹气，拿出一张五十放在晶晶手上，晶晶又看向陆励成："小叔，你呢？"

"五十块还不够？"

"那只是大哥的份儿。"

陆励成只能掏出钱夹，拿出一张五十给晶晶，我也乖乖去摸钱包，晶晶大方地说："你就算了，你和小叔算一家。"说完，不等我反对，就拖着涛子跑出花房。

花房里一下子安静下来，鼻子的嗅觉似乎更敏锐，只觉得花香弥漫，熏然欲醉。

我拿出手机，看了一下时间，决定给老妈老爸打电话拜年。正在找电话卡，陆励成把自己的手机递给我："用我的手机吧，可以直接拨国际长途。"

电话接通，只听到一片喧哗，老爸大声地说："我们在看舞龙，你妈被一个小伙子拉下去跳舞了。人家和她扭屁股，她和人家扭秧歌，几个老外觉得你妈动作新鲜，还跟着一块儿扭。"

我"扑哧"一声笑出来："你呢？有没有美女找你跳舞？"

"哼！我不像你妈，轻飘飘的！"

"爸，新年快乐！祝你身体健康，福如东海，寿比南山。"

爸爸呵呵笑起来："你说和朋友一块儿过年，过得好吗？"

"很好玩，我还得了一盆扶桑花，可漂亮了！"

"那就好！你也该多认识一些朋友，你妈和我又不能陪你一辈子……"

"爸！"我的声音猛地拔高，老爸立即说："我叫你妈来和你说话。"

老妈接过电话，不等我说话，就嚷："新年好！祝我们家小囡明年寻得如意夫婿！祝我明年得到如意女婿！好了，我跳舞去了，一堆人等着我领舞呢！拜拜！"

没等我的反对之音，我妈已经跑掉，我只能和爸爸聊了几句后，挂断电话。

把电话还给陆励成："谢谢。"

"我看你几乎每天都给父母打电话，你和父母的感情非常好。"

花房里，温度适宜，花香醉人，人的心也变得格外温和。我抚弄着一株蝴蝶兰说："我以前也不是这么乖的。还记得上次，你说你给父亲做菜的事情吗？其实我很理解，因为我也经历了相同的事情，只不过我更幸运一些。"

"你爸也得过重病？"

"嗯，四年多前他被查出胃癌，那段日子不堪回首，短短一年时间，我妈整整老了十年。不过我们已经熬过来了，父亲手术后，病情良好，医生说癌细胞已经完全被切除。"

"恭喜！"

"谢谢！其实那天我特抱歉，我觉得我实在不该那么打破沙锅问到底。有些痛苦，没有人能分担，说出来不见得能减轻自己的痛苦，反倒让别人也不好过，麻辣烫都不知道我爸得过癌症。"

"我明白，我父亲去世后，很长一段时间，不要说和外人，就是和我自己的哥哥、姐姐，我都不想谈起任何和父亲有关的话题。那段时间甚至怀疑自己的人生究竟有什么意义，忙得给家里打电话的时间都没有，唯一陪父亲的时间，竟然是他到北京来看病时。"

"怎么会没有意义？你父亲肯定很以你为荣，我相信他每次想起你时，都是快乐的。"

他眉宇间竟有几分报然，转移了话题："可惜他没看到涛子上大学，涛子才更像大山的孩子，他的选择虽然不符合大众价值判断，但他清楚地知道自己想要什么。对年轻人而言，这就够了，最后的成功或失败只是一个结果而已。"

"嗯！大部分人在涛子这个年纪，还浑浑噩噩呢！"

涛子从外面钻进来："我怎么听到我的名字，说我什么呢？"他把竹篮放到我们面前，一盘卤牛肉，一盘凉拌猪耳朵，两盘青菜，一碟炒花生米。晶晶把挂在腰间的军用水壶打开，拿给陆励成闻："怎么样？我厉害吧？你的五十块钱值得吧？"

陆励成笑，接过水壶，喝了口高粱酒："你是最大的功臣。"

晶晶偎在陆励成怀里，变戏法一样地，递给我一个儿童水壶。我打开盖子，喝了一口，甘醇直浸到骨头里去了。关键还是热的，更是让人说不出来的受用。

"这是什么？这么好喝，像酒又不是酒。"

涛子解释说："我们这里的土话叫酒糟子，和醪糟一个做法，只不过醪糟是用米，我们是用麦子，这个女孩子喝最好。我们回去的时候，奶奶正在煨酒糟喝，看到我们在屋子里偷偷摸摸了半响后要走，她就用苗苗的保暖水壶，灌了一壶热酒糟子让我们带上。老太太精明着呢！肯定知道是小舅在使坏，所以特意灌了一壶热酒糟给阿姨。"

话音没落，后脑勺上又是一巴掌，晶晶哈哈大笑起来，涛子坐到了我身边："我还是和小舅保持点距离，不然迟早被他给打傻了。"

我们坐于百花丛中，啖酒吃肉，听涛子谈他对未来的构想，听陆励成讲山野怪闻，不知道这算不算"真名士、自风流"，不过，我们的确很快乐。

几个人坐在花房里聊天说话，一直看时间差不多了，才起身返回。

年夜饭开始前，要请祖宗先吃，陆励成的大哥带着陆励成居先，苗苗紧随其后。三盅酒，一祭天，二奠地，三拜祖宗。然后扶着老太太坐到上手，儿女们一个个上前磕头，说吉祥话，老太太发礼物，我站在角落里笑看着。这大概才是真正的中国家庭，现在的独生子女家庭很难明白这些东西了。

等最后的苗苗给老太太磕完头、行完礼，只有我一个人站在右手边，别人行完礼，都走到了左手边。大家看着我，有一瞬间的尴尬，陆励成刚想说话，我走到老太太面前，恭恭敬敬地鞠躬。给家族中最老的老人行礼，不仅仅是晚辈对老人的尊重，还有晚辈向老人借福的寓意。因为老人寿长、子孙旺，老人受了晚辈的礼，代表着老人将自己的福气赐予晚辈。老太太愿意受我的礼，也是我的福气。

老太太笑得嘴都合不拢，拉住我的手，竟然掉了眼泪，陆励成的姐姐也眼中泪花闪闪。老太太一边擦眼泪，一边把一个红包放进我的手里，说了几句话，大家都哄然大笑起来。我听不懂，疑惑地看向陆励成，陆励成竟然脸发红，没有解释，只是感激地向我点了一下头。

陆励成的哥哥宣布开始吃年夜饭，大家都依照次序入席，一盘盘热腾腾的饺子端上来，满堂欢声笑语，"年夜饭"三字背后的含义在三代同堂的饭桌上，有了很具体的体现。

吃完年夜饭，大家都聚到电视前看春节晚会，我和晶晶、苗苗在院子里放爆竹，一会儿一个惊天动地的大响，震得人耳朵嗡嗡作响，心里却无比快乐。

苗苗不知道从哪里拿出一串甩炮，追着我甩，我一边尖叫着求饶，一边四处乱躲。陆励成听到声音，出来看我们，看到我被个五岁小儿追得上蹿下跳，眼泪都要掉下来，不禁倚着门口大笑。

"苗苗，这是炮，不能往人身上扔的。"我先晓之以理，苗苗无动于衷。我又动之以情，"苗苗，我是客人哦！你是小主人，不可以这样的。"

苗苗的原则就是不吭声，只出手，又狠狠地往我脚下扔了一个。我如被烧了屁股的猫，跳得老高，跑向陆励成，一把抓着他，用他做盾牌，挡到身前。没想到陆励成的威严在苗苗面前没有任何威慑力，小家伙一句话不说，连着往我们脚下扔了三个炮，不但炸我，也炸陆励成。

陆励成牵着我躲避，苗苗再接再厉地追杀。涛子火上加油，也拿着一串甩炮，往我们脚下扔，陆励成警告地叫"刘海涛"，刘海涛响亮地应"在"，然后一把甩炮随着"在"飞到我们脚下。

晶晶看得大乐，忘记了奶奶嘱咐的要讨好我的话，也追着我和陆励成扔炮。

我和陆励成被前后夹击，避无可避，他只能牵着我逃出院子。苗苗在后面追了几步，畏惧黑暗，害怕起来，停住脚步，奶声奶气地叫："小叔叔，你出来呀！我不扔你了！"

"苏阿姨，你在哪里？我们一起玩，我不炸你了！"

信他才有鬼！我和陆励成藏在院子旁边的竹林里，不敢出声。

我扶着他的胳膊一边喘气，一边笑："某人今日真是颜面扫地！"

不知道谁家在放万花筒，天空中一会儿一朵菊花，一会儿一朵兰花。涛子不甘示弱，搬出自家的烟花，开始在院子里放，苗苗、晶晶人手一个。

紫色的花，蓝色的花，黄色的花，红色的花……一朵朵五颜六色的花在空中绚烂地绽放，晶晶和苗苗兴奋地又是跳、又是叫。

"这个漂亮！"

"快看！快看！那个漂亮！"

陆励成仰头看着天空，烟花将他的脸映得忽明忽暗，

我仰头看了会儿烟花，摇着陆励成的胳膊说："小家伙的注意力已经转移了，我们可以回去了，我好多年没有放过烟花，我也想放！"

他看向我，迷离的烟花中，他的眼神温柔欲醉。黑色的眸子中反映着天空的五彩缤纷，在最深处，有一个小小的我。

他慢慢俯下了身子，那个小小的我，渐渐变大。

烟花缤纷、竹影婆娑，一切绚烂美丽得如同梦境，我如同中蛊，脑中一片空白，任由他的气息将我环绕。他的手臂将我紧圈，唇缓缓压到

了我的唇上。

"野地里风吹得凶，无视于人的苦痛，仿佛把一切要全掏空……"

我猛地惊醒，一把推开他。

我疯了！他也疯了！我们都疯了……他喝酒了，我也喝酒了，又是这样的情景下，魅惑人心的美丽，都是烟火的错！

"……等一次心念转动，等一次情潮翻涌，隔世与你相逢。谁能够无动于衷，如那世世不变的苍穹……不想只怕是没有用，情潮若是翻涌，谁又能够从容，轻易放过爱的影踪……"

林忆莲苍凉的声音仍响在黑暗中，我静了静心神后，才敢接听："喂？"

"蔓蔓？你怎么了？你的声音怎么听着这么怪？"

"我没事，手机信号的原因吧！"

麻辣烫笑："亲爱的，新年快乐！"

"你也新年快乐！"

"你今天过得快乐吗？"

"很快乐！你呢？"刚才很快乐，快乐得都不能相信我竟然能那么快乐，待会儿，我不知道。我不敢看陆励成，背转着身子对着他，完全不知道他如今是什么表情。

"我也很快乐！我和宋翊在街上吃烧烤，我喝了好多椰子酒，有点醉，不小心耍酒疯了。我让宋翊站在桌子上，当着所有街上的人，大声地对我说'我爱你'，你猜他做了吗？"

我的声音干涩："不知道。"

麻辣烫哈哈大笑："他竟然做了，天哪！我现在清醒了，自己都不敢相信这是真的。他竟然跳到桌子上，对着我，大声地说'我爱你！'，当时整个夜市都是人，本来大家都走来走去，可突然间，所有人都停了下来，安静地看着他和我，我当时的感觉就像世界突然停止转动……"

她的声音在耳边淡去，我痛苦地弯下身子，一手紧压着胃，那里正翻江倒海地痛着。

"蔓蔓？蔓蔓？"

"我在！"

"你怎么了？在听我说话吗？"

"在听！"

一阵小孩子的叫声和笑声传来，麻辣烫问："好热闹呀！你们在干什么？"

我说："我们正要放烟花。"

麻辣烫笑："那你去玩吧！代我给陆励成拜年。"

"好！也帮我给……宋翊问好。"

"新年快乐！"

"新年快乐！"

我坐在地上，用力压着自己的胃，希望能平息所有的痛苦。陆励成扶起我，我缓慢地说："刚才……"

"刚才一时被烟花蛊惑，当时的情景下，不管是谁，我都会想去亲吻。"

我舒了口气。陆励成扶着我走进院子中，涛子看到我的脸色，忙问："怎么了？"

"胃突然有点疼。"

"我去给你找药。"

喝过药，又喝了一大杯热水，疼痛渐渐好转，也许是因为止疼药，也许只是因为逐渐接受了麻辣烫的电话内容。

陆励成问："你是想休息，还是想放烟花？"

我笑着说："想放烟花。"

他把一箱子烟花都搬过来，点了一根烟，一边吸烟一边用烟帮我点烟花。每一个烟花都有一个喜悦吉祥的名字，"花好月圆""金玉满堂""铁树银花"……

它们美丽如梦幻，在黑夜中开出最绚烂的花，晶晶和苗苗围着烟花又跳又叫，我手里拿着两个烟花棒在空中挥舞着，涛子也拿着两个烟花棒，和我打架，我们用烟花追逐着彼此，一边大笑，一边惊叫。

陆励成沉默地看着我们，一手吸着烟，一手拿着个烟花，随意地垂着，任由烟花在手中寂寞绽放。芳华刹那，他却连看都没看一眼。

Chapter 17

不测

在漫天风雪的路上，我遍寻不到熟悉的容颜，请不要，不要就此离开。

晚上玩到两点多，才去睡觉。

在鞭炮不时的炸响中，一夜都睡得不安稳。清晨起来时，涛子看到我的脸色，笑着说："这两天就别想好睡了，一直会有人放鞭炮。"

"大家都不用睡吗？"

"春节是一年中最闲的时候，农村里娱乐活动不多，亲朋好友聚会时都会搓麻将，常搓通宵，搓得手气顺了，跑出去放一挂鞭炮庆祝，搓得手气不顺了，也会跑出去放一挂鞭炮转运。"

我笑："这个搓麻将的方式好！"

"你打麻将吗？"

"会一点，但是完全感受不到麻将的乐趣，更喜欢打扑克牌。大学毕业的时候，打得昏天黑地，整个楼道放眼望去，全是一个个牌局。"

"那我们今天晚上一吃完晚饭就溜，外婆喜欢看春节晚会，所以昨天晚上我妈和大舅他们就没开麻将局，今天晚上肯定要打了。你若在，他们一定会要你打。"

说着话，晶晶和苗苗也都起来了，跑到我身边鞠躬拜年："阿姨，新年好。"

我拿出早已备好的红包一人给一个："祝你们快快长大，学习好，身体好。"

晶晶撇嘴："我才不要快快长大呢！当小孩子才好玩，看我妈和我姑整天多辛苦，又要做饭，又要下地干活。"说完一溜烟跑去找小朋友比谁的压岁钱多。

我对着涛子目瞪口呆："现在的小孩都这么精明吗？我小时候好像一直盼着快快长大，以为长大是解决一切烦恼的法宝。"

涛子挠了挠脑袋："我和她也有代沟，她老骂我很土，说学校里肯定没女生喜欢我。"

"不可能！"我难以置信，怎么可能没有？

他摇头，眼中有淡淡的惆怅："没有。我不会收拾自己，又只喜欢在图书馆和试验田里待着，女孩子喜欢的玩意儿我都不会。"

正值花样年华，哪个少年不怀春？我叹息："又是和氏璧的故事，不过，总会有真正的识玉之人，她会敬你、重你、爱你。"

涛子脸通红，过了半晌，他低声说："谢谢！"

我笑，他突然问："你敬小舅、重小舅、爱小舅吗？"

我温柔地说："我说了我们是普通朋友。"

他真正听明白了我的意思，同情地看着我，眼中流露出沉重的惋惜。我笑了笑，拿着还剩下的一个红包，在他眼前晃："乖外甥，还没拜年呢！"

他笑，站起来，对着我鞠躬："祝苏阿姨身体康健，长命百岁。"

我大笑，把压岁钱给他："你应该祝我青春永葆，美貌长驻。"

涛子问："要不要去看看我种的药材？"

"好。"

他扛了把锄头、提了袋东西，我装模作样地拿着把小锄头跟在他身后。行到山坡的田地边，他开始下地干活，以为他在施化肥，看仔细了，才发觉他埋到植物根部的竟然是白糖。

他看我像看疯子一样看他，笑起来："我的小偏方，天麻喜甜，往天麻的根部埋一点点白糖，种出来的天麻又大又好。"

我不能明白原因，却知道他是一个市场竞争胜利者。他在地里负责挖坑，我把白糖袋子挂在锄杆上，扮黛玉葬花，一边唱着《葬花吟》，一边哀怨地把白糖撒进"花冢"，再埋起来。

他拄着锄头，笑得直不起腰来。

陆励成穿着长靴子，背着箩筐，拿着镰刀，从树林间走出来。我正拿着一把白糖，扮天女散花，看到他，立即站好，把白糖扔进坑里，迅速埋好。

涛子看到陆励成，揉着肚子问："小舅，苏阿姨在办公室也这样吗？"话刚出口，就发现我见到陆励成的反应，明白了答案。他同情地看着我，却看到我对他做鬼脸，模仿着陆励成的打柴樵夫样，他又立即大笑起来。陆励成完全不知道他在笑什么，也没理会我们，从箩筐里拿出一个热水袋递给我。我在外面待久了，正觉得有些冷，忙接过，捧在怀里："你打算去终南山做樵夫吗？"

他不答反问："你去吗？"

我想了想，没电脑，没网络，屋子里会有人打麻将，我不和他厮混，我还能干什么？

"好。"

涛子跑到田埂边，探头向箩筐里看了一眼，笑眯眯地说："我也去。"

三个人上山，他们两个都是有备而来，我却穿着一双完全不适合爬山的皮鞋，刚开始还不肯让陆励成帮我，后来摔了两跤，乖乖地抓住了陆励成的手。

涛子爬着山，还有余力收集木材，我却只有精力照顾好自己不摔跤。陆励成平时看着和我一样，但是到了大山里，他作为大山儿子的一面立即显露出来，我爬得气喘吁吁，他却连脸色都没变一下。

"我们去哪里？"

涛子似已知道陆励成想去哪里："到了你就知道了。"

我看了看天色，担心地说："还有多远呀？这个样子，我们下山的时候，只怕天都要黑了。"

涛子笑着说："天肯定要黑的，不过，你不用怕，大不了就叫小舅背你下去。"

又爬了一个多小时，才终于爬到山顶。我找了一块平整点的石头，立即坐倒，嗓子都爬得冒烟，没抱什么希望地问："你们有水吗？"

陆励成走到崖檐下，叫我："苏蔓，过来。"

我拖着脚步慢吞吞地走到他身边，惊奇地看到他脚边竟是一汪井口大小的清泉。他拿出半截竹筒，舀了一筒水，递给我。我摇头，虽然看着干净，但是我可没胆随便喝，他自己拿过去，一口喝干净。涛子也过来舀了一筒，咕噜咕噜灌下去。陆励成又舀了一筒给我，我看他们都喝了，自己也实在渴得不行，只能接过喝。入口，竟是异样的冷冽甘甜，正好爬山出了一身汗，一口气喝下去，真是痛快！

喝完水，上下打量这个地方，整个山壁如一个倾倒的凹字，而且恰是背风处，如同一个天然的屋宇，凹字里有一汪清泉，凹字外是群山起伏，简直是风水宝地。

涛子捡石头，陆励成生篝火，两人配合默契，显然不是第一次干。

"这是你们的秘密据点吗？"

涛子指着陆励成："我小舅的后花园。"

不一会儿，熊熊大火就生起来。看看左边的篝火，看看右边的清泉，再看看脚下的起伏山岭、白云青霭，只觉得一切太不真实。

"如果火上再有只山鸡烤，我简直觉得我们穿越时空了。"

陆励成笑着从箩筐里拿出一只鸡："山鸡没有，家鸡有一只。"

我吃惊地瞪住他，他又变戏法一样，从箩筐里拿出几个红薯、土豆放到火堆边，最后是一坛高粱酒。

"陆励成，我太崇拜你了。"

涛子叹气："我舅的能耐还多着呢！就这点儿，你就要崇拜了，再露几招，你该怎么办？"

陆励成负责烤鸡，涛子负责烤红薯和土豆，我负责……等着吃！

三个人一人一个破竹筒，对火举杯，酒下肚，整个身子都是暖的。我忍不住地笑，举着杯子说："我觉得我们像古代的三个侠客，我们应该指天为盟，对火结拜，就叫'山顶三侠'。"

涛子额头满是黑线，问陆励成："她已经喝醉了？"

陆励成摇头："还需要几杯。"

涛子立即又给我加了一杯酒，我正想和他说他也要喝，"野地里风吹得凶，无视于人的苦痛，仿佛把一切要全掏空……"林忆莲的歌声突然响起，我有些惊奇，这里竟然有信号，不过一想，这里是山顶，有信号也正常。

陆励成皱了皱眉头，我以为是他不想听到这首歌，忙说："我回头就换铃声。"

　　"喂？"

　　"是我，你在干什么？忙吗？"

　　我看看陆励成和涛子："不忙，等着吃饭就行了。"

　　麻辣烫踟蹰犹豫着，半晌都不说话。我安静地等着，好一会儿后，她迟疑着问："你和陆励成吵架吗？"

　　我瞟了眼陆励成："怎么了？你和宋翊吵架了？"

　　"没有！没有！可就是因为没有吵架，所以我觉得好奇怪。"

　　"我不明白。"

　　"我也不明白，我现在觉得自己像个神经病，我不明白宋翊为什么要对我这么好。"

　　"麻辣烫，你怎么了？"

　　"我和陆励成约会的时候，不是这样的，陆励成对我也很好，可是我知道他的底限。比如，他如果要见重要的客户，他不会说因为我想见他，就突然和客户改期，可宋翊不是，宋翊对我没有底限，我说晚上要和他吃饭，他不管安排什么活动，都会取消。你觉得是陆励成的好正常，还是宋翊的好正常？"

　　我的手机漏音，山顶又静，麻辣烫的话几乎听得一清二楚。陆励成的脸色有些尴尬，涛子一副想听又不好意思听的样子。

　　我问麻辣烫："你喝酒了吗？"

　　"喝了，但是我很清醒。你告诉我，究竟哪个正常？"

　　醉酒的人都说自己清醒，不过不醉酒，麻辣烫应该根本不敢说出这些话。

　　"先不管谁正常，你先告诉我，难道你希望宋翊对你坏？"

　　"我不知道该怎么说，宋翊对我太好了！好得……你明白吗？好得我已经要崩溃！从认识到现在，他从来没有对我说过一个'不'字，不管我多无理的要求，他都会答应。我觉得我这几天就像一个疯子，我不停地试探他的底限，我让他穿着衣服，跳进海里；我让他当街对我说'我爱你'；凌晨三点，我让他出去给我买小馄饨，等他找遍街头给我买回来，我却一口不吃，说自己根本不饿；我今天甚至在大街上像个泼妇一样和他吵架，他却一句话不说，也一点没生气。"

　　"你……你为什么要这么做？"我茫然不解，他对你好，你喜欢他，难道你们两个不该是快乐的吗？

"我不知道，我不知道……蔓蔓，你懂吗？他对我如同臣子对女王，我觉得我就是拿把刀要捅死他，他也不会反对。我只是希望他能生气，他能对我说一个'不'字。他是和我谈恋爱，不是做我的奴隶，他有权利表示生气和不开心，有权利对我说'不'字。爱不是赎罪，他上辈子没有欠我，我们是平等的……你明白吗？你明白吗？"

"我明白了，我明白了。"

麻辣烫忽地大哭起来，边哭边叫："不，你不明白！他是我一直以来的梦想，我一直向老天祈求让我再次遇见他，老天终于实现了我的梦想，还让他对我那么好。可我做了什么？你知道吗？我听到他说'我爱你'的时候，虽然有一点开心，可更觉得难过。我觉得我是个疯子！我恨我自己！"

我严厉地说："麻辣烫，你不是疯子！"

麻辣烫的哭声小了一些，呜咽着问："我真的不是疯子？"

"你当然不是。"

"一开始，我就是好玩，只是尝试做一些怪异的事情，想故意逗他生气。慢慢的，我就越来越恐慌，做的事情越来越过分，可他不生气，无论我做什么，他都不会生气。如果我告诉别人，别人肯定要骂我'身在福中不知福'，一个这么优秀的男人对你这么好，你还想怎么样？每次事情过后，我都会很痛苦，我从来没有想过伤害宋翊，也告诉自己绝不可以这样做，可是等看到他对我无限制的好时，我又会忍不住地爆发，我觉得我是个神经病。蔓蔓，我该怎么办？"

"你听好，你没有疯，你也不是神经病！不过，你必须停止你试图'激怒'宋翊的行为，等自己冷静一点时，再平心静气地和他谈一下。如果你现在无法控制自己的脾气，就先不要和他住一个酒店，自己一个人去海边走走，去海底潜水，去海上钓鱼，大海会让你的心情平静下来。"

麻辣烫擤了下鼻子："嗯，好！"

"乖！没事的，去好好吃顿饭，洗个热水澡，找个人给做个按摩。放松一下，睡个好觉，一切都会有解决的办法。"

"嗯。"麻辣烫迟疑了一瞬，问："蔓蔓，你和宋翊是同事，你觉得他是那种没脾气的烂好人吗？"

他把篮球狠狠地砸出去，他乌青的眼睛、肿着的脸……

我尽量声音平稳地说："他在办公室里从来没生气过，陆励成还经常训斥下属，宋翊却从来没有。"

"哦！"麻辣烫似乎好过了一点，"那我这几天就不见他了。我自己一个人静一静，然后找个机会，和他好好谈一下。"

麻辣烫挂断了电话，我却心烦意乱。宋翊，不该是这样的，他的爱不管再浓烈，也会充满阳刚味，他爱的女人，是他的女人，他会保护她，宠爱她，但她永不会是他的女王。究竟哪里出了问题？

"苏阿姨，苏阿姨！"涛子在我眼前晃手。

"啊？怎么了？"

涛子好脾气地说："不要因为你朋友的事情放弃了属于自己的晚上。"

我愣了一愣，说："你说的对。"

道理很多人都明白，可真能做到的又有几个？

涛子说了好几个笑话，想恢复先前的气氛，可都没有成功，他忽一拍脑袋，从竹筐里拿出一根旧竹笛，笑着说："这东西竟然好像还能吹。"凑到唇边，试了试音，滴溜溜地吹起来，没听过的曲调，估计就是当地小儿放牛的时候吹的曲子，简单活泼。

他吹完了，我刻意地大声叫好，表示自己很投入。

涛子笑对陆励成说："小舅，帮我奏个曲子。"陆励成接过竹笛，吹了起来，夜色中一连串的花音，连火光都好像在随着音符跳舞。涛子轻轻咳嗽了一声，唱起来：

山歌不唱冷秋秋，芝麻不打不出油，芝麻打油换菜子，菜子打油姐梳头，郎不风流姐风流。山歌调子吼一声，顺风传到北京城，皇上听到离了位，娘娘听到动了心，唱歌的不是凡间人……

涛子唱山歌，声色俱全，我被他逗得差点笑趴到地上去。难怪古代男女要用山歌传情，涛子这么个老实人，一唱山歌也完全变了样。

笛音转缓，涛子望着我，歌声也变得慢下来：

唱歌要有两个人，犁头要有两根绳，绳子断了棕丝缠，枷档断了进老林，歌声断了难交情。

我连忙又是摆手、又是摇头："我不会唱山歌，从来就没唱过，连听也就听过一个刘三姐。"

涛子说："随便唱，没人规定要唱山歌，唱歌的本义只是娱己娱人。"

我皱眉苦想，陆励成的笛音又开始响起，曲调竟然无比熟悉，涛子立即鼓掌叫："就唱这首了！"

我暗合了几个曲调，随着陆励成的伴奏，开始歌唱：

椰风挑动银浪
夕阳躲云偷看
看见金色的沙滩上
独坐一位美丽的姑娘
眼睛星样灿烂
眉似星月弯弯
穿着一件红色的纱笼
红得像她嘴上的槟榔
她在轻叹 叹那无情郎
想到泪汪汪
湿了红色纱笼白衣裳
啊……
南海姑娘
何必太过悲伤
年纪轻轻只十六半
旧梦逝去有新旅做伴

唱到这里，我才明白了陆励成的用意，抬头看向他。他垂眸凝视着篝火，专注地吹着笛子，似感觉到我看他，他也抬眸看向我。火光跳跃，隔火相望，我们都看不清彼此的眼底的情绪，只看到黑眸中映照出的篝火。

啊……
南海姑娘
何必太过悲伤

年纪轻轻只十六半
旧梦逝去有新旅做伴

歌声渐低，笛音也缓缓消逝。涛子想鼓掌，可看我们两个都一声不出，也不敢说话。我对陆励成说："谢谢！"

他淡淡一笑，把鸡取下来，用一片湿粽叶包着，将一个鸡翅膀撕下来："谁想尝第一块？"

我对他的厨艺信心很足，立即伸手去拿，没想到涛子也去拿，两个人恰一人拿了一边。

涛子解释："我喜欢吃鸡翅膀。"

"废话！谁不爱吃？"

"我是晚辈，你要让着我点。"

"我还是长辈呢！你要孝敬我一点。"

涛子看向陆励成，我也看向陆励成，陆励成无奈："两位的幼稚行为让我很荣幸！两个鸡翅膀，你们一人一个，女士优先。"

涛子松手，我大获全胜，扬扬得意地拿走了鸡翅。这是一只家养的鸡，又是用松柏枯枝烤出，味道果然没有让人失望，皮焦脆，里面的肉却鲜嫩，口齿间盈满了松香。很快，我的一个鸡翅就吃完了，又抢了一个鸡腿，一边喝酒，一边吃。

高粱酒的后劲上来，觉得身上有些燥热，走出了山洞，外面的风竟然很大，吹得人摇摇欲坠。一天繁星，触手可及，难怪李白会生出"手可摘星辰"的想法。我向着天空伸出双手，可惜仍然摘不到。

陆励成在我身后说："不要再往悬崖边走了，有的石头看着牢固，实际上已经被风雨侵蚀松动。"

我回头看向他，指着自己的心脏说："就像人的心，这里看着好好的，实际已经碎裂了。"

他不说话，只一双眼睛比苍穹上的寒星还亮。

我跑回篝火旁，和涛子喝酒。涛子一首歌、一筒酒，要我也一首歌，一筒酒，否则什么都别想吃，什么都别想喝。其实，我知道他是故意的，他在用他的方式让我快乐。

他唱山歌，我唱流行歌，两人土洋混杂，把酒像水一样灌下去。

外面的山风呼呼地吹着，就像是要把人心都掏空，那些事、那些人无处不在……

一坛酒还没喝完，我已经醉趴在地上，把陆励成当枕头靠。涛子和陆励成仍喝着酒、聊着天，陆励成说话的时候，时不时低头看一眼，随着我的姿势，调整一下自己的姿势。我的手总是不老实地想去动篝火里的红薯，我一动，火星就乱溅，他阻止了几次没成功，索性直接握住了我的手。

我只能老老实实听他们说话，刚开始还能跟上他们的思路，听到涛子给陆励成讲他的毕业计划，征询陆励成的意见。他打算抓住国家现在对大学毕业生自主创业的优惠政策，注册一个品牌，专门做盆花，初期资金他打算自己拿一部分，在村里公开融资一部分。后来他们的话语逐渐细碎模糊，只看到两个投在山壁上的身影，在篝火中跳跃。

迷迷糊糊中，听到林忆莲的歌声。

"野地里风吹得凶，无视于人的苦痛，仿佛把一切要全掏空……"我刚开始还傻傻地跟着音乐声，哼唱："等一次心念转动，等一次情潮翻涌，隔世与你相逢，谁能够无动于衷，如那世世不变的苍穹……"忽然反应过来，这是我的手机在响。我紧紧捂住耳朵，我不要接听！我不要听宋翊的事情！

"苏阿姨，你的电话！"

我更用力地堵住耳朵，我听不见，我什么都听不见！

陆励成从我的羽绒服衣袋里拿出电话，替我接听："是，是她。苏蔓喝醉了，你有什么事情可以告诉我……"

陆励成向山洞外走去，一会儿后，陆励成挂断电话，回头对涛子说："把篝火灭了，我们下山。"

我看到涛子在灭火，放开耳朵，不解地嚷："酒还没喝完，你们怎么不喝了？"

陆励成弯身，把我背起来，柔声说："我们都困了，先回去睡觉，明天再来玩。"

我也是真醉了，趴在他背上，闭着眼睛说："嗯，明天再来玩。"

似睡似醒间，并不确切知道发生了什么，只觉得陆励成似乎一直在打电话。后来，他终于不打电话了，就坐在我床边，一直看着我。天还全黑着时，他叫醒了我，我闭着眼睛，不耐烦地说："你难得起早一天，起来就发神经，这才几点。”

“凌晨四点多，快点起来吃早饭，下午的飞机回北京。”

“什么？”我瞪着他，“为什么？”

“我有急事要回北京处理，你若不想走，那我就自己回去。”说完，他转身就出去了。

我赶紧穿衣服，“咚咚”跑下楼，陆励成的嫂子已经准备好早饭。我洗漱完，和陆励成、涛子三个人一起吃了一顿丰盛的早餐。

我边吃饭，边抱怨：“你有没有搞错？春节！股市都不开！”

他淡淡说：“纽约和伦敦都在正常工作，我们的很多客户也都在正常工作。”

一句话堵死了我所有的抱怨，只能埋头吃饭。

等吃完早餐，陆励成看着我说：“大件的行李我已经收拾好，你把随身的物品收拾一下。”

我问：“你妈妈起来了吗？要和你妈妈去说声再见吗？”

“以后还有机会。这次就算了。”

装好东西，下楼来，涛子已经把车开到院子中，陆励成的妈妈和哥哥竟然都起来了。我实在不好意思，只能和他妈妈一遍遍说：“再见！谢谢！”

他妈妈拽着我手，和我说话，还特意把陆励成叫过来，她说一句，陆励成翻译一句。

“这次没招待好你，下一次，一定还要来玩。”

“我们家励成脾气不好，但心是很好的，有时候，你稍微让他一下，他自己心里其实就知道自己错了。”

“他若让你受了委屈，你来和我说，我帮你骂他。”

我本来听得很不好意思，但看到陆励成翻译时的脸色，差点笑倒，趾高气扬地看着他，对他妈妈说：“我会的。”

都上车了，他妈妈还走到窗户边，叮嘱我“一定要再来”，我只能一遍遍点头：“会的，会的。”

车开出后，我留恋地望着逐渐缩小的农家院落，没好气地问：“究竟又是你的哪个超级客户的什么破事？”

陆励成说：“我的超级客户难道就不是你的超级客户？争取在旅途上再好好休息一下，到了北京，你会没时间睡觉。”

宿醉仍未解，我也的确觉得头仍有些晕，遂闭上眼睛，开始打盹，嘴里却小声嘟囔："我过完年就辞职，你的超级客户就不是我的超级客户了。"

一路风驰电掣地赶回北京，已经是晚上，拖着行李要出机场，陆励成却说："现在Helen在你家的保安处，你给保安打电话，让保安带她去你家，把你的护照取出来。"

"为什么？难道我们要飞纽约伦敦？"

"你先打电话，打完了，我和你慢慢说。"

我打完电话后，说："现在你说吧！我们究竟要飞哪里？"

他凝视着我说："我们去越南河内。"

我呆呆地盯了他三秒钟，立即发疯一样地打开手袋，去找手机。手却一直在抖，手袋掉到地上，东西散落了一地。我跪在地上去捡手机，手机滑得拿都拿不住。

陆励成蹲下来，紧紧地抓住我肩膀："发生了车祸，你父母现在在医院，仍在昏迷中。你不能乱，你若乱了，他们还能依靠谁？"

我的身子抖着，只知道点头，"我不能乱，不能乱！"眼泪无声无息地涌了出来，我仰头看着他问，"他们绝对不会有事，对吗？"

他抱住了我："不会有事！"

他的胳膊充满力量，我的心稍稍安稳。

机场的大厅内，人来人往，都看向跪在一地凌乱中，脸色苍白的我和陆励成，陆励成却丝毫未关心，只是用肩膀挡住了他们探究我的视线。

Chapter 18

相依

是你牵着我的手，从昨天走到现在，只愿依偎在你身旁，永不分离。

飞机上，我不停地喝着水，一瓶又一瓶，陆励成一直沉默地坐在我身边。

我们刚出河内机场，立即有人迎上来，和陆励成握手，向我自我介绍："叫我Ken好了。"

我还以为是旅行社的人，不想竟然是MG在河内分公司的一个经理。

Ken已经知道我们到此的原因，汽车直接开向医院，他对我说，安排的是越南最好的医院，最好的医生，我忙谢谢他。他又和陆励成说，出事后，旅行社推卸责任，说我的父母未听从导游统一安排，在街上乱逛时出的事，和旅行社无关。

陆励成阻止了他继续深谈："这件事情不用和他们纠缠，让律师找他们谈话。"

快到医院时，Ken打了个电话，我们一下车，就有个医生走上来和他打招呼，Ken和我们介绍说，他叫Rio，是他从小玩到大的朋友，就在这个医院工作，我们有什么事情，都可以找他帮忙。我立即问他我父母的病情。Rio没有直接回答，只说带我们去见主治医生，由他告诉我们比较好。

主治医生带我们先去看我父亲，父亲安静地躺在病床上。医生介绍说，只是因为镇静剂的作用，所以仍在昏睡，没有什么大伤。看样子，母亲应该也不会有事，我的心终于安稳了一半："我妈妈呢？"

主治医生示意我们跟他走出病房："根据警察的说法，醉酒的司机开车撞向你父母时，本来你父亲的侧面朝着车，但是你母亲应该先发现了车，在最后关头，推开了你父亲，挡在你父亲身前。所以，你父亲只是轻微脑震荡，而你母亲重伤。非常抱歉，我们已经尽全力抢救，但是抢救无效，已经逝世。"

我呆呆地看着他，他说的不是真的！不是真的！我前天还和妈妈打过电话，他说的不是真的！

"我要见我妈妈，我要见我妈妈！"

主治医生为难地看向陆励成："我建议等她情绪平稳些再见遗体。"

"不！我要见我妈妈！"

陆励成伸手扶我，我一把打开他的手。

主治医生对陆励成说："等她好一些时，请到我办公室来一趟，我还有些话想和你们说，非常抱歉！"医生说完，就走了。

我一个个病房往里看，寻找着妈妈，陆励成一直跟在我身后。我打开一个病房，看不是妈妈，又立即走开。他就跟在我身后，对病房里恼怒的人一个个说"对不起"。

后来，当我猛地推开一个病房，把一个小孩吓哭时，他一把拽住了我："苏蔓！"

我努力要挣脱他的手："我要见我妈妈。"

他沉默地看着我，眼中满是同情。我去掐他的手："放开我！放开我！"

他对一直陪着我们的Rio说："带我们去停尸房吧！"

陆励成拽着我进电梯。

"不，我不去。我要去找我妈妈。"

他一句话没说，只是把我牢牢地固定在他的胳膊间，无论我如何拳打脚踢地想逃出电梯，他都一点没松手。

一进入停尸房，冰冷安静得如同进入了另外一个世界。工作人员把尸体上的白布掀开，安静地退到一边。

看到妈妈的一瞬间，我安静了下来。

母亲的脸安详宁静，如同正在做一个好梦。我轻轻地走到她身边，就像小时候，星期天的早晨，早起了，蹑手蹑脚地走到父母床前，查看他们有没有醒来。有时候，母亲会等我脸都凑到她脸前时，突然睁开眼睛。我吓得"啊"一声尖叫，转身就跑向父亲，父亲就大笑着把我从床下捞起来，放在他们中间。

我弯下身子去看她，妈妈，你吓我一下，吓我一下！

母亲安详地睡着，我伸手轻轻摇她的肩："妈妈，妈妈！"她仍是沉沉而睡。我的手轻轻抚摸着她的脸，冰冷的感觉从指尖渗透到血管，又迅速弥漫到全身。

记得上小学的时候，爸爸要上夜班，常常我白天回家时，他仍在睡觉，我就跑去叫他，妈妈总会把我轻轻拉出屋子，告诉我："你爸爸很累，他想睡觉，你不可以吵他。"

有时候，我会很听话，一个人去看电视，有时候，我会很不听话，立即扯着嗓门大叫："爸爸，你的宝贝小公主驾到！"

妈妈气得瞪我，爸爸的笑声从屋子里传来："我的宝贝小公主在哪里？"

"在这里！"我朝妈妈做个鬼脸，立即冲进屋子，跳到爸爸身边。

妈妈，你累了吗？你要睡觉了吗？那好吧！现在我已经懂事了，不会吵你的，我会照顾好爸爸的，你安心睡觉吧！

我最后看了妈妈一眼，转过身子，对工作人员鞠躬："谢谢您。"

他轻声说了一句话，Rio翻译给我听："节哀顺变！"

"谢谢！"

我走出了停尸房，陆励成不放心地盯着我："你如果想哭，就哭，不要强忍着。"

我摇头："我没事，我还有爸爸要照顾，我没事的。"

签署了妈妈的遗体火化单，又去找主治医生办出院手续，我想尽快带爸爸妈妈返回北京，他们会想在自己家里休息。

主治医生听到我要出院，没有立即签字，而是带着我进入一间暗房。他打开墙壁上的灯，几幅X光片显现出来，他指着X光片的几个黑点说："这是你父亲住院后，我们给他作检查时的片子。"

那些噩梦般的记忆涌现在脑海里，他下面要说的话，我四年多前已经听过一遍，不！我一步步向后退去，直到撞到站在我身后的陆励成身上，他两手扶着我的肩膀："苏蔓！"他的声音有太多的哀悯和怜惜。

医生问："你父亲以前做过癌症手术？"

我木然地点头。

医生的眼中也有同情："非常抱歉，我们发现他的癌细胞扩散了。"

"我们每半年都会体检，一直很好，会不会是误诊？"

医生对我对他能力的藐视丝毫没有在意，解释道："癌细胞仍是医学上的难题，它可以二十年不扩散，也可以短短三个月就长满人的大脑。我的建议是，尽快联系之前的医生，制订治疗计划。"他把一个厚厚的档案袋交给我，"这是所有相关的资料，以及我的想法意见，里面有我的联系方式，如果有什么问题，你们可以随时联系我。"我接过档案袋时，医生竟然在我肩头拍了一下："坚强！"

我捏着档案袋，平静地走出医生的办公室，走进了电梯，陆励成叫我："苏蔓！"

我侧头看他："什么？"

他嘴唇动了动，却没出声，一会儿后，他说："我已经订好明天下午的机票，你觉得时间需要更改吗？"

我说："不用了，早上我去领骨灰盒，麻烦你帮我照顾一下我爸爸。中午回来，办出院手续，下午就可以走了。"

他说："好的。"

走出电梯，快要进病房时，我突然停住脚步，眼睛盯着父亲的病房门说："如果明天早上，我爸爸醒了问起妈妈，你就说她……说她受了很大惊吓，北京的医疗条件比较好，所以我找人先送她回北京了。"

"好的。"

去购买骨灰盒时，我才知道原来这东西也能做得如此精致美丽，他们叫它宝宫，我喜欢这个名字，也感谢这世上有人肯花费心血做出这些美丽的宝宫。我把信用卡透支到极限，给妈妈买了一个手工做的红木雕花大银丝包布宝宫，我想这样，妈妈会休息得更舒适一些。

中午回到医院时，爸爸已经醒了，我悄悄问陆励成："我爸爸问起妈妈了吗？"

"没有。他醒来后，一句话都没说。"

陆励成推着轮椅上的爸爸，我怀里抱着妈妈，走上了飞机。

爸爸没有问我为什么妈妈没有和我们一起坐飞机，他的神思很恍惚，总是看着一个地方出神，可是眼神却全无焦点，我蹲在他身边叫他："爸爸，爸爸！"

他茫然地看向我，要过一会儿，才能认出我是他的蔓蔓。他微笑，用手揉我的头发，手上的力气却很微弱。我也笑，紧紧地握住他的手，这双手曾经充满力量，曾把我高高举过头顶，带我飞翔。

小时候，家里经济条件不好，出行时的交通工具都是火车汽车。别的同学去旅游时，已坐过飞机，我却从没有坐过飞机。我觉得很丢人，所以总是回家，很不高兴地嚷："要坐飞机，我要坐飞机。"爸爸就把我高高地举起来，一边跑，一边说："飞机起飞了！"然后猛地一个拐弯，他就叫："飞机转弯了！"还会剧烈晃荡，他就急促地叫："遇到风暴，遇到风暴，请求紧急支援，请求紧急支援！"我一边尖叫，一边哈哈大笑。

我握着爸爸的手，对爸爸笑说："等五一，我们去九寨沟玩吧！我请客，买头等舱的票。"

爸爸微笑着点头。

回到北京，立即联系爸爸以前的主治医生张医生，他本来在休假，听到爸爸的情况后，答应第一时间给爸爸作检查。

他见到我时，问我："你妈妈呢？"

我低下了头，陆励成低声告诉他情况。张医生十分吃惊，一再对我说："你放心吧！我会找最好的医生和我一起会诊，我们一定会尽全力。"又拉过陆励成，低声对他嘱咐："注意稳定病人情绪，医生固然重要，但最终战胜病魔还是要全靠病人自己。"

给爸爸办了住院手续，又给爸爸单位的人打电话，询问医保的事情。打完电话，陆励成拖着我去吃饭，虽然没有胃口，但现在不是放纵自己的时候，我一小口、一小口地吃着饭，硬是把一份饭全吃了下去。

陆励成一直看着我，我对他说："这几天谢谢你了，你不用一直陪着我，以后的事情我都很熟悉，这里又是北京，是我的地头。"

他说："现在还在过春节，整个公司都在休假，难道你让我去上班吗？闲着也是闲着，正好我有车，大家就算不是朋友，还是同事，帮点忙也是应该的。"

"抱歉，你本来应该在家里过节休息的。"

"你太啰唆了！"他说着话，站了起来，"我们去你家里给你爸爸收拾些衣服和生活必需品。"

春节期间，路上的车很少，牧马人一路狂飙，两个多小时就到了房山。打开门的刹那，我习惯性地叫："爸、妈，我回来了。"话出口的瞬间，我有一种天旋地转、站都站不稳的感觉，靠着墙壁，紧抱着妈妈休憩的宝宫，默默地站着，陆励成也沉默地站在门口。

好一会儿后，我才能举步，将宝宫放到卧室的柜子上，轻声说："妈妈，我们到家了。"

拉开大衣柜，开始收拾父亲的衣物，陆励成站在门口说："收拾好东西后，你就冲个澡，睡一觉，我们明天一大早回市里。"

"我想待会儿就走。"

"苏蔓！你自己想一想你有多久没睡过觉了？现在是深夜，叔叔在熟睡，又有看护照顾，你把自己折腾过去，算什么事？是你自己说你还要照顾父亲，你觉得你这个样子能照顾他多久？"

我捏着父亲的一件厚夹克，轻声说："这件衣服是妈妈上个月刚给爸爸买的。"

陆励成的语气立即软下来："你休息一下，明天早上我们一早就走，我和你保证，等叔叔醒来时，你肯定在他身边。"

我说："我知道了，你说的对！我收拾好东西就休息。"

收拾完东西，去洗澡，出来时，陆励成坐在沙发上看电视，可是声音一点没有，只一个新闻主持人不停地说着话，也不知道他看的是什么。

我去厨房里热了两袋他带来的牛奶："喝点……"却发现他已经靠在沙发上睡着。这几天，在他刻意的隐瞒下，我至少还在他家，在车上、飞机上好好睡过，他却自从那天晚上接到消息，就一直在连轴转，订机票、安排行程、联系河内的朋友、安排医院，督促旅行社支付保险赔偿……

我把牛奶轻轻放到茶几上，拿了条毯子盖在他身上，又关上灯，缩坐在沙发一角，边喝牛奶，边看电视。

虽然没有声音，也完全不知道它在演什么，可是眼睛盯着一幅幅闪过的画面，大脑就可以不用思考。

很久后，他仍然没有醒，虽然不忍打扰他，可是若这么坐着睡一晚，明天肯定全身都得疼。

"陆励成，去冲个澡再睡吧！"

他睁开了眼睛，恍惚地看着我。

我正低着头看他，仍有湿意的头发垂在他脸侧，他伸手替我将头发绾到耳朵后，温柔地说："你不是孤单一人。"

我愣愣地看住他，不明白他的意思，是一种同情，还是一种安慰？

他站起来，没什么表情地说："我去冲澡。"

我跟在他身后，走进了浴室，告诉他洗头的、洗身子的都在哪里，然后又拿了一套我当年买给父亲的睡衣给他，买的时候大了，此时他穿，倒正好合适。

关上了门，他在里面洗澡，我在门口和他说话："家里就两个卧室，我爸妈的卧室……"

他立即说："我睡沙发就可以了。"

"抱歉！"

"没事，我经常在公司的沙发上睡，你先去睡吧！不用等我了。"

我拿了条干净的床单，铺在沙发上，又放好枕头、棉被，然后回自己的卧室。刚开始一直无法入睡，可努力收敛心神，让自己的大脑保持一片空白状态，最后，终于睡了过去。

一夜无梦，清晨五点，闹钟响，我立即起来，洗漱完后，叫陆励成起来洗漱。等他洗漱完，我的早饭已经做好，两个刚煎的玉米鸡蛋饼，两杯热牛奶，一碟泡菜，有白菜、胡萝卜、豇豆，颜色煞是好看。

陆励成努力让一切显得正常，笑着说："好丰盛。"

我也笑："泡菜是妈妈腌好的，想吃的时候随时捞。牛奶放进微波炉一热就好，我的唯一功劳就是这两个玉米鸡蛋饼。"

陆励成尝了口玉米鸡蛋饼："很好吃。"

我说："本来觉得冰箱里的食物大概都过期了，只想煮点玉米粥的，结果看了一下鸡蛋的日期，竟然还没过期……"我的声音断在口中，原来生离死别的时间只是一个星期。一个星期前，妈妈还在这个厨房里忙碌。

我低下头，沉默地吃着饭，陆励成也没有再说话。

沉默地吃完饭，两个人赶往医院。

等父亲醒了，推着他去外面散步，陪着他聊天。

吃过中饭没一会儿，护士就来赶我们走，说探视时间已过，该让病人休息了。

我请陆励成送我回我的小公寓，快到我家楼下时，我让他停车。

走进了一家地产中介公司，一个男的看到我和陆励成一前一后进来，以为是夫妻，立即热情地招待我们："二位是买房？"

我坐到他对面："不是，卖房。"

"哦，哪里的房子？"

"就是距离你们不远的××花园。"

男子赶紧找单子给我填："那里地段很好，紧挨着地铁口，你的房子大吗？如果不大，比较容易出手，很多刚工作的年轻白领都愿意买这个地段的小公寓。"

我正要低头填资料，陆励成手盖在了纸上："你什么意思？"

我侧头看他："我要卖房子。"

"我耳朵没聋！为什么？"

"这是我自己的事情，和你没有太大关系吧？"

陆励成盯着我："如果你担心你父亲的医药费，还有别的方法解决。"

我淡笑着说："怎么解决？你不会真以为医保能全额报销吧？你应该知道治病就是一个花钱如流水的过程，我父亲上次病了一年，手术加住院化疗，我们家总共花了十六万！还不包括零碎的费用。很多进口的好药，根本不在医保的报销范围之内。上一次，我爸为了省钱，宁可自己多受罪，坚持不用进口药，你知道化疗有多痛苦吗？这一次，我不想他再经受这一切，我要给他用最好的药，给他请最好的看护……"我说不下去，转过了头，"这件事情，是我自己的事情，请你不要发表意见。"

"我有钱，可以……"

我猛地转头盯着他，他把没有说完的话立即吞回去。看到他眼睛中闪过的受伤，我有一点歉然，几分疲惫地说："我自己有能力照顾好父亲，我也想自己照顾他，你明白吗？"

陆励成没有说话，我努力地笑了笑："再说，你借给我钱，我不是还是要还的吗？早一点，晚一点，又有什么区别？"

陆励成拿开了手，我开始填单子，将房屋的地址、面积、新旧程度都详细填好，又和中介签了合同。

回到家里，我没有请他进去，站在门口说："这段日子的帮忙，'谢谢'两字难以表述，以后你若有用得着我苏蔓的一天，赴汤蹈火在所不辞。假期快要结束了，你回家好好休息，准备上班吧！不用再来看我，这里交通方便，打的、坐地铁都很方便。"

他想说什么，却隐忍了下来："你也好好休息一下。"说完，转身离去。

我定了闹钟，两个小时后叫醒自己。把自己扔到床上，衣服没脱，鞋子也没脱，就这么昏昏地躺着。脑子里还琢磨着，要给大姐发一封电子邮件请她帮我推荐一份高薪的工作；要给父亲做晚饭，煲骨头汤；记得去医院的时候带上象棋，晚上陪他下几盘；明天早上早起去菜市场买条活鱼，还要写辞职申请……

休息！苏蔓，你需要休息，才能应付所有事情，休息，休息！

下午，我到医院时，父亲不在病房，护士告诉我一个男子推父亲去下面的花园散步了，小护士边说边笑："你好福气哦！男朋友这么英俊，还这么孝顺。"

我好福气吗？我扯扯嘴角，礼貌地笑了笑。

旁边的老护士听到小护士的话，狠狠地瞪了她一眼，对我说："我刚碰到他们，听到他们在聊下棋，这会儿应该在活动室。你沿着侧面的楼梯下去，拐角处就是，比走电梯快。"

棋牌室内十分安静，就两个人坐在靠窗的位置上，专注地下棋，阳光投入室内，有温暖的感觉。

我以为是陆励成，却不是，竟然是宋翊。看到他，有一种隔世的感觉，平静地连我自己都不能相信，我只看了他一眼，就把眼光全放在父亲身上。爸爸习惯性的手卡在下巴上思索棋路，想到好棋的时候，会不自觉地另一只手轻敲着桌子。因为专注，表情没有了茫然的感觉，让我觉得他的身和心都在这里。

我在另一边的桌子前坐下，宋翊听到动静，侧头看了我一眼，没说什么，又看向了棋盘。

宋翊的棋力不弱，父亲敲桌子的机会越来越少，到后来，两只手环抱在胸前，皱眉凝视着棋盘。我微笑，凑到父亲身旁："要我当军师吗？"

爸爸这才看见我，笑起来，这几日难得一见的明亮："去，去，去！就你那点技术，坐一边好好学着。"

我拖了凳子，靠在爸爸的身边坐下，他又凝神想了一会儿，慎重地将马换了个地方，看向宋翊，手腕搭在桌子上，看似悠闲，实则紧张地悬着。宋翊想了一会儿，上了象，父亲面无表情地手开始敲着桌子，走了另外一个马。随着父亲的轻敲声，宋翊逐渐被父亲逼入困局。

"将军！"父亲乐呵呵地摆上了连环马。

宋翊凝神看了一会儿，笑着说："我输了。"

爸爸笑："小伙子的棋艺不错，再努力一下，下次很有可能赢。"

宋翊做了抱拳作揖的姿势："那就请叔叔多传授几招。"

爸爸笑着说："互相切磋，互相切磋。"

宋翊收拾棋子，我问爸爸："饿了吗？我炖了骨头汤，还有你爱吃的红烧茄子。"

爸爸看向我的手："你不用特意给我做饭，医院的饭也很好吃的。"

"没特意，我自己吃馆子吃得有些腻。"

"那去吃饭了。"爸爸开心地说，我却能感觉到他此时的开心更多的只是为了我。

爸爸一边吃饭，一边不停地夸我手艺好，我知道他是说给宋翊听的。要以前我早就恼羞成怒，现在却只觉心酸，恨不得能被他这样说一辈子。等吃完晚饭，陪着爸爸聊了会儿天，他就装做累了，说想要休息，让我回家去，拜托宋翊送送我。

不想违逆爸爸的意思，所以装做不知道，和宋翊出了病房。

经过护士的值班室时，护士叫住我："张医生说让你离开前去一趟他的办公室。"

"多谢。"

张医生看随在我身后的不是陆励成，愣了一愣，我介绍说："这是我同事，宋翊。"

张医生和宋翊握了下手，请我们坐。他手里拿着一叠厚厚的病历，迟迟没有说话。我说："张医生，您有什么就直接说吧！我需要了解最真实的情况。"

张医生将病历推到我面前："你父亲的癌细胞扩散很快，几个专家的意思是……他们觉得手术并不可行。"

"你们拒绝为我父亲动手术？"我的声音尖锐得刺耳。

"不是我们不想动，而是癌细胞已多处扩散，手术根本救不……"

我霍然变色，猛地站起来，就要离开："我去找愿意治病救人的医生。"

宋翊一把拽住我的胳膊，把我拖回去："蔓蔓，听张医生把话说完。"又对张医生说："抱歉！"

张医生说："没事，我理解。"

我坐了下来，手遮住脸："对不起。"

张医生说："你父亲的身体状态现在很不稳定，他现在很难承受一连串的大手术，所以我们的意见是保守疗法。"

房间里沉默着，只听到我一个人的大喘气声，如即将窒息而死的人。我艰难地问："有多少希望？"

"我希望你抱最大的希望，但作最坏的心理准备。"他顿了一顿，又说，"如果有时间，你尽力多陪陪父亲吧！"

我木然地走出医院，宋翊招手拦了计程车，我低声说："再见！我搭地铁回去。"

他快步从后面追上来，随着人流，两人一前一后上了地铁，我对窗而站，凝视着漆黑的隧道一节节从窗户里闪过。

地铁到站，我们又随着人流出了地铁。我向家的方向走，他一直默默地跟在我身边，就要进大厦时，我突然停住脚步，不耐烦地说："麻辣烫呢？你为什么不去陪她？她才是你的责任。"

他的眼中有悲伤："我给陈阿姨打电话拜年时，听说你家里出事了。本来想和怜霜一起回来，可她搬到另外一个酒店住，我去找她时，她出海钓鱼去了，所以只来得及给她留言。"

"多谢你的关心，我想回家休息了。"我暗示他可以离开了，他却一动不动，只是凝视着我，幽深的黑暗中似乎流转着沉重的哀伤，又似乎是深深的怜惜。

来来往往的人都好奇地看向我们，保安站在玻璃窗内朝我挤眉弄眼地笑，我转身朝一旁的小花园走去，捡了个避开道路的长椅坐下，他坐到我身边。

花坛里竟然有一丛迎春花已经有米粒大小的嫩芽，我盯着研究了半晌。

手机突然响了。

"野地里风吹得凶，无视于人的苦痛，仿佛把一切要全掏空……"

"喂？"

"是我，林清。你的电子邮件我已经收到。凭借你以前的工作经验，有我的保荐，找一份好工作不难。如果你要争取高薪酬，你在MG的这段工作经历很有分量。当然，前提是你能拿到陆励成，或宋翊语气真诚的推荐信。否则，就索性不要提了。毕竟我们不同行业，不好解释你的职业轨迹。对了！发生了什么事？你借人高利贷了吗？怎么突然一副钻到钱眼的样子？对工作什么要求都没有，只有高薪的要求。"

"谢谢大姐，不过暂时不需要了，我想休息一段时间，暂时不工作。"

"苏蔓，究竟发生了什么事情？"

"没什么。"

"苏蔓，我可告诉你，你别在那里玩清高！朋友就是用来帮忙和利用的，否则要个屁！你要想瞒就瞒彻底了，否则若让我以后知道是有什么事，你放心，我玩君子之交淡如水的时候，你还在高中懵懂幼稚呢！"大姐训斥完，一声断喝，上司的作风尽显无遗，"说！究竟什么事？"

"我爸爸生病了，各方面开销都会很大，所以我本来想找份高薪工作。可是，今天医生建议我尽量多抽时间陪陪他，所以……我想先不工作了，我想多和我爸在一起……"说着话，我压在心里的泪水终于找到了一个倾泻口，无声无息已经满面泪痕。

大姐沉默着，没说任何安慰的话，一会儿后说："我明天回北京。"

"不用，不用！"

"我反正也该回来，好了，明天见！"

大姐挂了电话，我的眼泪却无法收住，一直哭，一直哭，却怎么都没有办法哭完心中的悲伤。我知道终有一天父母会离开我，但是我以为还很远、很远，从没想到这一天来得如此措手不及。

悔恨、焦虑、悲伤、茫然……所有的情感掺杂在一起，变成了绝望无助，我边哭边说：

"我当时应该坚持陪他们去东南亚的，都是我的错。如果我陪着他们，妈妈也许根本不会被撞，爸爸根本不会生病。"

宋翊的眼中有沉重的哀伤："这不是你的错。"

"你不明白，我虽然一直没有告诉爸爸，妈妈已经走了，爸爸也从来没有问，但是他已经就知道了。他肯定很恨自己，他恨自己没有保护妈妈，反倒让妈妈为了他失去生命。我爸爸是孤儿，他跟着他叔叔一起生活，起先他叔叔没有男孩，对他还不错，也供他念书。后来，婶子生了个儿子，就很不待见他，连饭都常常是吃了上顿没下顿，更不要说念书了。爸爸只读到小学二年级，就退学了。年龄刚够，就跑去参军，想着至少在部队里能吃饱饭，后来部队转业，因为他会开车，就到单位里给人开车。他没有老人操心婚事，又很穷，别人给他介绍的对象，都看不上他，一直打光棍。我妈妈是个中专生，三十多年前的中专生金贵着呢！她又长得好看，刚分到单位时，一堆人在后面追。我妈说打水打饭都不用亲自动手，早早的有人做好了。楼道里大家轮流值日打扫卫生，每次轮到我妈妈，等她拿着扫帚去，早已经打扫得干干净净，她那时候才十七岁，不太懂男女之间的事，还傻乎乎地想'真不愧是毛主席住的地方，这里的雷锋同志可真多！'"

想到妈妈给我讲述这些时候的语气，我禁不住地想笑，可眼泪却流得更凶："那时候的男同志也含蓄，都帮我妈打扫一年卫生了，可仍没和我妈说他究竟为啥替我妈打扫卫生。我爸就不一样了，自从我妈坐过他一次车后，他就瞧上我妈了，托人帮他去介绍，介绍人不肯，说人家姑娘条件好，多少人都不敢想，你就别想了。我爸就想，你说不行就不行呀？就算不行，也得人家姑娘亲口告诉我。我爸就跑去找我妈，敲开门就说：'我喜欢你，想和你处朋友，你看看成不成？'我妈吓得半天反应不过来，我爸就说：'你既然不反对，那我们就处处，这是我对你的表白书。'"

我一边擦眼泪，一边笑："那个表白书我妈一直收着呢！那里面仿照军队的三大注意八项纪律，向我妈保证如何正确处理他们之间的关系。我妈本来被我爸吓了个半死，又被他笑了半半死，然后就想，处处就处处吧！就和我爸好了，后来很多人嫉妒我爸，不明白我爸爸怎么追求到我妈妈的，跑去问我爸，我爸说我就去告诉她我想和她处朋友。那群帮我妈打水、扫地、打饭的人后悔得脸都绿了。我姥爷、姥姥不喜欢我爸，嫌他没文化、家庭又不好，配不起我妈，可我妈一直非常敬重我爸，在家里不管大事小事都会征询我爸的意见，从没觉得自己比我爸强。后来我姥爷中风瘫痪了，我爸一直伺候他到去世。我妈说，我姥爷临去前和她说：'丫头，你没嫁错人，有他照顾你，我很放心。'爸爸也一直没有让姥爷失望，从我记忆中起，我妈只为我生过气、掉过眼泪，和我爸真的是连脸都没红过一次。我现在没有办法想象我爸的自责心理，我也根本不敢和他谈妈妈，我怕一谈，他最后为我强打的坚强也会崩溃。其实，不是他没照顾好妈妈，是我没照顾好他们，他要怪应该怪我，不应该怪自己。"

我捂着脸，放声大哭。我想妈妈仍在我身边，我不想爸爸离开我，我不想爸爸这样生不如死的痛苦，还要为了我强作笑颜。

宋翊掰开我的手，握着我的手说："你错了！我想你爸爸也许有遗憾痛苦，但是并不会自我怨恨。你妈妈救了你爸爸，她应该是含笑而去。两者之中，留下的那个人才是最痛苦的，如果车祸无法避免，我相信你爸爸肯定宁愿要这样的结果，也不愿意让你妈妈处在他现在的位置上，被思念与愧疚双重折磨。你爸爸是个真男人，他比你想象的坚强，我想他不是害怕和你谈起你妈妈，他只是想找一个更合适的机会谈，他担心的是你。"

"真的吗？"我喃喃自问。妈妈最后安详宁静的笑脸浮现在我的眼前，让我不得不相信，在她生命的最后一刻，她的确是幸福快乐的。可父亲呢？父亲真宁愿活着的是他吗？

宋翊点头，眼中有沉重的哀伤，恍惚间，竟觉得他的神情和父亲有几分相似。

他用手为我拭泪，缓缓说："他爱你妈妈，你妈妈在他心中并没有逝去……"

他的话语突然停住，我转头，看见麻辣烫不能置信地盯着我们，她脸色绯红，眼中有不能置信的愤怒。

我立即站起来："麻辣烫……"

她突然就笑了，一面笑一面向我走来，笑得灿若娇花，走得风摆杨柳："苏蔓，你告诉我让我和宋翊分开一段时间冷静一下，就是为了让自己更方便躺到他怀里吗？"

我闻到她身上散发出浓烈的酒气："你喝酒了？"

麻辣烫冷笑："我以为你和别人不一样，我以为我们的友情坚不可摧，你为什么要这样？朋友的男朋友就这么诱人吗？你就这么下贱吗？"

宋翊沉声说："怜霜，闭嘴！"

麻辣烫震惊地看向宋翊，哀怒伤交加，讥笑着说："你竟然生气了？真是不容易！我盼了这么久的怒气终于来了，早知道苏蔓是你的心尖肉，动不得，我省了多少工夫！"

她说着话走到我面前："我真不想上演这么狗血的剧情，可我也不是被人欺负到头上，里面吐血还要面上高雅地走开的人，淑女让你做，我只愿做泼妇……"她扬起了手，没等宋翊反应过来，"啪"的一声，响亮地扇在我的脸上。

我捂着脸，呆呆地看着麻辣烫，麻辣烫似乎也没想到自己竟然真打了我，而我竟然连避都没避。她不可置信地看着自己的手掌，眼中有惊、有伤、有怒，各种错综复杂的感情闪过，却只是倔犟地咬着唇，看着我。

宋翊怒声问："你疯了吗？在海南不问理由地闹，回了北京仍然闹，你能不能不要总自我为中心，稍微关心一下你身边的人？"

麻辣烫把眼中所有的情绪都深深地藏了起来，只剩冷漠倔犟。她哈哈大笑起来，指着我说："你竟然骂我了？为了她？"她转身就走，步履虽然踉踉跄跄，腰却挺得笔直。

宋翊眼中闪过后悔，我说："我没事，你快去追她吧！她这段时间心情不好，又喝醉了，你去看着她点。"

他站着没有动，眼中有挣扎和痛苦，有对我的不放心，可也有对麻辣烫的牵挂。

我低着头，快速地跑向家里。

一口气跑回家，关上门，背贴在门上，整个身子抖得如秋风中的枯叶。麻辣烫的一巴掌彻底将我打醒，我震惊地发现，我一直辛苦维持的友谊，其实在我的辛苦维持中早已经渐渐远去。

我和麻辣烫彼此信赖，也从不对彼此客气。我怕麻烦别人，我怕欠别人的人情，我怕别人表面客气、心里又不耐烦，但是我从不认为麻辣烫为我做什么事情是麻烦她。在我心中，她是如我父母一样的亲人，对亲人而言，为彼此的付出不是麻烦，是理所当然。这一次的事情，换成以前，也许我早已经给麻辣烫打电话，让她回来陪我，握着我的手，让我能更坚强，更有勇气。可是，我自始至终没有告诉她任何消息，我为了保住我和她的友谊，苦苦压抑自己的感情，可我的苦苦压抑却正在毁灭我们的友谊。

我已经很久没有告诉过麻辣烫我究竟是快乐还是痛苦，我对她说了无数谎言，我的心事在她面前成了秘密，我在她和我之间筑起厚厚的城墙，戴着一张虚伪的面具。她是不是早感受到了我的变化？她一直努力约我出去玩，找我谈心，是不是在尽力挽救？可我却在自以为是地维护友谊中坚决冷漠地将她越推越远。

我突然发现，如果不解决宋翊的问题，我和麻辣烫的感情似乎已经走到了悬崖边上。难道在短短时间内，我所有的亲人都要弃我而去？

人生竟然如此无常，如此努力地想抓着，却越努力越绝望。

也不知道在黑暗里坐了多久，门铃声响起，我不是很想理会，所以没有应声。

门铃声倒是停了，可不一会儿，"咚咚"的敲门声又响起，并且越来越大，我人正靠着门而坐，感觉连背脊都被震得疼。

"谁？"

"是我！"

陆励成的声音，只能站起来开门。楼道里灯光明亮，我却在黑暗中待久了，猛地一开门，眼睛有些受不了，忙用手遮着眼睛，转身往回走。他跟进来，我扭亮台灯："什么事情？"

他盯着我没说话，我问："怎么了？"

他说："你去看一下镜子。"

我走到浴室，才发现自己脸上两道血痕，麻辣烫那一巴掌打得并不重，可她带着戒指、又留着长指甲，所以脸没肿却有了伤口。

我头抵着镜子，脑袋发木，明天该如何给父亲解释？

"如果我告诉你我是不小心划伤的，你相信吗？"

"不相信。宋翊给我打电话，麻烦我过来看你一眼。我问他什么事，为什么他自己不过来，他又不说，我就只能过来看一眼，没想到真没让人失望，可惜错过了精彩一幕，许怜霜打的？"

我说："难道你觉得会是宋翊打的？"

他依在浴室门口，闲闲地笑："还有自嘲精神，恭喜！我以为被人撞破奸情的人好歹应该惶恐一下。"

我突然发怒，随手拿起洗手液向他砸过去。他手一勾，稳稳当当地接住，还在手里轻轻抛了一下，一副不屑之极的样子。我又拿起洗脸液朝他砸去，他轻松避开，我一股脑地将手头能扔的都扔了过去，却一个都没砸中他。

我看着地上的一片狼藉，只觉厌烦，手指着门外："你出去！"

陆励成仍是吊儿郎当地笑着，手搭在浴室门框上："何必呢？一副我冤屈了你的样子，敢做就要敢当，许怜霜若不是亲眼看到什么，也不至于下如此重手。不过，我有点纳闷，宋翊看上去很放不下你，人却守在许怜霜那里，你就甘愿做个地下情人，二女共侍一夫？"

"陆励成，你不要跑我这里发疯，你觉得麻辣烫受了委屈，有意见去找宋翊，我就是想做地下情人又怎么样？那是我的自由，你管得着吗？你出去！"我跑过去，一把拉开大门，轰他出去。

陆励成如一阵风般从我身边刮过，头都没回冲向了电梯。我"砰"的一声甩上门，人倚在门上，只觉得整个人要虚脱。这究竟是怎么样一笔烂账，我们究竟前生谁欠了谁的？

一会儿后，隔着门板，一个声音响起，如同就响在耳畔。

"对不起！我刚才情绪失控了。"

我不吭声，他继续自顾地说着，如同对着黑夜倾诉："我总觉得你既然喜欢宋翊，就该大大方方地去说清楚，尽自己的力量去追求他，何必这样藏着掖着，弄得大家和你一块儿难受。"

我平静地说："宋翊爱的是麻辣烫，自始至终是宋翊在选择我和麻辣烫，而不是我选择他。我藏着掖着，也许只是知道，我压根儿没有机会，也许，我只是给自己保留一点自尊。"

陆励成说："其实，我不该说你，我连'喜欢你'三个字都说不出来。对不起！"

我脸贴着门板说："没关系，我刚才不是生你气，我是……我大概只是想抓着一个借口发泄。"

他低声说："也许我太骄傲，知道她不喜欢我，就已经连说的勇气都没有了。其实即使说了，她仍然爱的是宋翊，换来的也许只是冷漠的拒绝和逃避。我不说，至少还可以在她面前保留一份尊严，君子之交的相处。"

陆励成语气中的哀伤和茫然让我想落泪，他这样的男人，早已经被岁月淬炼成最硬的寒钢，不想竟因情化为绕指柔，可爱情没有公平而言，不是谁付出最多，就该谁得到。麻辣烫就是不爱他，他也无可奈何。

我轻轻地说："想心不生波动，可宿命难懂，不想只怕是没有用，情潮若是翻涌，谁又能够从容，轻易放过爱的影踪。如波涛之汹涌，似冰雪之消融，心只顾暗自蠢动，情若深谁又顾得了痛？"像是回答他，更像是回答自己。

陆励成笑起来，敲了敲门："这是我的版权。"

我也笑："好的，我每次听这首歌，都会记得是你的歌。"

他开玩笑地说："你要记得自己说过的话。"

"我的痛苦就在于记性太好！"

"你早点休息，我回去了。"

"等一等，你说我和我爸说我脸上的伤是树枝划的，我爸能相信吗？"

"你明天早上几点去医院？"

"九点。"

"我也那个时间去医院，你爸见了我就相信了。"

"胡扯什么？"

"绝不虚言，回头你爸不相信，你找我算账。"

"那好！路上开车注意安全。"

"晚安。"

"晚安。"

Chapter 19

往事

往事已随岁月尘封，却在心上留下永不能抹去的苦痛，不知何去何从。

早晨，走近父亲病房时，听见里面一阵阵的说笑声，推门看见宋翊和麻辣烫竟然都在。麻辣烫紧张地看着我，怯生生地叫："蔓蔓。"

我笑着说："你们怎么来得这么早？这不是成心在我爸面前衬托我懒吗？"

麻辣烫神色一松，可眉眼间的尴尬仍是未去。

爸爸看我戴着口罩，担心地问："你感冒了？"

我忙说："没有。"正为难地、慢吞吞地摘下口罩，病房门被推开，一盆娇姿艳态的杏花映入眼帘。花开得很繁密，花后的人都看不清楚，只看见一片"道白非真白，言红不若红"的繁花丽色，让人惊觉春天已到。

病房里有了这么一大盆生机勃勃的花，消毒水的味道都不知不觉中淡去。陆励成一边擦手，一边和爸爸打招呼，又自然而然地问我："脸上的划伤还疼吗？挑了半天，结果还没要那盆，倒弄得自己像被人打了一样。"

麻辣烫的脸一阵红、一阵白。我立即摇头："不疼了，看着吓人，实际划得很浅。"

爸爸心疼地说："这丫头，挑个花也能弄伤自己！"

我笑："很快就能好。"

我服侍爸爸吃完早饭，护士来推爸爸去做治疗，他们一走，屋子里立即安静下来。

麻辣烫走到我身边，低声说："对不起！我不知道你家的事情。我这段时间就和疯子一样，看到宋翊的留言说有急事先回北京，让我也尽快赶回北京，我没有思考究竟是什么急事，反倒觉得好似自己被人抛弃了，飞机上喝了些酒，所以看到你们……"

我打断了她的话："是我错在先，如果……"如果我没有刻意回避你，我早应该给你打电话，那就不会有后来的误会，可是我又怎么可能不回避你？我没有办法同时面对你和宋翊。这是一个不知道如何解开的死结，我苦笑着，握了握麻辣烫的手："没有关系的。"

麻辣烫看着我，欲言又止，最后也握了握我的手，算是冰释前嫌。但是，我知道，我们之间的鸿沟正在越来越大。如果她仍是我的麻辣烫，她应该指着我的鼻子质问我为什么发生这么多的事情竟然不告诉她，她会寒着脸问我究竟有没有当她姐妹，她会嬉皮笑脸地拿着我的手让我打回她一巴掌。她会臭骂我，然后再陪着我一块哭泣。

可是她没有，她只是礼貌地说："我已经和妈妈说过了，她说她会帮我联系北京最好的癌症专家。"

"谢谢。"

病房里的气氛安静地古怪，我小心地说："我爸的治疗时间会很长，你们去忙自己的事情吧！我一会儿说不定也要出去一趟。"

宋翊和麻辣烫起身告辞，麻辣烫站在门口看着我，一直不走，却也一直不说话，我心里难受得想哭，很想抱着她说："我们和以前一样，好不好？我宁愿被你骂、被你训。"却什么话都说不出来，也只能默默地看着她，终于，她笑了笑说："我明天再来看你和叔叔。"

宋翊看着我和陆励成，眸中的黑色越来越重，低下了头，随着麻辣烫一起离去。

陆励成看他们走远了，问我："你需要办什么事？需要我送你吗？"

"早上接到中介的电话，有人来看房，我坐地铁回去很方便，所以不麻烦你了。"

他点点头，没说话。

我指指他的花："谢谢你了。"

他笑："别说'谢谢'，我惦记着你'以后为我赴汤蹈火'呢！"

我被他一笑，弄得怪不好意思的，刚说过这话没多久，昨儿晚上就冲着他大发雷霆。

他看我面红耳赤的，就没再打趣我："那我就先回去了。"

"嗯。"

帮爸爸把病房收拾干净，给护士打了招呼，回家带人去看房子。

来看房的人是一个中年妇女，好像是帮女儿买房子，我不知道她是真看不上房子，还是为了压价，一直不停地说着房子的缺点。

当年怎么装修的？房子本来就很小，为什么还把卫生间搞那么大？为什么装这么大的浴缸？为什么不直接弄成淋浴？浴缸颜色和式样也难看。

我保持着一张木然的脸，沉默地听着。这个浴缸是我和爸爸一块儿去挑的，父女俩几乎跑遍北京城，才寻到这款喜欢的浴缸。劳累一天后，在这里面泡一个热水澡，舒服得让人不愿意起来，虽然因为这个让房间面积变小了，可我认为大大的值得。

她又开始批评我的墙纸，怎么只有一面墙贴墙纸？怎么就黑白二色？这到底画的什么东西？不伦不类！如果买了房子，她得把整面墙都重新弄过……

中介都不安起来，一遍遍朝我抱歉地笑，我却只是木然地听着。想起来，很早很早以前，一个阳光灿烂的周末，我和妈妈在这里刷墙壁，贴墙纸，两个人头顶上戴着一顶报纸做的小帽子，我在梯子上高唱"我是一个粉刷匠，粉刷本领强，我要把那新房子刷得很漂亮。刷了房顶又刷墙……"

门口一个声音，冷冰冰地说："中国水墨画就黑白二色，求的是神，而非形，您若不会欣赏，趁早走人。"

妇人勃然大怒，瞪向门口的人，可看门口的女子一身香奈儿女装，手中提着路易斯·威登的最新款皮包，气质冰冷，眼神锐利，她只能把脾气撒向我："你究竟卖不卖房子，卖房子还容不得人批评吗？"

我还没说话，大姐就笑着说："卖是要卖，不过不打算卖给你。请走！"大姐在门口做了个请的姿势，妇人想发火，可每次和大姐的眼神一触碰，又立即蔫下来，最后嘴里一边嘟囔一边走了。

我只能对中介说"对不起"，中介小声安慰我："我下次一定介绍个好的买家。"安抚完我，又赶忙去追中年妇人，安抚另一个客户。

大姐"砰"的一声摔上门："非卖房子不可吗？"

"嗯，我大概在很长一段时间都不会工作。"

"也是，做我们这行，忙的时候一天做足十二个小时，你若上了班，连自己休息的时间都不够，更别说跑医院了。卖就卖吧！旧的不去，新的不来，以后再买好的。可你卖了房子，住哪儿？"

"我正在租房子。"

大姐坐到我的电脑椅上："苏蔓，我和你商量个事，我的房子你也看到了，房间有的是，就我一个人住，你搬过来，和我合住。"

"不用，真的不用了。"

大姐没好气地说："你别忙着拒绝，你听我把话说完，一个月租金一千五。你别觉得租金便宜，我条件还没说完，你只要在家里做饭，就要也给我做一份。我真是吃腻了饭店的饭，请保姆又不放心，谁知道她会不会给菜里吐口水。"

我沉默着，没有说话，大姐又说："苏蔓，搬过来吧！也许我的确有帮你的意思，可你也会帮到我，我们算是互助互利。有时候，下班回家，屋子空旷安静得能听见我走路的回音，我很早前就考虑过找个人一起住，至少回家的时候，能说几句话。可我的身份在那里摆着，若我去找人合租，那不是成了整个公司的笑话？何况我也不敢随便找个人来住，请神容易送神难！我的书房里又有很多文件是绝对不能外泄的。你搬过来住，我这些担忧都没有了，解决了自己的问题，还落个帮助他人的美名声，我这也算一箭N雕。"

我被大姐说得心动起来，毕竟卖房子是必须的事情，租房子也成了必须的事情，可租一套合心意的房子却非常难。

大姐有几分生气："苏蔓，我话都说到这个份儿上了，你还在那里装什么呢？到底同意不同意？"

"好！我做饭的时候，给你顺带做一份没问题。不过，我要把这个屋子里的家具都搬过去。"

大姐皱着眉头打量了一圈我的屋子，面色沉痛地说："行！"

可是墙纸、浴缸、洗脸池这些东西是不能搬走的了，不过，关于它们的记忆，我会永远带在心里。

和大姐商定搬家事宜后，她说让我安心照顾父亲。搬家的事情，她来负责，保证把我的一针一线全都安稳运到她家。

第二天，我正在医院里陪父亲，陆励成突然出现，把我抓到一边，气急败坏地问："我刚去你家，看到一堆人在搬东西，你的房子已经卖掉了？你现在住哪里？"

我说："还没卖掉。我搬到大姐……就是林清，我以前的老板家去住。我上次带人看了一次房子，发现自己的心脏实在不够坚强，而且也太花费时间，所以索性眼不见为净，决定等我搬出去后，直接把钥匙交给中介，随他们看，回头我直接签合同就行了。"

陆励成还没说话，刚到的宋翊失声惊问："你要卖房子？"

我忙对他做了一个轻声的手势，示意他不要让我父亲知道："你们怎么一个个都这么大惊小怪，那个房子那么小，我现在不卖，将来也会卖。"

陆励成对宋翊说："我没本事劝住她，看看你的本事了。"说完，他扔下我和宋翊，走过去陪我父亲说话，我也想立即走，宋翊拽住我："蔓蔓。"

我轻声说："以后请叫我苏小姐，或者苏蔓。"

他的手一僵，松开了我，我立即跑向父亲。爸爸看看远处的宋翊，再看看近处的陆励成，眼中有担忧。

我们三个人陪着父亲玩弹子棋，麻辣烫的公司已经开始上班，所以下班后才过来，来了后，也加入战局。

下这个棋的关键就是自己尽量快走、让别人尽量慢走。五个人下，棋盘上乱成一团，几乎堆满了棋子，走都走不动。爸爸和以前一样，自己尽量快，但是也不会害我，有时候自己跳完后，还会给我搭一下路，让我也走几步。

宋翊明显地在给麻辣烫让路，看着要堵死麻辣烫的棋，他总是宁可自己少走几步，都要留下活路。可他也不会堵我的路，有时候明明可以害我一把，让我走得最慢，可他会避开，装做没看见那一步棋。

我不想领他的情，他让的路，我装做没发现，一概不走，宁可自己重新搭路。

陆励成最是心无牵挂，利用我们这些人的顾忌，给自己铺桥搭路，见空跳棋，见人害人，数他走得最快。

五个人纠缠了很久，最后才分出胜负，陆励成第一，父亲第二，麻辣烫第三，我第四，宋翊第五。

下完棋，父亲面上已有倦色，他们都陆续告辞。我安顿父亲睡下，本以为他已经睡着，没想到父亲突然问："宋翊是许怜霜的男朋友吗？"

"嗯。"

"多久了？"

"我在美国的时候。"

我想要多解释两句，却又实在不知道该解释什么。

父亲再没说话，我又坐了很久，看他真睡着了，才收拾东西回大姐那边。

宋翊和陆励成都已经开始上班，我本以为日子会清静一些，不想早晨一起来就接到一个电话。

"请问是苏蔓小姐吗？"

"我是。"

"我姓王，我是许怜霜的妈妈，你可以叫我王阿姨。"

我立即说："王阿姨，您好。"

"冒昧给你打电话。是这样的，怜霜告诉我你的事情了，本来早就该和你联系，可这方面最好的专家陈教授在国外开会，所以一直等到今天，过一会儿陈教授会和几个专家一块儿去医院，去看看你爸爸，你看方便吗？"

"方便！方便！只是……"我开始犹豫，该如何对张医生说，我这样做，是不是太不尊敬他？

"你不用担心，陈教授算是张医生的师叔，张医生不会介意陈教授去诊断你爸爸的。我的朋友已经和院长打过电话，他非常欢迎，对他们而言，这是一次难得的医术交流机会，毕竟这一次去的几个专家很少一起会诊的。"

麻辣烫的母亲竟然是如此玲珑剔透的一位女士，我的担忧尽去，只余感激："阿姨，谢谢您！"

"不用客气，我们过一会儿在医院见。"

我匆匆吃了些东西，赶往医院。没多久，一位中年女子陪着一个头发已白的教授走进病房，早已经等在病房的院长和张医生都站起来。我看气氛融洽，一颗心放下，这才有工夫和旁边的女子打招呼："是王阿姨吗？"

"是的，苏蔓？"

"我是。"

"我们出去坐坐吧，医生和护士会照顾好你爸爸的。"

"好的。"

她领着我到医院楼下，两人叫了两杯茶，坐下来喝。她可真是一位美妇人，麻辣烫长得已是很美，可是和她比，却仍是差了一截子，倒不是五官，而是气韵。

"阿姨，您真漂亮！"

"啊？是吗？谢谢。"她笑起来，"其实我早知道你了，这几年多亏你照顾怜霜。"

"没有！其实是她一直在照顾我。"

她掌心轻触着茶杯，沉默地微笑着，我也沉默地等待着她的下文。她专程到医院一趟，不太可能只是为了陪陈教授过来看我爸爸。

"你是怜霜最好的朋友，也是唯一的朋友，我有几句话想问问你。"

"阿姨请讲。"

"怜霜有多……喜欢……宋翊？"她的语气很是艰涩，不知道究竟是"喜欢"这个字眼对她有些敏感，还是"宋翊"这个名字对她有难以承受的沉重。

我呆了一下，回答道："很喜欢，非常喜欢。"

她眼睛中有悲哀，但是仍然克制得很好，微笑着问："她为什么不喜欢陆励成呢？我和她爸爸都对陆励成印象很好，怜霜之前对他很不错的。我问她，她也说喜欢，为什么突然就和宋翊约会了呢？"

我不知道该如何回答她，她微笑着说："我知道这些问题，我应该直接去问自己的女儿，可是……"她垂下了眼睛，掩饰着眼中的悲伤，

"她很少和我谈心事，每次我想和她谈，她都会不耐烦。如果说得太多，我们就会吵架，我是个非常失败的母亲。"

我想了想说："怜霜之前就喜欢宋翊的，她说她在五六年前就喜欢上了他，不是突然。"

"什么？"王阿姨脸色煞白，"不可能！她六年前根本看不见任何人！"

"她说她没有见过宋翊，她只听过宋翊的声音，可她就是喜欢上了这个声音。"

王阿姨眼睛直直地盯着我，眼睛里都是不可置信，她的神情让人感受到她内心的悲痛和无助。我努力镇静地说："她非常喜欢宋翊，宋翊也很喜欢她。不过，她告诉我说您和伯伯都喜欢陆励成，所以才一直瞒着你们，阿姨尽量成全他们吧！"

"宋翊喜欢怜霜？宋翊喜欢怜霜？"王阿姨悲凉地冷笑起来，"他这个骗子！"王阿姨力持克制自己，可手却簌簌地抖着，"我不会同意！她爸爸更不会同意！她绝对不能和宋翊在一起。宋翊他害了我们一个女儿不够，难道还要害另一个吗？"

她从出现到刚才，说话举动都非常有分寸，可此时竟然失态至此，而我被她的话语震住，半晌脑袋里都反应不过来她究竟说了什么。

"阿姨，您……您说……麻辣烫……怜霜她有一个姐妹？"

王阿姨看到我的样子，哀伤地问："怜霜从来没告诉你她有一个姐姐吗？"

我摇头："我刚认识她的时候，她问我有兄弟姐妹吗？我说没有，我是独生子女，她说她也是。"

阿姨轻声说："你原谅她，好吗？她不是有意骗你的，从她的内心深处，也许她真的一直都认为就她一个人，这些全是我的错。"

我的脑袋里完全消化不了这些信息，可我不能让一个母亲如此低声下气地对我道歉，只能胡乱地答应着："我不怪她。"

"谢谢你！这几年怜霜和你在一起，有了从没有过的快乐，人变得开朗积极，我和她爸爸虽然不好意思当面谢谢你，可心里一直都很感激你。现在，我还想拜托你一件事情，希望你能答应。"

"什么事？"

"怜霜的爸爸现在还不知道他们的事情，知道后肯定会震怒，我们绝对不会让怜霜和宋翊在一起。到时候，怜霜只怕和我们的关系会更紧张，也许要麻烦你多开导一下她。"

"我不明白，为什么不可以和宋翊在一起？阿姨，我认识宋翊已经很多年，我可以用性命保证，宋翊是个好人。"我的情绪也起了波动，语声有些失控。

"绝对不可能！"她坚决地摇头，"怜霜的爸爸绝不会原谅他！宋翊也绝不是因为喜欢怜霜才和怜霜在一起，他只是为了他自己，怜霜这丫头太天真了！"

她的态度非常决绝，无论我说什么，她都再不肯多说，只说让我多陪陪怜霜，多开解她。我挂虑着父亲，想着几位专家的会诊结果应该出来了，所以只能和她道别。

回到病房，父亲还没回来，又等了一个小时，护士才推着父亲进来。大概因为今天医生的阵容吓到了她，她虽然不知道我是何方神圣，但是至少肯定能请动这么多国手大师汇聚一堂的人不一般，所以对我和父亲异样地和蔼周到，我坦然地将她的和蔼周到照单全收，表现得似乎我也的确是个人物，护士更是小心谨慎起来。

住院治病是一场磨难，不仅仅是肉体上，还有精神上。这个我在五年前已经深刻体会过，我现在只希望，不论以何种方式，父亲在未来住院的日子，受到最大的尊敬和照顾。至于所欠的人情，我愿意做牛做马去报答。

陈教授和张医生一起对我详细分析父亲的病情，陈教授制订了新的医疗计划，他新加了一些药，有些药中国还没批准进口，不过他可以通过做医疗研究的名义开给我父亲。

我毫不犹豫地签署了同意书，毕竟这是这么多天以来，我听到的第一线希望。

回到病房，父亲精神还好，我也心情比较振奋。

一个护士来给我们送热水，以前都是我自己去打的，她离开前又客气地说有需要帮助的时候，随时找她们。

父亲笑着和我说："我家蔓蔓出息了，爸爸也跟着沾光了。"

我摇着他的胳膊说："你家蔓蔓花见花开、人见人爱，朋友都愿意帮她。"

老爸摸着我的头笑，一会儿后，眼中忧色又浮现出来，"蔓蔓，你……宋翊……"他终是不忍说下去，轻声一叹，转移了话题，"陆励成这小伙子看着也不错，这段时间多亏他帮忙。"

我笑了笑，抱着他胳膊，挤到他身边，和他躺在一起："爸爸，给我讲故事吧！我想听你年轻时候的故事，还有，你怎么认识……妈妈的。"我犹豫了一下，吐出了我在爸爸面前许久未提的妈妈。

爸爸笑了，眼睛眯成一条缝："那都好久了，你妈妈……"爸爸看我一眼，叹气，"你可真不如你妈妈长得模样俊俏，你的额头像爸爸，不好看！"

我哼哼唧唧地不肯答应："我让你给我讲你如何认识妈妈的，你干吗说我坏话？你要再说我坏话，我可生气了。"

"好，好！我就讲，那时候，我是货车司机，不拉人的。那天，你妈有急事，要进城，听人说我正好要去城里拉货，就跑来请我带她一程。我刚开始也没留意她长什么样子，就记得她两条辫子甩来甩去，甩得我眼睛都花了，她的头发可真香，车厢里一股槐花的清香……"

父亲的笑容没有平常的勉强，幸福得十分真实，如同回到了那个冬日的午后，他紧张地带着一个少女奔驰在路上，车厢里能闻到她头发上的清香。他根本听不清楚她说了什么，只听到自己的心，跳得好像要蹦出胸膛……

我靠在父亲肩头，也快活地笑着。他们曾经那么幸福过，而这幸福，只要有记忆，就不会走远。宋翊没有说错，对父亲而言，他很愿意谈论母亲，因为那是他的快乐和幸福，她从不曾离去，她永永远远都活在他心中。

我每天的生活单调而忙碌，早上起来给父亲做早饭，然后去医院陪父亲。等他治疗的时候，我把脏衣服带回家洗了，做中饭，再去医院看父亲，陪他吃中饭，和他聊天、下棋、散步，再一起吃晚饭。

我们在一起聊很多事情，爸爸给我讲他小时候的事情，给我讲他和妈妈的每一件小事，也给我讲我的姥爷姥姥的故事，常常聊得忘了时间，护士要来赶我走。

父亲的身体被化疗折磨得越来越差，头发逐渐全掉光，副作用大的时候，他疼得身子蜷缩成一团，我却无能为力，只能袖手旁观着父亲的痛苦。常常是他疼完了，我就冲到卫生间，躲起来大哭一场。哭完后，我又回去腻在父亲身边，让他给我讲故事。

积蓄已经快要花完，我打电话给中介，问房子究竟卖得如何。中介语气兴奋地说："先不要着急。现在有两家都看上你的房子，我正和两边抬价钱，已经比我们预期的价钱多了六万。"

我不解："怎么回事？"

"刚开始一个女的来看房，说是买来投资用，看这个地段很容易出租，又说房子维护得好，直接就答应了你要的价格六十万。我们正要签约，另一个看房的老太太，看着挺有钱的样子，也喜欢你的房子，尤其对墙上的画赞不绝口。听说已经有人要买，就加了一万，我们和原来的那家一说，那家加了两万，我们就再告诉老太太，老太太一口气就又加了三万，现在是六十六万了，我们正打算给另一家打电话，看她是加价，还是放弃。"

我心内算了算账，刨除我欠银行的钱和给中介的手续费，我大概能净落三十万，已经高过我的预期。

"真麻烦你们了，我现在着急用钱，麻烦你尽量在下周前帮我卖掉。"

"好，没问题，我们一定帮你争取最好的价格。"

"多谢！"这点我的确不用担心，中介按比例抽佣金，价格卖得越好，他们拿得越多。

大姐在厨房喝我留给她的汤，听到我和中介的对话，神色一宽，低声说："还好，还好！虽然着急出手，但价格卖得还不错。"

我说："那个房子是爸爸当年帮我挑的，本来我想买另一套更便宜的，可爸爸说这个地段好，虽然贵一点，但是将来好卖，看来，老爸虽然不懂金融，眼光却很好。"

大姐端着碗坐到我身旁："苏蔓，这段日子你见过宋翊吗？"

"偶尔，他有时候下班后会去看一下我爸爸，陪我爸爸下盘棋。"

"他可好？"

我不明白地看着大姐："他应该不好吗？"

大姐点头："他最近的日子应该不好过。"

"为什么？"

"我也没看明白。感觉上，似乎是他在国内的人际关系没处理好。几个大企业的一把手们都不太待见他，原本他负责的客户全部移交给陆励成负责了。别的客户也跑了不少，如今就几个外企在中国的分公司还是他在做，但那个业务量很少。我听说，他已经被架空。这事对MG的冲击很大，有流言说，纽约的老头子们对他很失望，搞不好，宋翊会离开MG。可他这个样子，不管他业务能力再好，如果不能维系客户，在中国的任何一个投行都不敢要他，也许，他只能返回美国。"大姐满脸困惑，"我现在都不明白，究竟是宋翊太弱，还是陆励成太强，怎么局势突然就明朗了？我本来还期待着他们大战三百回合呢！太反常了！你见到宋翊，他就没一点异样？"

我摇头，我压根儿没仔细看过他，的确不知道他有没有异样。何况，他的心事总是藏得很深，即使有异样，我也看不出来。

"陆励成呢？我有一次去医院接你，看到他也在医院，他应该不止去了那一次吧？"

我想了想，也摇头："他和以前一样，没什么特别。"

大姐咕咕地笑："苏蔓，你的桃花运似乎很旺，老实招供，到底喜欢哪个？"

"神经病！宋翊来看我爸爸的时候，都是和麻辣烫一块儿来的，陆励成也是别有原因。何况，你都去看过我爸爸，就不能允许陆励成和我是朋友，也去看我爸爸？"

大姐彻底无视了别的话，只震惊地问："宋翊和许怜霜在一起？"

我点点头。

大姐差点从沙发上跳起来："那个……那个不可能！许怜霜……"她看着我，闭上了嘴巴。

我说："我已经知道了，许怜霜的父亲是许仲晋。"

大姐终于可以一吐为快："是啊！你终于知道了！宋翊有这么一棵参天大树，他怎么可能搞不好客户关系？不用搞，客户都会巴结他。"

"这棵大树很不喜欢宋翊，我想他在逼宋翊离开中国，宋翊以后的日子会越来越难过。"

大姐目瞪口呆，又开始替宋翊打抱不平："宋翊哪里不好？我们清华的校草级人物，要貌有貌，要才有才，要德有德！他家的许怜霜又没长得比别人多两只眼睛，他凭什么这么欺负人？"

"我以为你是向着陆励成的。"

大姐赧然："我是向着陆励成，我和陆励成一样是土鳖，是靠着自己一步步的拼搏，获得成功，却因为这些外企不公平的用人策略，让我们不能爬到金字塔最顶端，我当然向着他，巴不得他能赶走宋翊。可是，毕竟我、宋翊、陆励成都是靠双手打天下的人，不比许怜霜这些特权阶级，我们辛苦努力的一切，只因为某个人不喜欢你，竟然说被摧毁就被摧毁，我心里觉得憋闷！觉得难受！觉得太不公平！"

我不吭声，这世界上有什么是公平的？为什么妈妈会死？为什么爸爸要生病？为什么我爱的人却爱别人？似乎这世上，幸福、成功、快乐都从来和公平没有关系。

"苏蔓，你说一句话呀！"

我站起来，走向自己屋子："我要给麻辣烫打个电话。"

拨通了这个曾经无比熟悉，现在有几分陌生的电话，电话铃刚响，麻辣烫就接了。

"蔓蔓？"

"嗯，你现在还好吗？"

"我很好。"

两个人沉默着，都不知道说什么，可又都没有说要挂电话，时间一分一秒地在沉默中流逝，终于，麻辣烫说："我挂了。"

我说："好。"

挂了电话，心里却难受得像要爆炸一样，我打开电脑，登录QQ，她在。

我不想再假装客套，开门见山地说："我上次见到你妈妈，你妈妈说你有一个姐姐。"

麻辣烫震惊了很久之后，才给我回复："在我心中，只有你是我姐妹。"

"你的姐姐在哪里？"

"她不是我姐姐，她叫许秋。"

"好，那许秋现在在哪里？"

"她已经死了。"

这次轮到我震惊了很久才给她回复："怎么死的？"

"她大学毕业后去了美国，留在美国工作，具体细节我没有关心过，我只知道她和朋友去黄石公园玩，他们越线超车，和对面的车迎头相撞，她抢救无效身亡。"

所有的细节，所有的疑问在这一刻都串联到一起，我终于隐隐约约明白了几分前因后果，明白了宋翊眼中永远无法消融的哀伤，麻辣烫妈妈眼中无法掩饰的恨怨，明白了宋翊为什么能那么理解爸爸的心思。

"和你姐姐一块儿出去玩的朋友呢？"

"不知道，我不关心，关于她的任何事情，我都不关心。也许你会觉得我冷血，但是，我就是这样的人，她生前，我恨她，她死后，我只能说我已经不恨她，但是我永远不会原谅她对我和妈妈所做的一切，她加于我身上的痛苦，我需要一辈子去遗忘，你让我如何去原谅她？"

"能告诉我你小时候的事情吗？我想知道。"

"我妈妈跟你说了什么？"

"她什么都没说，她只说在你心中没有姐姐，全是她的错。"

麻辣烫发了一个仰天捶地大笑的表情，我不知道能如何安慰她，只能发给她一个拥抱。

她写道："好，我告诉你，这些事情我以为已经永远埋起来了，没想到还会有重见天日的一天。"

"我请你喝酒，老酒吧的老地方。"

我似乎能看到麻辣烫怔怔的表情，我们已经有多久没有光顾我们的老地方了？

她录入了一个"好"字，头像迅速变暗。我也立即穿起衣服，提起手袋出门。

酒吧的老板看到我和麻辣烫，没等我们说话，已经给我们倒了两杯酒："我请客，庆祝故交重逢，庆祝你们还在。你们这么久没来，我以为你们来自人海，又消失于人海了。"

我和麻辣烫举杯，轻碰一下，一饮而尽后，相视而笑。老板把调好的酒和冰块放到我们面前，安静地走开。

我和麻辣烫没用冰块，就一小杯、一小杯地喝着，你一杯、我一杯，像灌水一样灌下去，麻辣烫喝了三分醉之后，才开始说话。

"我妈妈不是我爸爸的第一任妻子，许秋是我爸爸和他前妻的女儿，因为出生在秋天，所以叫许秋。许秋三岁的时候，她妈妈去世，两年后，我妈妈怀着我嫁给了我爸爸，没多久，我就出生了。听说因为我在夏天出生，本来应该叫许夏，可许秋不喜欢，她说夏天比秋天早。爸爸就重新给我想名字，起名叫怜霜。我刚懂事，许秋就告诉我她的母亲小字'霜'，怜霜、怜霜，真亏我爸能想得出来，也真亏我妈能接受！"

麻辣烫冷笑："许秋的妈妈是个美人，和我妈妈不同类型的美人，妈妈是真美，她妈妈的五官其实普通。"她从包里翻了一会儿，翻出一张照片扔给我，照片里的女子一身黑裙，宽幅凉帽，站在一座大教堂面前，因为是全身照，照片又被揉过，看不大清楚女子的五官，可那股逼人的夺目让人立即明白这是一个出众的女子。

"这是许秋的照片，背景是巴黎圣母院。她母亲和她很像，用别人的话说是非常非常有气质的女子。她妈妈和爸爸是大学同学，听说成绩比爸爸好，比爸爸早入党，还是爸爸的入党介绍人，她们那个系专出女强人，现在的××就是他们的师姐，听说许秋的妈妈和她当年关系非常好。"麻辣烫报了一个全中国人都耳熟能详的名字。

"我妈妈没上过大学，更没留过洋，她初中毕业就参加工作，因为人老实可靠，长得又好看，所以一路做秘书一直做到我爸爸手下，当然，我爸爸那个时候官阶也没现在高。许秋的妈妈去世后，我妈就近水楼台先得月，在众人的嫉妒艳羡中，嫁给了我爸爸。可是风光之后的辛酸，恐怕只有她自己知道。爸爸总是一副情痴的样子，至今他的书房里依旧挂着前妻的照片，给我起名字叫怜霜，逢年过节，不管大风大雪、阴天晴天，必定去给前妻扫墓。不管搬多少次家，我们家里永远都有另一个女人的影子，我前几年一直在琢磨，如果老天再给我妈一次机会，她究竟会不会嫁给我爸。不过，现在我连琢磨的兴趣都没有了，我看我妈过得挺自得其乐，也许她自始至终都没在乎过，她只在乎我爸爸能让她过她想过的生活。"

麻辣烫一仰脖子，狠狠灌了一杯酒："许秋是个很特别的女孩子，她继承了她母亲的聪慧美丽，继承了她父亲的心机手段，可以说她是他们两个最完美的结晶。我告诉别人，别人肯定都不能相信，我三岁的时候，她就会对我说：'许怜霜，你知道吗？我爸爸一点都不喜欢你妈妈，他永远爱的都是我妈妈，你妈妈只不过就是我们家的保姆而已。'我妈妈的确也就是一个保姆，她照顾她爸爸的衣食起居，照顾许秋的衣食起居，所有人都盯着她看，等着看她这个后母的笑话，所以妈妈每一个举动、每一句话都小心翼翼，可怜兮兮地讨好许秋。人家都是可怜有后母的孩子，却不知道许秋根本不是灰姑娘，她其实是那个恶毒的后母，我妈妈才是那个受尽欺凌的灰姑娘。没有人的时候，她对妈妈呼来喝去，把我妈妈完全当佣人，可只要有人在场，她就装文静、扮乖巧，她永远都是那个善良的、等待别人同情赞美的女孩。没人的时候，她打我，她甚至故意当着我妈妈的面挑我的错，可我妈妈不说她，反倒说我不该去打扰姐姐，应该让着姐姐。她用圆规针刺我，把大头针放在我床上，把我第二天要交的作业扔掉。"

麻辣烫看向我："蔓蔓，你知道吗？有一段时间，我一看见她，身体就会发抖，而我妈妈……我妈妈她总是说我要让着姐姐，我已经躲到墙角里，甚至听到她说话的声音，我就主动消失，可她仍然不放过我，我真的不知道我还能如何让她。"

"你为什么不告诉你爸爸？"

"我爸爸？"麻辣烫冷笑，"在许秋去世之前，我想他大多时候都想不起他还有一个女儿。对他来说，许秋才配做许仲晋的女儿，才是他爱的结晶，我只是他没有控制好自己男人欲望的副产物。"

麻辣烫淡淡地笑着，可让人觉得她似乎在流泪："许秋在很小的时候，已经知道如何吸引爸爸的全部注意力，她从不允许爸爸多看我一眼。有一次我要文艺汇演，我和爸爸说老师希望家长能去，爸爸答应了，可是第二天许秋就生病了，爸爸要陪伴她，而我妈妈要照顾他们。所以，在学校的文艺汇演上，别的小朋友都被家长前簇后拥，只有我是孤零零的一个人，很长一段时间，学校的几个老师都以为我是孤儿。还有一次，妈妈的朋友送我一辆自行车，我就央求爸爸教我，爸爸答应了，许秋说她要一块儿去，然后许秋摔断了腿，并且得了'自行车恐惧症'，爸爸把所有视线范围内的自行车都送了人。蔓蔓，你能相信吗？许秋从自行车上摔下去的时候，我真的看到她在冲我笑，眼中全是蔑视，可是连我自己都怀疑是自己眼花了。这样的例子太多，多得我可以和你说三天三夜。"

麻辣烫向我举了举酒杯："干杯！"我立即举起酒杯，陪她喝了一满杯，"许秋从小到大没考过第二名，她把压岁钱省下来，捐给希望工程。她主动给差学生补课，她能歌善舞、能说会道，她是老师眼中最好的学生，父亲眼中最优秀的女儿。而我呢？我沉默寡言，总是躲在阴暗的角落里，学习成绩差，我的大学是爸爸动用了关系才能上的，虽然这对爸爸不算什么，可是我知道他觉得很丢人。许秋在所有人眼中几乎是个完美的人，只有我知道，她是恶魔，可我不能告诉任何人她是恶魔。

如果我告诉别人，别人就会觉得我是嫉妒中伤她，我才是邪恶的魔鬼，竟然伤害那么善良纯洁的许秋，就连我妈妈都不相信我。她一相情愿、可怜兮兮地巴结着许秋、讨好着父亲，从不肯相信许秋看她就如看一个佣人！很多时候，我常常怀疑自己是不是得了被害妄想症，其实许秋从来没有对我不好，所有的一切都是我幻想出来的。我天天晚上失眠做噩梦，我曾经看过一段时间的心理医生，却一点用都没有。可等许秋大学毕业出国后，她走的第一个晚上，我一觉睡到第二天十二点，我终于确定我没有病，我只是怕她，怕得日日不能安睡。蔓蔓，我不管别人是否觉得我冷血，我只知道她让我没有了妈妈，没有了爸爸，让我失去了整个童年和少年，我至今仍会梦见她，从噩梦中哭醒。我要用一生去遗忘她给我的伤害，我要很努力才可以摆脱噩梦，让自己做一个自信快乐的人。我不能原谅她，不管她是生是死！"

麻辣烫盯着我："蔓蔓，你相信我说的话吗？"

我重重地点头："我相信！"

"中国人都喜欢说人死万事空，你会介意我不原谅许秋吗？"

"不！但是我希望你最终会遗忘她，没有刻意的遗忘，无所谓原谅不原谅，只是压根儿想不起这个人！"

麻辣烫轻轻地抱住我，头贴着我的脖子，我感觉有湿湿的液体流淌在我的肌肤上，我搂着她，默默地喝着酒。

我虽然知道麻辣烫有一个异样张扬热烈的灵魂，但是我从来不知道她为了这份张扬、热烈需要克服多大的心理阴影，又需要付出多少的努力。

麻辣烫一直伏在我肩头，我的半个肩膀都已经湿淋淋，她似乎要把她童年、少年的委屈和痛苦都哭出来。我一杯一杯地喝着酒，想着她小时候，躲在角落里，看许秋和爸爸谈笑。无论她如何努力，爸爸都看不到她，她只能转身去找妈妈，却发现连妈妈也看不见她，她只能一步步退回自己的小黑屋，小黑屋里还有许秋给她备好的钉子，随时等着扎她。想到我小时候，妈妈给我做衣服，按照最时新的样式做，做好后，所有人都以为是买的，她自己舍不得买蕾丝睡衣，可舍得给我买蕾丝裙子。爸爸给我用破轮胎做橡皮筋，我有了一条全班最酷的橡皮筋，每次下课，我都大喊"谁要跳皮筋"，所有女生都围着我嚷"我玩"，我得意快乐地笑着。可这么爱我的人竟然一个已经去世，一个正在被病魔折磨。

不知道是怜惜她，还是怜惜自己。不知不觉中，我也开始掉眼泪，两个人抱着头，泪水哗啦哗啦地往下掉。

哭了很久后，我问出了心中的另一个疑问。

"麻辣烫，你能给我讲一下你是怎么第一次见到宋翊的吗？"

麻辣烫已经有七分醉，听我提到宋翊，她笑了："五年前，不对，已经快六年了。六年前，我的肾脏出了问题，只能等待器官移植，却一直没有等到合适的器官。爸爸年轻的时候，在西藏工作受过伤，不能捐献器官。妈妈想给我一个肾，可医生说她身体不好，手术危险太大，我也坚决不同意，我和妈妈的关系就是在这个时候缓和了一点。后来我的肾脏渐渐衰竭，血压上升，压迫视网膜，我的视力逐渐弱化，到后来近乎完全失明，却仍然没有合适的肾脏。妈妈再次提出她要给我一个肾，爸爸没有办法，只能带我们去美国，看美国的医疗技术能否进行安全的手术。美国的医生检查完妈妈的身体后，也反对进行手术，本来已经绝望，没想到，我运气很好，在美国，我等到了合适的肾脏。"

"你就是那段时间遇见宋翊的？"

"嗯！那段时间，我非常悲观和绝望，我不明白老天让我来世上一趟究竟是什么用意，我从没有快乐过，本以为许秋离开中国，我获得了新生，可老天又让我生病，似乎老天就是要不停地折磨我。我总是一个人坐在自己的黑暗中，和谁都不说话。我有整整三个月，一句话不说，不管妈妈如何哭求我，我都不说话。后来，有一天，我听到一个人在哭。我从没听过一个男人能哭得那么伤心，哭得我都想和他一起哭，我终于从自己的黑暗中探出了一个触角，我问他：'你为什么哭？'他居然听得懂中文，停止了哭声，似乎很惊讶角落里除了他还躲着一个人，大概他看到我眼睛上的纱布，就问我：'你的眼睛怎么了？'我告诉他：'因为我上辈子做错了事情，上帝要惩罚我，所以让我变成瞎子。'他说：'不是的，上帝只是为了让你今后的色彩比别人更绚烂，所以现在给你黑暗。'后来我又在那个秘密角落里碰见过他，他给我读书，陪我说话，他给我的黑暗世界中投入最灿烂的阳光。他真是我的天使，就在我遇到他的第三天，医生告诉我有了合适的肾脏，我激动地要护士推我到秘密角落，想把好消息第一个告诉他，可我却再没见过他。我问妈妈和护士，没有一个人说见过这样一个人，他就好像是我幻想出来的天使，牵着我的手走过最黑暗的日子，等我见到阳光时，他却消失在阳光下。"

麻辣烫唇齿不清地问我："你说，我怎么可能不爱守护自己的天使？"

　麻辣烫终于醉晕过去，我也浑身发软，给大姐打电话，请她来接我们。

　大姐和老板两个人才把麻辣烫和我塞进车里，麻辣烫醉梦里又是笑、又是哭，一时叫妈妈，一时又叫爸爸，一会儿叫我的名字，一会儿叫陆励成的名字，一会儿又叫宋翊的名字。

　我突然拍车门，大叫："我要下车。"

　大姐气结："你还想干什么？"

　我摇摇晃晃地爬下车，招手拦计程车："我要去见一个人。"

　大姐要拉，没拉住，我已经钻进计程车，报上了地址。大姐无奈，只能给司机一张一百元，嘱咐他送我到目的地。

　我头重脚轻地走着，等晃到门口，一边拍门，一边身子往下滑。宋翊一开门，我就整个人趴到了地板上。

　他忙把我抱进去，放到沙发上，又想给我去泡茶，我拽住他："宋翊，你究竟爱不爱麻辣烫？"

　他淡淡说："你喝醉了！我去给你倒杯茶。"

　他想起身，我一把圈住他的腰，阻止他离开："我很清醒，从没有过的清醒。你告诉我，你究竟爱的是麻辣烫，还是爱她体内许秋的肾脏？"

　他本来正在拉开我的手，闻言，身体剧烈一震，脸色刹那间就苍白得一点血色都没有。好一会儿后，他才失魂落魄地问："她知道了？"

　我想哭，却哭不出来，只能笑："没有！你们都瞒得如此辛苦，我怎么敢让她知道？"

　他缓缓地弯下身子，坐在了地板上。我躺在沙发上，恰好能看见他的脸，他的眼睛中全是哀伤，沉重得似乎下一刻就会压垮他，而他眼中那个小小的我，何时已经泪流满面？我不是一直在笑吗？

　我去遮他的眼睛："不要这样看着我，我没有怪你，我永远不会怪你。"

　他把我的手按在了他的脸上，掌心里一片冰凉，他的声音从我的指缝间传出，低沉得我要凝神，才能捕捉到。

　"我到美国后，在一次朋友聚会上认识了许秋。她太光彩照人，没有人能无视她，她对我似乎也青眼有加，我约她，她没有拒绝。所以，我们就开始约会，水到渠成地成为了男女朋友，周围所有的同学朋友都祝福我们，说我们是男才女貌、男貌女才，天造地设的一对。许秋比我早毕业、早工作，她的性格很好强，工作上肯定压力很大，有时候脾气会有点暴躁，我那个时候年轻气盛，不但帮不上她，还不能包容她，常常和她吵架。后来，我们决定远离都市，好好谈一谈，我们坐飞机到盐湖城，然后从那里租车去黄石公园，我的原意是想借着山水，两个人好好沟通一下，可不知道为什么，我们又吵了起来，越吵越凶，她气得大叫：‘我们分手！’当时我们前面有一辆房车，开得很慢，我心头憋着火，看是虚黄线，允许越道超车，就猛踩油门，开到了对面车道上，想要超车。我不记得她当时说了什么话，只记得我也非常生气，就冲她大叫：‘你想分手，那我们就分手！我也永不想再见你！’听到她的惊叫声，我看到一辆吉普车飞速地开向我们，我剧烈地打方向盘，可是已经晚了，和吉普车相撞后，我只感觉车在不停地翻滚，然后我就失去知觉。等我再醒来的时候，我的腿骨折断，她却仍在重危病房。我不停地向上帝祈求，希望他能原谅我，可他还是带走了许秋。许秋的爸爸在许秋弥留的三天内，头发足足白了一圈，许秋去世的时候，他差点要当场杀了我。他不停地骂我是凶手，质问老天为什么带走的不是我，而是许秋。他不知道，我真的宁可撞死的是我，我宁愿活着的是许秋。"

难怪他会如此理解我的父亲，原来他们有类似的经历，我当时就该想到的，这世界没有无缘无故的理解。

我的掌心中有濡湿的液体，沿着我的指缝，冰凉地滴落。

"我总是想着车祸前，我对她说的最后一句话竟然是：‘那好，我们就分手！我也永不想再见你。’如果这世上有时光倒流，我愿意下十八层地狱，去挽回我所说过的话。"

我不知道能说什么，我只知道自己的心很痛、很痛，他的泪水似乎全变成了尖锐的刺，刺在我心上。

"你爱麻辣烫吗？"

他回答不出来。

我又问："那你爱我吗？"

他转过了头，眼睛看着别处，清晰地说："我爱许秋。"

我的身子无法克制地抖着。

他站起来，拉远了和我的距离，就如在我和他之间划下天堑："我送你回去。"

"不用，我自己能来就能回去。"我歪歪扭扭地走到门口，拉开了门，却又转身看向他，"麻辣烫值得一个男人全身心爱她，而不是一个人赎罪和自我惩罚的工具。"

我晕晕乎乎地走出大厦，一出大厦，我的眼泪就如决堤的河水一般，开始疯狂地坠落。如果我爱的人爱的是一个活人，我可以比她更美丽、比她更温柔、比她更体贴，可谁能告诉我，如果我爱的人爱着一个已经死去的人，我该如何去争取？

死亡将美丽凝固，将丑陋淡化，将内疚扩大，将瞬时变成永恒。不管麻辣烫的母亲有多美丽温柔，麻辣烫的父亲仍然用一生去怀念亡妻。在许秋已经凝固的美丽前，我微贱如草芥。

我边哭边走，边走边哭。

深夜的街头并不安全，三个喝醉的人经过我身边时，拦住了我，"小姐，不要一个人喝酒呀！和我们一起去喝一杯。"

我低着头，想绕过他们，他们却几个人散开，将我围起来："哭什么？我请你去喝酒，要哭哥把肩膀借给你。"男子一边说，一边来拉我，我哭叫起来："放开我，不然我报警了。"

他们哄笑："警察叔叔要来了，我们好怕呀！"

"放开她！"宋翊的声音突然响起，他竟然一直跟在我身后。

三个男的看宋翊衣冠楚楚的样子，大笑起来："就你小子还想替人出头？都不够我们一个打的。"一边说着，一边把我又往他们身边拽。

拽我的人还没反应过来，"砰"的一记上勾拳，结结实实地打在他下巴上，他踉跄着向后退去，宋翊没等另外两个人反应过来，回身就连着一脚一拳踢打在另一个人小腹上，那人痛得弯下了腰，蹲在地上起不来。第三个人此时才摆好打架的姿势，怒吼了一声"×你妈的"冲上来。

我捡起他们丢在地上的啤酒瓶，他刚冲到宋翊面前，我一啤酒瓶子砸到他后脑勺上，他摇摇晃晃了两下，脸上的表情很戏剧化，不能相信地瞪着我们："你丫的够狠……"昏倒在地上。

起先被打到脸的人，已经缓过劲来，正想和同伴前后夹击宋翊，同伴却突然被我砸昏，他落了空。宋翊回头，甩了甩手，看着他问："还要打吗？"做了个邀请的姿势。

他连连后退："不打了，不打了！"

宋翊拽住我的胳膊就走，走了一会儿，我才反应过来，我手上还有半个玻璃瓶子，左右看看，没有垃圾筒，只好仍拿在手里。

　　他不说话，一直大步往前走，我也不知道说什么，只能跟着他走。走了很久后，我小声说："我走不动了。"

　　他好像没有听见，仍然走着，我坚持了一会儿，大声说："我走不动了。"

　　他仍然不理会我，我吼出来："我走不动了！"

　　他终于停住脚步，看向我，我毫不示弱地回瞪着他，别以为你帮我打了一次架，我就欠了你人情。

　　他招手拦计程车，所有的车远远看见我们时，逐渐放慢速度，等到近处，看清楚我们时，却忽地一下加快速度，跑掉了，明显就是拒载我们。

　　宋翊和我，一个文质彬彬，一个弱质纤纤，怎么看都不会是被拒载的对象呀！宋翊突然盯着我的手问："你拿着半个破瓶子做什么？还想打架吗？"

　　我反应过来，可怜兮兮地说："没有垃圾筒。"

　　他呆了一下，爆笑出来："你砸人的时候，可不像个好市民。"

　　他拿过我手中的破瓶子，打量了一下四周想扔，可看路面干净，没能下手，就又塞回给我："你还是拿着吧！"

　　我没忍住，也笑了出来，把手背到身后，藏起瓶子。

　　两个人上了计程车，还在一直笑。我说："你打人可真够狠的，说出手就出手，一声招呼都不打，还专往人薄弱部位招呼。"

　　他抿着唇角笑："你也没客气，前一秒还哭得梨花带雨，一转眼就抡着啤酒瓶往人脑袋上招呼。"

　　我们相对大笑，可笑着笑着就笑不出来，彼此都移开了目光，看向窗外。计程车上的玻璃一层水汽，我无意识地写着字，等惊觉时，发现全是宋翊的名字。霓虹闪烁中，无数他的名字忽明忽暗、忽清楚忽黯淡。我的泪，又盈上了睫毛。我努力地眨眼睛，将眼泪眨掉，又伸手去抹他的名字，一个一个都涂掉。玻璃渐渐干净透明，可我知道他刻在我心上的名字，我没有任何办法擦去。

　　等擦干净所有他的名字，侧头时，却发现他的目光正从干净的玻璃窗上缓缓移到我脸上，他的眼睛深黑得靛蓝，如荒野中燃烧着的火焰，烧着他、也烧着我。他忍不住地俯过身子，我急促地喘着气，也向他靠近，明知道投身火焰是焚身之痛也顾不得了。

计程车突然停住，我们俩的身子都是一震，他的脑袋猛地一偏，唇轻轻落在我的额头："对不起！"

我紧紧地抱住他，明白他这声"对不起"是拒绝、也是告别，眼泪终于没忍住地再次滑落，他也紧紧地拥着我，胸膛急剧地起伏着，可一瞬后，他用力推开了我。

我缓缓将手从他手中抽离，他的手渐渐松开，却在最后一瞬，又握住我的指尖。可没等我反应过来，他又放开，替我打开车门："我不送你上去了。"

我挺直背脊，不敢回头地走着，一进大厦门，愣住了。

大姐的这栋大厦，一楼的一角摆着几组沙发，有自动咖啡售卖机，旁边是小喷泉和高大的绿色盆栽，是一个很不错的说话聊天的地方。此时，陆励成和大姐正坐在沙发上喝咖啡，外面的路灯亮过室内的幽暗灯光，从他们坐的位置，恰能清楚看到外面。

大姐的面色很震惊，一直盯着我，陆励成却是淡淡地吸着烟，氤氲缭绕的烟雾中，看不清楚他的表情。

我走过，坐到他们对面。

大姐问："你醉糊涂了，对吗？"

"现在是清醒的。"

大姐不知道能说什么，只用眼神表示着不赞同。

陆励成的声音冷冷地从烟雾中飞出来："你脸上的伤才好不久，不要好了伤疤忘了疼。"

我现在心内只有悲哀和绝望，对他的嘲讽没有任何感觉。

"大姐，我想和陆励成单独说会儿话。"

大姐点了下头，站起来，陆励成也立即站起来，笑着和大姐握手告别。可等大姐一离开，他的脸色立即寒若冰霜。

我低下了头，不去看他，只想将自己的想法表述出来："之前我一直觉得宋翊是麻辣烫的良配，可现在我不这么觉得。我知道我没有权力干涉任何人的感情，但是我仍想说，如果你喜欢麻辣烫，请去追求她。"

陆励成狠狠地吸着烟，将最后的烟蒂用力按灭在烟灰缸中："你觉得宋翊是你的良配了？"

"不！"我悲伤地摇头，"就在刚才，他再次清晰明确地告诉了我他不会爱我。"

"那他的表达方式可真够特别。"

"陆励成！"我警告地盯向他，"不要对你不知道的事情发表评论。你现在已经大占上风，也许过几日宋翊连MG的工作都会丢掉，何必表现得如此没有君子风度！"

他低着头，取出一根烟要点，却点了几次都没点着。从我的角度看过去，看不到他的表情，只看到他眉峰冷峻。

烟终于点燃后，他连吸了两口，抬头看向我，微笑着说："宋翊是很有君子之风，所以你送上门去投怀送抱，他都不要。"

我只觉得所有的血都往脑袋里冲，立即站起来，转身就走。

进了屋子，脸仍是紫胀，大姐担心地问："怎么了？"

我摇头："没事，麻辣烫呢？"

"在屋子里睡觉，刚回来的时候吐过一次，又哭又笑，一会儿找你，一会儿又要给宋翊打电话。没人接，就给陆励成打电话，在电话里又哭又喊。陆励成以为你们出事了，吓得立即跑过来，等人过来，她却已经睡安稳了。"

"麻烦你了。"

"互相帮助，下次我醉酒的时候，你记得来接我就可以了。"大姐将泡好的玫瑰花水递给我，"我今天算是真正服了陆励成，难得他已经大获全胜，却仍不骄不躁、不卑不亢，自始至终没有说过宋翊一句是非，自问自己，我是完全做不到。宋翊的精神状态如何？"

我不知道该怎么回答她这个问题，真正折磨宋翊的不是MG的胜败得失："他还好。"

"那就好，毕竟这次的挫折很大，不管别人怎么议论，他要首先能过自己那一关。"大姐向屋子里走去，"我先睡了，你也早点休息吧！"

"嗯。"

我没回自己房间，去了客房，摸着黑爬到麻辣烫身边躺下。她皱着眉头，喃喃说着什么，睡得很是不安稳，我轻拍着她的背，如安抚做了噩梦的婴儿。她往我身边靠了靠，头紧紧地挨着我的肩膀，唇角含了微笑。

我在心里默默地说："只愿你永远都不知道。"

麻辣烫的手机响起来，是宋翊的电话号码，想必他回家后发现麻辣烫找过他，我把手机调成静音，扔到了客厅。

Chapter 20

这样的爱，没有分离，没有欺骗，没有变迁，没有年老，没有死亡。

　　我的小公寓没等到一个星期就已经确定了买主。中介告诉我前一个买主又加了两万，后一个买家觉得价钱太高，不想买了。价格已经高出我预期很多，我立即即去签署了合同。

　　等看着钱转到账户里，我的心真正安稳了，至少在未来一段时间内，我可以给父亲提供我所能提供的最好的一切。

　　天气逐渐暖和，人人都在上班忙碌，只有我每天来去医院间，活在自己的世界中，好似和整个社会脱离。

　　我越来越喜欢和父亲说话，把家里的老相片都翻出来，指着一张张照片，请父亲讲背后的故事，听他讲如何逗我拍百日照、为什么我小时候头发都是黄的，为什么这几张照片就是几盆花，为什么那几张照片只是几块石头，父女俩常对着相片说笑半天。

　　我时常很后悔，我这么多年都在做什么？我爱我的父母，但是我从没有真正去了解过他们的内心，要到现在，我才知道爸爸有一颗多么会生活的心，而妈妈曾多么温柔娇俏……可我已经永没有机会去弥补这个遗憾。

可对着别人，我的话却越来越少。宋翊、陆励成、麻辣烫都常来看父亲，我见了他们大多数时候都是淡淡一笑，他们来，我不反对，他们走，我也从不挽留。

我和麻辣烫之间的关系经过醉酒谈心，有所缓和，但是她心里有疑问，我心里有隐藏，所以，远未恢复到当年的亲密。可我不觉得难受，陪着父亲生病，看他忍受折磨，和父亲聊天，听他谈人生，我的心如经历了一次红尘洗练，多了几分豁达。我知道麻辣烫和我都还把对方放在心底，都关心对方，这就够了，其他一切顺其自然。

至于宋翊和陆励成之间的纠葛，连宋翊这个当事人都不在乎输赢，我又何必关心？

一日，我推着父亲散完步，父亲和一个病友下象棋，我坐在一边的石凳上，赏满园春色，晚霞满天。

听到身后熟悉的高跟鞋响，我没有回头，只是拍了拍身旁的空位，麻辣烫坐到了我身边，我靠在她肩膀上："来得正好，抬头看晚霞看久了，脖子怪累的。"

麻辣烫笑："你这人倒是挺会享受的，我们在外面争杀得精疲力竭、形象全无，你在这里扮杜陵野老。"

"医院是个很奇怪的地方，生和死、悲和欢、软弱与坚强、残忍与温柔都在这里汇集，我天天泡在医院，有时候感觉自己像是已经活了五百年，阅尽生老病死、爱恨喜怒。今天我和爸爸去婴儿房看婴儿，整个房间里，全是小婴儿，那场面挺震惊的，有一种莫名其妙的心灵顿悟，下次我带你去参观一下。"

"蔓蔓。"麻辣烫的声音中有担心，"你还好吗？是不是照顾叔叔太累了？"

"没有！这段日子除了担心爸爸的病，其他地方都是无法言喻的惬意。似乎只有在我很小的时候，有这么自由自在的感觉。上了小学，要好好学习争取上重点初中，上了重点初中又要争取上重点高中，上了重点高中又要争取考重点大学，然后一路毕业、工作，似乎总是忙忙忙！忙得只有周末回家吃饭的时间，我和爸爸从没有像现在这样亲近，我们父女俩如今能花三四个小时只喝两盅茶，悠闲自在得很！"

麻辣烫嘲笑我："才不工作几天呀？就一副山水隐者的调调，不会过几天，看我们都是红尘俗人，不喜欢和我们来往了吧？"

我看着她，温柔地说："对别人，很有可能。对你，永不！"

麻辣烫朝我龇了龇牙，半开玩笑地说："如果我做了一些事情，不知道你会不会依然这样说。"

"那你说来听听了。"

"陆励成和宋翊的矛盾你应该知道。"

"嗯。"

"我爸爸不知道为什么那么喜欢陆励成，却那么讨厌宋翊，暗中耍手段，处处给宋翊下绊子。陆励成也不是个好东西，得着便宜就卖乖，落井下石……"麻辣烫愤怒的神色突然变得尴尬，拿眼觑我。

我说："没事！你说你的，我不介意。"

麻辣烫克制了语气："陆励成估计也看出来这是他彻底击垮宋翊的千载难逢的时机，所以他抓住一切机会，毫不留情地打击宋翊。你别看他当着你的面对着宋翊有说有笑，还一起陪你爸爸下棋，可他在公司里完全就是另外一个人，处处狠辣无情。公司里的人都是墙倒众人推，宋翊的日子很难过，却一点都没表露出来，我竟一直不知道。那天我去找他，无意中听到前台的小姑娘说他，我才知道连公司里的小喽也敢踩他了。你没听到那几个小姑娘的话，听得我当时就想冲上去扇她们……"麻辣烫的眼圈有点红，说不下去了。

我问："你真去扇了？"

"没有，我忍了！不想别人再看宋翊的笑话，说宋翊找了个泼妇。不过，那几个小姑娘后来被吓得够戗。"麻辣烫迟疑地看着我。

我说："没事，你继续说。"

"我当时什么都没做，只是走上前去，告诉她们我是宋翊的女朋友，找宋翊。后来，我琢磨着，所有事情的起因归根结底都是因为我爸爸，那我也只能解铃还需系铃人。我就趁他们公司和客户的聚会，跑去看宋翊，故意当着众人的面做了好多亲热动作，宋翊就只能向大家介绍说'这是我的女朋友'。暗中我给我爸爸的秘书打电话，说我钱包忘带了，让他来给我送些钱。等他一到，所有人都知道了我是许仲晋的女儿，那帮人的脸色比翻书还快，立即对宋翊变了颜色。"

我说："这没什么呀！"

麻辣烫小声说："我本来只是想给这帮人一个警告，告诉他们就算我爸爸不喜欢宋翊，可他女儿喜欢，我爸和宋翊的矛盾是人民内部矛盾，他们最好不要瞎掺和，否则万一哪天宋翊成了我爸的女婿，他们的日子就不见得好过了。可当时我这样一搞，就像扔了个大炸弹，场面乱哄哄的。宋翊又一点不领情，很不高兴的样子。他们又都跑来给我敬酒，我心情不好，就全喝了，我喝醉之后，正好陆励成在讲话，我对他的不满就全冲上了脑门子，当着所有人的面，把他给恶狠狠地折损了一番。"

我的脑袋大起来："什么叫'恶狠狠地折损了一番'？"

"我……"麻辣烫眼中全是愧疚，"我骂他追我，骂他癞蛤蟆想吃天鹅肉，又骂他就会拍我爸的马屁，只会像哈巴狗一样摇尾巴，讨我爸欢心，没有半点本事。还说他阴险恶毒，一会儿说喜欢我，一会儿又去勾搭我的好朋友，花心大萝卜……我记不得了，我当时醉了，只记得最后，上百人的大宴会厅，没有一点声音。陆励成站在台上，面无表情地盯着我，宋翊捂着我的嘴，强行把我扛出了大厅。"

"麻辣烫，你……"

麻辣烫立即说："我喝醉了！那些话是无心的。"她看着我的脸色又小心翼翼地说，"你刚才说的'对我，永不！'"

山中方一日，世上已千年。本以为陆励成已经赢定，没料到麻辣烫忽出奇招，双方的形势立即扭转。

我苦笑："麻辣烫，你可真是虎父无犬女！论资格，陆励成在北京的金融圈，也算前面的人物。虽然他是有求于你父亲，可你父亲也需要借助他，他们顶多算是狼狈为奸，哪里来的一方非要乞求另一方？就算是你父亲也不敢让他丢这么大的人，你可真够生猛的。"

麻辣烫难过地说："我也不想的，我从来不想承认我是许仲晋的女儿，可是我不能看着宋翊吃我父亲的哑巴亏，我以后再不喝酒了，我一喝酒就出事，你可别生我的气！"

陆励成和宋翊竟然并肩而来，眼光在我和麻辣烫身上轻轻一转，走向了父亲，一左一右站在父亲两侧，看父亲下棋。麻辣烫仍没发现他们，只是搂着我胳膊求："我知道我错了，毕竟你和陆励成现在在一起，我就是再恨他，也应该看在你的面子上不予计较，可我真是喝醉了，满嘴都是胡话……"

棋桌上一阵大笑声传来，麻辣烫回头看到宋翊和陆励成，更蔫了，一副恨不得立即钻到地洞里的样子。我强拽着她走过去，她看都不敢看陆励成，立即缩到宋翊身边，我只能站到陆励成身边。

四个人没事干，就都专心看爸爸下棋，七嘴八舌地小声议论着老爸的棋路。其实主要是我棋品不好，喜欢发表意见，麻辣烫也是爱说话的人，两个人意见相左的时候，麻辣烫就要找宋翊帮忙，把宋翊也拖下水。

和爸爸下棋的老头笑眯眯地说："你好福气呀！看看你身后这两双小儿女，真是做梦都要笑醒！人家都是久病床前无孝子，我看你天天有人陪、有人看，好福气呀！你看我儿子和儿媳两三天才来一次，来了屁股还没坐热就又要走。"

他们三个来医院的频率太高，竟然让别人误会成爸爸的亲人了。爸爸也不解释，只是回过头，看向我们。我心头一酸，忙挽住了陆励成的胳膊，爸爸的视线在我和陆励成身上停留了一会儿，笑了笑，又去下棋。

等爸爸下完棋，麻辣烫立即抓着宋翊离去，我和陆励成送爸爸回病房，安顿他睡下。等我们出来时，已经月上电线杆，人约黄昏后，一对对情侣在路边轧马路。

我主动提议也去轧一下马路，陆励成没有反对，我们两个就一圈圈地溜起来，想了半天，却都不知道如何开口。安慰他不要伤心，询问他是否还介意，打听后果是否严重，似乎都不妥当。

冥思苦想之际，他自己开了口，淡淡地说："你若有机会就看看什么酒好，也许过几天你就要陪我大醉一场了。"

我反应了一会儿，才记起我和他打过的赌："什么意思？你要离开北京吗？"

他微笑，很云淡风轻的样子："离开也没什么不好，也许别处有更好的风景。"

我不知道能说什么，只能沉默地看着他。他坐到花台上，取出根烟，点上，笑笑地说："人说赌场失意情场得意，我是赌场情场双输。"

夜色、香烟让他的身影披上了寂寥，我坐到他身边，轻声说："你以后少吸点烟吧！"

他笑看着我，没吭声，好一会儿后说："我等着我女朋友来说这句话。"我说不出什么来，只能沉默地坐着，他吸完一根烟，淡淡说："回去吧！"

上了车，我们俩也一直沉默着。

他打开音响，一首英文歌飘出来，他听了一会儿，突然将音量调到最大，优美的男中音轰鸣在小小的车厢里，激荡着耳膜，震撼着心灵，让神游天外的我，不得不去倾听。

......

If I climbed the highest mountain just to hold you tight

If I said that I would love you every single night

Would you ever let me down?

......

If I swam the longest river just to call your name

If I said the way I feel for you would never change

Would you ever fool around?

Well I'm sorry if it sounds kinda bad just that

Worried I'm so worried that you let me down

Because I love you love you I love you······love you······ love you······

我跟随着歌声轻问，如果我攀上最高的山峰只为了能紧抱住你；如果我告诉你，每一个夜晚我都深爱着你，是否你依然会拒绝我？如果我游过最长的河流只为了能呼唤你的名字，如果我告诉你，我对你的感觉永远不会变，是否你会偶尔和我在一起？

我可以攀上最高的山峰，也愿意游过最长的河，可我该如何跨越生死的界限？打破死亡的诅咒？无论我做什么，都无法比拟许秋已经永恒的美丽。

歌声结束，陆励成关小了音响，他似乎也因歌声而动容，一直没有再说话，我感谢他此时的沉默，让我能躲在角落里藏起自己的伤口。

下车时，我问他："这首歌叫什么名字？"

他沉默了一瞬，直直凝视着我的眼睛："Because ⋯⋯"顿了一顿，缓慢却清晰有力地说，"I love you。"

"Because I love you？"我惆怅地笑了，"很贴切的名字。再见！"

已经进了大厦，他仍坐在车里，保持着刚才的姿势。我向他挥挥手，走进了电梯。

大姐正盘膝坐在沙发上，边看电视边吃我留给她的饭，看到我，立即关了电视："出大事了！今天连事务所大中华区的合伙人都从香港打电话给我八卦陆励成。你难以想象八卦消息的精彩程度，说陆励成和宋翊不但是工作上的死对头，还二男争一女，要是一般女孩倒罢了，偏偏是许仲晋唯一的女儿，所以活脱脱一个江山美女战场呀！"

大姐说得眉飞色舞，我没精打采地坐到她身边："他们都说什么？"

"听说许老爷子喜欢陆励成，女儿却喜欢宋翊，最后许家的公主大闹北京城，在无数人面前辱骂陆励成，陆励成一声不敢吭。"大姐叹气，"陆励成这次真是丢人丢大了！男人活得就是个面子，不知道他现在什么心情。"

"他还好。他当时不说话也不是不敢吭声，而是作为一个男人，没有必要和喝醉酒的女人对骂。"

"什么？你见过他？"

大姐凑到我身边，一副恨不得敲开我脑袋，八卦一番的样子，我郁闷："老大，你好歹也是一事业有成的知识女性，怎么表现得和街头大妈一样？"

大姐才不管，振振有词地说："别说我，现在所有人都在极度关心此事的发展状况，没听到连我的大老板都特意从香港给我打电话暗示我关注吗？她下次问我，我拿什么汇报？若让她知道许仲晋的女儿的好朋友和我共居一室，我却什么都不说，她要么怀疑我这人的能力，要么怀疑我对她的忠诚。"

"我不会知道的比你多，麻辣烫是醉骂陆励成，她自己都不知道自己骂了什么，难道我能跑去问陆励成：'喂，听说许怜霜骂你了，真的吗？都骂了些什么？'我活得不耐烦了吗？你要想知道，直接把那天晚上参加宴会的大佬约出来，和他们面谈不就行了！这些中老年欧吉桑，别看平时官威十足，说起闲话来，不比街头大妈差。"

大姐竟撑着下巴思索，似乎觉得我这个建议很可行，我翻了个白眼，去厨房给自己盛汤。

大姐笑嘻嘻地问我："陆励成真的在追许怜霜？"

"嗯，曾经追过，现在不清楚。不过……"我瞪住大姐，"这事不许你告诉任何人，否则我和你绝交！"

大姐张着嘴，吃惊地说："竟是真的？我还以为外面流言夸张。听说许老爷子气得差点掀桌子，真的吗？"

"假的！"

大姐立即凑到我身边："你知道什么？"

我喝了口汤，慢吞吞地说："大姐，你的英明神武哪里去了？麻辣烫公然表示她是宋翊的女朋友，拆她爹的台，她老爹肯定很生气，但是那是谁呀？许仲晋！手底下直接管辖的人就一百七十多万！这样的人会气得掀桌子？咱们只管两三千号人的合伙人都不会干这种事。"

"哦！也对！"大姐点头，"不知道最后到底是许老爷子把宋翊赶出中国，还是许怜霜让陆励成彻底绝望。"

我站起来，去厨房放碗："我准备睡了。"

"先别走！"大姐抓住我，却半天没下文，我只能又坐下来，"你想说什么？"

大姐问："你在他们的三角关系中是什么角色？"

我的心一窒，说不出来话。

"苏蔓，你要掂量清自己的分量，我们这行可不是娱乐圈，绯闻八卦越多越成功。我们是替客户掌管钱、监管钱的人，客户要的是一个沉稳、低调、可靠的形象，不是一个整天出新闻的人。这就是为什么陆励成的事业现在很危险的原因，当然，宋翊也不见得好过，许怜霜什么都不懂，她这么闹，毁的不仅仅是陆励成。可他们毕竟是男人，而且陆励成背后的水到底有多深谁都不知道，宋翊大不了可以回美国，许怜霜是公主，更不用发愁将来，可你……"大姐的表情非常严肃，"你只是一个普通的人，你陪他们玩不起！你没有资本！"

"我明白。"

大姐放开了我："不要怪我说话难听。"

我说："我不是小孩子了，哪些话是关心，哪些话只是好听，我分得清楚。"

大姐笑："去洗澡吧！碗放那儿，我吃完了一块儿洗。"

"嗯。"

日子缓慢而迅速地滑过，爸爸的身体逐渐消瘦，饭量越来越小，陆励成、宋翊和麻辣烫都看出了爸爸的变化。不要说陆励成和宋翊，就是麻辣烫都在我面前不再讲外界的是非，她不知道从哪里看来许多笑话，每天来看我时，给我和爸爸讲一个，笑得我们前仰后合。

爸爸每天活动的时间逐渐缩短，他的身体越来越容易疲惫，常常和我说话的时候，说着说着就睡了过去。

我不想问医生，我只抱着我的希望，每天守着爸爸。即使他睡着了，我也不想离去。

我如今发展了一个新嗜好，喜欢在爸爸睡着的时候，坐在他身边整理东西。我买了一个异常精美的大相册，把所有爸爸和妈妈的老相片按时间顺序整理排列，在旁边写下每张相片的故事。四月底是爸爸的生日，我想全部整理出来后，给父亲做生日礼物。

现在我才整理到我出生，我把自己的百日照放在爸爸和妈妈合影的下面，写下：

爸爸和妈妈的小公主在九月份降临人间，据妈妈说生下来很丑，满头的毛都是黄的，一副营养不良的样子，据爸爸说生下来很漂亮，一头小金发，像外国洋囡囡。

我刚上小学的时候，爸爸带我去天安门广场放风筝的照片。碧蓝的天空，朱红的城楼，风华正茂的爸爸，眯着眼睛笑的我。我在旁边写下：

这张照片很美，因为拍摄照片的人深爱照片中的两个人，照片的美丽是她眼中折射的爱意。

我整理着照片，就如同整理着我和爸爸妈妈二十多年来的时光。照片已经退色，时光已经远走，可那些爱，永远都在身边，永远！

Chapter 21

心伤

岁月已撒下天罗地网，无法逃脱的，是我的痛苦，和你的心伤。

我提着早点，刚出电梯，就看一群医生护士从我身边像旋风般刮过，这样的场面在医院司空见惯，我已不再惊讶，可当我看到他们进入的房间时，身子猛地一颤，早点掉到地上。

我跑向病房，两个护士拦住我，几个人推着父亲的病床迅速向急救室跑去，等他们进了急救室，两个护士才放开我，把我强按到凳子上坐下。

她们究竟说了什么，我完全没听到，我木然地坐着，盯着急救室的门。

陆励成大步跑着出现，默默地坐到我身边，叫了声"苏蔓"，就再说不出来话。

宋翊也匆匆赶来，沉默地坐到我的另一边。

没多久，麻辣烫也踩着高跟鞋赶来，一见我，就抱住了我。

我对她喃喃地说："我还没准备好，我还没准备好……"

很久后，急救室的门打开，我立即跳起来，却没有勇气上前。宋翊和陆励成交换了个眼神，陆励成和麻辣烫留下来，陪着我去看父亲，宋翊去和医生交谈。

爸爸身高一米七八，体重一百五十斤，算是标准的北方大汉，可如今病床上的他看上去也许只有九十斤，每一次呼吸都似乎要用尽全力。我蹲在他床前，握住他的手，贴在自己的脸上。

远处宋翊和医生的交谈断断续续地传进耳朵："……癌细胞让病人的内部器官已经大部分都衰竭……病人的意志力非常坚强，他现在全靠意志力在维持生命……会很痛苦，要有思想准备……"

爸爸睁开眼睛，看向我，我俯在他耳边叫："爸爸。"

爸爸想笑，却痛苦地皱起了眉。我想哭，却只能微笑。

爸爸凝视了我一会儿，又昏迷过去。

我一动不动地守在爸爸的病床前。宋翊和麻辣烫让我吃饭，我吃了几口，全吐出来，他们不再相劝，只让我尽力喝水。

爸爸时昏迷、时清醒，昏迷时，痛苦的呻吟从喉间逸出，清醒时，他一直看着我。

陆励成和宋翊都想说什么，却都不敢张口，我知道他们在想什么，可是，这是我的爸爸呀！

麻辣烫却不想忍着，她眼中含着泪水说："蔓蔓，我知道你舍不得叔叔走，可你不能再让叔叔为了你强留着了，他太痛苦，看着他痛苦，你更痛苦。"

我不吭声。

下午时，爸爸出现吐血症状，医生插管替他清除肺部积血，那么粗的管子插进了他的内脏，我终于再克制不住自己，跑到楼道里，靠在墙壁上失声痛哭。

麻辣烫他们没有任何办法，只能看着我哭泣。人类的力量在死亡面前，都太微弱。

哭完后，我擦干眼泪，对他们说："我想一个人和爸爸在一起。"

我找出给爸爸的生日礼物，坐到爸爸身边，等爸爸再次清醒时，我把没做完的相册拿给他看。

"爸爸，这是我给你做的生日礼物。"

我一页页翻给他看。

"这是你刚从部队转业时的照片。"

"这是妈妈刚参加工作时的照片。"

"这张是你和妈妈的第一次合影。"

"这是我出生时的百日照。"

…………

翻到了最后一张相片，我说："才做到我刚考上大学，不过我会继续做完它的。"

爸爸朝我眨眼睛，我的脸贴在他的手掌上轻蹭："爸爸，你放心地和妈妈走吧！我……我会照顾好自己。"

我终于说出了这句话，我以为我会痛哭，可我竟然是微笑着的："爸爸，你不用再为我坚持，不用担心我，我真的可以照顾好自己。我不会孤单的，你看到了的……"我把相册举起来给他看，"我有这么丰厚的爱，我知道你们不管在哪里，都会一直爱我，都会一直看着我，我会好好的，过得快快乐乐的。"

爸爸的喉咙间"咕噜""咕噜"地响着，我说："我会找一个很好的男人，嫁给他，我还想生一个女儿，给她讲她的姥爷和姥姥的故事。爸爸，我向你保证，我一定会过得幸福！"

爸爸的手上突然生出一股力气，紧紧地拽住我，我也紧紧地拽住他，他的眼睛直勾勾地看着我，眼角全是泪，我哭了出来："爸爸，你放心地和妈妈走吧！别再坚持了，别再坚持了……"

陆励成、宋翊和麻辣烫听到我的哭声，跑了进来。陆励成说："叔叔，你放心，我……"他看了一眼宋翊，"我和宋翊、许怜霜都会帮您照顾苏蔓的。"

麻辣烫也含着眼泪说："叔叔，您放心吧！蔓蔓永远不会是一个人，从今天起，我就是她的亲姐姐，我会永远照顾她、陪着她。"

爸爸喉咙里"咕噜""咕噜"地响着，我跪在了他床前，哭着说："爸爸，去找妈妈吧！女儿已经长大，可以照顾自己。"

爸爸手上的力气渐渐消失，眼睛定定地望着我，牵挂、不舍、希冀、祝福，最终，所有的光芒都随着生命之火的熄灭而一点一点地暗淡。

"滴"的一声，心跳监视仪上跳动的图线变成了一条直线。

护士跑了进来，医生也来了，他们确认并宣布着死亡时间，无数人说着话，我却听不清楚一句。

我握着爸爸逐渐冰凉的手，不肯松开。从此后，再没有人会唠叨我，再没有人来逼我相亲，再没有人打电话嘱咐我不要熬夜……

不到半年的时间里，我失去了世界上最爱我的两个人，以后，在这个世界上，我就是一个孤儿了。

麻辣烫跪在我身边，扳着我的脸看向她："蔓蔓，你还有亲人，你忘记了吗？我们说过是一生一世的姐妹，我答应了你爸爸，我就是你姐姐。"

我木然地看了她一会儿，抱住了她，头埋在她肩头，泪水汹涌地流着，她陪着我哭。我越哭越大声，渐渐地，将成年人的克制隐忍全部丢弃，像个孩子般号啕大哭起来。

麻辣烫一直紧抱着我，任由我宣泄着自己的痛苦和不舍，直至我哭晕在她怀里。

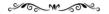

我刚睁开眼，就有人过来询问："醒了？要喝点水吗？"

是宋翊，我问："麻辣烫呢？"

他说："她和陆励成在外面做饭，我负责等你醒来。"

我坐了起来，一天没有进食，身子有些发软，宋翊忙扶住我，递给我一杯橙汁："先喝点橙汁。"

我把橙汁喝完："我想先洗个脸再吃饭。"

"好。"

我走进卫生间，看着镜子中的自己，这几个月，我也瘦得厉害，下巴尖了，眼睛就显得尤其大，现在又哭得红肿，整个人看上去憔悴不堪。难怪爸爸看着我的眼神那么担忧，我胸中鼓鼓胀胀，又想掉眼泪，却立即用冷水激了下脸，将泪意逼回去。看着镜子中湿漉漉的脸，我手放在镜子上，指着自己的额头，很认真地说："你答应过你爸爸什么？你不可以让他们担心，你舍得让他们担心吗？"

深吸了几口气，飞快地洗着脸，又梳了头，把自己收拾利落。

出来时，饭桌上的菜已经全部摆好，我说："好香！肯定不是麻辣烫的手艺！"

麻辣烫不满："什么呀？每道菜都有我的功劳，葱是我洗的，姜是我切的，蒜是我剥的。是不是，陆励成？"

陆励成没好气地说："是，你的功劳最大。我要姜丝，你给我剁姜块，我要葱花，你给我葱段，说你两句，你还特有理。"

麻辣烫不满，拿着锅铲想敲他，陆励成躲到了一边。麻辣烫边给我盛饭边说："真是做梦都想不到陆励成同志的厨艺竟然这么好，他老婆将来可有福了！"

我笑，随口说："你不会后悔了吧？"

一言出口，四个人都怔住。陆励成立即笑着说："都吃饭了！"

我坐到座位上，开始吃饭，尽量多吃，不管自己是否有胃口。

他们三个陪着我说话，看我胃口似乎不错，都挺开心，可等我要第二碗饭时，陆励成收走了碗筷，不许我再吃："饿了一天，就先吃这么多。"

宋翊说："不要太逼自己，悲伤需要时间化解。"

我不吭声，坐到沙发上，他们坐过来，麻辣烫说着他们三个对葬礼的计划和安排，询问我还有什么意见，麻辣烫拿出几个图册给我看："这是我们选的几个墓地，环境都很好，我选的是叔叔和阿姨的骨灰合葬，你觉得呢？"

我点头，他们三个已经考虑到最细致，一切不可能再周到，我说："谢谢你们，这段时间如果没有你们，我不知道我……"

麻辣烫"切"的一声："你和我客气？你信不信，我回头收拾你？"

陆励成淡笑着说："我只记得某人说过，不言谢，只赴汤蹈火。"

宋翊凝视着我，没说话。

在他们三个和大姐的帮助下，父亲和母亲的葬礼简单而隆重。

等安葬完爸爸和妈妈，我的存折里竟然还剩五万多块钱。大姐怕我一个人闲着，会忧思过度，所以建议我立即去工作，承诺帮我找一个好职位，我拒绝了她的好意。大姐想劝，可看着我的消瘦，又说："是该好好休息一段时间，恢复一下元气。"

　　我告诉大姐，因为暂时不打算工作，住在城里没有必要，所以准备搬回我和爸爸妈妈在房山的老房子。大姐怕我睹物思人，麻辣烫却没有反对，麻辣烫对大姐说，我会天天去骚扰她，让她没时间胡思乱想。

　　作了决定，就开始收拾东西。

　　我的东西看着不多，实际收拾起来却不少，我又舍不得扔东西，一个花瓶，一丛干花，都总是有我买这个东西的故事，所以一件件东西打包，挺耗时间，不过，我现在时间很多，所以慢慢做，边做边回忆每件东西的来历，也很有意思。

　　收拾到一个脚底按摩器，想起这是麻辣烫给我买的。我有一段时间日日加班，忙得连走路的时间都没有，麻辣烫就给我买了这个按摩器，让我趴在桌子前工作的时候，放在脚底下，可以一边按摩，一边工作，强身健体和工作两不耽误。

　　正一边回忆，一边收拾东西，"砰砰砰"的敲门声响起。显然，敲门的人很着急迫切，我立即去开门，看到宋翊神色焦急地站在门口。

　　"怜霜来找过你吗？"

　　"昨天来看过我，今天还没来，怎么了？"

　　"怜霜盗用了我的密码查看了我的网上私人相册。"

　　我呆了一呆，才意识到这句话背后的意思，心刹那间冰凉："有你和许秋的照片？"

　　他眼中全是痛苦和自责："全是我和许秋的照片，许秋去世后，我彻夜失眠，所以把所有她和我的照片全部整理了一遍，放在这个相册中。"

　　我只觉得寒气一股股从心底腾起，如果是别的女人，麻辣烫顶多难受一下，可许秋……我无法想象她看到宋翊和许秋一幅幅亲密的照片时，是什么感受。旧时的噩梦和现在的噩梦叠加，她会觉得整个世界在崩溃。原来，不管她多努力快乐，即使许秋死了，她仍无法逃脱许秋的诅咒。

　　我立即返回屋子拿手袋和手机，边往外走边给麻辣烫打电话，手机关机。

　　"你和她父母联系过吗？"

"我给她妈妈打电话，她不接，全部摁掉了。"

"她妈妈的电话号码是什么？"

宋翊找出号码给我看，我用自己的手机拨通了电话。

"王阿姨吗？阿姨好，我是苏蔓，怜霜回家了吗？"

"她已经很久没回过家了，她爸爸和她现在一句话不说，父女两人一直在冷战。我要想见她，只能去她住的公寓，我一直想联系你，拜托你多去看看她，可又不好意思，毕竟你家里出了那么大的事情，你心里肯定也不好过。怎么？你联系不到她吗？"

王阿姨的声音中有掩饰不住的憔悴，我把本来想说的话吞回去："估计她手机没电了，也许过一会，她就会找我，她经常晚上来看我的。"

"那好，你见到她，多和她说说话，劝劝她，她爸爸不想打她的……"

我吃惊地问："伯父打她？"

王阿姨的声音有些哽咽："她和她爸爸为宋翊大吵了一架，父女俩话赶话都把话说得过了，怜霜说了一些很伤人的话，她爸一气之下就打了她一耳光。自从那天，怜霜就再没回过家。"

我挂了电话，看向宋翊。因为手机漏音，宋翊已经半听半猜，知道了电话内容，宋翊脸色苍白地说："我不知道，她没有告诉过我。"

我自责地说："我一心全在爸爸身上，也没留神到她的异样。计程车找人太不方便了，我们得找个司机。"

我给大姐打电话，她说正在和客户吃饭，我只能又给陆励成打电话："你在做正经事吗？"

"一个人在吃饭。"

"回头我请你吃饭，现在能麻烦你做一下司机吗？麻辣烫失踪了，我们必须要找到她。"

"宋翊难道不是她的磁铁吗？你把宋翊往人海里一立，她就会和铁块一样，不管遗落在哪个角落，都会立即飞向磁铁。"

"事情很复杂，我没有时间和你解释，你究竟帮忙不帮忙？"

他说："我立即过来，你在哪里？"

"林清楼下。"

二十分钟后，陆励成的牧马人咆哮着停在我们面前，我和宋翊立即上车。

"去哪里找？"

我想了想："先再去一趟她的家。"

家里，没有人。

宋翊一直不停地在打她的手机，手机一直关机。我打了所有和她关系稍好的朋友的电话，没有人知道她的下落。

去她常去的餐厅，侍者说没见过。

去她和宋翊常去的场所，没有人。

去我和她常去的那家酒吧，老板说没来过。

无奈下，我把所有她爱去的酒吧和夜店的名单列出，准备一家家去找。

酒吧里灯光迷离、人山人海，人人都在声嘶力竭地放纵，阴暗的角落里红男绿女肢体纠缠，充斥着末世狂欢的味道。我们在人群中艰难地穿行，大胆的欲女们借机用身体摩擦着陆励成和宋翊，也不知道究竟是谁吃谁的豆腐。陆励成笑笑地享受着她们的挑逗，既不拒绝，也不主动，只不过步子绝不停留。宋翊却脸色铁青，用胳膊近乎粗鲁地挡开每一个人。

后来，我们还去了一家同性恋酒吧，陆励成绝倒："你和许怜霜的生活可真丰富。"

"我们俩很好奇，来过几次，麻辣烫喜欢喝这里的一款鸡尾酒，所以我们偶尔会来。"

以前我和麻辣烫来时，无人管理，可这次所有人都对我们行注目礼，只是不知道他们看上的是陆励成还是宋翊，有男子端着酒杯想过来搭讪，可看清楚宋翊的神色后，又立即离开。

等从酒吧出来，已是深夜两点，我累得实在不行，脚痛得再走不动，直接坐到马路沿上。

陆励成说："这么找不是个办法，北京城里到处是酒吧酒店，她若随便钻到一家不知名的店里，我们找到明年也找不到。"

宋翊又在给麻辣烫打电话，仍然是关机。他却仍然在不停地打，不停地打，我看不下去，说："别打了！"

他猛地将手机扔出去，手机砸到墙上，变成几片掉到地上，机器人般的女声重复地说着："对不起，您拨打的用户已关机。对不起，您拨打的用户已关机……"

陆励成走过去，踩了一脚，声音戛然而止。

夜色，变得宁静，却宁静得令人窒息。

宋翊抱着头，也坐到了马路沿上，我看着远处的高楼发呆。麻辣烫，你究竟在哪里？

一弯半月浮在几座高楼间，周围的灯光太明亮，不注意看都不会发现。

我跳起来："陆励成，开车！"

宋翊仍抱头坐在地上，我和陆励成一左一右，把他拽上车。

"去哪里？"

"去我家，我以前的家。"

陆励成很是诧异，却没有多问，只是把车子开得风驰电掣，大街上的车辆已经很少，不一会儿，就可以看到我住过的大楼。

已是深夜，大多数的人已经入睡。高楼将长街切割得空旷冷清，只有零落几个窗户仍亮着灯，越发衬得夜色寂寞。

寂寞冷清的底色上，一个乌黑长发，红色风衣的女子靠着一根黑色雕花灯柱，抬头盯着天空；迷离忧伤的灯光下，夜风轻撩着她的头发，她的衣角。

我示意陆励成远远地就停下车，宋翊呆呆地盯着那副孤单忧伤的画面。

"麻辣烫告诉我，她第一次见到你时，你就站在那根灯柱下，她告诉我你就像油画中的寂寞王子，你的忧伤让她都有断肠的感觉。我想她应该一直在好奇你为什么忧伤，她一直在努力闯入你的心中，不管是她乱发脾气，还是盗用密码偷看你的相册，她所想做的只是想知道你在想什么。麻辣烫的父母反对你们在一起，说心底话，我也反对。"

陆励成深盯了我一眼。

"我反对不是因为我自己，而是我对麻辣烫太不公平。她不是你赎罪的工具，更不是许秋的替代品，你知道吗？麻辣烫恨许秋！"

宋翊震惊地看向我，陆励成则一脸茫然。

我说："她在你面前是不是从没有提过许秋？当然，你也不敢提，所以她不提正好合你心意。可你想过吗？以你和她的亲密关系，她怎么从来不谈论自己的姐姐？许秋在你心中是完美无缺的恋人，可在麻辣烫心中，她并不是一个好姐姐，甚至根本不是她姐姐。"

宋翊想说什么，我赶在他开口前说："你有爱许秋的权利，麻辣烫也有恨许秋的权利。我不管你多爱许秋，你记住，如果你因为麻辣烫恨许秋而说任何伤害麻辣烫的话，我会找你拼命！"

车厢里，没有人说话，寂静得能听见我们彼此的心跳声。

很久后，陆励成问："我们就在这里坐着吗？"

宋翊的声音干涩："怜霜是不是还不知道她的肾脏来自许秋？"

"我想是，许伯伯应该刻意隐瞒了她，否则以她的性格，宁死也不会要。"

"她就这么恨许秋？许秋顶多偶尔有些急躁，不管是同事还是朋友都喜欢她……"

我的声音突地变得尖锐："我说了，每个人都有自己的权利！你怎么爱她是你的事情，麻辣烫如何恨她也是麻辣烫的自由！"

我跳下了车，向麻辣烫走去。

走到她身边时，她才发现我。她丝毫没有惊讶于看见我，平静地说："蔓蔓，如果我没有看见他多好，他永远是我的美梦，不会变成噩梦。"

"很晚了，我们回家好吗？"

"家里有很多镜子，我不想回去。"

我不明白她的意思。

"我今天一直在照镜子，我才发现，原来我和许秋长得还是有点像的，我们的额头和眼睛都像爸爸。蔓蔓，真惨！是不是？这个人我永生永世都不想见，可竟然要天天见。"

我想了半晌，才说："没事的，现在科技发达，正好你的眼睛也不够漂亮，我们可以去做整容手术。"

麻辣烫微笑，发丝在她笑容背后忧伤地飘拂。

"可是它怎么办？"麻辣烫指着自己的肾脏部位。

我悚然变色。

她笑着说："你一个外人都能猜到事情的来龙去脉，我怎么可能猜不出来？我今天一直在回忆宋翊的一切，突然间我就想明白了一切。我在医院里听到的他的痛哭失声是为了许秋，他的哭声让我心动，可他哭泣的对象却是我恨的人，多么讽刺！妈妈告诉我的许秋死亡日期是假的，难怪这个肾脏这么适合我，因为它流着和我一样的血。"

麻辣烫握住了我的手："我还想明白了，我为什么会在这里碰见宋翊，不是因为你的苹果，而是因为你。他站在楼下，哀伤的是许秋，想念的却是你。"

"不是的，我……"我觉得我的五脏六腑都在剧烈翻腾，整个人似乎都被拧着疼。可麻辣烫的表情仍然是这样平静，就好似一切都是别人的故事。

"对不起，蔓蔓！原来你受了这么大的委屈，我在你流血的心上肆无忌惮地快乐起舞，还要逼着你和我一块儿笑。"麻辣烫的表情终于有了一丝起伏，眼中泪珠盈盈，"我很开心，因为你自始至终选择的是我，即使那个人是你暗恋多年的宋翊。可我却对不起你，其实，我后来已经察觉你和陆励成不是什么男女朋友，你和宋翊相处尴尬，可我假装不知道，甚至刻意逃避，只想去抓住我的梦想。我以为我和许秋是不一样的人，现在才发现我们的确是姐妹，我们都自私虚伪，都善于利用他人的善良，达到自己的目的，都从来没把姐妹亲情当一回事。蔓蔓，原谅我，原谅我……"

麻辣烫的脸色越来越青，突然之间身子就软了，向地上滑去，我一把抱住她，却自己也被她坠得向地上倒去，两个人全摔在了地上。

我惊恐地大叫："陆励成，陆励成……"

陆励成和宋翊冲过来，一个扶我，一个抱麻辣烫，我推陆励成的手："车，车，医院……"我全身都在发抖，说不出一句完整的话。

陆励成立即去开车，宋翊把麻辣烫抱到车上，陆励成开足马力向医院冲去。

还没到医院，我们已经被警车盯上，两辆警车在我们后面追，大喇叭叫着，命令我们停车，一辆警车从辅路并上来，想在前面拦截住我们。

陆励成询问宋翊："你想怎么样？"

宋翊盯着麻辣烫，头都未抬地说："我想最快赶到医院。"

陆励成微微一笑，把油门踩到底，直接向前面的警车冲去。警车吓坏了，牧马人是越野吉普，相当于两个它的分量，它完全没胆子和牧马人相撞，立即猛打方向盘，堪堪避开了我们。

陆励成把牧马人开得像烈火在奔腾，三辆警车在我们身后狂追，前面的车听到警笛，再看到我们的速度，老远就让到了一边，往常要半个多小时的车程，今天竟然十多分钟就到了。

陆励成将车稳稳地停在医院门口："你们送许怜霜进去，我在这里应付警察。"

宋翊抱着麻辣烫冲下车，等我们进入大楼，才看到警车呼啸着包围了陆励成的车。

麻辣烫被送进急救室，宋翊一动不动地坐在椅子上，脸色煞白，整个人如被抽去魂魄，不管我和他说什么，他都好像听不到。

我给麻辣烫的妈妈打电话。深夜三点多，电话响了半天，才有人接，老年男子的声音，略微急促地问："你是苏蔓？小怜出了什么事？"

我无暇惊讶于他的智慧，快速地说："她现在在医院的急救室，我们还不知道是什么原因。"

此时，声音倒平静了："哪家医院？"

我报上医院地址，他说："我们立即到。"

不到半个小时，一位面容方正的男子和王阿姨匆匆而来，王阿姨看到宋翊，满面泪痕地冲过来："我就知道你会害她。"

"阿云。"许仲晋拉住王阿姨，完全无视宋翊，只和我打招呼，"苏蔓？小怜给你添麻烦了。"

"伯父不用客气，我和麻辣烫……怜霜是好朋友。"

不一会儿，有几个医生赶来，这家医院的院长也赶了来，整个楼道里人来人往，乱成一团。院长请许伯伯到一间屋子休息，从屋子的大玻璃窗可以直接看到急救室里面。

宋翊仍然坐在急救室门口，不言也不动地等着。我陪他默默坐了一会儿，有人来叫我，说王阿姨想和我说话。

进去后，发现王阿姨一直在哭，能说话的显然只有许伯伯，他问我："小怜手术后身体恢复得很好，从来没有任何问题，为什么突然就这样了？"

我觉得只能实话实说："她发现了宋翊是许秋的男朋友，又发现了她的肾脏是许秋的。"

王阿姨听到，眼泪落得更急，一边哭一边骂宋翊。

许伯伯盯着急救室内忙碌的医生，脸色很难看。

我突然想起陆励成，这人这么久都没上来，看来是被警察抓走了。

"许伯伯，刚才怜霜……"

"我听到你叫小怜麻辣烫，是她的外号吗？你就叫她麻辣烫吧！"

"好！刚才麻辣烫突然昏倒，我们为了尽快送她到医院，闯了无数红灯，还差点撞翻一辆警车。是陆励成开的车，他被警察抓走了。"

许伯伯看向坐在屋子角落里的一个二十七八岁的男子，他立即站起来，向外走去。

许伯伯没做什么承诺，所以我也就不能说谢谢，只能当刚才什么话都没说过。

很久后，看到急救室的医生向外走，我立即冲出去，和宋翊一起围住医生。医生根本不理会我和宋翊，直接走向屋子，和许伯伯讲话。

我和宋翊只能站在门口偷听。

有一个医生应该是麻辣烫的老医生，和许伯伯很熟，没太多修饰地说："情况不太乐观，她体内的肾脏和身体出现了排斥。"

王阿姨叫："怎么会，已经六年了，这么久都没有排斥，怎么突然就排斥了？"

一堆专家彼此看着，表情都很尴尬，最后是一个年轻的医生解释说："这种现象在医学上的确很罕见，一般来说排斥反应最强烈的应该是移植手术后的头一年，时间越长越适应，不过也不是没有先例，英国曾有心脏移植十年以后出现排斥反应的病例。目前，您女儿出现排斥的具体原因，我们还没有办法给出解释，我们只能根据病体现象判断本体和移植体产生了排斥。"

王阿姨还想说话，许伯伯制止了她："现在不是去探究科学解释的时候。"他问医生："排斥严重吗？"

年轻医生接着说："我们人类的身体有非常完善的防御机制，对外来物如细菌、病毒、异物等异己成分有天然的防御方法，这些方法包括攻击、破坏、清除。正常情况下，这是身体的一种自我保护机制。所谓排斥反应就是肾移植后，供肾作为一种异物被身体识别，大脑发出指令、并动员身体的免疫系统发起针对移植物的攻击、破坏和清除。一旦发生排斥反应，移植肾将会受到损伤，严重时会导致移植肾功能的丧失，甚至危及生命安全。目前，我们还不能确定排斥反应会进行到何种程度，这要取决于病人大脑对移植肾的判断和接纳。"

我只觉得如同被人用一把大铁榔头猛地砸到头上，疼痛来得太过剧烈和意外，整个身子都发木，反倒觉不出疼。我身旁的宋翊身体摇摇欲坠。王阿姨猛地向外冲来，如一只被抢去幼崽的母猫般扑向宋翊，劈头盖脸地打宋翊。

"我们许家究竟欠了你什么？你害死一个不够，又要害死另一个，如果怜霜有个三长两短，我就和你同归于尽……"

众人拉的拉，劝的劝。

我麻木地看着一切，只觉得我的身体一时热、一时冷。

麻辣烫是多精神的人呀！从我认识她起，她嬉笑怒骂、神采飞扬，从来没有吃瘪的时候，整个一混世女魔王！她怎么可能会死呢？

不会的，一定不会的！

他们仍然又哭又骂又嚷又叫，我安静地走进了隔离病房，揪着麻辣烫的耳朵，对她很用力地说："你听着，我不接受你的道歉！你如果真觉得我是你姐妹，你就醒过来补偿我，我要真金白银看得见摸得着的补偿，你丫的别用什么'对不起''原谅我'这种鬼话糊弄人！他母亲的，这种话，说起来又不费力气，让我说一千遍我也不带打磕的，你可听好了，你姐姐我不接受你的道歉！不接受！"

护士冲进来，把我向外推："你神经病啊？没看病人昏迷着嘛！赶紧出去，出去！"

我朝着病房大叫："麻辣烫，我不接受！我不接受……"

我被两个护士架着，往外拖。她们把我强塞进电梯，按了一楼。电梯门关上，我被锁在了徐徐下降的电梯里，我拍着门嚷："麻辣烫，我不接受，不接受……"

电梯门缓缓打开，我跌到了地上，我突然觉得好累好累，身子软得一丝力气都没有。

值班的保安看见我，忙来扶我，安慰我说："人死不能复生，节哀顺变。"

我一把拍掉他的手，揪着他的衣领子，朝他怒吼："你说谁死了？你说谁死了？麻辣烫不会死……"

保安吓得连连说："没死，没死。"

一个人一边把我悬空抱起来，一边和保安道歉："对不起，她受了点刺激。"

他就这样把我抱出了医院，我用力向后踢："陆励成，你放我下来，放我下来。"

他把我带到僻静处，才放下我，我转身就去打他，谁要你多管闲事？他把我向他怀里拽去，用两只胳膊牢牢圈住了我，我胳膊虽然动不了，可仍然在又踢又拍。他一手紧抱着我，一手轻拍着我的背。我打着打着，突然就没了力气，头埋在他的胸膛上，失声痛哭。

妈妈走了，爸爸走了，我实在再承受不了一次死亡。

太不公平！死者可以无声无息地睡去，生者却要承受无穷无尽的痛苦。

陆励成一直轻拍着我的背，低声说："乖！不哭了，不哭了。"他就如哄小孩子，可也许正因为这个动作来自童年深处的记忆，曾带着父母的爱，抚慰了我们无数次的伤心，竟有奇异的魔力，我的情绪慢慢平静。

等我哭累了，不好意思地抬头时，才发现他半边脸红肿，好像被人一拳击打在脸上。

"警察打你了？他们暴力执法！你找律师了吗？"

他不在意地笑："我差点把人家撞翻车，他冲下来打我一拳算扯平。"

已经凌晨六点，东边的天空泛起橙红，医院大楼的玻璃窗反射出一片片的暖光，空气却是分外清冷。不知道是冷，还是怕，我的身子瑟瑟发抖。

他把外套脱下来，披在我身上："我们找个地方吃点东西，休息一会儿。"

折腾了一晚上，陆励成脸上的胡楂子都冒了出来，衣服皱皱地团在身上，再加上脸上的伤，说有多落魄就有多落魄。我想摇头，可看他形容憔悴，于是说："外面有一个早点铺子，我们去喝碗豆浆吧！"

我点了三份早点，吩咐两份在这里吃，一份打包，和陆励成解释："一份给宋翊。"

陆励成一边喝豆浆一边问："你能和我说一下究竟怎么回事吗？否则我想帮忙也帮不上，许怜霜的肾脏为什么会突然衰竭？"

我胃里堵得难受，可我现在肩头担子很重，麻辣烫已经躺在病床上，我不能再躺倒，逼着自己小口小口地喝豆浆："麻辣烫有一个姐姐叫许秋，五年前或者六年前，反正在我认识麻辣烫之前，车祸身亡，开车的司机是许秋的男朋友宋翊。许秋死后，肾脏移植给麻辣烫，麻辣烫的父母隐瞒了这个事实。宋翊真正爱的人是许秋，麻辣烫昨天发现了这个秘密，同时发现自己的肾脏是许秋的。她不是肾脏衰竭，她只是大脑对身体发出指令，排斥、消灭侵入她身体的异物。"

陆励成听得呆住："像电视剧。"

"在电视剧里，这是狗血剧情，在现实生活中，这叫痛苦。"

陆励成叹息："我现在终于明白宋翊了，他在工作上总是宠辱不惊、波澜不兴。我以为他是故作姿态，原来他是不在乎，难怪他到北京都一年了，却一直没买车，完全不像是国外回来的人，肯定是车祸后不能再开车了。"

我像吃药一样吃完了早点，把打包的早点递给他："麻烦你送给宋翊。"

"你不去？"

我摇摇头。

陆励成回来后，问我："宋翊一直守在麻辣烫病房前，打都打不走，他的样子很糟糕，你要不要去看看他？"

我疲惫地说："我暂时不想见他，我们先去处理一下你脸上的伤。"

他说："算了，一点小伤折腾两三个小时，有那时间还不如回家睡觉。"

因为是周末，看病的人特别多，不管是挂号的窗口，还是取药的窗口都排满人，光排队都累死人。

我问："你家里有酒精什么的吗？"

他呆了一呆，说："有。"

"那就成。"

已经走出医院，他却说："你先去车边等我，我去趟洗手间。"

我点点头，一会儿后，他才回来："走吧！"

周末的早晨不堵车，去他在市中心的家只需三十分钟左右，可因为他一夜没睡，竟然开错路，我们多绕了将近二十分钟才到他家。

他让我先在客厅坐一坐，进去找了一会儿，拿出个特奢华的急救箱，我当场看傻："你抗地震？"

他呵呵笑着没说话，打开箱子，一应俱全，我偏了偏脑袋，示意他坐。我用棉球蘸着酒精先给他消毒，他低眉顺眼地坐着，安静得异样，完全不像陆励成，搞得我觉得心里怪怪的："你怎么不说话？"

他笑了笑，没说话，我把药膏挤到无名指上，尽量轻柔地涂到他的伤口上。

"OK！一切搞定。"我直起身子向后退，却忘了急救箱放在身侧，脚被急救箱的带子绊住，身子失衡。他忙伸手拉我，我借着他的扶力，把缠在脚上的带子解开。

已经站稳，我笑着抽手："谢谢你。"

他好像一瞬间仍没反应过来，仍然握着我的手，我用了点力，他才赶忙松开。他凝视着我，似乎想说什么，我一边收拾急救箱，一边疑惑地等着，最后，他只是朝我笑了笑。

我把急救箱放到桌上，去提自己的手袋："我回去了。"

他去拿钥匙："我送你。"

"不用了，我打的回去，你一整天没睡，你敢开车，我还不敢坐。"

他没多说，陪着我下楼，送我上了计程车。

Chapter 22

谜底

谜底已在眼前，一切就这样水落石出，
我们无法逃避黑暗，却可以选择拥抱光明。

回到家，吃了两片安神药，一头扎到床上，昏死一般睡去。

醒来时，头很重，身体很累，不明白自己为何大白天睡在床上，一瞬后，才记起前因后果，突然间很想再去吃两粒药，我已经太疲惫！可终是不能放纵自己。

爬起来，洗完澡，赶去医院。刚出电梯，就看到宋翊和陆励成并肩站在窗户前，没有交谈，只一人夹着一根烟在吸。阳光本来很明亮，可缭绕的烟雾，让一切灰暗。

听到脚步声，陆励成转头看向我，我问："麻辣烫醒了吗？"

"醒了，不过她不肯见我们。"

我点下头，从他们身边走过，刚推开病房门，在沙发上打盹的王阿姨立即警觉地直起身子，看是我，才放松了表情，又坐回沙发上。

我走向病床，麻辣烫听到声音，侧头叫："妈妈？"

我呆住，疑问地看向王阿姨，王阿姨眼里含着泪水说："是苏蔓来看你了。"

此时，我已走到她的病床前，麻辣烫笑着说："哦！我看出来了。"

我俯下身子，问她："你感觉怎么样？"

"很好。"

看着她脸上的微笑，我想大哭，又想怒吼，很好？这就是很好吗？可一切的一切只能化做沉默。

麻辣烫叫："妈，我想和蔓蔓单独待一会儿。"

王阿姨立即站起来："好，你们说话，我下去转转。"

"妈？"

"什么？"王阿姨手搭在门上问。

"不要再骂宋翊了。"

王阿姨勉强地说："不会的。"

等王阿姨关上门，麻辣烫笑着摇摇我的手："屋子里就剩我们两个了吗？"

"嗯。你能看见我吗？"

"能。就是远处看不清楚，近处能看到。"她笑，"你躺到我身边，好不好？"

我脱下鞋子，挤到她身侧躺下。

她问："宋翊还在外面？"

"嗯。"

"其实我不恨他，待会儿你出去和他说一声，让他回去吧！"

"要说你自己说。"

麻辣烫掐我的耳朵："我知道你心里在生气，可是你想呀！我六年前就这个样子，这才是我本来的样子，老天莫名其妙地给了我六年时间，让我认识你，我们一起玩过那么多的地方，值了！"

"值得个鬼！我还老多地方没去！"

麻辣烫一味地笑着，我却眼角有泪，偷偷地将泪痕拭去。

她问我："蔓蔓，你还喜欢宋翊吗？"

我老老实实地回答："喜欢，不过现在有些讨厌他。你呢？"

麻辣烫的表情很困惑："我不知道。我刚知道他是许秋的男朋友时，觉得他和我爸一样可恶，你说你要做情痴，没人拦着你，可你不该再出来祸害人。我一前途大好的女青年，北京城里烟视媚行的主儿，怎么稀里糊涂就陪他演了这么狗血的一出剧情。当时他若站在我身边，我肯定得狠狠甩他几个大耳光子。"

我听得哭笑不得，问："现在呢？"

"现在没什么感觉了。觉得像做了场梦，我看不见的时候，急切地想知道这个人是什么样子，然后上帝让我知道了，然后我就又看不见了。"麻辣烫"咕咕"地笑起来，"宋翊可真惨！本来是个香饽饽，突然之间，我们都不待见他了。"

我也笑："对不起！我应该早告诉你我喜欢宋翊。"

"没有关系的，事情过后，每个人都是诸葛亮，可在当时当地，我和你都只能做当时当地认为最好的选择。"

我握住她的手："麻辣烫，你在我爸面前答应过陪我一辈子的。"

她的眼睛里有泪光点点："你人好，会有很多人喜欢和你做朋友，喜欢和你玩。"

"她们不会在凌晨四点被我吵醒后，不但不生气，还陪我说话，也不会在我重感冒的时候帮我吹头发、涂脚指甲油。"

麻辣烫不说话，我轻声说："麻辣烫，不要离开我！"

她眼中有泪，面上却带着笑："你以为老娘想离开这花花世界呀？虽然宋翊把我当做许秋的替身，我怪受伤的，可我没打算为了他们去寻死，不值得！这两个人一个是我讨厌的人，一个压根儿不喜欢我，我凭什么为他们去死？只是我的理智再明白，却无法控制意识深处的指令，我就是讨厌许秋这贱人，我也没办法！不过，你别担心，我爸是谁？许仲晋呀！跺跺脚，北京城也得晃个响，他虽然不喜欢我，可我已经是他唯一的女儿了，他总会有办法的。不过你先别和宋翊那祸水说，让他好好愧疚一下，反省反省！"

我的心安定下来，笑着去掐她的嘴："你这张嘴呀！"

她笑，把头往我的方向挪了挪，紧紧地挨着我，两个人头挨着头躺着，有一种有人依靠的心安感觉。

白日里靠药物本就睡得不好，此时和麻辣烫有一搭没一搭地说着话，我竟迷迷糊糊地睡过去。醒来时，发现病房中坐着许伯伯和王阿姨，我大窘，赶忙下床穿鞋，麻辣烫被我吵醒，迷迷糊糊地叫我："蔓蔓？"

"在。"

她笑："我做了个梦，梦见我俩去夜店玩，看到一个男的，丫长得怪正点……"我手疾眼快，捂住她的嘴，对着许伯伯干笑："许伯伯好！"

许伯伯微笑着说："你也好。"

麻辣烫却是笑容立即消失，板着脸闭上了眼睛。

我对麻辣烫说："我明天再来看你。"又和许伯伯、王阿姨道再见。

走出病房，看到陆励成和宋翊仍然在病房外。他看到我，指着自己手腕上的表："你知道你在里面待了多久？"

我刚想说话，病房的门又打开，许伯伯走出来，陆励成和宋翊立即都站起来，陆励成叫了声"许叔叔"，宋翊低着头没说话。

许伯伯朝陆励成点了下头，对我说："我们找个地方坐一下，可以吗？"

我当然说"可以"。

许伯伯领着我，走进病房旁边的一个小会议室，他关上门，给我倒了杯水："刚才看到你和小怜头挨头躺在床上，给我一种错觉，好像是我自己的一双女儿，可实际上，小秋和小怜从没有这么亲密过。"

我不知道能说什么，只能低着头喝水。

"小怜给你讲过她和她姐姐的一点事情吧？"

我谨慎地说："讲过一点点。"

许伯伯似看透我心中的顾虑，淡笑着说："我以前喜欢叫小怜'怜霜'，她手术后，我就再没叫过她'怜霜'，可她整天忙着和我斗气，竟从没留意过这个变化。"

我心里隐隐明白些什么，期待地问："隐瞒麻辣烫移植的肾脏来自许秋是伯伯的主意吗？"

他点头："小怜现在的状况很不好，排斥反应很强烈。六年前，她肾脏衰竭时，半年多视力才退化到看不见，可现在，从昨天发病到今天，只一天时间，她就已经半失明。医生已经在全国找寻合适的肾脏，可那毕竟是人的肾脏，不是什么说买就能买到的商品，我怕即使我再有办法，也来不及了。"

刚燃起的希望破灭，我的水杯跌到地上，鞋子全部被打湿，我却连移动脚的力量都没有。

许伯伯的表情也很悲恸："我今天坐在家里，一直在思考这个问题，我不管医学上怎么解释这件事情，我觉得原因归根结底在小怜自己身上。也许她也不想这样，可她的大脑忠实执行了她心底深处最真实的意愿，她痛恨、抗拒来自小秋的肾脏。"

对于父亲而言，最痛心疾首地莫过于子女反目、白发人送黑发人，他已经全部遇到，我想说些话，可任何语言都是苍白的。

他将一本日记本放到我面前："这是小秋的日记，日记本是她妈妈留给她的，她从能写字起，就习惯于对着日记本倾吐喜怒哀乐，这个习惯一直持续到她出车祸前。"

我心中的疑点终于全部清楚："许伯伯知道许秋小时候对麻辣烫所做的事情？"

许伯伯沉默地点了点头，眼中满是哀恸和自责。

"可是，我不明白，为什么要把日记本给我？是要我告诉麻辣烫你知道她所承受的一切吗？你为什么不亲口告诉她？"

"我已经失去一个女儿，我不能再失去一个女儿，特别是今日所有的'恶果'都是我当年植下的'孽因'。如果我能在娶阿云前，先和小秋商量，先征询她的同意，注意保护她的心理，也许她不会那么恨小怜；如果我能早点发现小秋是什么样的孩子，早点教育她，也许根本不会有后来的车祸；如果我能对小怜尽到做父亲的责任，她的精神不会常年压抑，也许她的肾脏根本不会生病。我很想解开小怜的心结，可我无能为力。冰冻三尺非一日之寒，我和小怜将近三十年的隔阂，不是说我想努力，就能立即化解的。我把这本日记给你，是把最后的希望寄托在你身上，请你留住她！"

坐在我面前的男人脱去了一切世俗的华衣，他只是一个早生华发、悲伤无助的父亲，我把日记本抱到怀里，坚定地说："我会的，因为我也不能再承受一次亲人的死亡。"

我和许伯伯一前一后出来，许伯伯和陆励成打过招呼后，返回了病房。我坐到宋翊身边："宋翊，麻辣烫肾脏的衰竭速度非常快，她已经半失明，照这样的速度下去，她恐怕根本等不到合适的肾脏。"

宋翊木然地看着我，曾经朝气蓬勃的眸子，泛着死气沉沉的灰色。刹那间，因为麻辣烫对他的怨气烟消云散。如麻辣烫所说，我们都不是事前诸葛亮，我们只能在当下选择，也许错误，可我们都只是遵循了自己的心。

"她不怪你。"

宋翊的手痛苦地蜷缩成拳头，指节发白。

我想了很久后，说："我刚知道你和麻辣烫在一起的时候，我痛苦得恨不得自己立即消失在这个世界上。可不管我心里怎么难过，怎么痛苦，我从来没怪过你，我一直耿耿于怀的是你究竟有没有爱过我，是自始至终没爱过，只是被我感动了，还是曾经爱过一点，碰见麻辣烫就忘记了。其实，我不在乎答案究竟是什么，可我想要一个答案，听你清清楚楚明明白白告诉我。"

"苏蔓，你怎么可以现在还纠缠这些？"陆励成眼中有难掩的失望和苦涩。

我没理会他，仍对着宋翊说："我想请你好好想想你和麻辣烫之间的事情，你对她的好究竟是因为她有和许秋相似的眼眸，因为她体内有许秋的肾脏，还是有一点点因为她是麻辣烫。答案本身并不重要，重要的是你想明白了自己的心。宋翊，你知道吗？我们的确爱你，如果失去你，我们会痛苦、会哭泣，可这世界上的美好不仅仅是爱情，痛苦哭泣过后，我们仍会鼓足勇气继续下面的旅程，但我们需要对过去、对自己曾真心付出的一切做一个交代。答案就像一个句号，让我们可以结束这个段落，开始下一个段落。"

我站了起来，头未回地大步离去，陆励成大步跑着从后面追上来："回家？"

"我要先去买几罐咖啡。"

"做什么？"

"研究治疗心病的资料。"

他看了眼我怀中抱着的袋子，没说话。

回到家里，坐到桌前，扭亮台灯，左边是小饼干，右边是咖啡，拿出日记本，刚想翻开，却又胆怯。

走到窗前，俯瞰着这个繁华都市的迷离。

这个日记本里，我不仅仅会看到麻辣烫，我还会看到宋翊，从十七岁到二十八岁，他在我生命中缺失了七年。

看到他眼底压抑的伤痛时，看到他温和却没有温度的微笑时，看到他礼貌却疏离的举止时，我无数次想知道那七年的岁月里究竟发生了什么，我想知道被时光掩埋的秘密，可是答案真放在眼前时，我却畏惧了。

很久后，我转身去客厅，给自己倒了一杯酒，也许我会用到它。

锁上门，坐在桌前，翻开了日记的第一页。

全是一个女子的一寸、两寸黑白照片，照片中的女子五官并不出色，可贵在气质，意态轩昂，颇有巾帼不让须眉之态。照片下的纸张泛着褐黄色，有的照片如被水打湿过，皱皱的。

我眼前似乎看见，一个女孩躲在自己的房间里，一边看着照片，一边默默地掉眼泪，泪水滴落在照片上。

思慕爱恋的母亲呀！你怎么舍得离开你的小宝贝？不管父爱多么丰厚，永远弥补不了缺失的母爱，而且爸爸马上就要不再属于我一个人，他要迎娶另一个女人，他要和另一个女人生孩子，他会爱她们。

我翻向了下一页。

为什么我要叫那个女人妈妈？不！我只有一个妈妈！难道爸爸已经忘记妈妈了吗？他们说这个女人长得比妈妈漂亮，不可能！妈妈才是最美丽的，妈妈，即使全世界都忘记你了，我也永不会忘记你！

放学回家，发现妈妈的椅子不见了，那个女人说椅子太旧，正好有个收破烂的来收旧家具，就卖了。爸爸听到了，没什么反应。我恨他们！那把椅子是妈妈买的，是妈妈坐过的，难道爸爸忘记了吗？

爸爸买了两件相同款式的衣服，大的给我，小的给小丫头。小丫头很开心，穿好后，过来叫我也穿，她叫我"姐姐"，我是她姐姐吗？我不是！我警告她不许叫我"姐姐"，她听不懂，傻子一样地说"可你就是我姐姐呀"，我不理她，等她走了，我故意把墨水打翻，把自己的裙子弄坏，我妈妈只有我一个女儿！小丫头竟然和爸爸说，把她的裙子让给我，笨蛋！白痴！和她妈妈一样没文化的女人！难道看不出来我比她大吗？

小丫头上楼梯的时候，走不稳，我骂她笨蛋，她还朝着我笑！真是个可怜愚蠢的家伙，我在这个年龄，已经能背出至少三百首唐诗了。

昨天晚上，我去上厕所的时候，经过爸爸的房间，听到里面有声音，突然就想听听，他们在干什么。我贴到门上，听到那女人又是笑又是喘气，他们在干什么？肯定不是好事情！真是坏女人！回去时，我偷偷把胶水倒到小丫头的头发上，早上她的头发全部粘住，她痛得哭。

　　我看到那个女人抱着爸爸，我好难过，想哭却哭不出来。我跑下楼，小丫头在地上画画儿，看到我叫"姐姐"，我走过去，一把把她推倒在地上，警告她再叫姐姐，我打死她。她哭了，我飞快地跑掉，一边跑却一边哭。

　　那个女人见到我的老师竟然自称是我的妈妈，我想说，她不是，可我说不出来，还要乖乖地站在她身边，我怕别人说我没家教。爸爸说妈妈是世界上最有气质和风度的女子，我怎么可以被人说没有家教呢？

　　小丫头学算术了，她来问我问题，我笑眯眯地告诉她，你很笨你知不知道？这些东西简单到是个人就会做。她瘪着嘴好像就要哭，我把自己得奖的画给她看，又指着她的画告诉她，很难看，不要挂在我的旁边，我觉得很丢人。她掉着眼泪把自己的画撕掉了，把蜡笔也扔了，告诉那个女人她不喜欢画画儿。

　　我喜欢当着所有人叫小丫头妹妹，他们总喜欢对自己的小孩说，看人家许秋，多像姐姐，小丫头却不再叫我"姐姐"了，我高兴吗？我不高兴！为什么？不知道。我应该高兴的，对，我要高兴！

　　爸爸和那个女人出去吃饭，家里只有我和小丫头，小丫头吃完饭就在看电视，她以前喜欢画画儿，还喜欢过跳舞，都放弃了。现在她变成了一个什么都不做的人，只知道窝在沙发上看电视。我在房间里画画儿，不知道为什么就画了这幅图，竟然是小丫头。

　　日记里夹着一副素描，一个小姑娘低着头在画画，画角是许秋的签名，不管是画还是签名都能让人感受到画者的才华横溢。

自从我上次当着小丫头同学的面嘲笑了小丫头，小丫头开始躲着我，真没趣！我决定变换一个游戏。

我买了两个草娃娃，告诉小丫头我们一人一个，她眼睛亮晶晶的，很开心，胆怯地问我真的吗？我很和善地说真的，以后我们一起浇水，等娃娃长草，看谁的头发长。她很开心。

我把自己的糖果分了一半给小丫头，那个女人和小丫头都很开心，我也很开心，看她们如此可悲，一点点糖果就能收买她们的开心。

我告诉小丫头可以叫我姐姐，她很开心，一再问我真的可以吗？我说真的，她就立即叫了，我答应了，我和她都笑了。

学校诗歌朗诵比赛，我鼓动小丫头去参加，小丫头说自己不行，我说可以的，你的声音好听，一定可以的，小丫头去报名了。

我的计划成功了。诗歌朗诵比赛上，小丫头当着全校人的面出了大丑，底下的人都在笑，我也在台侧笑。我以为她会哭，可她只是盯着我，我有些笑不出来，却觉得没道理，所以仍然在笑。她把草娃娃扔了，我把自己的也扔了，本来就是鱼饵，只是用来引她上钩。
……

许秋的日记都很简短，也不是每天都记，有时候大半年才写一点。能感受到她并不是一个习惯倾吐心事的人。不过只这些点滴文字，已经能大概看出许秋和麻辣烫成长变化的心路，我看到许秋从自己的小聪明中尝到甜头，把小聪明逐渐发扬光大；我看到麻辣烫越来越自卑，越来越胆小，她用越来越沉重的壳包裹住自己，包裹得恨不得自己隐形。随着她们父亲的官职越来越高，实际上许伯伯在家里陪伴她们的时间越来越少，常常是两姐妹和一个老保姆在一起生活，有一段时间许伯伯被派驻外省，大概考虑到北京的教育环境更好，所以把两姐妹仍留在北京。在某种程度上说，两姐妹是对方唯一的家人，可她们没有相依做伴，反而彼此仇视。

我一页页看下去，对许秋竟是有厌有怜，在她看似才华横溢、五彩纷呈的背后是一颗寂寞、孤独、扭曲的灵魂，她时时刻刻关注着自己身边的影子——麻辣烫，她的游戏就是接近、伤害、远离、再接近，我甚至开始怀疑她究竟是讨厌麻辣烫才伤害她，还是为了引起麻辣烫的注意才故意伤害她。

　　时间逐渐靠近许秋出国，我的心情也越来越沉重，这个时候，麻辣烫和许秋已经势不两立，可许秋已不屑于将心机用在麻辣烫身上，她在日记中流露更多的是对麻辣烫的蔑视，以及骄傲地宣布，两个人一个优秀一个平庸的原因是因为她的母亲是一个优秀的女子，而麻辣烫的母亲是一个没文化、没教养的女子。

　　出国后的许秋，凭借自己的聪慧和才华无往不利，她享受着周围男子的追逐，却在日记里对他们极尽嘲讽和蔑视。

　　她在一次中国留学生会的聚会上认识了宋翊。其实她自始至终没有提宋翊的名字，但是我确信这个"他"就是宋翊。

　　我从没见过人可以笑得这么阳光干净，可是阳光的背后仍然是阳光吗？每个人都有阴暗面，他的阴暗面是什么？

　　真好玩，我把电话给了他，他却没有给我打电话，生活正好太贫乏，我喜欢动脑筋。

　　朋友在海滩聚会，听闻他会去，所以我也去了，我穿了一件很美丽的裙子，带上我的小提琴。吃完烧烤，大家点起烛灯，围坐在沙滩上聊天，朋友请我拉一首曲子，我欣然同意，故意站得距离他们远一些，给他一个大海边的侧影，选择了《梁祝》。因为满天星子映照下的大海让人寂寞，听闻他会写古体诗，那么我相信他会懂。一曲完毕，连远处的外国人都在鼓掌，我匆匆回去，只想看清楚他的眼底，有欣赏，却无异样。

　　我的琴给他拉过了，我的素描给他看过了，虽然还没到给他跳芭蕾舞的地步，但也巧妙地让他邀请我跳过舞。那么热烈的拉丁舞，我若蝴蝶般飘舞在他的臂弯，可是他仍然没有动心！真震撼，从小到大，对男生，有时候一张画着他们沉思的素描，边上一个我的签名，就足以让他们死心塌地。他追寻的是什么？

我打算收留一只流浪狗，给他打电话，说自己的车坏了，可已经和慈善机构约好去接流浪狗，问他能否送我一程，他同意了。我从网上捡了一只最丑的狗，估计没有我，都不会有人要。他看到狗，也吃了一惊，说我很特别。我是很特别。

他来给狗狗送过几次狗粮，我巧妙地让他邀请我和狗狗去散步。其实，男生都不难操控，只要你有足够的微笑和温柔，他们会很容易执行你的暗示，却以为是自己主动。

我给他看我给希望工程的捐款，把小孩子写给我的信给他看。他和我联名资助了贵州的两个小孩读书。他经常过来给狗狗送狗粮。我经常去看他打篮球，在篮球场边画素描，真奇怪！我画素描不再是为了给别人看，我只是想画下他，我甚至不再注重表现形式，以及是否美丽，只是努力抓住我刹那的感觉，可他反而对这些素描爱不释手，他的眼睛中已不仅仅是欣赏。

带狗狗出去玩，我用小提琴学着狗狗的叫声拉琴，和狗狗一唱一和。我不优雅，也不美丽，他却望着我大笑。

情人节，他给我打电话，约我出去。我问，你知道今天是什么日子吗？他说知道。我同意了。我真的开心，我从没有想到我会因为一个男孩子能约我出去而开心，这种感觉让我惶恐，可它多么甜蜜。

快乐吗？这种感觉是快乐吗？我觉得自己不是自己，我习惯于将自己藏于黑暗中，窥伺分析他人，而他却带着我在阳光下奔跑，加州的阳光太灿烂了，而他比加州的阳光更灿烂。

我停下来，放下手中的咖啡，换上酒，喝了几口后，才能继续。

和他告别，我已经走到检票口，他又突然把我拽回去，吻我，我不习惯于把自己的内心暴露在人前，只让他轻轻碰了一下我的唇，就推开了他。他就像一个太阳，可以肆无忌惮地表露自己，我被他的飞扬和光明所吸引，却不习惯于他的直白与飞扬。我也飞扬，但是我的飞扬是刻意营造的，只是给外人看的一道风景，他的飞扬却是自然而然，是他最真实的内心，他不明白我们的差异，我却一清二楚。

纽约大概才是真正的国际都市，在曼哈顿岛上，汇集着世界上最有钱的一群人，也汇集着世界上最落魄的一群人。白日里众人共享着所有的街道，夜晚每一个街道却都属于不同国家的流荡者。世界上还有光明和阴暗对比如此强烈的都市吗？我喜欢纽约，我觉得它像我。

他在昏醉中衣衫不整地掉到我的面前，摔碎的花瓶把我的裙子溅湿。他随手捡起地上的花递给我，笑着说："小姐，如果我摔倒了，只是因为你过分的美丽。"所有人都在大笑惊叫，只有我和他的眸子冰冷。上一瞬间，他和一个女人在楼梯上激情，下一瞬间，他邀请我与他跳舞，说我和他有相同颜色的眼眸。

今天，我尝试了大麻。

他推荐我把大麻和烈酒一起用，我尝试了。

他给我白粉，我拒绝了，他笑，胆小了？我告诉他，我被地狱吸引，但是还没打算坠入地狱。他吸了一点，然后吻我，阴暗中，只有我和他，我没有拒绝。

如果说他是光明，那么他就是黑暗，当他给我打电话时，我觉得我渴望光明，可是当我看到他优雅地端起酒杯，向我发出邀请时，我觉得我渴望和他共醉。

我喝了几口酒，理了一下思路，许秋习惯于把自己藏起来，所以她的日记短小而模糊，这里面有两个他，一个是宋翊，一个应该是她在纽约新认识的人，一个掉到她面前的人。不知为什么，我突然想起了那个亲吻我手背的男子。

我说不清楚自己什么感觉，心口痛得厉害，休息了一会儿，才敢继续往下看。

我们分享一只大麻，我问他为什么不用白粉，他说因为我也不想坠入地狱。他会吸，但是严格控制次数，不会上瘾。他吻我，我告诉他我有男朋友，他不在乎地笑。

我们发生了关系，他用了强迫，但是我不想说自己是无辜的被强奸者，女人骨子里也许都渴望被征服，他只不过满足了我潜藏的欲望，他惊讶于我是处女，我的回答是给了他两耳光。我和他在电话里发生了第一次争吵。

我长吐了口气，这段文字前半段，应该是许秋和那个人，最后一句才是她和宋翊。

和客户吃饭，碰到他，我们都没有想到有一日会在光明处相遇，我们都惊讶于彼此的身份，装做第一次遇见，像正常人一样握手。晚饭结束时，接到他的电话，我正和他说话时，他也走进了电梯，电梯里只有我们两个人，他把手伸进了我的衣服里。我的男朋友正在电话里对我说着情话，而我在另一个男人手下喘息，我知道他是故意的，他享受操纵愚弄他人，偏偏我也是这样的人。

我和他吵架的次数越来越多，每次都是我挑衅、激怒他。而我可悲地发现，我挑衅的原因竟然是因为愧疚，我竟然会愧疚？我以为这种情感已经从我的生命里消失了。如果说我从他身上试图寻找到阴暗，却失望了的话，那么我也许会成为他生命中最大的阴暗。难道我是寻找不到，就制造？

我告诉他我男朋友要来纽约工作了。他大笑，你还没把小弟弟扔掉？我不知道该怎么回答。

在机场看到他的瞬间，我的心奇异的柔软，简直不像是我的心。我们一起吃饭、一起聊天、一起看碟，晚上他亲吻完我的额头就回自己住处。他待我如最纯洁的公主，却不知道我是黑夜的舞者。

我打电话告诉他，我不会再见他，我和他的关系就此为止。他笑着说，等你厌倦了和你的小弟弟玩王子公主的游戏时，你知道在哪里能找到我。我也笑，告诉他，我会知道我们的结婚请帖如何寄给你。

我的两个傻同事被调走，他们直到走，都不知道是谁让他们栽了大跟头。我帮他们收拾东西，送他们下楼，他们对我感激，我在微笑下冷笑。他来接我吃饭，我却突然烦躁，和他大吵一架。我不是天使，可他们喜欢对我如天使，我觉得寂寞。

曼哈顿岛毕竟很小，半年不见，平安夜，我们终于在时代广场见面。隔着人山人海，我依然感觉到我的灵魂渴望奔向他，我早已经灵魂离体，而我的男朋友仍然牵着我的手，兴高采烈地与人群欢庆新年。他牵着女伴的手穿过人群向我们走来，我想逃，却又渴望，只能看着他一步步走近。他和我打招呼，和我的男朋友握手，一见如故的亲切，这个人又来愚弄他人！我悲哀怜悯地看着身旁人的一无所知。我突然憎恨他的善良无知，我无法控制自己，在平安夜里和他吵架。我说出来的话，严重伤害了他。可我竟然是想保护他，保护他不要受到我的伤害？！

我使用了一点小计策，让他出身尊贵的女朋友看到了一点不该看的东西，她给了他一耳光。他知道是我做的，也知道我是报复他平安夜对我的男朋友的愚弄。他没在意，只是把我逼向角落，狠狠地吻住了我，而我挣扎了几下后，竟然抱住了他，比他更激烈地吻他。原来，我是一朵只在阴暗中绽放的花。

我现在越来越懒惰，很多时候，对冒犯了我的人，我已经懒得花费心力去追究。可是，我竟然不能容忍他人冒犯我的男朋友。我问他介意吗？他说他会用自己的能力让谣言消失。可我讨厌别人将他与那些阴暗龌龊的事情联系在一起，所以我燃起了熊熊烈火，最初散布谣言的人彻底和华尔街说了再见，他的妻子席卷了他所有的财产。可我的男朋友一无所知，仍用他自己的方式专注地做着自己的事。反倒是旁观的他一清二楚，他对着我的眼睛说，知道吗？你有一个邪恶的灵魂。

我发现许秋越来越强调"我的男朋友"几个字，出现频率越来越多，常常写这几个字时，力气能划破纸面，她是不是用这种方式在警告自己记得宋翊的存在？

我们的吵架越来越频繁，我不知道我究竟想做什么，我冲动时，提出分手，可是他真转身离开时，我却害怕。我不想一辈子在黑暗中起舞，我喜欢他令我的心柔软的感觉，我喜欢他对着我欢笑的样子，我抱住他，对他一遍遍说对不起。他骄如阳光的笑容，已经被我暗淡了光芒，我所喜欢的，正在被我摧毁，我该放弃？我该放手？

小丫头肾脏衰竭，父亲很焦虑，那个没用的女人在哭泣，我没有悲哀的感觉。只有荒谬的感觉。这个世界很混乱，上帝说他会奖励善者，惩罚恶者，那么为什么不是我？而是小丫头？

我终于尝试了白粉，那是以坠入地狱为代价尝试天堂的感觉。连他都用忧虑的目光看着我，警告我不许主动去寻找白粉。我搂着他的脖子问，你怕什么？他说，我怕你真坠入地狱。我问，难道不是你替我打开地狱大门，邀请我进入吗？他摸着我的脸颊不吭声，最后说，你和那个小弟弟分手吧！我嘲笑他，让你损失上千万的人不能用小弟弟称呼。他生气了，惩罚我的方式是把我压在了身下。我的身体在沉沦，我的灵魂却在上升，我的身体在欢笑，我的灵魂却在哭泣。

我们又吵架了，我骂他，又抱住他，乞求他原谅，我的男朋友第一次没有吭声，也没有回抱我，他只是目光沉郁悲伤地凝视着我，好似要看到我的灵魂深处。我恐惧，紧紧地抓住他，似乎想把自己塞进他的心里，如果在那里，我是不是就可以没有阴暗，只有光明？是不是我就不会有寂寞的感觉？

小丫头正在失明，父亲问我要不要回去看她，我找了个借口拒绝了。我没精力去演姐妹温情，她如果要怨怪就去怨怪上帝是瞎子。

自从上次吵架后，一个星期我的男朋友没有联系我，也没有接我的电话。他给我打电话时，我正在跳舞。他问我可不可以请一个星期的假，他想和我单独出去一趟。我的舞步慢下来，我的黑暗舞伴却不乐意了，要扔我的电话，我只能搂住他，用我的身体平复着他的怒气。我的男朋友在电话里问，可以吗？我说好，挂掉了电话。舞步飞翔中，我的眼泪潸然而落，我知道我即将失去他，我的光明，从此后，我将永远与黑暗为舞。

这是日记的最后一段，看来，许秋没有把日记带去黄石。

我捧着酒杯一口气喝完剩下的酒，仍觉得心中压抑，又去倒了一杯。走到窗前，拉开窗帘，外面已经朝霞初露，整个城市沐浴在清新的晨光中。

楼下的小花园中，逐渐有晨练的人聚拢，打拳的打拳，舞剑的舞剑。我放下酒杯，跑下楼，跟在一群老头老太太身后打着太极拳，一套拳法打完，他们朝着我笑，我也朝着他们笑。

抬头处，阳光洒满树桠，微风吹拂下，树叶颤动，点点金光，若揉碎的金子，闪耀着美丽的光芒。

我眯着眼睛，对着太阳做了个拥抱的姿势。这个世界，黑暗总是与光明共存，我们无法逃避黑暗，但是我们永远可以选择拥抱光明。

Chapter 23

别离

请让我从容面对这别离之后的别离，
微笑着继续等待，那个流浪归来的你。

我到医院时，麻辣烫在急救室。

因为肾功能衰竭，影响到其他器官，导致突然窒息。

王阿姨哭倒在许伯伯怀里，求医生允许她捐献出她的一个肾脏。宋翊盯着急救室的门，脸色青白，如将死之人。

终于，医生出来，他对许伯伯说："病人的情况暂时稳定了，但是肾脏的衰竭速度太快，如果不立即进行移植手术，只怕下一次……"

他的话语被王阿姨的突然晕倒终止，刚走出急救室的医生护士又都再次进入急救室，忙着抢救王阿姨。

妻女接连进急救室，许伯伯终于再难支撑，身子摇晃欲倒，我立即扶着他坐到椅子上，他问我："你看完了吗？"

"已经看完，我想和麻辣烫单独待一会儿，日记本我待会儿就还给您。"

许伯伯无力地点头。

我走进病房，反锁上门，坐到麻辣烫床前。

她没有睁眼睛，虚弱地问："蔓蔓？"

我说："是啊！"

她说："对不起！我已经尽力了，可身体内的细胞不听我的话。"

"你没有尽力！你只是没主动寻找死亡，可是你也没主动寻找生机。你内心深处肯定觉得自己怎么逃都逃不出许秋的阴影，所以你压根儿就放弃了。你从小到大就自卑、懦弱、逃避。你明明是因为觉得自己画得很丑，才不想画画儿的，可你不承认，你说你不喜欢画画儿了，你明明是因为自己跳不好舞才放弃的，可你说因为你不喜欢老师，你每一次放弃都要有一个借口，你从不肯承认原因只是你自己。"

麻辣烫大叫起来："不是的，是因为许秋！"

"对啊！许秋又成了你一切失败的借口，你不会画画儿可以说是许秋害的，你不会跳舞是许秋害的，你考不上大学是许秋害的，你不快乐是许秋害的，宋翊不爱你，也是许秋害的。许秋怎么害你的？她亲手把画笔从你的手里夺走了吗？她亲口要求你的舞蹈老师不教了吗？她亲自要求你上课不听讲了吗？她归根结底只是外因，你才是内因！一切的选择都是你自己做的。外因影响内因，可永不能替内因做决定。现在你累了，你失望了，你疲倦了，你又打算放弃了，原因又是许秋！"

麻辣烫哭着说："我不想听你说话，你出去！"

我不理会她，翻开日记本，开始朗读，从许秋参加爸爸和那个女人的婚礼开始。

那个女人的肚子微微地凸着，姑姑说因为她肚子里住着一个人，还说因为这个人，爸爸才不得不娶那个女人，我不明白……

麻辣烫的哭泣声渐渐低了，许秋的日记将她带回了她的童年，从另一个角度，审视自己，以及许秋。

当她听到许秋推倒她后跑掉时，她在地上"哇哇"哭，许秋却在迎着风，默默地掉眼泪，她不能置信地皱着眉头。

当她听到许秋在全校人面前捉弄她后的不快乐和焦灼，她困惑不解，喃喃自问："我以为她很得意，她很快乐！既然她并不快乐，她为什么要捉弄我？"

当她听到每一次放弃，都是她自己主动说出时，她沉默不语。

....

　　日记一页页往后，逐渐到许秋出国，我说："许秋之后的日记和你关系不大，但是我想读给你听一下，并不是因为宋翊，而是因为许秋。"

　　麻辣烫沉默着，我开始读给她听。为了方便她理解，我把日记中含糊不清的"他"用宋翊和K代替。

　　"……舞步飞翔中，我的眼泪潸然而落，我知道我即将失去宋翊，我的光明，从此后，我将永远与黑暗为舞。"

　　房间外，天色已经全黑。有很多人来敲过门，我全都没有回应。

　　麻辣烫沉默地躺着，我低头看着许秋的日记说："许秋活得很清醒，虽然她轻描淡写，可我们都可以想象K对她做了很多事情，不仅仅是替她打开地狱大门，他还握着她的手，连推带拉，连哄带骗，领她进入，但自始至终，她没觉得一切需要K负责，因为她知道K只是外因，她自己才是她一切行为的内因。当然，她是成年人，她可以为自己负责，可有时候年纪小不能解释一切，就如有的孩子家境良好，父母用心为他创造学习条件，他却不好好学习，有的孩子父母整天打麻将，她却能在麻将声中把功课做到第一。许秋的存在迫使你早熟，你在很多时候，都有别的选择，可你做的选择都是放弃！我们都学过爱迪生的小板凳故事，爱迪生面对全班人的嘲笑，可以坦然说出我现在做的已经比上一个好，你为什么不能对许秋说：'我的确现在做得不好，可是我下一次会比现在好。'也许，我这样说，太苛刻！但是，我想你明白，许秋永远都是外因，你自己才是内因，是你选择放弃了一切！"

　　麻辣烫突然说："你说她给我画过一张素描，我想看。"

　　我把台灯扭到最亮，把画放到她眼前，她聚精会神地看着。画中的小女孩穿着小碎花裙，拿着蜡笔，在画画儿。画板上是一个正在画画儿的人物，只不过小女孩的技法还很粗糙，所以人物面容很卡通。

　　许秋当年画这幅素描时，肯定异乎寻常地仔细，裙子上的小碎花、小女孩正在画板上画的人，她都一笔笔勾勒出来，甚至刻意模仿小女孩的笔法来绘制画板中的人物。

　　麻辣烫低声说："我正在画她，我以为她不知道，原来她知道的。"

　　"她有一个异常寂寞的灵魂，她渴望温暖，却又伤害着每一个带给她温暖的人。"

又有人在敲病房的门，我没管，对麻辣烫说："这本日记是你爸爸给我的，他在许秋死后就已经知道你所经历的一切，这么多年你留意到他的变化了吗？留意到他对你的关心了吗？你没有！"

麻辣烫很茫然地看着我。

我蹲在她身边，握住她的手，很用力地说："你妈妈因为你也进了急救室，我无法想象如果你……你死了，她会怎么样，也许还不如把她的肾脏移植给你，她直接死掉的好。你爸爸，他看着还很坚强，那是因为他相信，他相信许仲晋的女儿不是置亲人不顾、轻言放弃的人，可如果你真这么做了，我想他……他会崩溃，坚强的人倒塌时摔得更痛。"

麻辣烫眼中有了泪光，我说："我没有办法置评许秋和你之间的恩怨，也不能说请你原谅她。可是，你知道吗？她死前清醒的时候，是她主动对你们的爸爸说'把我的肾脏给小丫头'，我想她不是出于赎罪，也不是后悔自己所为。她不关心这些，她只是很简单，却必须不得不承认你是她的妹妹，她是你的姐姐。"

麻辣烫的眼泪滚落，滴在画上，我的眼泪也滚落，滴在她的手上。

"麻辣烫，如果你死了，我永不会原谅宋翊！可这世上，我最不想恨的人就是他，如果你真把我视做姐妹，请不要让我痛苦！"

我站起来，向外走去，门外，许伯伯盯着我，眼中满是焦灼的希望。我把日记本还给他："我已经尽力，最后的选择要她自己做。"

许伯伯还想说什么，我却已没精力听。我快速地跑出医院，拦住一辆的士，告诉司机，去房山。

老房子里，总是有很多故事。每个抽屉、每个角落都有意外的发现，玩过的小皮球、断裂的发卡、小时候做的香包……

关掉了手机，拔掉了座机，断了网络。

我一边整理未完成的相册，一边整理房间，把爸爸、妈妈的东西分门别类地收好。

每天清晨去菜市场，花十来块钱买的菜，够我吃一天。我买了一本菜谱，整日照着做，什么古怪的菜式都尝试，丝毫不怕花费时间和工夫。晚上坐在沙发上，看电视，从新闻联播看到偶像剧，一点没觉得闷。

白日里，一切都很好、很安静，晚上却常常从噩梦中惊醒。

一周后，我去买完菜回来时，看到楼下停着一辆黑色的牧马人，我的腿有些发软，不知道究竟是该上去，还是该逃避。我坐到地上，盯着自己的鞋尖，迟迟不能决定。

"苏蔓，我们在上面等了你两个小时，你在楼下晒太阳？不要说，你不认识我的车了。"

"不知道她不想见我们中间的谁？宋翊，你是不是该主动消失？"

麻辣烫的声音！我跳了起来，她坐在轮椅上，朝我笑，陆励成站在她身边，宋翊推着轮椅。阳光正照在他们身上，一天明媚。

麻辣烫眯着眼睛说："照顾下病人，过来点，我看不清楚你。"

我赶紧走到她身前，她笑，我也笑，一会儿后，我们俩紧紧地抱住了彼此。

她说："两大罪状，第一，我生病的时候，你竟然敢教训我；第二，竟然不来医院看我。说吧！怎么罚？"

"怎么罚都可以。"

麻辣烫"咕咕"地笑："你说的哦！罚你以后每周都要和我通电话，汇报你的生活。"

我困惑地看着她，陆励成在一旁解释："她的小命是保住了，可肾脏受到损伤，还需要治疗和恢复，王阿姨打算陪她一块儿去瑞士治病。"

"如果全好了，眼睛就能完全复明吗？"

"也许可以，也许不。不过那重要吗？正好可以一周七天，每天戴不同颜色的隐形眼镜。"麻辣烫翘着兰花指，做烟视媚行、颠倒众生的妖女状。

我大笑，我的麻辣烫真正回来了。仰头时，视线碰到宋翊，我很快回避开了。

机场大厅里，大家都在等我和麻辣烫，她拉住我不停地说话，我只能她说一句，我点一下头。终于，她闭嘴了，我笑问："小姐，可以上飞机了吗？"

她盯着我，突然说："你给我读完许秋日记的第二天，我同意宋翊进病房看我。"

我有点笑不出来，索性也就不笑了。

她说："我给他讲了我爸爸和妈妈的故事，我告诉他，我是一个很小气自私的女人，我绝不会犯妈妈犯过的错误，绝不会生活在另一个女人死亡的影子中，所以，不管他是否喜欢我，我都要和他分手。宋翊同意分手。"麻辣烫沉默了一会儿后，说，"在他走出房间前，我问他是否曾经有一点喜欢过我，本来没指望他回答的，没想到他很清晰明确地告诉我，他不能拒绝我是因为我有和许秋相似的眼神，他对我无所不能答应的宠爱，是因为他当年对许秋没有做到，他在用对我好的方式弥补他亏欠许秋的。"麻辣烫笑了笑，"他竟然丝毫不顾虑我仍在生病，就说出那么残忍的答案，当时我有些恨他，让他滚出去。可后来，我想通了，这个答案是对我最好的答案，因为我可以毫无牵挂地忘记他了。"

麻辣烫轻握着我的肩膀："我因感激无助而对他生爱，我爱上的本来就不是他，而是一个不管我是谁，都会牵着我的手，温柔地对我，带着我走出黑暗的人。他对我好，我却折磨他，当时心里甚至觉得是他的错，对他隐隐地失望。现在才知道，我压根儿不了解他，也没真正珍惜过他。"

我问："你告诉他许秋的事情了？"

麻辣烫摇头，把一叠复印文件递给我，竟然是许秋到纽约后的日记。

"没有！我想这个决定权在你手里。其实，他不是一个好的爱人，他是你的唯一，你却不会是他的唯一。但是，爱情本来就不公平，谁叫你不可能忘记他呢？你会给他看吗？"

我反问麻辣烫："他深信许秋爱他，深信许秋的美好，也深信自己因为年少气盛，不懂得包容对方的缺点，辜负了许秋。如果我告诉他你所相信的一切都是虚假的，相当于打破他所相信的一切美好，这种做法对吗？如果，我是说如果，有一天我死了，你虽然想起我时会有痛苦，可也会为自己曾有这么好的朋友而感到幸福。可突然有一个人跳出来，告诉你：'麻辣烫，苏蔓不是你以为的那样，她实际上很坏，她不但内心深处没有视你为姐妹，还曾做过背叛你的事情。'你会如何想？你会感激这个告诉你实话的人吗？"

麻辣烫想了一会儿后，摇头："我不会，也许我还会憎恨他多事。"麻辣烫的眼睛中有悲悯，"蔓蔓，你真爱惨了他，对吗？"

我淡淡说："他爱不爱我，和他爱不爱许秋并不冲突，我们一个是过去，一个是现在。我即使打破许秋在他心中的地位，并不代表他就可以爱我。如果他爱我，他会主动往前走，可他压根儿不打算忘记过去，所以……"我把日记复印件还给麻辣烫。

麻辣烫把它们收好："我爸爸如果不是为了救我，绝对不会对别人承认许秋是一个有心理疾病的孩子。父母都是偏心的，在他眼中，不管自己的女儿做什么都情有可原。宋翊即使什么都没做，也不可原谅，否则他不会明知道许秋在纽约的事情，却依然痛恨宋翊。我怀疑他保留许秋日记的唯一原因就是因为我，现在我已看过，许秋的日记大概已被销毁，所以，我会替你留着它，只希望宋翊值得你这么爱他。"

王阿姨叫："小怜、蔓蔓，必须要登机了。"

许伯伯笑着说："这两个孩子！现在通讯这么发达，想聊天什么时候没有机会？非要在机场赶着一股脑地把话说完。"

我站起来，推着麻辣烫走向王阿姨。王阿姨从我手中接过麻辣烫，推着她走向登机口。

麻辣烫回头朝陆励成和宋翊挥手道别，又对许伯伯做了个飞吻的姿势，大声地说："爸爸，再见！我和妈妈会想你的。"

"这丫头这么大了，还疯疯癫癫的！"许伯伯貌似责备，实则心满意足。

等看不见她们了，许伯伯看向我，淡淡地说："小秋从出车祸到去世，一直处于昏迷状态，没有说过一句话。"

我笑着说："昏迷了三天三夜，有没有短暂的醒来过，只有许伯伯知道。"

许伯伯轻声叹气："我觉得小秋是愿意的。"

我点头："当然！她毕竟是麻辣烫的姐姐。"死者已去，只要能让生者心安，哪一种想法又有什么重要？

许伯伯和我握手告别："谢谢你！小怜告诉我你爸爸去世后，你一直没工作，如果你想要找工作了，有需要帮忙的地方，可以随时打我的电话。"

虽然我不打算找工作，可我没拒绝，微笑着接受了他的好意。我不会刻意去巴结奉承，但是如果能有助力，我也不会清高地拒绝，谁叫我还要在红尘中求一碗饭吃呢？

陆励成、宋翊、我三个人并肩走出机场，陆励成提议，一起去吃晚饭。宋翊和我都没有反对。

在学院路上，找了家小饭馆，装修不算精致，但还算干净。

我说："这顿饭，我来请，谢谢两位旧上司对我的照顾，也算是告别酒。"

陆励成有点意外地说："消息传得这么快？宋翊刚递辞呈，外面已经传开了？"

我愣住，看向宋翊，宋翊解释说："我刚向Mike递交辞呈，打算接受CS在伦敦的邀请。"

"哦！那很好！听说英伦海峡风景很是优美。"我微笑着低下了头，淡淡说，"我不知道宋翊要走，我的送别酒本来是指我自己。"

宋翊沉默地看着我，陆励成问："什么意思？"

"爸爸刚去世时，我通过一个同学申请了去边远山区支教，已经批准，我过几天就动身。"

"去多久？在哪里？"

"也许一年，也许两年，看我心情吧！"

"在哪里？"

陆励成又问了一遍，我看无法回避，只能回答："我不想告诉任何人。"

沉默，如要窒息般弥漫在我们中间。

陆励成点起一支烟，吸了几口后，微笑着说："你也不打算和我们联系了？"

我婉转地说："山区偏僻，通讯会比较落后。"

宋翊一句话不说，只是给自己倒满酒，一饮而尽。

我给自己和陆励成都倒满，举起杯子："谢过两位老上司往日的照顾。"

三人碰杯，发出响亮的撞击声。

旁边的桌子不知道哪个学校的老同学聚会，酒酣耳热之际，齐声高唱：

………………

风也过雨也走

有过泪有过错

还记得坚持什么

真爱过才会懂

会寂寞会回首

终有梦终有你在心中

朋友一生一起走

那些日子不再有

………………

想起当年剑拔弩张的场面，我竟然有淡淡的怀念。他们两人听到歌声也都笑着摇了摇头。

我倒了杯酒，敬陆励成："恭喜你，终于心想事成。"

陆励成笑，那笑容却好像看不出欢喜，他一手拿烟，一手接过酒杯，仰着脖子，直接灌下。

我又倒了杯酒，敬宋翊："一路顺风。"

宋翊不看我，低着头，一口饮尽。

陆励成和宋翊似乎在比赛谁先醉倒，一个比一个喝得快，两个人很快就把面具撕去，本态毕露，陆励成拍着宋翊的肩膀说："当年恨不得赶紧把你踢出MG，如今却很舍不得你走。"

宋翊立即很真诚地说："其实我也不想走，要不然你帮我去跟Mike说一声，要回辞职信。"

陆励成吃惊地愣住，宋翊和我都大笑，陆励成反应过来宋翊在逗他，在他肩头狠拍了一掌："真不习惯你会开玩笑，吓我一跳，你要真留下，我恐怕又得琢磨怎么把你踢走。"

宋翊摇头笑："说实话，你是我碰到过的最难缠的对手。"

陆励成大喜，和宋翊碰杯："真的？我把它当恭维了，可惜，你不在状态，这场比赛终究是不尽兴！等你将来恢复状态时，我们再真正比赛一次。"

两人相视而笑，陆励成问："问你件事情，我们比赛篮球那次，你最后的那个三分球，到底有几成把握？"

宋翊喝着酒笑，陆励成不肯罢休，一边灌酒，一边接着追问。

我安静地看着他们，心中空茫茫的伤感。

往事历历仍在目，我们却已要和彼此挥手道别。

曾希冀过这就是归途，最终，生活告诉我们，我们都只是彼此的过客，旅程仍在继续，只能道一声"珍重"后再见，各自继续自己的旅途。

随着时光流逝，也许我们会淡忘彼此，也许我们会记得彼此，但今夜这样把酒谈心的日子却永不可能再有。

我告诉陆励成和宋翊，我下个星期离开北京，但实际上我打算这周就走。

自从我爱上宋翊，我都只能站在一旁，束手无策地看着他的离去与归来，我永远都处于被选择的地位。这一次，我选择主动离开他。

收拾完衣物，带上笔记本电脑，乘火车离开北京的当日，把两封手写信丢到邮箱里。

陆励成：

我已经离开北京，不告诉你，是不想你劝我留下，更不想送别。这一年，我已经历了太多的离别！

写到这里，忽然想起了我们咖啡馆的第一次相逢，原来从那个时候起，你就一直在帮我。失去父母的痛，也只有你能感同身受。

千言万语涌上心头，却不知道该如何落于笔端。自觉欠你良多，却能力微小，不能回报，只能以我的方式，略尽感激之情。

祝你身体健康、事业顺利！

苏蔓

因为眼泪，信纸上的字被晕得有点模糊。本想重新写，转念间觉得我什么狼狈样他没看到过呢？他能明白我现在的痛苦。

我知道他的事业一定会顺利，宋翊已经主动离开，麻辣烫又告诉我，她爸爸已决定将××的上市交给MG做，陆励成为MG拿下这个超级大客户立下了汗马功劳。他在中国市场的客户关系网，MG总部的老头子们不可能再视而不见，所以，那个位置肯定是陆励成的了。

宋翊：

我昨天晚上收拾行李的时候，发现了一张旧碟片《泰坦尼克号》，当年在清华看的盗版碟，除了一首《My heart will go on》，故事已经模糊。没什么事情，所以边看碟片，边收拾东西。可看着看着，我开始停止收拾东西，专心投入这个故事，所有关于影片的记忆渐渐涌回。Rose本已经坐上救生船，我们都知道故事结局，知道这座救生船的人最终得救，但是，Rose没有选择走，她在最后关头跳回大船，选择和Jack在一起面对死亡，故事的结局是Jack带着她历经周折后，寻找到一片漂浮于水面的船体残骸，但是，很不幸，残骸只能承受一个人的重量，所以Jack让Rose待在上面，自己选择泡在海水中。当援救船发现他们时，Jack已经被冻死，Rose一个人活了下来。我记得一个同学在看第二遍时，在看到Rose从救生船上跳出，奔向大船时，她破口大骂，说Rose太愚蠢，如果不是她拖累Jack，Jack一个人，逃生的机会更多，最后就可以呆在残骸上，不会被冻死，他们两个就都可以活下来。

啰啰唆唆写了这么多，我自己都开始糊涂我究竟要表达什么，我昨天晚上突然在想为什么Rose自始至终没有怨怪自己的选择？作为当事人，她难道没想过，如果她当时安分地待在救生船上，Jack就不会为了把生存机会让给她而冻死吗？在无数个漆黑的夜里，难道她不会因为自责而痛哭吗？当看到别的情侣相依相偎时，难道她不会因为遗憾而痛苦吗？

但是在痛苦与自责之后，Rose选择了坚强，她继续人生旅途，结婚生子。

生活注定不是平坦大道，每张不再年轻的面孔下都带着时光刻下的伤痕，可他们仍会选择勇敢地向前走，追寻光明与幸福。

当年，我认为《泰坦尼克号》是一部很商业俗滥的片子，现在，我认为是当年的自己太简单，这部片子其实讲述的是人性的坚强和勇气。

你曾在网上问我为什么叫"最美时光"，我说当你听完"一千零一夜"的故事时，我再告诉你。看到这里，你大概会很不安，觉得最终的结果让我失望了。的确，我一直期冀着"一千零一夜"的结尾是"从此，女主角和篮球少年幸福地生活在一起了"。但你知道吗？纵使"一千零一夜"的结尾是"可惜篮球少年真的不爱女主角"，我也绝不后悔爱过你。甚至我很庆幸在十七岁那年的夏天，我爱上了你。因为对你的爱，所以追逐着你的脚步，努力让自己更优秀，却在不知不觉中变成了今日的苏蔓。我很喜欢现在的苏蔓！

所以，谢谢你，纵使你不爱我，但你已经给了我最美的时光。

我已离开北京，不能去机场为你送行，就在这封信里祝你一路平安。不管你在哪里，不管你选择什么样的生活，只希望你能看见阳光和希望。

苏蔓

番外一　记忆

一定有些什么，是我所不了解的，细细追索才发觉，我的记忆中你早已来过。

"我叫苏蔓，苏东坡的苏，草字头的蔓，因为算命先生说我命中缺木，所以取的这个名字。"

在K歌厅外，宋翊听到苏蔓这么介绍自己时，愣了一愣，并不是因为苏蔓的自我介绍方式奇怪，在纽约那个光怪陆离的城市，最不缺的就是特立独行，而是苏蔓整个人让他心头微微一动，似乎在记忆的深海中泛起了什么，可仔细想去，却无迹可寻。

直到他回到包厢，听到Young和几个同事说着他们这段日子封闭在酒店做项目的辛苦，带着几分骄傲抱怨连网都不能上。他心头的微微一动才有了蛛丝马迹——他的网友"最美时光"恰好最近也不能上网。

说来好笑，在最流行交网友的大学时期，宋翊从来没有结交过网友。出国后，陌生的环境、繁重的学业和找工作的压力更是让他和网络聊天绝缘，MSN上全是高中或大学的同学。刚毕业的几年，大家还常聊一下，随着各自成家立业，MSN上的账号渐渐都变成了灰色，不再活跃。他也从偶尔一上，变成了很少上。

那一日，新买的电脑到了，MSN是系统自动安装的，一开机就跳了出来，他一时兴起，输入了账号和密码。登录后，系统消息提示，"最美时光"加了他为好友。

宋翊想当然地以为是老同学，看到这个名字不禁就笑了，这哥们儿得多怀念大学时光啊！一念过后，却有点难受，为什么人家的最美时光不能是指现在呢？

大概就是因为这个灿烂积极得过了头的网名，让他即使知道了她不是老同学，也没有拒绝和"最美时光"继续聊天。

没有想到的是，两人居然一见如故，十分投契。当"最美时光"突然从网络上消失，他着实担心了几天。虽未见面，可他觉得她不是那种突然出现、又突然消失的人，一定是有什么事，直到她平安归来，告诉他是因为突然出差，他才放下心来。

虽然有了蛛丝马迹，可宋翊并没打算去深究，究竟是不是巧合并不重要。

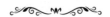

几日后，Mike对他说，他组里还缺的人先从公司内部选，如果没有合适的，再考虑从外面招聘。宋翊想了想，吩咐Karen去调几个人的履历资料出来，叮嘱Karen不要对外泄露。

Karen很明白地答应了，被选中的人固然是幸运儿，可也要给没选中的人留几分颜面。

很久后，Karen才带着一沓文件返回来，满面困惑地说："没有找到Armanda的履历资料。人力资源部的同事说大概放错了地方，要再找一找。"Karen顿了一顿，补充道："根据审核过Armanda履历资料的同事回忆说苏蔓本科学历，毕业于清华大学经济管理学院，毕业后在一家国企做财务工作，几个月前跳槽到我们公司。"

宋翊一边翻看着别人的履历，一边淡淡地说："也不缺这一个，告诉他们不用找了。"

等Karen掩门出去后，宋翊手指轻扣着桌上的履历表，默默沉思了一会儿，抬手看了看腕上的表，已是下班时间，他给袁大头打电话。

接电话的是袁大头的老婆张蔷，清华法律系的，因为大学就开始和袁大头谈恋爱，和宋翊他们宿舍的人都熟。

张蔷没有丝毫客气，熟络地说："大头正开车，我女儿在车上，你长话短说，要是想长聊，我让他回家后给你电话，或者你干脆到我家来，我提供美酒美食。"

宋翊笑道："不是找大头，我找你。"

"找我？"

"对，我想和你打听个人，和你一个宿舍楼，有没有一个叫苏蔓的人？苏东坡的苏，草字头的蔓。"

"苏蔓，苏东坡的苏，草字头的蔓……"张蔷似乎在凝神回忆，"我不记得了，虽然那时候清华女生不多，但各个系加在一起人也不少，当时也许认识，但这么多年过去，我真不记得了……"

张蔷的话还没说完，电话中隐约传来袁大头的声音，"我想起来了，我记得苏蔓……"袁大头的声音清晰起来，想来是张蔷把手机开了免提，靠近了袁大头，"宋翊，我记得她和你是一个系的啊！都是经管学院的……你们应该还是一个高中的，对！就是一个高中的！你怎么什么都不知道？居然打听她？"

袁大头诧异，宋翊更诧异，"你怎么什么都知道？"

张蔷怪腔怪调地说："是啊，大头，你怎么什么都知道？怪上心的！"

袁大头立即陪着笑说："老婆，老婆，我保证一清二白。大三刚开学时，我们踢足球，宋翊老别着陈劲，结果陈劲那小子一个大脚踢偏了，球砸到了一个站在球场边的小师妹头上，那小师妹当时就被砸得坐在了地上，我们一群人吓坏了，呼啦啦围了上去，小姑娘倒挺勇敢，虽然疼得眼里都带着泪花，却一再说没事。我们说要送她去医院，她却很快就走了。"

顺着袁大头的一点指引，宋翊逆着湍急的时光河流而上，在无数的黑暗记忆中寻觅，好似有一束光的确投射在这么一幅画面上：在一群散发着汗臭的男生的包围中，一个女生一直低着头，一手捂着头，一手摇摆着，"不用，不用，我真的没事！"竟比他们闯了祸的人更慌张无措，急匆匆地挤了出去，像兔子一般跑掉了。

张蔷的声音传来："是陈劲踢的她，你怎么能记得她？"

袁大头忙说："老婆，我真的一清二白。说老实话，虽然我们踢到了她，当时真没记住她。只不过，后来我们和她忒有缘分，去图书馆上自习时，常能碰到她，打篮球时，也能常常看到她，一来二去，她常和我打个招呼，闲聊几句……不过，她倒是的确没怎么和宋翊说过话。大概因为我长得随和亲切，宋翊长得太高不可攀了！"

张蔷扑哧一声笑了出来，宋翊无奈，"大头，我最近没得罪你吧？"

袁大头嘿嘿地笑，"咱俩虽近日无怨，但绝对往日有仇！哦，对了！宋翊，你和陈劲一块儿选修《西方音乐史》时，她还问你们借过笔记呢！你真就一点印象没有吗？"

犹如按了快进键，在记忆的河流中呼啸而过许多错杂的画面，看似都看见了，却全然不明白其中的含义，宋翊一时不知道该如何回答袁大头，袁大头倒不介意，兴致勃勃地问："你怎么突然打听起她了？"

"我最近碰到一个人，她也是清华经管毕业的，所以我就问问。"

袁大头幸灾乐祸地笑，"是不是人家姑娘兴高采烈地自我介绍，一脑门子他乡遇故知的热情，你却一脸茫然？我说哥们儿，你告诉她，不是她长得辨识度低，而是对当年的你和陈劲而言，所有姑娘都是浮云，让她千万别伤心！"

宋翊反驳的话到了嘴边，却又吞了下去，低骂了句："去你娘的！"

袁大头刚想不客气地回敬过去，张蔷说："喂，喂，你们两个注意一下，我家宝贝还在车上呢！"

袁大头赶紧收了声，宋翊忙道歉："不好意思，不好意思！"

张蔷笑，"你们要脱下衣冠变禽兽，到球场上去。"

袁大头也笑了起来，"有时间，我们踢一场！"

其实，这句话自从宋翊回到北京，袁大头说了无数次，可从没有兑现过，不是约不齐人，就是凑不齐时间，有一次好不容易约齐了人，也定好了时间，却又有一个同学临时出差，一个同学的儿子发高烧。他们都明白，旧日时光很难重聚，但宋翊依旧干脆肯定地说："好！"

挂了电话，宋翊又处理了一会儿公事，快九点时，他才披上外套，走出办公室。

没有打车，步行回家。

回到公寓，他随意吃了点晚饭，洗完澡，打开了电脑。

隐身登录了MSN，"最美时光"的头像亮着。

不知道从什么时候起，每个疲惫寂静的夜晚，他已经习惯于有一个闪亮的头像陪伴着他。

在他的生命中，第一次碰到一个那么能聊得来的异性，一本书、一场电影，甚至是一段旅途，他们都能聊到一起。他欷歔感慨似乎是已经认识了半辈子的人，她发个大笑脸过来：咱们是校友，能谈到一起去不奇怪。

宋翊也发了个笑脸，却没有把心头掠过的那句话敲出。他已不是十几岁的少年，红尘中走过三十多年，有过很多校友、很多同事，也有过很多这样或那样的朋友，十分清楚，能碰到一个聊得来的人是多么难得，更不要说是一个聊得能让人忘记时间的人了。

宋翊点击"最美时光"的头像，打开了对话框，凝视了一会儿后，又合上了电脑。

关掉台灯，宋翊点了根烟，慢慢地吸着，屋内一片漆黑，落地玻璃窗外霓虹闪烁。

苏蔓是"最美时光"吗？

只凭两人都是他的师妹，和一点时间上的巧合，他不能肯定，但他肯定自己记得苏蔓。

人的记忆是多么奇怪，在这之前，他是真的不记得她了，可当他沿着那么一点蛛丝马迹仔细寻觅回去时，又真的在某个角落里找到了那些被他遗忘的记忆，他也是真的记得她。

每段记忆都是零碎的，犹如残破的蛛丝，无声无息地藏在黑暗的角落里。不仔细查看，压根儿看不到，可一旦仔细寻觅，就能发现它们。

两支烟吸完，宋翊摁灭了烟头，打开电脑，正想关机，"最美时光"的对话框活泼地闪动着，对话框里有留言：

你在吗？

在吗？

回家了吗？我有个问题想请教。

宋翊回复：什么问题？

她立即回复了一个大笑脸：一个关于金融方面的问题，是这样的……

宋翊解答完她的问题，尽量随意地问：你的事业最近发展不顺利吗？

网络那端的苏蔓并不知道宋翊这个问题中的试探，对苏蔓而言，她现在的事业就是接近宋翊，只要宋翊肯和她说话，那她的事业简直顺利得不能再顺利了，所以苏蔓在心情愉悦中简单如实地回答：没有啊，很顺利！当然要多谢师兄你的帮助！

苏蔓对着电脑做鬼脸，没有你的帮助，我是绝对没有办法"事业顺利"的！

"最美时光"的回答没有任何犹疑，很迅速，也很肯定，即使隔着网络，宋翊依旧能感觉到她的快乐，显然她说的是真话。

以苏蔓的学历、性格和能力，从清华经管毕业了五六年了，怎么也该做到了中层管理的职位，可苏蔓现在竟然在MG的最底层，对苏蔓而言，她的事业不但不能用很顺利形容，简直要用一塌糊涂来形容。

宋翊对着电脑屏幕淡淡一笑，两个不同的师妹。

Mike问宋翊在公司内部可有看中的人，如果有看中的，随时告诉他。

宋翊眼前闪过那一日午后，在书架下，苏蔓委屈又倔犟的模样，他的一句我相信，却让她刹那间泪意盈盈。

虽然不知道究竟发生了什么，让她从国企出来，一切清零，重新开始，但一定是很艰难的事情。

宋翊也想起了记忆中那些如蛛丝一般深藏在黑暗角落中的画面，虽然苏蔓不记得他了，但他记得她。

宋翊动了对故人的恻隐之心，决定帮苏蔓一把。

他主动开口，向Mike要人，不顾陆励成的强烈反对，把苏蔓调进了自己的组里。只要苏蔓还是他记忆里的那个姑娘，她一定不会让他失望。

苏蔓调进宋翊的组里后，果然没有辜负宋翊的期望，她比他所期待的做得更好。

她认真、踏实、勤奋、努力、大度，但这些并不是最让宋翊欣赏的地方，宋翊最欣赏的是苏蔓身上的勃勃生机，她似乎有无限的热情、无限的精力，就好像一株美丽的向日葵，在蓝天下绚烂肆意地生长着，让每个接近她的人，都能感受到她旺盛的生命力，都能在不知不觉中变得心情愉悦，精神清爽。

也许因为宋翊自己内里已经腐朽，失去了这份勃勃生机，所以，宋翊格外喜欢和苏蔓一起工作。人家盯着电脑，辛苦工作时，都是不知不觉中皱着眉头，而苏蔓即使对着电脑屏幕，也好似带着欢喜。不管任何时候，宋翊看到她，总能看到她眉梢眼角的笑意，偶尔间两人视线相对，苏蔓总会立即咧嘴笑起来，就好似满心满眼都是欢喜，都是对生活的热爱，让宋翊不管再疲惫，也会忍不住露出笑意。

每天晚上回家，宋翊总是带着一份好心情和"最美时光"打招呼，随便说几句，互道晚安后休息。

如果不忙时，两人也会海阔天空地胡聊，听她讲她从网上看来的一千零一夜故事。

不知道从什么时候起，网络那端的人不再是一个虚幻的、没有五官的模糊影子，而是一个生动的、眉目清楚的女子。随着屏幕上话语的嬉笑嗔怒，宋翊眼前常会生动地浮现出苏蔓的表情。

宋翊对自己把"最美时光"和苏蔓联想到一起的行为归结于：一、他没见过"最美时光"，而人的下意识总需要给认识的人一张可供识别的脸；二、苏蔓和"最美时光"都是他的小师妹，两人身上的确有共同点。

很多时候，合上电脑，躺在床上时，想到"最美时光"说的话，宋翊会在黑暗中无声而笑，不知不觉中，他就会想起苏蔓。他很困惑，为什么这样一个熠熠生辉、好似能点亮生命的女子竟然会无声无息地躲在他记忆的黑暗角落里？

他在记忆的长河里跋涉，寻找着关于苏蔓的点点滴滴。那个时候的他也许就像现在的苏蔓，洋溢着精力和热情，恨不得拥抱全世界，他和袁大头打篮球、踢足球，一起去自行车协会；和陈劲讨论出国计划，比赛谁能背下牛津词典，一起去大讲堂的草坪上，拉着小提琴惹得一群女生围观；和小帅一起去证券公司实习，开账号炒股，输得两人连饭都吃不起……

在他缤纷的青春中，有太多飞扬，太多精彩，太多事情要做，可随着他一点点地搜寻，他竟然发现苏蔓的影子无处不在。

在篮球场上，有她的影子；在新东方的GMAT课堂上，有她的影子；在选修课上，有她的影子；在他和小帅两人穷得每天喝白开水吃馒头时，有她的影子……

可当他想看得再清楚一点时，那些记忆就如老旧的黑白影片，不管现在播放的仪器再好，依旧是画面模糊，闪着雪花点，让一切都很朦胧。

但，宋翊依旧乐此不疲地追寻着过去的记忆，甚至专门去了一趟父母家，把所有高中大学时代的相簿都背了回来。

在周末的午后，翻阅着相簿，回忆着过去，时而微笑，时而大笑。有时候宋翊都不知道自己究竟是在追寻关于苏蔓的记忆，还是在追寻那个消失了的自己，只知道不管他究竟想追寻的是什么，这段日子是这几年来，他过得最快乐的日子。

所以，他沉浸于其中，乐此不疲。

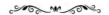

总部派来了审计师，来调查陆励成，人人都认定宋翊该在这个时候落井下石，把陆励成置于死地，只有宋翊自己觉得此事与他无关，以一种不太关心的态度，旁观着此事。

因为突然而至的内部审计，工作都暂缓了，所有人都比以往清闲，苏蔓却比以往更忙碌，眼中有焦虑，明显地消瘦了下去，留意一下她查阅的资料，宋翊推测苏蔓的焦虑和忙碌应该和陆励成的事情有关。

MSN上，"最美时光"也十分忙碌，话少了很多，几乎没有闲聊，所有的话题都是很具体的金融问题。她的问题并不会具体到哪个公司，可宋翊在回答时，都会尽量往MG的情况上靠拢。

清晨，走进办公室时，看到疲惫的苏蔓，宋翊会忍不住想，如果苏蔓真的是"最美时光"，那么至少他的详尽解答可以让她稍微早一点睡觉。

陆励成的事和他无关，可不知道为什么，一件本来和他无关的事情，竟然让他也生了几分焦躁。

一日上午，苏蔓来询问他是否能一起吃午饭时，宋翊凝视着苏蔓猜测，她是查出了什么，想请他为陆励成求情？还是她什么都没查出，想到他这里来试探消息？

各种思绪纷扰，宋翊觉得原本被压下去的焦躁全涌到了心里，连话都懒得说，只是点了点头。

当苏蔓把一份调查分析报告放在宋翊面前时，他并不意外，淡然地翻阅着报告，明白陆励成这次的危机已经解除。

他只是不明白苏蔓为什么要拿这个给他看，她冒着刺探公司财务信息的风险，熬得瘦了一大圈才完成的东西，难道不是应该立即给陆励成吗？

苏蔓的解释是："我是你的下属，这份东西，由你决定它的命运。"

宋翊不明白，既然那么想帮陆励成，为什么要我决定这份报告的命运？

宋翊不知道该如何回答，低头用餐。

沉默中，食不知味，宋翊觉得疲惫，把报告推还给苏蔓，"你把报告直接交给陆励成，陆励成会很感谢你，你私自查看公司内部数据的责任，我会帮你承担下来，如果需要解释，我会帮你解释。"

既然她赌了他愿意帮她和陆励成，他就帮吧！反正他本来就不屑落井下石，他要的是公平的竞争。

"我不是帮陆励成，我只是在保护自己，所以我不需要他的谢谢，我不想……"

当苏蔓的话传入耳朵，没有原因，也不知道为什么，这段日子的焦躁就消失不见了，连眼前这份帮陆励成脱罪的报告都变得分外顺眼。

宋翊不禁笑起来，可笑意刚进眼睛，他突然模模糊糊意识到了什么，一种强烈的不安升起，他不愿去深想，立即拿起了报告，对苏蔓说："好，这件事交给我吧！"

宋翊刻意地忽略了自己的不安，把生活维持得和以前一模一样。

依旧白日和苏蔓一起工作，晚上和"最美时光"在网上闲聊。

"最美时光"又开始连载讲述她的"一千零一夜"故事，又开始有闲情逸致和他胡说八道，苏蔓眼中的焦虑消失，也慢慢变胖。

偶尔间，宋翊不经意的一个抬头或者回眸，能发现苏蔓正在看他。不像别的女同事，被他无意中撞破，会匆匆移开视线，苏蔓虽然也会有刹那的无措，却会依旧看着他，扬起一个灿烂的笑脸，眼中有骄傲和欢喜。反倒是宋翊狼狈地匆匆移开视线，尽量装作若无其事。

宋翊让一切都和以前一样，不想去求证，也不想去探询，直到那个夜晚。

"最美时光"虽然经常和他谈论爱情，却都是别人的故事，和自己无关。

可那个夜晚，她在MSN上，简直气壮山河地宣布："我爱的人让我仰视，如果可以，我愿意爱他一生一世。"

宋翊有刹那的失神，尽量理智清醒地回复："每个人都有缺陷，如果你没有发现，只是因为时间未到。"

"最美时光"的回复很快就跳上了屏幕，可见她没有丝毫的迟疑："我已爱了他十一年，我知道他是什么样的人，我当然知道他有缺点，可我相信即使再有两个十一年，我仍然会认为他是值得我爱的人。"

她的话中有几个字刺痛了他，宋翊不敢深思，也没有给自己时间深思，就好似在和人辩论，憋着口气，非要说服对方："你所看到的永不会是你所知道的全部。"

"我曾看到过这样一句话，大意是说，每个女人都如一块等待磨砺的宝石，她所爱的男人就是那个匠人，女人是高雅还是庸俗，取决于她爱上了一个什么样的人。这句话也许说得绝对了，但是，女人的确会被所爱的人影响。我庆幸我爱上了他，因为我爱的人是他，所以我努力让自己变得更好，努力做一个善良的人，努力热爱每一天的生活，努力用积极的态度面对挫折；因为他，我从一个自卑的人变成一个自信的人；因为他，我明白了追逐梦想的感觉；因为他，我觉得自己变得更美丽。这个世上有许多种爱情，有的浪漫动人，有的缠绵悱恻，有的沉沦痛苦，有的细水长流，但我相信再没有任何一种爱情能比我所得到的更好，我的爱情让我更爱生活，更爱自己。"

面对着屏幕上排山倒海的话，宋翊几次想敲打出几句话否定一切，手却软弱无力，打着颤，敲出的全是错别字，反复删改了几次后，他终于颓然地放弃，只是怔怔地看着屏幕。

以前总觉得隔着网络最安全，第一次，他发现，原来网络并不安全。用嘴说出的话，不管再震撼，都会在入耳后，随风而散，无从寻觅，可敲出的字，却会恒久地霸占在屏幕上，让他即使想假装没有看到都假装不了。

很久后，宋翊才能平静地回复："这些东西太虚幻缥缈，我想你的爱情迷惑了你的双眼，我比较宁愿看股票涨跌。"

"最美时光"的回复很是嬉笑，显然不知道自己已搅乱了一口古井："那你继续看你的股票吧，我去继续做我的白马王子梦。"

宋翊松了口气，也尽力轻松地说："我有两只股票推荐给你。"

"我对这个没兴趣，等我失业了，再来找你。"

宋翊回给她一个悲哀的表情。

她发了一个小女孩给男孩子抹眼泪的图片，"你要习惯被拒绝，虽然我知道宋翊在投资方面不大会被人拒绝。"

宋翊继续轻松搞笑，想把今夜发生的一切掩盖，发了一只自负的加菲猫，举着胖胖的猫爪，不满地瞪着，旁边还故意打上一行大大的粗体字："不是不大会，是根本不会。"

她回复了一个大笑的表情。

宋翊不知道该如何回复，更不知道该如何继续聊天，说："我要下网了。"

"这么早？"

宋翊鬼使神差地录入了一行字："最近办公室里太干，空调吹得人有些不舒服。"

"那你早点休息吧！好梦！"

可实际上，宋翊并没有休息，他静坐在电脑前，凝视着电脑漆黑的屏幕，半晌后，他又打开了电脑，隐身登录了MSN。

"最美时光"的头像依旧亮着。

宋翊明知道她看不到自己，却依旧有一种心虚的感觉，半晌都没有动，似乎观察她有没有发现自己，然后才小心翼翼地点击了她的头像，将两人的对话记录调了出来，从头开始看起。

那个一千零一夜的爱情故事，和所有的偶像言情剧一样，在开始的开始有一个非常优秀的白马王子和一个非常普通的灰姑娘，但灰姑娘其实并不觉得白马王子很特殊，她只是一种凑热闹的心态，就如同今年流行穿格子风衣，如果大家都喜欢穿，她不喜欢不就和大家格格不入，太落伍了吗？

但一切从一只篮球开始有了不同……

静谧的夜色中，黑暗的屋子，只电脑屏幕散发着幽光，宋翊凝神阅读着电脑上一行行的字。曾被他当做荒诞搞笑的故事而完全忽略的话语都开始有了别样的意义。

有时候，一千零一夜的故事是男孩做过的一件小事；有时候，一千零一夜的故事是女孩的心情……每看一段，宋翊就会下意识地在记忆中翻寻，有的能翻寻到模糊的画面，可更多的是完全不记得了。

那些他曾毫不在意的东西，却被另一个人珍而重之地保存起来了；

那些往事在他的记忆角落里无声无息、自生自死，却在另一个人的记忆里被小心保管、细心珍藏；那些他记忆里的残破蛛丝，却是另一个人记忆里的宝贵珍珠。

天色将亮时，宋翊才看完了聊天记录中所有的"一千零一夜"。故事才进行到少年漂洋过海去了远方，女孩想继续追到海外，辛苦了大半年，拿到了一个优异的GMAT成绩，她兴奋地请客，可饭桌上的八卦中，她听到她要追逐的少年有了女朋友。在女生的八卦中，那个女孩非常美丽、非常优秀，女孩觉得自己好像被沉入了大海，漫无边际的窒息环绕着她，可这是在庆贺她GMAT拿了高分，距离国外的好大学又靠近了一步，她只能豪爽地笑。不能流泪，所以灌酒。

"最美时光"还调侃地说："哈哈哈，这叫水不能往外流，就得往内流，反正总得流，流动就是美！"

宋翊问："那女主角后来还申请去那男生的学校了吗？"

"最美时光"回复："作者还没更新呢，只能且听下回分解。"

也许因为熬了一夜，宋翊的眼睛发干，有一种酸涩的疼。他揉了揉眼睛，站起，走到窗前，凝望着朦胧晨曦中的城市，心中好似有惊涛骇浪，一波接一波在翻涌。

朝阳逐渐照亮这个城市，宋翊依旧呆呆站在窗前，直到手机铃声响起，他才如梦初醒，看了眼来电显示，是他的私人助理Karen。

"什么事？"

"刚才Elloit来找您，我说您有事还没到办公室，他说等您来了之后，去找一下他，要我提前告诉Helen一下时间吗？"

宋翊看看墙上的表，才惊觉已经十点多，他说："我下午到办公室，告诉Helen，我两点半去见Elloit。"

走进办公室时，所有人都在埋头工作。宋翊刻意没有去看苏蔓的方向，径直走进办公室，直到办公室的门关上，他才略松了口气，自己都不知道自己到底紧张什么，也许……苏蔓不是"最美时光"。到底是也许，还是他希望，他不知道。

可刚坐下，一抬头，就看见办公室角落里正在静静喷着白雾的加湿器。那一瞬，宋翊觉得自己犹如被宣判了死刑的人，只能背脊紧紧靠着座椅，无力地看着袅袅雾气在空气中曼妙地盘旋飞舞。

门笃笃响了几下，他说："进来！"

Karen抱着文件进来，宋翊低头签署文件。待所有文件签完，Karen要出去时，宋翊指了指加湿器，表示疑问。Karen立即说："我记得您前两日说空调太干，让我写申请单采购加湿器，正好苏蔓有一个淘汰不要的旧加湿器，要给我用，我就拿来先用着，等公司统一采购了加湿器再换掉。"

宋翊点了点头，表示知道了。

Karen关了门，宋翊走到加湿器前，拿起加湿器，底座上有一个崭新的标签，宋翊默默放下了加湿器。

白雾在他手边散开，清凉的湿意贴在他的肌肤上，好似要渗到他的骨髓里，他猛地关掉了加湿器，在办公室里来回走着。

半晌后，他回到座位，按了下通话键，叫Karen进来。

他把一个文件夹递给Karen，"这个香港客户需要人亲自跑一趟，让Armanda去。"

Karen恭敬地接过文件夹，"让她什么时候走？"

"越快越好，明天一早……如果她不反对，最好今天。"

"好！"Karen拿着文件夹走出了办公室。

隔着百叶窗，宋翊看到Karen走到了苏蔓的桌子前，苏蔓站起，接过文件夹，一边聆听着，一边低头翻看着文件，忽而抬头粲然一笑，把文件夹塞进包里，开始麻利地收拾东西。

不一会儿，她走出了格子间，身影消失在过道里。

宋翊刚放松地低下头，门"笃笃"响了两下，苏蔓笑容可掬地站在门口。

宋翊只觉心竟然不争气地狂跳了几下，尽量自然地说："进来！"

苏蔓走到他桌前，笑嘻嘻地说："我去香港出差，您有什么要买的吗？我可以帮您带。"

"不用了。一路平安。"宋翊说完，就低下了头。

苏蔓本也没指望宋翊会让她帮他带什么东西，只不过找个借口来见他一面而已。如今见到了，还得了他"一路平安"的祝福，已经心满意足。她一面往外退，一面视线扫到加湿器关着，以为是Karen忘记打开了，不禁撇了撇嘴，经过时，悄悄地把加湿器打开了，眼珠子骨碌碌一转，看宋翊依旧低着头在看文件，这才窃喜着溜出了办公室。

待她的脚步声消失，宋翊抬起了头，无力地看着加湿器的袅袅白雾轻旋着舞步，在他面前得意扬扬地起舞。

人，是被他打发到了香港，一周可以见不到。可，很多东西却不是他一个命令就可以打发掉的。

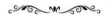

周五，苏蔓从香港返回北京。

下班后，宋翊去找袁大头，两人在大头家小区里打了一会儿篮球，坐在花台上喝着啤酒闲聊，他迟迟不愿回家。

袁大头问："你有什么心事吗？"

宋翊用反问句回答问题，"我会有什么心事？"

袁大头"切"一声，"自从张蕾无意中说了一次我家宝贝睡觉前要给我一个晚安吻，你总会九点一到就告辞，今天这都几点了？"

宋翊一口气把啤酒灌完，扔进垃圾桶，起身说："我走了！"

袁大头嚷："我可不是赶你走！"

宋翊笑，"我若这都不知道，还会来找你？"

袁大头看着他，欲言又止，宋翊已经潇洒地挥挥手，背影融入了夜色中。大学时，同宿舍四个哥们儿，宋翊和陈劲在事业上最成功，可两人到现在都是孤家寡人，宋翊回北京时，陈劲还特意从欧洲打了个电话给大头，让他看着点宋翊，大头莫名其妙，追问缘由，陈劲却又什么都不肯说，只是让大头记得反正宋翊找他时，他必须随传随到。

宋翊回到公寓，洗了个澡，边喝酒边看电视，六七分醉时，终是没有忍住，打开了电脑。

MSN上，苏蔓的头像灰暗，她不在线！也没有任何留言！

本来他一直拖延着不肯回家，就是不想见到她，可此时，她不在线了，他居然又怅然若失。

已是凌晨一点，她都没有留言，显然今夜她不会上线了。

宋翊看着空白的对话框，默默坐了一会儿，对着电脑轻声说："不管是谁和你共度今晚，都希望你过得愉快！晚安，做个好梦！"

宋翊的梦却是零乱的，梦里有太多的痛苦压抑，还有浓重的绝望。也许明白有些珍贵的东西，他已经不配去拥有。

早上，宋翊还在痛苦零乱的梦中挣扎，手机突然响了起来，宋翊立即醒了，心里很感谢铃声打断了那些梦，却不想接电话，一动不动躺在床上，任由手机响着。

铃声停了，可过了一会儿，又响了起来，好似不达目的不罢休，宋翊拿起手机，是陆励成，宋翊立即坐了起来，让脑袋清醒了一瞬，接通了电话。

"我是陆励成。"陆励成的语气硬邦邦的，好似压抑着无穷怒火。

宋翊没有心思去探究他的怒火何来，只是客气礼貌地说："你好！"

"这么早给你电话是想和你说一下公司系统安全升级的事，我会召集IT部门这个周末加班，如果工作效率高，也许周一就能开始施行。"

整个IT部门加班？那意味着有很多相关的部门也需要加班了，陆励成的这个火还真不轻。宋翊慢慢地说："需要这么赶吗？"是给系统升级，不是系统崩溃了，真没必要周末折腾得人仰马翻。

陆励成硬邦邦地说："我已经和Mike打过招呼，他说此事由我决定。"

宋翊依旧不怒不急，慢慢地说："我待会儿去办公室。"

"好！"陆励成挂了电话。

宋翊揉了揉眉头，去冲澡，准备加班。

宋翊走进办公室时，已经是一派热火朝天的忙碌。

IT部门的主管来问他有什么要求，宋翊问："这次升级都有什么变动？"

IT部门的主管把一页文件递给他，"这是Elloit的要求。"

宋翊一一看完后，明白了陆励成为什么要搞系统升级，想来是知道了苏蔓私自调阅公司资料的事。

宋翊在Elloit的签名旁，签下自己的名字，把文件递还给主管，"Elloit的要求已经很细化，就这么办吧！"

宋翊去找陆励成，Helen不在办公室外的座位上，办公室的门虚掩着，宋翊走近，刚想敲门，看到陆励成靠在沙发上，合着眼睛，下巴的胡楂子已都冒了出来，身上的衬衣皱巴巴的，透着疲惫憔悴，显然，陆励成昨夜一夜未休息，连衣服都未换过。

宋翊想退回，陆励成已经警觉地睁开了眼睛，视线锐利地扫向门口。

宋翊只能推开了门，"看到你在小憩，本不想打扰你。"

陆励成盯着他，一言不发，好似在从头到脚、从外到里地审视他。

两人第一次见面，陆励成也曾这样审视地看他，但那一次的审视不带任何情绪，只是一种客观冷静的评估。当时，他也在客观冷静地评估陆励成。

可这一次，陆励成的审视带着一种悲伤，甚至隐隐的愤怒，宋翊不明白，却肯定，一定和工作无关。

宋翊微笑着坐到陆励成对面，淡然地看着陆励成，任由他审视。

陆励成带着几分讥嘲笑了，"你是个很好命的人！"只是不知道他是自嘲，还是嘲讽宋翊。

宋翊自嘲地笑笑，什么都没说。外人看着他和陆励成一样，都是大好人生，前程锦绣，可只有他自己知道，陆励成是阳光普照，而他的生命早被黑暗遮蔽。

陆励成拿起茶几上的茶壶，起身去饮水机处接水，他经过宋翊身旁时，宋翊闻到他身上浓郁的酒气。

陆励成把茶壶放到电磁炉上，准备煮水泡茶，"昨晚喝多了，又几乎一夜没睡，不介意的话，我泡浓茶了。"

宋翊笑说："我正好想要浓茶。昨夜也是喝了不少酒，没有休息好。"

两人默默无语，各喝各的茶。

三盅茶喝完，宋翊说："你若累的话，先回去休息。"

"不用，回去也睡不着。倒是你若有事，可以走了。"

宋翊站起，"我回去也没事可干，还是和大家一起加班吧！"

宋翊走出办公室时，轻轻地把陆励成的门关上了。走进自己的办公室时，却让门大开着，这样的话，如果有人来找他们，自然会来找他。反正他都来了，不妨让陆励成打个瞌睡。

也许有了周五夜晚的失去，所以周六晚上，当苏蔓的头像亮起来时，宋翊竟然有几分失而复得的欣喜。

她没有解释昨晚的失约，只是兴冲冲地问他："周末休息得可好？去哪里玩了？"

宋翊苦笑着敲字："还好。你呢？"

"我中午和好朋友一起吃饭，晚上吃的是中午打包带回的剩菜，明天打算去看父母。"

"看上去过得很充实。"

"哈哈哈，就是很充实，前几天有点事情，没时间给你继续一千零一夜的故事，今天回家一看，发现作者已经更新了好多，你还记得上次我们讲到哪里了吗？"

宋翊没有回答，她说："^_^，没有关系了，这种肉麻的女生言情小故事，男生记不住很正常了，我继续讲啊！"

以前她也问过这样的话，宋翊是真的完全不记得讲到哪里了，所以只能抱歉地发个笑脸符号过去，她也全不介意，依旧以一种调侃的语气嘻嘻哈哈地讲述着。

宋翊从不觉得她的语气有什么不对，可今日，在她的嘻嘻哈哈下，宋翊却觉得心酸，要经历多久的忍耐，才能把彻骨悲伤化作自我调侃？

宋翊快速地输入了一段话："上次讲到女主角为了能去篮球少年的学校读书，辛苦考完了GMAT，拿到了一个很好的成绩，可是在拿到成绩的当晚她知道篮球少年有了女朋友。"

以往苏蔓的回复总是很快，这一次，却是过了一会儿，才有回复："嗯嗯，的确是讲到这里了。"

"女主角还打算出国吗？"

"因为这个女主角比较一根筋，她不但没有放弃，反倒越发拼命地学习，想要一个更好的成绩，想要出国，她不是想做什么，也许只是想远远地看着他，也许只是想让自己死心。有时候，人不亲眼看到，总不会死心。

"不知道你还记不记得，之前我给你讲过，女主角不敢直接接近篮球少年，所以一直在走曲线救国的路线，她和他同宿舍的哥们儿套磁，从人家那里收集关于篮球少年的点滴消息，还接近和他关系比较好的女生。篮球少年有一个关系很好的同系女同学，那个女生当时没有出国，在国内工作，女主角就老是借故联系人家。"

宋翊喃喃说："罗琦琦。"他上大学时，因为压根儿没打算谈恋爱，所以很少和女生打交道，玩得好的都是男生，罗琦琦是唯一的例外。不仅仅因为这女人根本不像女人，还因为罗琦琦和陈劲是老乡兼高中校友。陈劲是建筑系的，虽然比宋翊高两届，可建筑系的本科要五年毕业，又因为去香港和欧洲交流，离开了清华，大三再回来时，原来宿舍的床位已经没有，恰好就和刚入学的宋翊他们分到了一个宿舍。

"一直叫那女生好像不方便，咱们就简称L女士吧。"

宋翊苦笑，苏蔓，你还能再蠢一点吗？二十六个字母，你就不能换个别的吗？可就是这么蠢的苏蔓，却也瞒住了他许久，她一点也不担心他会发现，是不是笃定他从不会留意？要在阴影中被忽视多久，才能有这份自然而然的笃定？宋翊又为她感到心酸。

"女主角一直和L女士拐弯抹角地探听篮球少年的消息。终于有一天，L女士大发慈悲，竟然发了一张篮球少年和他女朋友的照片。看人家美眷如花，琴瑟和鸣，我们悲催的女主角深受刺激，这还不是最悲催的，最悲催的是，女主角第二日要去考托福，结果因为一夜没睡好，托福考砸了。"

宋翊体内有一种痉挛的疼痛，不知道是因为那张他能回忆起的美眷如花的照片，还是因为苏蔓口气中的自我调侃。

宋翊静默地等着下文，苏蔓却迟迟没有回复。

宋翊问："她放弃出国了？"

电脑前的苏蔓眼中有晶莹的泪光，没有，她没有放弃！她伤心了一段日子后，决定去考第二次托福！可是，当她报完名的那个周末，妈妈打电话叫她回家，告诉她爸爸得了癌症。

那一夜，她哭着把托福报名单和GMAT的考试成绩单全撕掉了。她知道他一直在远航，她本想追着他的脚步走遍万水千山，可现在她必须为她的父母收拢起风帆，变作一个固定的房屋，为他们遮风挡雨，她要守护她的亲人了。

苏蔓一边落泪，一边对着屏幕敲字："没错，咱们悲催的女主角终于心就如风中的落花，碎了一地，她放弃了出国的想法。虽然偶尔她还是会以四十五度角凝望秋风落叶，一半忧伤，另一半也还忧伤，但那时已经是大四了，再沉重的悲伤也抵不过凶恶的现实，她必须要养家糊口了。所以，悲伤忧郁统统地滚蛋，在毕业生的人海中挤进钻出，去寻觅一份工作。"

苏蔓趴在了电脑前，那段日子是她人生中的噩梦，一直暗恋的人有了女朋友，爸爸重病，家庭经济陷入困窘，她都不知道自己是如何咬着牙撑了过来。所幸一切都已过去，她找到了工作，爸爸的病好了，她还遇见了最好的姐妹麻辣烫。

半晌后，苏蔓抹去眼泪，抬起头，看到电脑屏幕上，宋翊的话："后来呢？"

苏蔓发过去一个龇着牙大笑的笑脸，"后来，当然是老天爷都觉得这女主也太他姥姥地悲催了，没了爱情，当然要给她赏赐一份好工作了。"

宋翊松了口气，可又觉得苏蔓没说真话，虽然她的口气和以前一样，嬉笑调侃，但他清晰地感觉到她今夜情绪很低落，每一次的回复都很慢，在这段故事中，她一定隐瞒了什么。

苏蔓说："今晚的一千零一夜讲完了，要知后文，且听下回分解。"

"你明天还要去父母家，早点休息。"

"好，那我下了，晚安。"

宋翊的晚安还没发送，那边又来了一句，"你也早点休息。"

宋翊微笑着，"好的，晚安。"

大概因为休息得好，苏蔓周一走进办公室时，神清气爽，连陆励成的冷脸也视而不见。宋翊却看在眼里，虽然觉得以陆励成的脾气应该不会为难苏蔓，可终是怕她吃亏，把她叫进了办公室，宽慰她陆励成并不是针对她，他只是在做他的工作，在保护公司整体的利益。明面上能说的话都说了后，终是忍不住加了句，"如果……如果他私下找你，你有什么不方便处理的，可以告诉我。"

苏蔓刹那就绽放了笑颜，眼波盈盈地看着宋翊。

宋翊避开了她的视线，淡淡地说："你可以回去工作了。"

他听到她的脚步声在门口停住，也听到了她带着几分期盼的"谢谢你"，可是他只能如老僧入定，不让心内的波澜有丝毫的泄露。

公司组织篮球赛，宋翊只打算做看客。

当一帮下属们嚷嚷着他篮球打得好，要他加入比赛时，宋翊以为他们瞎起哄，"谁说我篮球打得好？"

"是她！"

顺着众人手指的方向，他看到了苏蔓。

苏蔓的脸色有些发白，笑容摇摇欲坠，虽然目光没有闪避，却忐忑不安地说着："我猜的，你身高这么高，大学里肯定不会被篮球队放过。"

Peter他们都围到了宋翊身边，七嘴八舌地央求着宋翊上场。

宋翊没有真正听清楚他们说了什么，眼中只有苏蔓，她紧张企盼地看着他，他清楚地记得"一千零一夜"的故事，女主角一直去看篮球少年打篮球，却从未为他大声欢呼过，每一次她都为他买了饮料，可每一次那罐被掌心捂得温热的饮料都是女主角独自一人默默地喝完。

苏蔓总喜欢调侃地说悲催的女主角啊！

宋翊对Peter他们点了头，这场篮球赛，是他欠一千零一夜故事的女主角的。

因为是为她而战，所以，当投进第一个球时，他立即下意识地去看台上搜寻苏蔓。

她雀跃欢呼，挥舞着拳头，好似恨不得把十一年的沉默都喊叫出来。

宋翊愣住了，本应该装作无意地一扫而过，却变成了凝视，苏蔓也凝视着他，眼中有淡淡的泪光，还有丝毫不加掩饰的欣悦和欢喜。

第一次，宋翊懂得了，原来最深重的喜欢会让一个女孩子连视线都能呐喊着：我喜欢你！

那一刻，宋翊忘记了一切，只有纯粹的欢喜，从心底深处汩汩地涌出，浸透四肢百骸，让他不知身在何处。

直到满场的掌声响起，Peter气急败坏地叫着"Alex"，宋翊才如梦初醒，也是第一次，他相信了那些文学作品中的话，爱情能让人神魂颠倒，忘记一切！

苏蔓对他握拳头，宋翊禁不住朝她笑，女王陛下，我会为你赢得胜利！

他在篮球场上，全身心地赢取胜利，每一次进球后，总能看到她为他欢呼，因为她的笑容，原本赢球的快乐瞬间就翻倍。

纵使陆励成突然加入比赛，让比赛变得艰难，依旧无法折损宋翊的快乐。因为他知道看台上那位又跳又叫，毫无形象，恨不得长出八只手脚来欢呼的女王陛下巴不得他遇到对手，好让比赛更精彩。

暂停休息时，虽然没有当年校园时的盛况，依旧有不少女生围了过来送饮料，他却一直等待着另一个人的饮料。

害怕这种等待太过明显，泄露了心事，他弯下身去解开了一点没松的鞋带，装作要系鞋带，眼角的余光却一直看着她，她拿着饮料向他走过来，却停住，好像要后退，正当宋翊想起身，她又毫不犹豫地大步走了过来。

宋翊迅速地系好鞋带，站起，像当年一样，微笑着对众位拿着饮料的女士说："多谢了，我自己有。"径直离开，却在转身间，恰恰朝向了苏蔓。

苏蔓握着饮料瓶的手慢慢地伸向他，因为手在发颤，饮料瓶在轻轻地晃着。

宋翊一瞬间竟然不敢去接，因为，那不是一瓶可以用金钱去衡量的饮料，而是一个女子十一年的爱恋。

宋翊小心翼翼地接过了饮料，打开喝了两口，才意识到两人刚才的情形有些古怪。众人都在看着他们，宋翊忙用完全老板对下属的语气补救道："再去搬一箱，放在这里。"

苏蔓这小笨蛋，丝毫没有察觉异样，大声应了声"是"，开心地跑走了。

可也就因为她这副懵懂无知，周围的人全释然地移开了目光。但远处有一人仍旧冷眼看着，宋翊抬眸望去，陆励成冷眼看着他。显然，刚才那一幕，能瞒过其他人，却瞒不过他。

迎着陆励成的目光，宋翊含着笑，慢慢喝着饮料，一副了无心事的坦然样子，心里却有些犯愁，他无所谓，却不得不提防陆励成拿苏蔓开刀。

比赛开始，再次上场后，宋翊总觉得陆励成很奇怪。

表面上看，这只是一场分外激烈的正常比赛，可只有身处其间的宋翊才明白陆励成打得格外狠。

今晚的篮球赛是一场同事间打着玩的友谊赛，以他和陆励成的身份，其实都不应该上场，他参与，是因为有一个人站在看台上要看，他是为她而战。

陆励成呢？

大概所有人都以为是因为他上场了，所以陆励成不服输地要比一比，可宋翊不这么认为，经过这段日子的竞争和合作，宋翊很清楚，陆励成冷静理智，根本不是计较小得小失的人。可陆励成现在这么狠的打法，显然是非常看中这场比赛的胜负，如果是往日，宋翊虽会尽力，却不会尽全力，一场篮球赛而已，让他赢了又如何？

但今日，他是为苏蔓而战，这是一场他欠了她十一年多的球赛，所以，他必须竭尽全力，无论输赢。

宋翊尽了全力去打，最终以一分之利，险胜陆励成。

当众人高举着宋翊，欢庆胜利时，他看到苏蔓站在人群后，悄悄擦去了眼角的泪。他说不清楚心里的感受，酸甜苦辣交杂，心底深处，有隐秘的强烈冲动，想要把她拥入怀中，为她拭去眼角的泪珠。

为了能和她多待一会儿，听到她和Karen商量一起打车回家时，宋翊主动说："加上我，更加确保你们的安全。"

他是Karen的老板，Karen当然不会也不敢反对他的任何提议，苏蔓眉眼含笑，以喜悦的沉默表示了同意。

Karen和苏蔓争着先送对方回去，宋翊沉默地听着，他知道Karen是客气，苏蔓却是为了他，心内有阵阵牵动的隐秘喜悦，怕她们看出，只得把目光投向窗外。

窗外车水马龙、霓虹闪烁，乍一眼看过去，和纽约街头很相像，突然间，他惶恐了，他已经不是那个球场上飞扬奔跑的快乐少年，他背负着沉重的过往，他不配得到快乐，更配不上苏蔓，她应该得到更好的。

宋翊突然开口，打断了一场苏蔓即将获得胜利的争让，"先送Armanda吧！"

他的举动看似随意，其实是很明白地表露着他对苏蔓无任何特殊的好感，虽然苏蔓尽量显得若无其事，依旧和Helen说笑着，可他知道她的难过。

他沉默地凝望着窗外，用恰如其分的微笑掩盖住内心的痛苦。

苏蔓下车后，和他们礼貌地道别，当计程车开出后，宋翊忍不住回头，清楚地看到她的肩膀垮了下来，沮丧地垂着头，就好似一个冲锋陷阵的勇敢斗士再也承受不住了。

等送了Karen回家，宋翊立即往家赶，进了门，第一件事就是打开电脑，登录MSN。

可是，MSN上她的头像灰着。

明知道，她从来不对他隐身，可他依旧忍不住问："你在家吗？"

没有回复，他等了十来分钟，忍不住又问："在吗？"

还是没有回复，他等了几分钟，再次问："在不在？"

依旧没有回复，这一次，他等了将近二十分钟，焦急地说："如果上线，请和我联系。"

没有回复。

宋翊默默地坐在电脑前，凝视着灰暗的头像。

她去了哪里？

宋翊匆匆去拿手机，想给她打电话。

如果是许秋，他大概会认为她在赌气，故意让他难过，可对苏蔓，他清楚地知道，她此时不在家，因为不管她再生气，只怕都舍不得让他担心焦急。

宋翊已经按了接通，却因为脑海内闪过的这个念头，又猛地按了结束通话键，把手机扔到了桌子上。

他犹如困兽般地在屋子里来回走了几圈，站定在窗户前，看着玻璃窗上映出的自己，他突然抽了自己一耳光，"宋翊，你个混账！你不能对不起许秋！她是因为你死的！她是因为你死的！她是因为你死的……"

宋翊一遍遍地吼着，好似要把这句话牢牢地刻进心里，直到声嘶力竭，他终于再次被沉重的负罪感压垮，头贴着落地玻璃窗，慢慢地滑坐到了地上，喃喃低语，"宋翊，你不配，你给不了她幸福！"

MSN上的消息提示音滴滴地响着，半晌后，宋翊才抬起了头，看了眼墙上的表，走到电脑前，坐下，看到对话框里苏蔓说："不好意思，刚回家，有事吗？"

宋翊先敲了，"现在很晚了。"刚想发送，又觉得不妥，在前面输入了，"没事。"才按了回车键。

"晚上有活动，活动结束后，我又去酒吧喝了点酒。"

"一个人？"

"一个人。"

"开心的酒，不开心的酒？"

"既开心，也不开心。开心的是，不管他或者我是什么样子，我仍然爱他，不开心的是，不管他或者我是什么样子，他依然不爱我。"

宋翊眼中有浓墨般的绝望，想输入，却总是频频按错键，半晌后，才总算把一句话录入完整了，"为什么不放弃他呢？天涯何处无芳草，三步之内必有兰芝。"

苏蔓很久都没有回复，宋翊认真地敲打键盘，在输入框里慢慢地出现了一段话："沧海可以变桑田，天底下，没有任何东西可以永远，包括你的爱情。"

没有点击发送，宋翊点燃了一支烟，一支烟快吸完时，滴滴的消息提示音中，苏蔓的回复到了："放弃他，如同放弃我所有的梦想和勇气，永不！"

烟蒂已经烫到指头，可肉体的疼痛根本比不上这句话给他心内带来的疼痛，宋翊都顾不上扔掉烟头，很用力地按下了回车键，似乎怕晚了一点，就会没有勇气。

"三步之内必有兰芝，如果你愿意充当这个兰芝，我就考虑放弃他，怎么样？"

宋翊一瞬间不知道该如何回复，反应了一会儿，才故作轻松地说："☺，我是个内里已经腐烂的木头，不过，我知道很多兰芝，可以随时介绍给你。"

"多谢，多谢！把你的兰芝替我留着点，等我老妈拿着刀逼我嫁的时候，我来找你。"

显然苏蔓不想再谈论这个话题，开始聊她喜欢的篮球明星，宋翊害怕苏蔓察觉到他知道是她，不敢立即下网，只能若无其事地陪着她闲聊。

苏蔓的快乐很明显，直到十二点多，她才道晚安。

宋翊躺在床上，难以入睡。

辗转反侧后，他拨通了陈劲的电话，"希望你那边的时差不是半夜。"

在悠扬的大提琴声中，陈劲的笑意朗朗，"是不是我的不要紧，现在是你的深夜。长夜漫漫，无心睡眠，所为何事？说来听听！"

男人和女人不同，女人能抱着电话倾诉心事，男人却不管再沉重的事，都是要半醉之后，才能吐露几句，宋翊沉默半晌后，说："没什么大事，我挂了！"

"你遇到了一个女人。"陈劲简短的话从手机中传来，却让宋翊半晌动弹不得。

陈劲叹气，"已经很多年了，不要说许秋的死并不完全算是你的错，就算你有错，也自我惩罚够了。你的生命中不仅仅只有她，你还有父母双亲。难道你真要用一辈子为许秋陪葬？"

宋翊说："许秋不会高兴我和别的女人在一起。"

"你的感觉是对的！"陈劲的声音有点冷，"我不想用假话劝慰你，说什么死去的人也希望你得到幸福，真正的爱情会为对方的笑颜而欢笑，许秋却是个异类……"

"陈劲！"宋翊的声音猛地提高。

"我闭嘴！"陈劲干脆利落地说。在宋翊打算和许秋分手时，陈劲还和他一边喝酒，一边聊了几句许秋，宋翊平心静气地听着陈劲对许秋不太友善的评价。可当许秋死后，宋翊却绝不允许他人说一句许秋的坏话。

电话两头的人都沉默着，只有低沉悦耳的大提琴曲在鸣奏，半晌后，宋翊说："我以为我的心已经死了。"

"我也这么认为，以你的道德标准和自我约束力，许秋死的那天，你就已经给自己的心宣判了无期徒刑，监狱的设计方案是茫茫大海中、孤岛上、绝壁悬崖顶端、一个擎天高塔，没有窗户，没有门，四周有喷火的巨龙看守。从建筑学的角度来说，劫狱不可能，从你的意愿来说，越狱也不可能。"

不多的几个知情人在宋翊面前一直绝口回避提起许秋，陈劲却和别人相反，逮住机会就说许秋，也从不避讳死亡的字眼，好像一直要说得他麻木，不把这事当事。宋翊无奈地说："没想到天才也有认知错误时。"

"不是我认知错误，而是你太没文化，显然缺乏童年教育，童话书都没看过。这种绝境，只在童话中绝处逢生。会有一位少女，身穿铠甲，手持巨剑，骑着白色的天马，飞过茫茫大海，寻觅到孤岛，不怕流血地踏过悬崖上的荆棘，不怕死亡地挥舞着巨剑砍杀了喷火巨龙，最后解救出被囚禁在高塔上的王子。"

伴随着低沉悠扬的大提琴声，陈劲说话时带着恶作剧般的强烈笑意，宋翊完全不知道该如何应对。

"童话故事不是不会在现实中发生，只是概率低得可以忽略。作为严谨的学者，我已经忽略，但没想到你居然有这狗屎运，碰到一位愿意为你披荆斩棘砍杀巨龙的少女。"陈劲的语气陡然一变，严肃了起来，"宋翊，我不能肯定你是否会放下心结接受她，但我十分肯定，如果你放弃她，会犯下你这辈子最大的错误，绝对比许秋的死更大的错误。"

宋翊的声音中终于泄露了痛苦，"我知道她很好，好得我承受不起，我给不了她幸福。"

陈劲很清楚宋翊的心结在许秋身上，可是，许秋已经死了，一个已经消失的结，聪明如陈劲也不知道该如何去解这个结。陈劲轻叹了一声，"就算爱因斯坦复生也帮不到你，唯一能帮到你的人就是你自己。不过，能让你发神经地给我半夜打电话，可见许秋给你的桎梏已经被屠龙少女打出了裂痕。"

"不是……"

宋翊想否认，但陈劲压根儿不给他机会，"宋翊，这不是考试，两个小时内必须要填写好所有答案，给自己一些时间，别逼着自己非要立即在许秋和屠龙少女中做一个选择。你身在黑暗的沼泽中，看不到出路，可也许那个屠龙少女像灯塔，能指引你走出去。"

宋翊说："不说了，挂电话了。"

"好，但不管怎样，都必须要你肯迈出第一步。"陈劲说完，干脆地挂断了电话。

宋翊躺在床上，怔怔地看着黑暗中的天花板。

不管他如何否认，他心底很清楚，自己爱上了苏蔓，准确地说自己爱上了苏蔓和"最美时光"。他本以为篮球场上他是为她而战，可后来才发觉，不是的，是她用爱鼓励着他为他自己而战。奔跑、抢夺、欢呼……那些久违的单纯快乐，似乎自从和许秋确定了恋爱关系后，似乎随着踏入社会开始工作，就在不知不觉中渐渐地遗落了，苏蔓让他重新拥有了一切，虽然只是短短一个小时。

可是，他也无法放下许秋。因为他没有好好爱许秋，许秋死了，这辈子他都不得不背负着他对自己的恨、对许秋的愧疚。他没有办法全心去爱苏蔓，那是对许秋的背叛。

对苏蔓，他无法抗拒，对许秋，他无法释然，他不知道该怎么办，所以才有了突发神经的半夜电话。

现在，他依旧不知道该怎么办，但也许的确如陈劲所说，这不是考试，非要立即交出答案。

宋翊没有想到，没有过多久，"最美时光"要求将网络上的交往延伸到现实中，是苏蔓在追要一个答案了。

宋翊在进与退之间挣扎，不管进与退都会伤害到苏蔓。进，他怕把苏蔓也带入自己的痛苦沼泽中；退，他敲碎的是苏蔓捧到他面前的一颗心。

在进进退退的挣扎中，无可奈何地答应了苏蔓的提议。

虽然答应了苏蔓要见面，可宋翊并不是真的想面对。陆励成提议派苏蔓去纽约出差，问他是否反对时，他几乎想握住陆励成的手，说谢谢！不是不知道他现在的行为是多么懦弱，可在他无法进也无法退时，暂时的逃避只能是唯一的选择。

只是，勇敢的苏蔓没有给他懦弱的机会。

那个晚上，他们如往常一样聊着天。因为长时间苏蔓没有回复，他以为她在收拾行礼，不禁走到窗前去看雪，突然想到这个时候的纽约比北京还冷，下雪时寒风真能把人的耳朵刮掉，看苏蔓平时上班从没戴过帽子和围巾，他穿好大衣，准备去附近的商场转一圈，帮她买帽子和围巾。

刚要出门，MSN突然响了，他顾不上脱鞋，立即回身去看。

"能到窗户前一下吗？我在楼下的路灯下，如果你生气了，我完全理解，我会安静地离开。"

宋翊觉得焦急、茫然、害怕，就好像小时候，老师宣布时间到，必须交卷了，可他还没有写答案。

他在电脑前呆呆地站着，久到他觉得世界已经停止了运行，久到他觉得她已安静离去。

他僵硬地走到窗户前，大雪纷飞中，她站在公寓楼下，几乎已经看不出原本的模样，很像是一个雪人，孤单倔犟地对抗着风雪，有一种要与天地共毁灭的姿态。

宋翊痛苦地说："苏蔓，我不值得！"

理智犹在挣扎，可是胸腔内那颗急急跳动的心已经迫不及待，他冲出了公寓，向着她飞奔而去。那一刻，他竟然是快乐的！

宋翊把苏蔓带回公寓时，理智总算恢复了几分。

给了苏蔓一杯伏特加，他也很需要一杯。他无比清晰地肯定，他爱苏蔓，可是，爱是希望对方过得幸福，是希望看到对方的笑颜。

苏蔓放下了酒杯，宋翊的心一滞，没有抬头，似乎完全没有看她，可他几乎屏着呼吸，身体的每个细胞都在静静地窥伺着她的一举一动。

她一边哆哆嗦嗦地说着话，一边哆哆嗦嗦地向外走去，当她从他身边经过，每一微米的远离，都在眼前放大。

就在最后一微米，他抓住了她，本就颤颤巍巍的她倒在了他怀里。也许因为太渴望，一切都自然而然，他抱住了她，她也抱住了他。

苏蔓的身体冰冷，但宋翊觉得他抱住的是一个火炉，温暖着他，让他冰冷的心在欢喜温柔地跳动。

也许，真如陈劲所说，苏蔓能带着他走出痛苦黑暗的沼泽。也许，真如陈劲所说，不管怎么样，都需要他先跨出第一步。

曾经，他不知道怎么才能跨出第一步，现在，他明白了，朝着苏蔓的方向走去。

他自然而然地叫她"蔓蔓"，她并不奇怪，反应是自然而然。

那个晚上，宋翊和她坐在沙发上，室内漆黑宁静，窗外雪花纷飞，两人有一搭、没一搭地说着话，如同已经认识了一生一世。对于这样的默契和自然，她肯定不会奇怪，因为在她的记忆中，他一直都在。她不知道的是其实她也一直在他的记忆里。

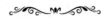

下班后，宋翊去找苏蔓，她明天就要飞纽约，宋翊打算两人吃过晚饭后，带她去买足够抵挡纽约寒冷的帽子和围巾。

到苏蔓的公寓时，地上堆满了苹果，宋翊只能坐在桌子上，看她收拾行李。也许是因为屋内堆积了太多的苹果，宋翊总觉得心内有萦绕的香甜。

可当他听到电话里，苏蔓和母亲的对话时，那份香甜变成了苦涩。

苏蔓的母亲急切地盼着女儿找个好丈夫，尽快结婚生子，而他显然不会是任何母亲心中女儿的好丈夫。

宋翊开始觉得他是不是太自私？是不是在耽误蔓蔓？

宋翊想放手，苏蔓却抓得更紧。

在一场苏蔓压根儿不知道缘由的拉锯中，苏蔓再次用牛一般的固执，坚定不移地告诉了宋翊，我不会放弃，不许你退缩！

对这样的蔓蔓，宋翊也只能再次握住她的手。

在离开北京的前一天，苏蔓贼头贼脑地问宋翊，她离开后，他会不会想她，宋翊的回答是给了她脑门一个爆栗子。

当苏蔓去纽约后，宋翊很清楚地知道了答案，他很想念她。

走进办公室时，视线总会扫向她的座位，看到干净空落的座位，他会想她。

走在路上，碰到相拥走过的恋人时，他会想她。

回到家中，看到MSN上灰色的头像时，他会想她。

去超市时，看到苹果，他会想她。

风起时，他会想她，不知道她是否适应纽约的天气。

下雪时，他会想她，不知道她有没有穿得足够暖和。

他离开纽约时，曾以为自己再不会回到这座城市，因为这里有太多他不想面对的记忆，可因为无数的想念，他竟然再次回到了纽约，竟然如十几岁的少年一般，捧着大捧的玫瑰花，站在寒风中，等待着心爱的姑娘，任由着来往的人带着善意嘲笑他。

当隔着纷飞的雪花，她飞奔向他时，他觉得一切的冲动傻气都是值得的。

她捧着玫瑰花欢笑，却不知道，她的笑颜比玫瑰花更美丽。

他刻意挑选了一个没有许秋记忆的地方用晚餐，因为他想给予苏蔓的是最纯粹的。

可是，老天似乎总是在刁难他。

那么大的城市，那么多的人，他居然碰到了许秋的朋友。King Takahashi的一句"这是你的新女朋友吗"如最锋利的匕首，瞬间刺得他鲜血淋漓，让他再次跌回了黑暗的沼泽中。

他已没有资格拥有幸福，不应该拖着苏蔓也走进他的黑暗世界中。

他想放弃，想逃离，逃离这座到处都是许秋的城市，逃离苏蔓。

苏蔓再一次紧紧抓住了他，她的手不停地在颤抖，但是指间的力量丝毫不弱："我想去中央公园滑冰。很早前，我看过一部电影，我都忘记叫什么名字了，只记得男子和女子在平安夜的商场一见钟情，然后他们去中央公园滑冰，雪花飘着，他们在冰面上起舞，我觉得好浪漫。后来，我经常去清华的荷塘看你滑冰，可是我一直没有勇气和你说话。工作后，冬天的周末，我有时候会一个人去清华，坐在荷塘边上，看男孩牵着女孩的手滑冰，经常一坐就是一天。"

因为苏蔓的请求，宋翊带她去中央公园滑冰。

刚开始，他还满脑子杂七杂八的念头，可他想让苏蔓欢笑，所以他尽力忘记一切，只想让苏蔓笑。渐渐地，在苏蔓的笑声中，他真的忘记了一切。

光洁的冰面，好似没有任何阻力，他带着她自由飞翔。虽然身上依旧有无法愈合的伤口，但因为苏蔓温暖的手，他再次在黑暗的沼泽中站了起来。

一次次，他退缩跌倒时，苏蔓都没有放弃他，她就如一直伫立的灯塔，指引着迷失于黑暗中的船只归于光明。

宋翊不知道自己还需要多久才能走出黑暗的沼泽，但当苏蔓哈哈笑着说："明年圣诞，我们去清华荷塘滑冰吧！"他第一次确信，他一定会走出去。

苏蔓在网上说感谢老天让他还在那里，她不知道他也在感激老天让她还在那里。曾经，他是苏蔓记忆中的珍珠，被她细心呵护，小心收藏，从今往后，她也会是他记忆中的珍珠，被他细心呵护，小心收藏。

番外二　缘聚

不能确定的答案终于揭晓，而你我，终于在花阴之中重逢。

伦敦的雨季很漫长，有时候即使没有下雨，出去一趟后，开司米尔大衣上也会有漉漉湿意。两年后，宋翊终于无法再忍受伦敦的天气，决定回北京。

朋友们听到他离开伦敦的原因都觉得不可置信，一再追问他是否还有其他原因，他一遍遍说着"的确因为伦敦的雨"，酩酊大醉后，他唇齿含糊地用中文又加了一句，"伦敦的雨像思念，让人无处可逃。"

在东京机场转机，宋翊刚递给地勤人员转机卡，询问该往哪个方向走，听到身侧高跟鞋的声音停住："我也去北京，可以和你一块儿过去。"

宋翊回头，有诧异，有尴尬，还有一些惊喜。

麻辣烫微笑："大老远就看到你了。"

她笑起来时，眼睛的颜色透着海水的蓝，他再找不到熟悉的影子。宋翊也禁不住微笑。

两人拖着行李，边走边寒暄。

登机后，两人恰好都是头等舱，麻辣烫发挥美女优势，很快就换到宋翊身旁。

从瑞士雪山聊到伦敦的大英博物馆，从英国天气聊到美国次信贷危机，连回北京后先去吃哪道菜都聊了，可有一个人的名字，谁都没有提。

宋翊盼望着麻辣烫能偶然谈到她，可麻辣烫口若悬河、滔滔不绝，谈尽天下，唯独没有她的任何消息。

终于，宋翊按捺不住，主动吐出了那个名字："陆励成、苏蔓他们都好吗？"

麻辣烫笑："陆励成是和你一个圈子的人，关于他的消息，你难道不是该比我更清楚？"

宋翊只能微笑，掩盖去失望。

麻辣烫盯了他一会儿，忽然摇头，咬牙切齿地说："我真不知道蔓蔓看上你什么？一个大男人却如此不痛快！连打听她的消息，都要先拖上个不相干的人！你直接问一句苏蔓可好，你会死吗？"

宋翊沉默着，他辛苦筑起的堤坝已经漏洞百出，再不小心，他怕它会突然决堤。

麻辣烫没好气地说："苏蔓很好，已经结婚了！我这次回去是去看她肚子中的宝宝，等着做干妈。"

宋翊没有任何反应，甚至对麻辣烫笑说："真是好消息！回北京后，要让她好好请我们一顿。"可他脸上的血色一点点退去，眼眸深处透出天地突然崩溃的死寂和绝望。

麻辣烫盯着他研究，很久后，她非常肯定地说："你爱她？对不对？"

宋翊笑着说："我为她高兴。"

麻辣烫大怒，拿出随身携带的化妆包，把镜子放在宋翊眼前："你这个样子是为她高兴？"

宋翊看着镜子中的自己，终于任强装的微笑消失。

麻辣烫厉声问："宋翊！你究竟要自我惩罚到什么时候？你究竟是因为爱着许秋而自我惩罚？还是因为早就不爱她了，所以你才要自我惩罚？"

整个头等舱的人都看向他们，可看到麻辣烫的脸色，又都回避开。

宋翊呆住，麻辣烫的最后一句话如雷鸣般在他耳边重复，他隐藏在心底深处的秘密，连对陈劲都没有承认过，却被麻辣烫一语道破。

麻辣烫如哄小孩般，温柔地说："宋翊，为什么不敢承认？苏蔓都已经结婚了，你承认不承认都已没有关系。"

她已经结婚了！

一刹那，他心底筑建的堤坝轰然倒塌，被隔绝阻挡着的感情像洪水般奔涌而出，可是流向的不是希望，而是绝望。

他的身子无力地靠在了椅背上。

他回北京，只是因为北京有她，他思念她。

可是，那个在寒风中，冲出来抱住他，在他耳边欢喜地低语"我很喜欢你，很喜欢你"的女子已经彻底离开。那个在网络上，恨不得对全世界宣布她爱着世界上最好的人的女子已经不见了。那个在他身后，不离不弃地守望了他十几年的女子，终于累了，放弃了他。

在这一刻，他明白了陈劲曾说过的话，"失去她会是你人生中最大的错误"。

麻辣烫轻声问："你爱她吗？"

宋翊惨笑，对着麻辣烫点头："我爱她！"他又说了一遍，"我一直都爱她！"

麻辣烫小声说："其实你早就不爱许秋了，对吗？你是不是早就觉得你和许秋并不适合你？她不是你想要携手人生、相伴到老的人！"

宋翊的手紧抓着扶手，青筋直跳，却沉默着，一句话不说。

麻辣烫叹气，即使许秋已经死了七年，他仍然没有办法去否定一个死者，真是令人讨厌的固执。不过，道德标准这么固执的人应该会对蔓蔓好一辈子，蔓蔓爱的就是他这快绝种的固执。麻辣烫好笑地想，选了这样的人做老公，至少蔓蔓永远不用担心什么小三、小四的问题，以宋翊的道德标准，他只允许自己对蔓蔓从一而终。

麻辣烫淡淡说："其实你在邀请许秋去黄石公园时，是想要和她分手，许秋也知道，甚至你不和她分手，她也要和你分手。"

宋翊不解地看着麻辣烫。

麻辣烫弯下身去包里左翻右翻，终于翻出一叠皱巴巴的文件，塞到宋翊手里："看完后，叫我。"

她闭着眼睛开始睡觉。

宋翊茫然地盯着手里的复印文件，本来没想看，可是眼角扫过的字迹有熟悉感，他不禁低下头开始看，看完第一段，心已如被巨石所撞，竟然是许秋的日记。

一段又一段，一页又一页快速读着，到后来，他甚至几次想把手中的纸张扔掉，他的太阳穴突突直跳，他不能相信他所看到的东西是真实的，可意识深处，却有一个声音告诉他，一切都是真实的，唯有这样，才可以解释许秋每一次莫名其妙的怒火，许秋性格的变化莫测，许秋在他身边时的心不在焉。

他有一种如释重负的解脱感，因为死亡加诸于他身上的诅咒终于被破解，可紧随着解脱感而来的却是没顶的绝望。她已经结婚了！

"你为什么要给我看这个？"他脸色铁青、手中的日记被揉成一团。

麻辣烫睁开眼睛，笑眯眯地打量着他："这还差不多，整天一副皮笑肉不笑的样子，我真怀疑蔓蔓的眼光。"

宋翊的脸色更加难看起来，猛地一拳拍在麻辣烫的椅背上，麻辣烫吓得身子往后缩。

宋翊悲怒交加地质问："你究竟什么意思？是报复我吗？如果你要让我了解真相，为什么不早给我？为什么要等到苏蔓结婚后，你才给我看？"

麻辣烫和他尽量保持距离："喂！你别乱怪人哦！不给你看可不是我的意思，是苏蔓的意思。要怪也只能怪你自己，苏蔓问过你多少次喜不喜欢她？你不但不告诉她，还对她说你爱的是许秋，你让她怎么办？打击抹黑许秋，让你去爱她？她可不屑这么做！"

宋翊的愤怒渐渐消失，他有什么资格生气？是他亲口告诉苏蔓他爱的人是许秋！

麻辣烫小声嘀咕："如果你今天不是坐在回北京的飞机上，如果你没在我面前承认你爱蔓蔓，我不会给你看这个东西。如果你都不敢承认你对她的感情，不能为了她勇敢地走出过去，我宁可你永远去守着你的许秋痛苦，蔓蔓值得更好的人。"

宋翊木然地盯着前方，神情伤痛而绝望。

太过真切的悲伤，麻辣烫看得有些鼻子发酸，她拍拍他的肩膀："不要这样了！算做对你的赔礼道歉，我再告诉你一个好消息！蔓蔓，她——没有——结婚！"

宋翊缓缓转头，盯着麻辣烫。

麻辣烫用力点头："她没有结婚，我刚才骗你的！"她看着宋翊扭曲的表情，一边身子向后缩，一边呵呵干笑起来，"你别忘了，你也骗过我！这才是我报复你的事情！咱俩扯平！以前怎么激你，你都像块木头，表情一点变化没有，刚才看到你像被烧到尾巴的猫，可真不错！"

宋翊突然手捧着头，大笑起来。麻辣烫看着滚到地上的纸团，用脚踢到一边，也欢快地笑着。

空中小姐走过来，捡起地上被揉成一团的日记，礼貌地问："小姐，还要吗？"

麻辣烫看了宋翊一眼，眯着眼睛，愉快地说："不要了！麻烦您帮我们扔了吧！"

苏蔓作为北京人，普通话发音标准，所以负责教授一年级的语文，又因为她的英语流利，所以还承担了五、六年级的英文课。

宋翊根据山民的指点，一路寻到学校。

苏蔓正在替一位生病的老师代课，学生在集体背书，苏蔓边在座位间走动，边和大家一起背诵。

"秋天来了，秋天来了，山野就是美丽的图画。梨树挂起金黄的灯笼，苹果露出红红的脸颊，稻海翻起金色的波浪，高粱举起燃烧的火把。谁使秋天这样美丽……"

她笑着看向窗外时，看到了宋翊。她没有太多吃惊，只呆了一下，就微笑着继续和学生诵书。

"……看，蓝天上的大雁作出了回答，它们排成一个大大的'人'字，好像在说——勤劳的人们画出秋天的图画。"

下课的铃声敲响，孩子们涌出教室，看到他，都好奇地打量。

苏蔓走出教室，微笑着问："麻辣烫呢？"

"她说她去山里走走。"

苏蔓在前面走，宋翊跟在她身后，一路沿着田埂，走到山径上。

山岭俊秀、溪流清澈，枫槭火红、银杏金黄。脚下的枯叶踩下去，嚓嚓作响。

宋翊轻声叫："蔓蔓。"

苏蔓回头，眼睛亮如星子，他说："我爱你。"

她笑："我知道。"她的确知道，身在局中时，还有过迷惑，可当她走到局外时，却将一切看得分明。她爱了他十几年，她爱他的一个重要原因是因为他是个有责任感、道德高尚的男人，所以他对许秋难以放下的愧疚，她能理解。他的反复和挣扎给她带来了伤害，可那只是因为他爱她。

苏蔓又向前走，宋翊如第一次恋爱的人，不知道该怎么办。呆了很久，才知道去追她，可追到她，又不知道该说什么，只能跟着苏蔓沉默地走着。越走心越慌，她说"她知道"，她知道是什么意思？她还爱他吗？

正忐忑不安，一只手握住了他的手，他的心竟是"咚"地漏跳一拍，侧头看她，她眼睛直视着前方，笑眯眯地走着，嘴角弯弯，如月牙。

他的心渐渐安定，反握住她的手，越扣越紧，再不松开。

原来，这就是真正的爱情，没有猜测、没有忌讳，不置一言，就安稳、快乐、平静。

以前是，她从不松手，从今后，无论发生什么，他绝不会松手！以前是，她如灯塔般，指引着他从黑暗痛苦的沼泽中走出，从今后，他会一辈子守护灯塔，让她永远明亮温暖。

番外三　缘散

一段爱恋即将被淹没，在无人察觉的时刻，像你，终于要离开我的心。

两年的时间，陆励成没有任何苏蔓的消息，中国太大，一个人如果有意要消失，如同一滴水融入大海，可以不留丝毫痕迹。

他和宋翊已失去联系，只偶尔从海外同事处听到他又接手了哪个客户。

可许怜霜和他竟然还有联系，每次她给他写信，他都立即回信，寒暄中希冀着得到苏蔓的点滴消息。

许怜霜的回信来自世界各地，照片里各色人种不停变换，可有一点永远相同：

苏蔓现在过得很平静，她正在从失去父母的悲伤中走出来，等她足够坚强时，她会重回北京，因为那里有她和她父母的家，但是现在，我想她还没有准备好。所以抱歉，我不能告诉你她的联系方式。

即使许怜霜不能给他想要的，他仍然和她保持着时断时续的联系，只为了给自己一种感觉，苏蔓和他之间仍有关系。

两年前，他在北京的房产增加了一套，两年后，它仍然是一间空房，寂寞无望地等着主人归来。

应酬喝醉时，疲惫厌倦时，他会到这里，坐在空空的地板上，对着墙壁上的水墨山水吸一根烟，或者站在窗户边，听着手机里《野风》的歌声。

"……往事虽已尘封然，而那旧日烟花，恍如今夜霓虹……等一次心念转动，等一次情潮翻涌……想心不生波动，而宿命难懂，不想只怕是没有用，情潮若是翻涌，谁又能够从容，轻易放过爱的影踪……"

很多次，他后悔他没有说出口的爱情，为什么不告诉她呢？告诉她，结局也不过如此！但是至少自己没有遗憾，他突然开始理解她对宋翊百折不挠的追求，因为错过一次机会，所以才更加珍惜老天给予的第二次机会。如果，让他找到她，他绝不会再左思量、右考虑，他会告诉她，竭尽全力争取她，让她不能走得如此无牵无挂，让她知道有一个人在等她。

因为今年春节人在巴黎开会，没能回家，所以秋天有空时，决定回家看母亲。

正是农忙期，哥哥嫂子们都很忙，涛子去西安谈生意，苗苗已经上小学，晶晶在备战考初中。所以，他到家时，就母亲在家，他冲了个澡后，坐在院子中的黄瓜架下，陪母亲说说话，看看书。

傍晚时分，晶晶和苗苗放学归来，苗苗看到他，立即奔过来："小叔、小叔！"

他举着苗苗转圈子，晶晶已有少女的矜持，站在一旁，礼貌地叫："小叔。"

嫂子从地里回来，把在溪水里冰过的西瓜拿出来，切给他们三人，他边吃西瓜边询问晶晶学业，听到晶晶各科成绩优异，很为大哥大嫂开心。

大嫂边择菜，边笑："她代表学校去参加英语比赛，竟然得了一等奖，那些城市里的娃都比不过她。"

晶晶谦虚地说："都是老师教得好。"

陆励成诧异地说："乡村里竟然有这么好的英文老师？我本来这次回来，还想和大哥商量，晶晶上初中后就要去市里读书，怕她英文跟不上，要不要到时候请个补习老师，没想到现在乡村的教育提高这么快。"

苗苗几次想说话，都被姐姐暗中瞪着，不敢吭声。

陆励成把一堆人精都降伏得服服帖帖，何况两个孩子？他表面上没留意，好似在和大嫂聊天，其实两个孩子的异常反应，尽收眼底。他忽有所悟，问大嫂："这边的小学最近两年有外来的老师吗？"

大嫂摇头："不清楚，晶晶很听话，我和你哥从来不用为她的学习操心，这两年又忙，所以没留意过学校的事情。"

陆励成只得直接和苗苗交涉："你最喜欢学校的哪个老师？"

苗苗拿眼睛瞅着晶晶，不敢说话，想了会儿，才小声说："语文老师。"

"语文老师叫什么名字？小孩子不可以讲假话。"

苗苗看晶晶，涨红着脸："我和老师拉过勾，答应过老师不说。姐姐也不许我说，姐姐说如果我告诉别人，苏老师就走了。"

晶晶瞪他："笨蛋！你已经说了！"

陆励成立即站起，问大嫂："小学的位置在哪里？"

大嫂说："似乎和你小时候上学的位置差不多，拆了重建……"

她的话没有说完，陆励成就已跑出院子。

一路狂奔，逢河过河，遇坎跳坎，从田间地头连蹦带跳地跑着，他快乐得就像个孩子，这一生，从没有觉得自己距离幸福如此近。

陆励成一口气跑到学校门口，弯着身子，剧烈地喘气，几个老师看他穿着气质不像本地人，都盯着他。

一个男老师笑问："你是来找苏老师的吧？"

他一边喘气，一边喜悦地问："她在哪里？"

一个女老师指向不远处的山："她和朋友去山上了。"

他欢喜地说"谢谢"，又立即跑向山上，刚近山径，就听到清脆的笑声飘荡在山谷间。空山不见人，但闻人语响。她的笑声已近，她还会远吗？他停住脚步，含笑地等着。

远处峰峦叠嶂，晚霞密布。夕阳斜映中，山岚暮霭渐起，归巢的倦鸟结伴返还，点点黑影掠过天空，若一副天然的水墨山水，美不胜收。

他刚想到"山气日夕佳，飞鸟相与还"就听到一个男子的声音笑着说："这里的景色真好，眼前的景色活脱脱陶渊明笔下的'山气日夕佳，飞鸟相与还'。"

他就如一脚突然踏空的人，茫然无措地摔下去，微笑还在脸上，心却已经裂开。

苏蔓笑："嗯！待会儿回到学校，你往这个方向看，就会明白什么叫'采菊东篱下，悠然见南山'。"

苏蔓和宋翊俩人手牵着手，从他身边经过，他站在银杏树侧，身体如同已经木化。

一片金黄的银杏叶飘落,她伸手接住,举起扇子形状的树叶,侧头看向身边的人:"好看吗?"

她的脸正朝着他,只要留意,其实完全可以发现并未刻意隐藏的他,可她的眼中只有另一个人。

他们渐渐远去,他望着前方,眼前所有的美丽绚烂都褪去,景色渐渐荒芜。

他身后的树林窸窣作响,许怜霜踩着落叶走到他身边。手插在裤袋里沉默地看着他,眼中有震惊和怜悯,还有一些其他情愫。

她踢踏着地上的落叶,小声问:"你打算怎么办?"

他已经神色如常,皱眉说:"许小姐能不能把话讲得清楚一些?"

许怜霜呆了一呆,说:"我问你打算怎么招待我们?"

陆励成向山下走,淡淡说:"许大小姐驾临,当然要当国宾接待。"

许怜霜追上他,和他并肩下山。

许怜霜不放心,借着笑语说:"宋翊这次来是特意找苏蔓,他们两个心结尽释,估计婚期不远了,你赶紧想礼物吧!别怪我不够朋友,没事先通知你。"

陆励成侧头看她,眼中的锋芒,让许怜霜再笑不出来。他却淡笑起来:"我和他们俩关系都一般,礼物只要够贵重就可以,不需要太花心思,倒是你该好好想想。"

许怜霜忙说:"我会好好想的。"

山下的小学前,四人见面,故交重逢,欢声笑语不绝。

陆励成主动问他们婚期,宋翊凝视着陆励成,微笑着说:"越快越好,免得夜长梦多,横生枝节!"

陆励成笑着说:"恭喜二位!"

苏蔓脸通红,脸俯在麻辣烫肩头,脚却在偷偷踩宋翊。

许怜霜看着陆励成的笑容,彻底放心。

晚上，陆励成站在黄瓜架下给Helen打电话："想再麻烦你姐姐一件事情。"

Helen笑："你帮了他们那么大的忙，我姐姐姐夫恨不得你天天麻烦他们。"

"她两年多前帮我买的那套房子，你还记得吗？"

"记得！"Helen心中暗道，不仅记得，还知道那套房子的原主人是谁。"我想请她联系原来的中介，找到当年和我争房子的人的联系方式，把房子卖给她，在我买的价格上再加二十万，哦，还有给中介的三万也加上。"

Helen倒吸冷气，当年因为有人抢，双方又都不肯放手，价格已经哄抬得很高，陆励成为了得到房子，最后暗中给了中介三万块钱的贿赂费，才得到房子。如今北京房市不景气，很多地段都在跌，他竟然要再加二十三万？

"这么贵，恐怕很难出手。"

"你只管请你姐姐去找人，那个人肯定会买。"

Helen不再多语："好的，我会让姐姐明天就去找人。"

果然不出陆励成所料，通过中介找到当年的买家，对方一听说是那套房子，立即感兴趣，陆励成要价虽然很疯狂，可对方更疯狂，压根儿不还价，直接成交。不但如此，房屋成交时，对方还特意拜托中介转告房主，谢谢他。中介看得傻眼，如此疯狂离奇的买卖，他第一次见。

"谢谢"从中介传递到Helen的姐姐，Helen的姐姐传递给Helen，最后Helen告诉了陆励成。

陆励成抽着烟，不说话，烟雾缭绕中，神情不辨。

他身后的大玻璃窗下灯火辉煌，是十丈红尘，万里繁华，他却如独居天宫，一身清冷，两肩萧索。

这大概就是高处不胜寒！她看着他一步步从普通职员做到今日的公司首脑，看着他的朋友越来越少，看着他越来越孤单、越来越表里不一。Helen叹息，低着头退出他的办公室。

凌晨时分，Helen整理白日收到的信件，看到苏蔓的婚帖，她震惊地呆住。缓了半晌，才能细看。"宋翊"两个字映入眼帘的刹那，她明白了那声"谢谢"来自何人。这两个高手过招于无形，只苦了他们这一堆人跟着忙碌。宋翊既不肯当面说谢，显然打算彻底装糊涂，让他怀中的女子毫无牵挂地幸福。

Helen打开电脑，去自己常去的一个论坛，开始整理过往发的一个帖子，这里面她匿名记述着一个暗恋的故事。

Helen记录下他为了忘记那个女子，特意派她到国外，可是，刻意尝试的新生终没成功，反倒让他左右为难，不知该如何开口拒绝另一个女子，幸亏对方先开了口。

听闻她没有来上班，他为了去看她，临时中断会议，可实际上他只是在她家楼下，坐在车里，看着另一个人送她去医院。

他半有意、半顺势地让她和他一块儿回家，她答应了，他却紧张了，大晚上的给我打电话，问我和女子出行该注意什么。

他为了接近她，很幼稚地给自己创造机会，周末的大清早打电话求我帮他去买急救箱，偷偷放到他家中，只为了有一段独处的时光。

这个帖子记录着他两年来的寻找和等待。

…………

因为实在动容于他的执著，她开始记录，希望大家和她一起帮他祈祷他能早日找到他爱的人。

原本冷清没人气的论坛，因为她的帖子热闹，无数人关心和祝福她的帖子，她和大家一起希冀着这段暗恋有一个幸福的结局，她甚至肯定地认为有这么多人的祝福，再加上他做事的不择手段，他肯定能得到幸福，可现实和理想永远有差距。

她敲打着键盘。

我想这个帖子已经走到结尾。因为结局不如我意，本来不想再写，可大家和我一起在这个帖子里相伴一年多，我想我有义务告诉大家结局。他今天收到了那个女子的婚帖，很可惜，新郎不是他。

我已经给版主发短信，这个长帖会被删除。我的朋友会很介意我偷偷写这些东西，我相信你们能理解。我们每个人都有或多或少、不愿为人所知的情感秘密，有的美丽，有的丑陋。有的秘密也许最终会暴露，有的秘密却会被自己带进坟墓。

虽然经过我刻意加工，没有人知道我是谁，更不会知道他是谁，但是我仍想把帖子删除，尊重他的意愿，让这段感情成为一段被时光永远掩埋的秘密。

Helen合上电脑，拿起随喜帖寄送的照片，凝视着苏蔓和宋翊依偎而笑。多么幸运的女子，丝毫不知道她错过了一个那么爱她的人；多么不幸的女子，永远不会知道这世上曾有一个人那么爱过她。

Helen拿起电话，拨打进去："Elliott，我刚看到苏蔓的婚帖，请问你去参加吗？要我准备礼物吗？"

电话里沉默着，不知道的人会以为他想不起来苏蔓是谁。Helen丝毫不怀疑，以后别人在他面前提起苏蔓，他肯定会扮演贵人多忘事的角色，抱歉地说："名字听着有些熟，但一时间想不起来在哪里听过。"

电话里终于传来声音，打断了Helen的胡思乱想："你封一个数目合适的礼金，不要失礼就可以了，我没时间参加婚宴。"

"好的。"

"你做完手头的事情，就先回去，不用等我。"

"好的。"

Helen放下电话，再看了一眼照片，将照片丢进垃圾筒，提起笔记本电脑离开。

凌晨两点多，陆励成和纽约的董事开完电话会议。

他左手的手臂上搭着薄大衣，右手提着公文包，领带半解，面色疲倦地走出办公室。已经走过Helen的桌子，突然又转身返回，在她的桌子上寻找着什么，所有的文件翻过，正不耐烦，突然，看到垃圾筒里的相片和请柬，他捡起，凝视着相片中的笑脸，指尖忍不住地轻触过她的脸，嘴里弥漫着苦涩的味道，嘴角却带出笑意。

她和他的关系多么普通，竟然连一张她的相片都没有，以后，估计连见面的机会都会很少。

他将宋翊的一半撕掉，只留下她的一半，背面朝外，放进钱包夹层。

想起明天下午飞伦敦，还没有整理行李，他匆匆走出办公室，随着他在门口"啪"的一声关掉电源开关，他的身影消失，满室明亮刹那熄灭，陷入一片漆黑。

告别语一

当宋翊选择离开伦敦，坐上回北京的飞机时，其实他已经作了决定，有没有许怜霜在飞机上的话语，结果都已经明朗，只不过他大概要再多一些时间，让心理的疾病彻底康复。

而苏蔓，其实一直知道只要宋翊爱她，就会回来。因为她认识他十几年，她知道他本性是坚强和乐观的。

某些时候，男人的责任感是一件看起来很愚蠢的事情，甚至会以牺牲自己和他人为代价，可如果没有了它，这个世界将会少了很多东西。

毋庸讳言，我非常喜欢陆励成。苏蔓的感情如果代表我的美好希望，陆励成的感情则代表了残酷的现实。他们如同硬币的两面，表达了这个世界的两面。也许，我们大多数人的暗恋，都只能如陆励成一般淹没于时光中，不可能开花结果，只能成为回忆时，永不会忘记的一缕惆怅。

在流逝的时光中，苏蔓暗恋宋翊的秘密被暴露，许秋背叛宋翊的秘密被知道……

同时，在时光的流转中，陆励成暗恋苏蔓的秘密被埋藏，Helen为陆励成发帖求祝福的秘密被掩盖，许秋没有说过把肾脏给妹妹的秘密被掩埋……

我们的眼睛决定了，我们不论如何转，永远都只能看到一百八十度，而生活是三百六十度，所以，总有些我们不知道的事情来了又去了。也许别人是你的秘密，也许你是别人的秘密，也许就在你嘻嘻笑着说，我的生活没有秘密时，某段时光中的你已经被某个人深埋在时光的记忆中，友情、爱情、亲情皆有可能。

这个故事并不是写实主义，它有着我对爱的祝福和希冀，但是我想，它所传达的爱、勇气、恐惧、离别、痛苦、坚强都是真实的。也愿看故事的你，不管在生活中遇到什么，都能面带微笑，朝着阳光继续走下去。

生活的时光，总会给我们柔软的心留下伤痕，总会让我们的眼睛看到黑暗，但是它永远不能剥夺我们的微笑，与我们追寻光明的勇气。

桐华

2008年10月于美国家中

告别语二

从2008年到现在，四年过去了，回看这个故事，却发现自己竟然比过去更喜爱这个故事了。

我的编辑一草和无杀刚开始不太能理解我为什么要改名"最美的时光"。虽然他们也不喜欢"被时光掩埋的秘密"这个名字，可他们认为他们想出的名字显然比"最美的时光"更感动、更煽情。

我对他们说：因为这个故事讲述的就是"最美的时光"。

倒不是说"被时光掩埋的秘密"这个名字不贴切，而是当我的一位非常要好的朋友提出"最美的时光"这个名字时，我觉得更贴切。

苏蔓的父母已经离开了她，但从苏蔓出生到她长大，父母对她无私地付出，给她的爱，我相信，不管苏蔓任何时候想起，都会觉得她的童年、少年、青年时代很幸福。苏蔓的父母给予苏蔓的就是人生中的最美时光。

苏蔓和麻辣烫相遇在人生中的最低谷期，两人互相做伴，嬉笑怒骂、疯疯癫癫，她们给彼此的都是最美的时光。

苏蔓暗恋宋翊，这是一段痛苦的追逐，可如果以昂扬积极的态度去对待人生，原来看似无望的痛苦追逐，也会在经过时光的淬炼后，开出美丽的花。

现实生活中，大部分的暗恋都不会有结果，但就如苏蔓对宋翊说的，纵使你不爱我，你依旧给了我最美的时光。只要我们不颓废地对待生活、不浪费生命，纵然爱情苦涩，可命运必将用另一种给予来奖励我们的积极付出。

对于陆励成，也是这个道理，我相信，如果我问他，知道你得不到苏蔓的结局后，你还愿意遇见苏蔓吗？你还愿意陪伴着她走过那段时光吗？他的答案肯定是：我愿意。

我和编辑们讨论到这里时，他们认可了我的书名，一草还非常感性地说，他想起了大学毕业时，因为失业，穷得住地下室，周末却会和几个哥们儿到同济大学跳舞，很苦，可现在回忆起来，那段日子也是很美好。

我笑着说，你明白我的意思了！

所有的经历，只要我们真心实意地对待，都会变成我们生命中的最美时光。

亲爱的读者们，当你看完这个故事后，记得珍惜你现在的时光，因为只有你珍惜，积极努力地对它们，它们才会变成你的最美时光！一串又一串的最美时光汇聚在一起，就是一个幸福的人生！

我祝福看这个故事的你们都幸福！

桐华

2012年5月30日于浙江乡下的家中

图书在版编目（CIP）数据

最美的时光 / 桐华著. — 长沙：湖南文艺出版社，
2012.8

ISBN 978-7-5404-5680-1

Ⅰ.①最… Ⅱ.①桐… Ⅲ.①长篇小说-中国-当代
Ⅳ.①I247.5

中国版本图书馆CIP数据核字（2012）第156778号

上架建议：长篇小说·青春言情

最美的时光

作　　者：桐　华
出 版 人：刘清华
责任编辑：丁丽丹　刘诗哲
整体监制：一　草
策划编辑：钟慧峥
特邀编辑：周　熠
营销编辑：杨鑫垚　张　宁
整体设计：熊　琼
出版发行：湖南文艺出版社
　　　　　（长沙市雨花区东二环一段508号　邮编：410014）
网　　址：www.hnwy.net
印　　刷：三河市鑫金马印装有限公司
经　　销：新华书店
开　　本：787mm×1092mm　1/16
字　　数：325千字
印　　张：23
版　　次：2012年8月第1版
印　　次：2012年8月第1次印刷
书　　号：ISBN 978-7-5404-5680-1
定　　价：32.00元
（若有质量问题，请致电质量监督电话：010-84409925）